MIKITA FRANKO

DIE LÜGE

ROMAN

Aus dem Russischen
von Maria Rajer

HOFFMANN UND CAMPE

Die Originalausgabe erschien 2020 unter dem Titel Дни нашей жизни
bei Popcorn Books, an imprint of Bookmate Limited, Moskau.

Die Arbeit der Übersetzerin am vorliegenden Text wurde im
Rahmen des Programms NEUSTART KULTUR aus Mitteln
der Beauftragten der Bundesregierung für Kultur und Medien
vom Deutschen Übersetzerfonds gefördert.

NEU START KULTUR

Die Beauftragte der Bundesregierung für Kultur und Medien

Die Übersetzung dieses Buches wurde außerdem mit dem
Perewest-Ermutigungsstipendium Sylvia Höfer gefördert.

1. Auflage 2022

Dieses Werk wurde vermittelt durch die
Literaturagentur Maria Schliesser, Berlin.

www.hoffmann-und-campe.de
Umschlaggestaltung: © Rothfos & Gabler,
nach einem Originalentwurf von © Maxim Balabin, 2020
Umschlagillustration: © LuviiiLove, 2020
Satz: Pinkuin Satz und Datentechnik, Berlin
Gesetzt aus der Bembo und der Agrandir
Druck und Bindung: GGP Media GmbH, Pößneck
Printed in Germany
ISBN 978-3-455-01367-2

HOFFMANN UND CAMPE

Ein Unternehmen der
GANSKE VERLAGSGRUPPE

Wie alles begann

Daran, was vor meinem vierten Lebensjahr war, erinnere ich mich kaum.

Drei markante Szenen, die überhaupt nicht zusammenhängen.

Die erste: Ich sitze im Kinderwagen und lasse die Beine baumeln. Den Kinderwagen schiebt meine Mutter. Wir sind offenbar im Stadtpark, damals stand da noch ein Lenin-Denkmal – ich muss also sehr klein gewesen sein. Vor uns eine Schar Tauben, die emsig Körner pickt. Als mein Kinderwagen näher kommt, fliegen sie auseinander, ich reiße fröhlich die Arme in die Luft, wie um wenigstens eine von ihnen zu fangen. Was danach war, weiß ich nicht.

Die zweite Szene: Zum Geburtstag hat mir einer von Mamas Freunden ein Fahrrad mit Stützrädern geschenkt. Das muss wohl mein vierter gewesen sein. Aber weil es keine große Kunst ist, auf vier Rädern zu fahren, wurde es mir bald zu langweilig. Ich ging zu Mamas Bruder, der auch unter den Gästen war, und bat ihn, die Stützräder abzuschrauben. Er tat es, ohne eine Sekunde zu zögern. Fröhlich kletterte ich wieder aufs Fahrrad, war noch keinen Meter gerollt, da krachte ich auf den Asphalt und schlug mir den linken Ellbogen auf. Als ich auf dem Boden lag, in den klaren, wolkenlosen Himmel schaute und über die wichtigste Kinderfrage überhaupt nachdachte: heulen oder nicht heulen, hörte ich, wie sich mein Onkel hinter mir halbtot lachte, von wegen: kann er ja nicht wissen, dass ich nicht Fahrrad fahren kann. Bei seinem Anblick lachte auch ich los. Was danach war, weiß ich nicht.

Die dritte Szene: Ein Krankenhausflur, Mama war schon krank. Sicher im zweiten oder dritten Stock – ich weiß nur, dass ich vom Treppensteigen kaputt war. Das Erste, was ich sah, waren Menschen am Tropf direkt auf dem Flur und wie jemand auf einer Liege schnell an mir vorbeigeschoben wurde. Ich hatte keine Erklärung, was hier los war, aber sicher nichts Gutes, mir wurde mulmig zumute. Mamas Bruder anscheinend nicht. Er beugte sich hinunter, klopfte mir auf die Schulter und sagte: Wer als Letzter bei Mamas Zimmer ist, ist eine lahme Ente. Das Leben sah gleich besser aus. Ich glaube, jemand schimpfte noch hinter uns her, wir sollten nicht rennen, aber bei der Aussicht, Erster zu sein, war alles andere unwichtig.

Das ist ungefähr alles. Den Rest weiß ich selbst nur aus Erzählungen.

Als ich klein war, wusste ich noch nichts davon, dass meine Mutter nach meiner Geburt Brustkrebs bekommen hatte. Heute zählt man diese Krebsart zu den »harmlosen«, und vielleicht hätte man ihr auch vor vierzehn Jahren helfen können, wenn die Ärzte ihre Beschwerden ernst genommen und die Knoten in ihrer Brust nicht als »Milchstau« abgetan hätten. Aber darüber kann ich heute klug daherreden, in meiner Kinderwelt gab es weder Krebs noch Krankenhäuser. Ich wusste nichts davon und lebte fröhlich in den Tag hinein.

Wenn Mama im Krankenhaus lag, wohnte ich bei meinem Onkel. Angeblich wurde ich ständig hin und her gereicht, weil sie oft ins Krankenhaus musste. Ein paar Wochen wohnte ich bei ihr, dann wieder bei ihm. Doch einmal vergingen mehrere Wochen, und ich war immer noch nicht zurück bei Mama. Man sagte mir, dass sie sich sehr schwach fühlt und sich eine Weile nicht um mich kümmern kann. Was ich darüber dachte, weiß ich nicht. Vermutlich nicht allzu viel. Wenn ich eine Erkältung hatte, fühlte ich mich ja auch schwach – was war schon dabei.

Ich kann mich nicht daran erinnern, wie ich von Mamas Tod erfahren habe. Später, als ich schon älter war, erzählte man mir von meiner Reaktion. Ich habe es von ihrem Bruder gesagt bekommen. Er holte mich von meinen Spielsachen weg, setzte sich vor mich und sagte es geradeheraus.

Damals lief eine neue Trickfilmserie auf Nickelodeon, die sofort eine meiner liebsten geworden war: *Avatar – Der Herr der Elemente.* Mein Onkel und ich schauten sie immer zusammen. Deswegen fragte ich: »So wie Aang?«

»Nein, richtig.«

Wenn ihr die Trickfilmserie kennt, wisst ihr, dass Aang nicht gestorben ist, sondern für hundert Jahre eingefroren wurde. Man hielt ihn nur für tot.

Dann fragte ich: »Wie seine Familie?«

Er sagte: »Ja.«

Und ich: »Verstehe.«

Ich weiß nicht, ob ich ein Verlusttrauma durchlebt habe. Ich erinnere mich an nichts, und wenn ich es heute höre, klingt es wie eine Geschichte über jemand anderen. Es heißt, ich hätte etwa einen Monat nur mit einem

Spielzeug gespielt und aufgehört, Trickfilme zu schauen, vor allem *Avatar*, aber nach Mama hätte ich nicht gefragt.

Es begann ein anderes Leben. Ein neues. An das ich mich schon selbst erinnern kann.

Ich hing in der Luft. So nannten es die anderen. Großmutter sagte: »Die Frage wegen Miki hängt noch in der Luft.« Ich verstand nicht, was das heißen sollte, aber die Stimmung war angespannt, und ich fühlte mich tatsächlich irgendwie in der Schwebe. Die Erwachsenen fragten mich, bei wem ich bleiben wolle: bei Großmutter oder beim Onkel. Ich wollte niemanden verletzen und sagte, dass ich es nicht wisse. Am Ende setzte Großmutter den Schlussstrich. Sie sagte, sie habe schon einen Infarkt gehabt und sei sich nicht sicher, ob sie es schaffen würde, einen ganzen Menschen großzuziehen, und mir noch einen Verlust zuzumuten wäre grausam.

Also lebte ich seitdem bei meinem Onkel, den ich einfach Slawa nannte, und bei seinem Freund. Aber der kam später. Erst beruhigten sich die Dinge: Der Trubel legte sich, ich musste nicht mehr andauernd mit fremden, sehr ernsten Leuten reden, der Schwebezustand war vorbei und das neue Leben sanft in einen Alltag übergegangen. Dann tauchte der Freund auf: groß, ordentlich, sogar gekämmt, völlig ungeeignet für eine Freundschaft mit meinem Onkel, der nur eine Art von Hosen akzeptierte: die mit den Löchern an den Knien.

»Das ist mein Freund Lew«, sagte Slawa. Und zu ihm: »Das ist Miki, der Sohn meiner Schwester. Ihr werdet miteinander auskommen müssen. Euch bleibt nichts anderes übrig.«

Ich fand den Namen von Slawas Freund bescheuert.

Lew … Wenn man so heißt, kann man sich ja nur einen Bart stehen lassen und Schriftsteller werden.

Aber mir blieb nichts anderes übrig, also schüttelte ich mit dem Händedruck eines Fünfjährigen die Hand, die mir Lew entgegenstreckte.

Die Kunst, ein guter Mensch zu sein, und viele andere Künste

Seitdem lebten wir zu dritt. Aber das klingt besser, als es tatsächlich war. Ich hatte mit Slawa zu tun, Lew hatte mit Slawa zu tun und Slawa mit uns beiden, während Lew und ich überhaupt nicht miteinander interagierten. Ich hatte nichts gegen Lew, ich wusste einfach nicht, worüber ich mit ihm reden sollte.

Als Grafikdesigner und Künstlernatur schlechthin konnte Slawa mir vieles zeigen und erzählen. Zum Beispiel brachte er mir bei, ein proportionales Gesicht zu zeichnen. Ich gliederte mein schiefes Oval nach allen Regeln der akademischen Zeichenkunst, nur wurde meine Kaulquappe einem Menschen dadurch auch nicht ähnlicher. Trotzdem lobte Slawa meine Zeichnungen enthusiastisch, obwohl klar war, dass es längst nicht nur daran scheiterte, dass das von mir gezeichnete Wesen zwei linke Hände hatte wie ich.

Außerdem hatte er ein altes Grammofon und einen Haufen Platten aus den Sechzigern bis Achtzigern. Er legte mir die Beatles, Queen, Led Zeppelin, David Bowie und seine heiß geliebte Montserrat Caballé auf. Die gefiel mir gar nicht, und ich nörgelte: »Leg die Platte nicht auf, die jault da so.«

»Na, werd hier mal nicht blasphemisch«, sagte Slawa.

Ich verstand zwar nicht, was ich nicht werden sollte, aber spürte, dass ich etwas Falsches gesagt hatte.

Slawa fragte: »Welche Songs magst du am liebsten?«

Ich zeigte auf die Queen-Platte, und mein Onkel grinste breit.

»Gleich wirst du auch Montserrat mögen, mein Freund.«

Er kramte eine Platte hervor, die er mir noch nie vorgespielt hatte. Barcelona stand darauf. Das erfuhr ich aber erst später, als ich Englisch lesen lernte, mit fünf konnte ich sie nur unverständig anstarren.

Der Anfang des Liedes klang weihnachtlich, aber bald wurde die einfache Musik erhaben, dann wieder leise. Und plötzlich: eine klare Männerstimme, die ich schon von anderen Schallplatten kannte: Queen. Erst danach erklang die Stimme dieser Frau, die mir auf einmal gar nicht mehr nervig vorkam. Ich hielt die Luft an, aber das war nur die Spitze des Eisbergs, nur die ersten schwachen Regungen von Gefühlen, die mir bis dahin völlig unbekannt gewesen waren. Die Explosion in meiner Brust kam etwas später, als ihre Stimmen sich vereinten. Ich verstand nicht, was mit mir passierte. Warum zitterte ich von einem Lied?

Ich hob den Blick zu Slawa.

»Was ist das?«

»Kunst.«

Von Slawa lernte ich, dass Kunst unendlich viele Formen haben kann. Und dass man nicht nur wegen Musik zittern konnte. Man konnte vor Bildern erstarren, bei Filmen weinen, bei Musicals lachen. Wir gingen zusammen in

Museen, ins Theater, in die Oper, ins Ballett. Und überall wurden wir schief angeguckt.

Zum einen, weil die anderen Besucher (vor allem die im Theater) fanden, dass kleine Kinder in Vorstellungen wie *Hühnchen Rjaba* gehörten und ich ein Ballett wie *Don Quichote* nicht verstehen würde. Außerdem befürchteten sie, dass ich in den heiligen Minuten, wenn sie gerade in der Kunst aufgingen, Krach machen würde oder aufs Klo müsste. Aber ich hielt alle drei Akte durch, ohne einen Mucks.

Zum anderen wegen Slawa. Man liegt falsch, wenn man annimmt, dass Slawa bei unseren Veranstaltungen der Hochkultur auch hochkultiviert aussah. Jeder einzelnen ging eine Diskussion mit Lew voraus.

»Kannst du nicht wenigstens irgendwas ohne Löcher anziehen?«, fragte Lew.

»Was macht das für einen Unterschied?«

»Wir gehen ins Theater.«

»Darin sehe ich noch keinen Grund, mich umzuziehen.«

Sie stritten, bis die Zeit knapp wurde. Lew verdrehte die Augen, Slawa blieb stur wie ein Esel. Ich langweilte mich im Flur – übrigens angezogen »wie es sich gehört«.

Lew sah jeden Tag so aus, als wollte er ins Theater. Immer schneeweiße Hemden, im Alltag mit Krawatte, bei festlichen Anlässen mit Fliege. Ein Theaterbesuch fiel in die zweite Kategorie. Und immer Anzug: schwarz oder dunkelgrau (»bloß keine Streifen, Karos oder Muster«). Lews Aussehen passte perfekt zu seinem Namen, wie ich fand. Fehlten nur noch Stock, Bart und Schriftstellerberuf.

Obwohl sein echter Beruf auch kaum ernster sein konnte: Lew war Intensivmediziner.

Damals hörte ich die beiden oft hinter der Tür streiten (liebe Erwachsene, ihr solltet Türen nicht überbewerten).

»Du versuchst gar nicht, ein Verhältnis zu ihm aufzubauen«, sagte Slawa in gereiztem Flüsterton.

»Tut mir leid, ich Banause habe keinen Zugang zu eurer hohen Welt der Kunst.«

»Was hat das mit Kunst zu tun? Sprich über irgendwas mit ihm, womit du dich auskennst.«

»Worüber? Kardiopulmonale Reanimation?«

»Von mir aus, hör nur mit dem Schweigen auf.«

Lew sprach nicht über kardiopulmonale Reanimation mit mir, weder an diesem noch am nächsten Tag. Und ich hatte auch nichts, worüber ich mit ihm reden wollte, aber Slawa machte sich Sorgen – das konnte sogar ich sehen.

Als Lew bei der Arbeit war und wir allein zu Mittag aßen, fragte ich ihn: »Warum willst du unbedingt, dass ich mich mit deinem Freund verstehe?«

Slawa war sichtlich irritiert, und seine Antwort klang nicht sehr überzeugend: »Weil wir zu dritt in einer Wohnung leben, da wäre es gut, wenn alle miteinander auskommen.«

»Ist das etwa für immer?«

Ich war enttäuscht. Um ehrlich zu sein, hatte ich gehofft, das Ganze wäre ein vorübergehender Zustand, früher war da auch kein Lew gewesen in Slawas Wohnung.

»Ja, für immer.«

»Wieso? Hat der kein eigenes Zuhause?«

»Das ist sein Zuhause.«

»Das ist dein …«

»Das ist sein Zuhause«, unterbrach mich Slawa scharf.

So einen eisernen Ton kannte ich von ihm nicht, komischerweise wollte ich davon weinen. Mir traten sogar schon Tränen in die Augen, aber Slawa ließ sich davon nicht beeindrucken, er beharrte auf seiner Position: »Das ist unser Zuhause. Meins, deins und seins. Unsers.«

Darauf wusste ich nichts zu erwidern. Außerdem hatte ich Angst, dass dieser eiserne Ton wiederkommen würde, sobald ich etwas sagte.

Ich schluckte meine Tränen runter und presste trotzdem hervor: »Früher hast nur du hier gewohnt.«

»Das stimmt nicht, er hat früher auch schon hier gewohnt.«

»Gar nicht wahr«, sagte ich beleidigt. »Wenn ich hier war, war er nie da. Nie.«

Slawa hörte auf zu essen, legte die Gabel weg. Eine Weile schwieg er, dann sagte er ruhig, gefasster als zuvor: »Ich wollte dich nicht zusätzlich stressen, weißt du? Du warst auch so schon aus deinem gewohnten Umfeld rausgerissen und hast dir Sorgen gemacht wegen Mama.«

»Hab ich gar nicht.«

»Doch, hast du, Miki, auch wenn es dir heute vielleicht anders vorkommt.«

In Wirklichkeit wusste ich nicht, ob ich mir Sorgen gemacht hatte oder nicht. Es fiel mir schwer, meine Gefühle von damals eindeutig zu benennen. Aber einfach weil ich nicht wollte, dass er das letzte Wort behält, sagte ich noch mal: »Hab ich nicht …«

Slawa seufzte schwer. Bis wir mit dem Mittagessen fertig waren, schwiegen wir.

Ich kann nicht behaupten, dass ich grundsätzlich etwas gegen Lew gehabt hätte. Heute würde ich sagen, dass ich mich unwohl gefühlt habe, so eng mit einem fremden Menschen zusammenzuwohnen. Das kennt vermutlich jeder, der seinen engsten Raum einmal mit Außenstehenden oder entfernten Verwandten teilen musste.

Außerdem hatten wir überhaupt keine Berührungspunkte. Höchstens, dass wir beide gerne lasen. Aber ich las *Cipollino* und er Bulgakow.

Zu allem Überfluss war es auch noch Lew, der einführte, was ich am meisten hasste: einen festen Tagesablauf. Ich musste immer zur selben Zeit aufstehen, essen und schlafen. Um zehn ins Bett zu gehen war das Allerschlimmste, aber Slawa meinte: »Das ist noch human.« Als wir zu zweit gewohnt hatten, haben wir bis in die Morgenstunden *Die Simpsons* und *South Park* geschaut – da war nichts von wegen Tagesablauf. Aber seit wir so zusammenlebten, war alles anders, ernster. Keine Trickfilme, in denen geflucht wurde, keine durchgemachten Nächte und keine Cornflakes zum Abendessen.

Ich fragte mich, ob ich meine Entscheidung nicht noch mal überdenken und doch zu Großmutter ziehen sollte. Aber die würde sicher auch keine Cornflakes mit mir essen oder *Die Simpsons* schauen, es hatte also keinen Sinn.

Ein paarmal las Lew mir abends vor, absolut talentfrei. Ich schlief nur vor Langeweile ein, und Slawa im Nebenzimmer gleich mit. Am Morgen zog er Lew damit auf: »Wie schaffst du es nur, *Buratino* vorzulesen, dass es wie ein Lehrbuch über Quantenphysik klingt …«

Lew reagierte genervt: »Ich hab dir doch gesagt, ich kann das nicht.«

Ich spürte damals schon, dass sich dieses »nicht können« auf mehr als das Märchenvorlesen bezog.

Mit Slawa war alles einfacher: Er erzählte mir Sachen über Künstler, Musiker und Schriftsteller, brachte mir Zeichnen bei, legte Platten auf, und ich mochte alles davon.

An einem dieser Tage, als wir neben dem Grammofon auf dem Boden lagen, fragte ich ihn, wie diese Menschen solche Meisterwerke schaffen konnten.

»Sie haben Talent«, erklärte Slawa.

»Hab ich auch Talent?«

»Ich denke, jeder Mensch hat irgendein Talent.«

»Und was hab ich für eins?«

»Das weiß ich noch nicht.« Slawa tippte mir auf die Nase. »Aber mach dir keine Sorgen. Ein Talent zeigt sich immer irgendwann.«

»Hast du auch eins?«, ließ ich nicht locker.

»Ja. Ich zeichne.«

»Und hat Lew auch eins?«, ich grinste selbstzufrieden, weil ich mir sicher war, Slawa erwischt zu haben. Lew war meilenweit von aller Kunst entfernt, wie sollte *der* Talent haben?

Aber Slawa antwortete sofort, ohne meine Ironie bemerkt zu haben: »Ja, er ist ein guter Mensch.«

»Das ist kein Talent.«

»Wieso denkst du das?«

»Weil das keine Kunst ist.«

»Und ob das eine Kunst ist«, erwiderte Slawa ernst.

Ich nahm dieses Gespräch nicht ernst. »Die Kunst, ein guter Mensch zu sein« – das klang wie aus einem kitschigen Film und passte überhaupt nicht zu so einem trockenen, strengen und verschlossenen Menschen wie Lew.

In Gedanken nannte ich ihn immer Langweiler – bis zu dem Tag, als ich erfuhr, dass er ein Superheld war.

Ein ehrliches Gespräch

Weil Slawa von zu Hause aus arbeitete, blieben mir staatliche Einrichtungen für Kinder im Vorschulalter erspart. Nur manchmal, wenn es gar nicht anders ging, war ich in einer privaten Kita, in die man sein Kind für ein paar Stunden geben konnte.

Deswegen fand meine Sozialisierung im Wesentlichen auf Spielplätzen statt. Ich muss zugeben: Das ging ziemlich schleppend voran, denn die anderen Kinder machten mir Angst. Ich erinnere mich bis heute daran, wie ich mich, sobald irgendwo mehr als drei Kinder waren, hinter Slawas Bein versteckte und mich allzu nachdrückliche Ermutigungen, doch mitzuspielen oder wenigstens ein bisschen näher zu kommen, zum Heulen brachten.

Dafür beherrschte ich die Kommunikation eins zu eins ganz gut, mein Gesprächspartner auf dem Spielplatz war meistens Iljuscha, der oft zur selben Zeit wie ich hingebracht wurde.

Damals waren wir fast einen Monat befreundet und hatten schon so einiges erlebt. Genauer gesagt, Iljuscha. Ich hatte zugesehen, wie er sich die Schaukel gegen die Nase knallte, von einem Hund gebissen wurde, Schiefer in ein

Lagerfeuer warf, ohne auf sicheren Abstand wegzurennen. Ich blieb immer unversehrt, weil ich bei unseren Abenteuern derjenige war, der im Hintergrund stand und zaghaft fragte: »Sollen wir das nicht lieber lassen?«

Zum Spielplatz gebracht wurde Iljuscha von seinem Vater, dessen Lebensziel offensichtlich darin bestand, den Selbsterhaltungstrieb des Sohnes auszumerzen. Er freute sich jedes Mal über die »Erfolge« seines Jungen. Als Iljuscha nach der Schaukelaktion mit blutigem Nasenrücken zu ihm kam, klopfte er ihm anerkennend auf die Schulter und sagte: »Uuuuh, ein echter Kerl bist du!«

Iljuscha war glücklich und zerbrach sich anschließend den Kopf darüber, welche körperlichen Qualen er noch über sich ergehen lassen könnte, um Papa eine Freude zu machen. Mich hielt er für einen Feigling.

»Du hast immer Angst vor allem«, sagte er mit vorwurfsvollem Unterton.

Das war an dem Tag, als er den Hund geärgert hatte, der ihn dann ins Knie gebissen und seine Hose zerfetzt hatte.

»Du musst ins Krankenhaus«, hatte ich gesagt.

»Ach, das tut gar nicht weh.« Bei dem Satz drückte er sogar den Rücken durch vor lauter Stolz.

»Darum geht's nicht. Der kann Tollwut haben.«

»Ja, und?«

»Du kannst krank werden.«

Iljuscha schnaufte verächtlich und wiederholte, dass ich ein Feigling sei. Ich stolperte und blieb zurück. Mit Absicht, um kurz zu überlegen: Soll ich es sagen oder nicht?

Ich entschied mich dafür: »Slawa sagt, Dummheit und Mut sind zwei verschiedene Dinge.«

Iljuscha verstand den Satz nicht und schnaufte noch mal. Ein Zeichen, dass er nichts zu erwidern wusste.

»Warum nennst du deinen Vater Slawa?«, fragte er.

»Weil er nicht mein Vater ist, sondern mein Onkel.«

»Und wo ist dein Vater?«

Man könnte annehmen, dass ich mich das schon früher gefragt hätte. In Wirklichkeit kümmerte es mich nicht besonders. Wenn sich die Dinge so turbulent entwickeln, erscheint die Abwesenheit eines Vaters als Kleinigkeit gemessen an den anderen Ereignissen. Mir wurde zum ersten Mal klar, dass alle einen Vater hatten, nur ich nicht, genau in diesem Augenblick – mit fünf, bei diesem Gespräch.

»Ich habe keinen Vater«, sagte ich schlicht.

»Jeder hat einen Vater.« In Iljas Stimme klang die Lust zu streiten durch.

»Eben nicht. Ich hab keinen.«

»Wenn du keinen hast, hat er dich sitzenlassen.«

»Wie meinst du das?«

»Hat dich nicht anerkannt.«

Das anzuerkennen überforderte mich. Was hatte ich getan, dass man mich nicht anerkannte? Ich erinnerte mich nicht mal.

Ich entschied, dass Iljuscha selbst nicht wusste, was er da redete. Er war ja nicht besonders schlau. Wer ärgerte schon Hunde oder schubste Schaukeln an und blieb dann stehen?

Deswegen sagte ich: »So ein Unsinn. Er war einfach von vornherein nicht da.«

Ilja erwiderte gehässig: »So was gibt's nicht. Ohne einen Vater funktioniert kein Sex.«

»Was funktioniert nicht?«

Genau da, als es gerade spannend wurde, wurden wir unterbrochen. Die furchteinflößende Gestalt von Iljuschas Vater beugte sich über uns und sagte, es sei Zeit fürs Boxen. Ilja warf die Arme in die Luft und hüpfte.

»Er wurde von einem Hund gebissen«, sagte ich, den Kopf nach oben gereckt, um dem Mann ins Gesicht zu sehen. »Das sollte sich ein Arzt ansehen.«

Iljuschas Vater warf mir einen spöttischen Blick zu und nickte arrogant.

Während ich auf einer Bank am Spielplatz saß und den Sand aus meinen Sandalen schüttete, konnte ich nicht aufhören, über Iljuscha nachzudenken. Slawa saß neben mir, verstaute die Spielsachen in meinen Micky-Maus-Rucksack und hörte zu, wie ich aufgeregt die Geschichte mit dem Hund erzählte. Als ich fertig war, fragte ich: »Kannst du nicht mit ihm reden, dass er doch zum Arzt soll?«

Slawa lächelte und sagte nur: »Ich erzähl dir mal was über natürliche Selektion.«

Falls sich jetzt jemand Sorgen um Iljuscha macht, ich kann euch versichern, dass mit ihm alles in Ordnung ist. Nur sein Nasenrücken ist von dem Schlag der Schaukel etwas schief geblieben.

Und mir ist von dem Gespräch ein mulmiges Gefühl geblieben, in meinem Kopf setzten sich beunruhigende Gedanken fest – an einen Vater, der mich aus unerklärlichen Gründen sitzenlassen hatte. Ich überlegte: Wenn ich einen Vater hätte, müsste ich nach dem Tod von meiner Mutter doch bei ihm geblieben sein. Aber er war nicht da gewesen, deswegen hatte ich ja »in der Luft gehangen« – Großmutters Worte.

Ich bekam Albträume: Ich ging durch einen langen Flur, der einfach nicht aufhörte, und je länger ich ging, desto unheimlicher wurde es, obwohl sonst nichts passierte. Als ich den Traum zum ersten Mal hatte, konnte ich nicht wieder einschlafen und wollte Slawa fragen, ob ich bei ihm schlafen dürfte.

Im Halbschlaf hat es mich zunächst gar nicht gewundert, dass er und Lew in einem Bett lagen. Intuitiv, offenbar aus einem angeborenen Taktgefühl, zog ich schweigend die Tür zu und ging wieder in mein Bett. Sogar die Angst war wie verflogen, verdrängt von anderen Gedanken: Schlafen Männer denn in einem Bett? Ja, schon, aber in Ausnahmesituationen. In Filmen gibt es das – wenn Krieg ist oder renoviert wird oder man einfach keinen anderen Platz zum Schlafen hat, außer eben nebeneinander. Aber das traf bei uns nicht zu: Wir hatten eine Couch.

Es war nicht so, dass ich mich in zwischenmenschlichen Beziehungen besonders gut auskannte, aber ich war mir ziemlich sicher, dass es Liebe nur zwischen Mann und Frau gab. Und zwischen Menschen desselben Geschlechts gab es Freundschaft. Der Unterschied zwischen Liebe und Freundschaft war, dass Männer und Frauen sich küssten und in einem Bett schliefen, Freunde sich dagegen nur die Hände schüttelten und niemals zu nah nebeneinanderstanden. Dass Slawa und Lew in einem Bett schliefen, obwohl dafür keine Notwendigkeit bestand, passte in keine der Schablonen.

Ich hielt es kaum bis zum Morgen aus und platzte gleich beim Frühstück damit raus: »Warum schlaft ihr zusammen?«

Lew hustete und hörte auf zu essen. Mit einem entnervten Blick sah er zu Slawa, seufzte und stand vom Tisch auf.

»Erklär du es ihm, du hattest dir doch was überlegt …«

Slawa sah ihm nach und brummte: »Du stiehlst dich meisterhaft aus der Verantwortung.«

»Ich komme zu spät zur Arbeit«, erwiderte Lew vom

Flur aus. Ich hatte gerade gelernt, die Uhr zu lesen – er war kein bisschen zu spät.

Slawa schwieg, bis die Tür ins Schloss gefallen war. Dann sagte er: »Lew und ich lieben einander.«

»Wie das?«

Ich spürte, wie meine Handflächen unangenehm schwitzig wurden.

»Wie das halt so ist«, sagte Slawa. »Erinnerst du dich an Aschenputtel? Sie hat sich in einen Prinzen verliebt und der Prinz in sie. So verlieben sich viele Leute.«

»Aber ihr seid doch Jungs.«

»Manchmal verliebt sich ein Mann in einen anderen Mann. Oder eine Frau in eine andere Frau. Das ist nicht so häufig, aber es kommt vor.«

»So was gibt's nicht«, sagte ich hart. »Du lügst.«

Heute kann ich mir schwer erklären, warum ich so reagiert habe, aber ich erinnere mich noch genau an ein Gefühl der Kränkung. Einer brennenden Kränkung in der Brust. So einer, die sogar die Tränen kochen lässt.

»Ich lüge nicht.« Slawa blieb ruhig. »Du wirst in deinem Leben noch viele verschiedene Menschen kennenlernen. Auch solche.«

»Gar nicht! Weil es die nicht gibt!«

»Miki …«

»Warum gibt es so was dann nicht in Filmen oder Büchern?«, fuhr ich ihm aufgebracht dazwischen. »Keiner behauptet so was! Außer dir! Weil du dir das gerade ausgedacht hast!«

»Das gibt es auch in Büchern und in Filmen, Miki«, sagte er lauter, aber sanfter. »Wenn du willst, können wir uns einen anschauen.«

»Will ich nicht!« Zornestränen strömten über meine

Wangen. »Ich will deine blöden erfundenen Filme nicht sehen!« Ich senkte den Blick auf den Teller mit dem Spiegelei vor mir. »Ich hab keinen Hunger mehr!«

Sprang auf, rannte in mein Zimmer und knallte die Tür zu. Slawa kam nicht nach.

Bis zum Abend blieb ich auf dem Zimmer. Obwohl, stimmt nicht: Zweimal bin ich raus – einmal, um zu pinkeln, und das andere Mal, um mir eine Banane aus der Küche zu holen. Ansonsten habe ich alle Bücher noch mal gelesen, in denen es um Liebe ging, und verstand nicht, warum mich Slawa anlog. Statt Aschenputtel konnte es keinen Prinzen geben, dem passt nicht mal ein Glasschuh. Obwohl, der kreuzt bestimmt mit so dämlichen Fußballschuhen beim Ball auf. Und bei den älteren Jungs fliegen die ständig vom Fuß, wenn sie den Ball zu doll kicken. Eigentlich lassen sich solche Schuhe auch eher verlieren als Mädchenschuhe aus Glas …

Ich musste zugeben, dass man Aschenputtel durch einen Jungen ersetzen konnte, ohne den Handlungsverlauf groß ändern zu müssen. Oder den Prinzen durch eine Prinzessin. Aber wenn das wahr war, warum schrieben dann alle Schriftsteller nur über Jungs und Mädchen? Schriftsteller sind doch kluge Menschen, die müssen genau wissen, was wahr ist und was nicht.

Ich konnte hören, wie Lew am Abend nach Hause kam und er und Slawa aufgebracht miteinander sprachen. Wahrscheinlich ging es um mich.

Als es schon ganz dunkel war, kam ich aus dem Zimmer. Ich hörte im Wohnzimmer den Fernseher laufen. Slawa saß allein davor.

Ich blieb in der Tür stehen und sah auf den Bildschirm. Darüber flackerten Bilder eines Mannes mit großer Sonnenbrille und feinem Anzug; er sah sehr traurig aus und betrachtete das Foto eines anderen jungen Mannes. Dann flimmerten die Aufnahmen schwarz-weiß, als wäre der Film vor hundert Jahren gedreht worden.

Langsam betrat ich das Zimmer und setzte mich neben Slawa, ohne den Blick vom Fernseher abzuwenden.

»Warum ist er traurig?«

»Weil der Mann, den er geliebt hat, gestorben ist.«

»Der auf dem Foto?« Als ich das fragte, lächelte ich. Ganz leicht.

Slawa lächelte ganz leicht zurück. Und sagte: »Ja.«

»Ist er jetzt am selben Ort wie Mama?«

»Ja, vermutlich.«

»Vielleicht werden sie ja Freunde.«

Slawa lehnte sich zurück und zog mich zu sich heran. Ich legte den Kopf auf seine Brust, und wir schwiegen, bis der Film zu Ende war.

Superman

Lew zeigte nicht gern seine Gefühle, vor allem nicht »vor Publikum«. Draußen wäre es sowieso keinem von beiden je in den Sinn gekommen, aber zu Hause demonstrierte mir Slawa das Ausmaß seiner Liebe zu Lew ununterbrochen. Während Lew damit nicht hinterm Berg hielt, wie unerwünscht ihm diese Liebesäußerungen waren, indem er Küssen auswich wie Spiderman.

Wenn ich das sah, knirschte etwas in meinem Kopf. Heute denke ich, es war die Schablone. In echt hatte ich so was noch nie gesehen. Ich kannte nur aus Filmen, wie sich Menschen furchtbar eklig, sabbernd küssen, und dachte, dass ich so was nie im Leben tun würde.

Slawa und Lew konnten sich in dieser Frage sehr lange nicht einigen. Sie schlossen die Tür hinter sich und stritten endlos darüber, wer im Recht war – noch mal, liebe Erwachsene: Solche Zimmertüren, die eure supergeheimen Gespräche vor Kinderohren abschotten könnten, gibt es nicht! Deshalb bekam ich alles mit und machte mir natürlich Sorgen, weil ich fühlte, dass ich der Grund für diese Kluft zwischen den beiden war.

»Ein Kind muss sehen, dass sich zwei Menschen in einer

Familie lieben und es auch zeigen können«, sagte Slawa. »Sonst lernt es nie, seine Gefühle zu zeigen.«

»Vielleicht nicht grad an unserem Beispiel«, sagte Lew wesentlich leiser als Slawa, weswegen ich scharf hinhören musste.

»Was ist an unsrem Beispiel denn verkehrt?«

»Verstehst du denn nicht, dass die Welt da draußen anders ist als die, die wir um ihn herum erschaffen haben? Sobald er in die Schule kommt, wird er merken, wie stark sich das wirkliche Leben von seinem Leben hier mit uns unterscheidet. So lebt sonst keiner.«

»Das wirkliche Leben? Und was sind wir deiner Meinung nach?«

Slawa ließ nicht von ihm ab, sprach mit Nachdruck. Und Lew so, als müsste er sich verteidigen.

»Du weißt genau, was ich meine.«

»Ich weiß, was du meinst«, stimmte Slawa zu. »Ich verstehe nur nicht, wie du so etwas sagen kannst. Hattest du vor, dein Leben lang Freunde zu spielen?«

»Gar nichts hatte ich vor«, erwiderte Lew verärgert. »Ich hatte auch nicht vor, mit einem Kind zusammenzuleben.«

Es wurde still. Ein Stuhl quietschte.

Ich musste damals etwas Ähnliches gefühlt haben wie Kinder, die erfahren, dass sie eigentlich abgetrieben werden sollten. Sie wollten mich nicht.

Ich fing an zu weinen. Leise, um keine Aufmerksamkeit zu erregen.

Nach der Stille, die eine Ewigkeit gedauert hatte, sagte Slawa endlich: »Seine Familie hat man für immer. Andere Dinge, Schönheit, Partner, kommen und gehen, aber die Familie bleibt. Er ist meine Familie. Wenn du nicht vorhattest, ein Teil dieser Familie zu sein – ich halte dich nicht.«

»Natürlich hatte ich das. So habe ich das nicht gemeint!«, erwiderte Lew schnell.

Ich hörte Schritte, lief schnell zu meiner Spielzeugkiste und tat so, als hätte ich nichts, rein gar nichts, nicht ein Sterbenswörtchen gehört.

Als die Tür schon offen war, drehte sich Slawa noch mal um und sagte: »Dann will ich davon nichts mehr hören.«

Bis zum Abend sprachen sie nicht miteinander, und ich schaffte es nicht, mich abzulenken. Diese Worte über die Welt und die Wirklichkeit hatte ich nicht verstanden, ich hatte nicht mal eine Ahnung, was sie bedeuten könnten. Das Nichtverstehen setzte mir am meisten zu, außerdem plagte mich ein Schuldgefühl, es drückte felsenschwer auf meine Brust.

Ich schlief mit finsteren Gedanken ein, und als ich aufwachte, war das Erste, was ich sah, Lew. Ihn hatte ich am allerwenigsten erwartet. Sonst redete er im Laufe des Tages höchstens ein paar Sätze mit mir, geweckt hatte er mich noch nie.

So richtig geweckt hatte er mich auch diesmal nicht. Er saß einfach am Bettrand, fühlte sich offensichtlich völlig fehl am Platz und fragte in einem unnatürlich munteren Ton: »Sollen wir heute auf den Spielplatz gehen? Nur wir zwei.«

Ich hatte keine Lust. Aber ich sagte: »Ja.«

Mir war klar, dass es mit ihrem Gespräch von gestern zu tun haben musste, wahrscheinlich hatte Slawa ihn darum gebeten. Und weil ich Slawa nicht enttäuschen wollte, sagte ich Ja.

Ich vermute, Lews Motive waren ähnlich.

Wir schwiegen den ganzen Weg. Schweigend kamen wir am Spielplatz an, wo ich in stiller Einsamkeit ein paarmal rutschen ging, im Sandkasten herumstocherte und wieder zur Parkbank stapfte, von der aus er mir schweigend zugesehen hatte. Erst als ich vor ihm stand, fragte er: »Bist du fertig?«

Ich nickte, und wir brachen nach Hause auf.

Und wir wären auch eine halbe Stunde später zu Hause gewesen, hätte sich nicht das Schicksal, das Universum oder sonst noch was eingemischt, vielleicht hat Jesus höchstpersönlich vom Himmel runtergespuckt – jedenfalls hat es eine ganze Weile gedauert, bis wir nach Hause kamen.

Auf dem Heimweg gab es nur eine Kreuzung zu überleben. Sie war schön und hatte eine Ampel, die unsere Sterbechancen auf ein Minimum reduzierte. An dem Tag standen wir dort neben einer Frau und warteten, dass es grün wurde. Ich nahm Lew an der Kreuzung nicht bei der Hand, und er bestand auch nicht darauf. Auf die Ampel achtete ich auch nicht, deswegen bin ich, als die Frau vor uns losging, intuitiv gleich hinterher.

Sofort packte Lew mich an der Schulter und zog mich zurück. Verärgert setzte er dazu an, mir zu erklären, dass die Ampel noch rot sei und ich doch meinen Kopf benutzen solle, statt anderen nachzudackeln. Da unterbrach ein Reifenquietschen seinen Vortrag. Wir hoben gleichzeitig den Kopf und sahen, wie ein Bus verzweifelt versuchte, vor dem Fußgängerüberweg zu bremsen, während die Frau, die die besten Chancen gehabt hätte, gesund und munter zu bleiben, wenn sie nur stehen geblieben wäre, sich im letzten Augenblick dafür entschied, doch noch über die Straße zu rennen.

Jetzt standen die Chancen für beide schlecht.

Dumpf knallte der Bus gegen ihren Körper, sie fiel. Das alles passierte so langsam, dass ich sogar zu sehen meinte, in was für einer unnatürlichen Haltung sie auf den Asphalt aufschlug.

Die Passagiere stürmten aus dem Bus und scharten sich um sie. Auch der Fahrer stieg fluchend aus. Plötzlich merkte ich, dass ich allein dastand, während sich Lew, ohne ein Wort zu sagen, durch die Menge kämpfte.

Ich wollte hinterher, aber ich kam nicht durch – ich war zu klein. Ich lief herum, versuchte, mich zwischen den Beinen durchzuquetschen, aber man ließ mich nicht.

Erst als jemand zurücktrat und sich die Menge etwas lichtete, sah ich die arme Frau auf dem Asphalt, und Lew neben ihr.

In dem Moment dachte ich: Sie ist tot.

Wie Mama.

Wie der Mann aus dem Liebesfilm.

Und fing an zu weinen.

So heftig, dass sich einige mitfühlende Frauen in der Nähe nach mir umdrehten.

»Zu wem gehörst du, Junge?«, fragte mich eine Frau mit sehr roten Lippen.

Ich heulte und sagte nichts.

»Bist du alleine hier?«, fragte sie und beugte sich so nah zu mir, dass ich ihr Parfüm riechen konnte – dasselbe wie Großmutter.

»Neeeein«, jaulte ich.

»Und mit wem bist du hier?«

»Papa.«

»Und wo ist dein Papa?«

»Daaaa.« Ich zeigte mit dem Finger auf Lew.

Die Frau griff meine Hand und schleifte mich durch die Menge. Vor meinen Augen wimmelten nur Beine, Beine, Beine.

»Lasst den Jungen durch zu seinem Vater!«, tönte sie und schubste die Herumstehenden auseinander.

So landete ich in der ersten Reihe und sah Lews merkwürdige Handlungen über der Frau. Er fragte sie mehrere Male nach ihrem Namen, bat sie, die Augen offen zu lassen. An Einzelheiten erinnere ich mich kaum, weil ich auf dem Boden saß und wimmerte, um die Welt um mich herum zu übertönen.

Ich versuchte, nicht hinzusehen, steckte den Kopf zwischen die Knie und kam erst zu mir, als ich spürte, wie mich jemand hochhob. Da merkte ich, dass Lew mich auf dem Arm hielt.

»Alles ist gut«, sagte er unerwartet liebevoll. »Der Frau geht es gut. Komm, ich zeig es dir.«

Er ging zu der Trage, mit der man die Frau gerade in den Krankenwagen schob. Sie war bei Bewusstsein und lächelte mich, glaube ich, sogar ein bisschen an.

Die Sanitäter schlugen die Türen zu und trennten uns.

»Junger Mann, wollen Sie denn nicht mit?«, fragte die Frau, die mich durch die Menge geschleift hatte.

»Wozu?«, fragte Lew irritiert.

»Sie ist doch Ihre Frau!«

»Das ist nicht meine Frau«, sagte er in einem Ton, als gäbe es nichts Schlimmeres, als der Mann von so einer Frau zu sein. Das leuchtete mir ein, ich würde auch keine Frau haben wollen, die vor Busse rennt.

»Warum haben Sie dann neben ihr gesessen?«

»Ich bin einfach Arzt.«

Auf dem Heimweg schwiegen wir eine Weile. Aber dann sprudelten die Fragen nur so aus mir raus: »Hast du sie gerettet?«

»Ich habe nur nachgesehen, ob sie nicht zu schwer verletzt wurde.«

»Ist ein Arzt also ein Retter? Kannst du Menschen retten? Kannst du machen, dass Leute nicht sterben? Wie wird man Arzt? Ich will auch Menschen retten! Wenn jemandem schlecht wird, kann ich ihm dann helfen? Kannst du die Menschen vor allen Sachen retten?«

Ich ging hopsend neben ihm, völlig überdreht nach diesem Vorfall. Plötzlich sah ich Lew ganz anders. Er war … Er war … wie Superman!

Zu Hause überschüttete ich Slawa noch in der Tür völlig zusammenhangslos mit meinen Eindrücken: »Stell dir vor! Wir gehen nach Hause! Und plötzlich der Bus! Die Frau geht weiter! Obwohl Rot ist! Ich bin auch fast hinterher! Aber dann doch nicht! Und dann ganz lautes Quietschen! Und bäng! Sie fällt um! Und Papa …«

Vor Schreck sprach ich nicht weiter, starrte Slawa an. Hat er gehört, was ich gerade gesagt habe? Warum hab ich das gesagt?

Slawa half mir weiter. Seelenruhig fragte er: »Und? Was hat Papa gemacht?«

»Er hat sie gerettet …«, sagte ich nur.

Erste Lektionen in Vorsicht

Dass Lew den Titel »Papa« zuerst bekommen hatte, überraschte alle, einschließlich mir selbst. Im Vergleich zu Slawa sah er übrigens wirklich mehr wie ein Vater aus. Älter, ernster, Anzug tragend. Er dachte sich Tagespläne aus, kontrollierte den Verzehr von Süßigkeiten und verhielt sich einfach unerträglich.

Dafür stand Slawa, den ich stillschweigend vergötterte und der nie um meine Liebe kämpfen musste, vor einem anderen Problem: Er wurde die Rolle des »großen Bruders« nicht los. Zwischen uns lagen sechzehn Jahre Altersunterschied und die Erinnerungen daran, wie er mir absolut alles erlaubt hatte, wenn Mama nicht da gewesen war. Mit einundzwanzig fiel es ihm nicht leicht, auf einmal streng zu sein und die Bruderrolle gegen die Vaterrolle einzutauschen – und mir, ihn plötzlich ganz anders wahrzunehmen.

Oft waren wir Komplizen: Wenn ich ein Bonbon zu viel aus dem Schrank stibitzte, sah er mich skeptisch an, dann bettelte ich: »Wir sagen Papa nichts davon, okay?«

Und er erwiderte: »Na gut.«

Aber einmal, nachdem wir uns schon verschworen hatten, entschied sich Slawa plötzlich um: »Doch, wir sagen es Papa.«

Damals war ich furchtbar sauer auf ihn, aber heute denke ich, es war nicht bloß die Absage an meine Bitte, sondern vielmehr an die Bruderrolle. So machte er den ersten Schritt in Richtung Vater.

Aber es lagen noch viele Schritte vor ihm. Sogar als das erste Jahr unseres Lebens zu dritt fast um war, nannte ich Lew Papa und Slawa immer noch Slawa. Und obwohl wir einer normalen Familie immer ähnlicher wurden, beschlich mich das Gefühl, dass irgendwas nicht stimmte.

Und nicht nur mich. Es war, als lebten wir alle mit diesem Eindruck, taten aber so, als wäre alles in Ordnung.

Bis an meinem sechsten Geburtstag das wirkliche Leben zum ersten Mal bei uns anklopfte. In Gestalt meiner Großmutter.

Lew war an dem Tag nicht zu Hause, er hatte Dienst im Krankenhaus. Während ich in meinem Zimmer die neuen Spielsachen inspizierte, sprach Großmutter halblaut im Wohnzimmer mit Slawa.

»Wie lange wollt ihr noch zusammenwohnen?«, fragte sie. »Ihr seid doch keine Studenten mehr …«

»Fang nicht schon wieder damit an«, unterbrach Slawa sie genervt.

»Warum nicht? Wie lange lebt ihr denn schon so? Bei dir kann ich es ja noch verstehen, aber er ist längst in einem Alter, wo er an Frau und Kinder denken sollte. Als wäre es nicht genug, dass er selbst keine Familie gründet, hält er auch noch dich davon ab, du kannst ja nicht mal deine Freundin mit nach Hause bringen.«

»Welche Freundin?«

»Eben! Das ist ja das Problem. Wäre er nicht da, hättest du wenigstens irgendeine.«

Für eine Sekunde hatte ich den Gedanken, zu Großmutter zu gehen und sie zu beruhigen, ihr zu sagen, dass alles gut war, wir längst eine Familie hatten und sie sich keine Sorgen machen musste. Aber irgendetwas in mir sagte: Das ist keine gute Idee. Dieses »etwas«, das mich schon das ganze Jahr bedrückt hatte, drückte jetzt noch stärker zu. Dunkel ahnte ich, dass es die Wirklichkeit sein musste, von der Lew gesprochen hatte, und dass ich jeden Augenblick mit ihr zusammenprallen würde.

»Es ist immer dasselbe mit dir!« Großmutter ging eine Tonlage höher. »Anstatt an die Zukunft zu denken, machst du nur irgendwelchen Blödsinn. Normale Menschen …«

»Es reicht«, herrschte Slawa sie an.

Großmutter wurde still. Ich auch – das war unerwartet.

Slawa fuhr fort: »Ich kann nicht mehr. Seit meiner Kindheit muss ich mir das anhören! Mein ganzes Leben. Es reicht! Ich lebe nicht ›anstatt‹ von irgendwas – ich lebe, wie ich leben will! So, wie du es dir nicht erlauben kannst! Besser als du! Kapiert?!«

Im Gehen sagte Großmutter noch, sie sei enttäuscht von ihm. Er hätte alle Pläne der Familie durchkreuzt, ein Nichtsnutz sei aus ihm geworden. Slawa murmelte nur gereizt, während er ihr die Tür aufhielt: »Geh endlich …«

»Wenn er groß ist, redet er genauso mit dir«, drohte sie ihm noch zum Abschied.

Ich sah Slawa von meinem Zimmer aus zu, er wirkte müde, so als hätte er sehr lange hart gearbeitet. Zurück im Wohnzimmer legte er sich auf die Couch.

Erst da verließ ich meine Deckung.

»Slawa«, sagte ich leise, als ich näher kam.

Er drehte den Kopf und streckte die Arme nach mir aus. Ich kuschelte mich zu ihm und fragte: »Was hat sie gemeint?«

Slawa schwieg, bis er irgendwann sagte: »Früher dachten die Menschen, die Erde wäre eine Scheibe.«

»Als es noch keine Wissenschaft gab?«

»Ja, vor langer Zeit.«

»Krass …«

»Es gab Gelehrte, die versucht haben, die Menschen davon zu überzeugen, dass die Erde eine Kugel ist. Aber die anderen wollten nicht auf sie hören und konnten sie nicht leiden. Unter Androhung der Todesstrafe haben sie die Gelehrten gezwungen, ihre Überzeugungen zu leugnen.«

»Warum? Wenn sie doch recht hatten.«

»Weil die Dinge, die sie gesagt haben, für die anderen ungewohnt und seltsam waren. Den anderen Menschen fiel es schwer, etwas zu akzeptieren, das sie nicht verstanden haben. Obwohl die Gelehrten die Wahrheit gesagt haben, war es für die Leute einfacher, sie umzubringen, als ihre eigenen Ansichten zu ändern.«

»Krass …«, murmelte ich noch mal.

»Das war schon immer so. So was ändert sich auch nicht über die Jahrhunderte. Erinnerst du dich noch an *Das Streben nach Glück*, den wir zusammen geschaut haben?«

»Hm …«

»Da waren doch schwarze Schauspieler. Vor gar nicht so langer Zeit konnten schwarze Menschen überhaupt nicht Schauspieler werden. Sie waren Sklaven in den USA.«

»Wieso?«

»Man hat sie nicht als Menschen angesehen. Menschen mit weißer Haut, wie wir, haben sie gezwungen, für sich zu arbeiten, sie geschlagen; überhaupt konnten die Weißen mit ihnen machen, was sie wollten.«

Ich hörte Slawa mit offenem Mund zu. Diese Geschichten über die Ansichten vergangener Jahrhunderte klangen für mich wie böse Märchen …

»Aber warum?«

»Wegen ihrer Hautfarbe, sie war einfach ungewohnt für die anderen. Das ist wie mit den Gelehrten. Und mit vielen anderen Dingen auf der Welt. Und mit uns.«

»Was ist mit uns?«, fragte ich überrascht.

»Die meisten Männer lieben Frauen, und die meisten Frauen lieben Männer. Die meisten Elternpaare bestehen aus Mann und Frau. Du hast doch selbst gemerkt: Familien wie unsere sind ungewöhnlich, deswegen mögen die Menschen uns nicht.«

Ich wurde starr vor Angst. Die Gelehrten wurden umgebracht, die Schwarzen versklavt … Was passiert mit uns? Genau das fragte ich: »Wird man uns umbringen?« In meiner Stimme klangen schon die Tränen durch.

»Nein!«, antwortete Slawa schnell.

Er setzte sich gerade hin und richtete auch mich auf, um mir in die Augen zu sehen, dann sagte er: »Niemand wird uns umbringen. Aber wir müssen vorsichtig sein.«

»Wie?«

»Hier, zu Hause, sind wir in Sicherheit. Hier ist alles gut, hier haben wir nichts zu befürchten. Aber vor anderen Menschen können wir uns nicht so verhalten wie zu Hause. Du darfst niemandem erzählen, wie wir leben.«

»Und was erzähle ich ihnen dann?«

»Dass du und ich zusammenwohnen. Nur du und ich. Sonst niemand.«

Ich verzog das Gesicht.

»Man darf aber nicht lügen.«

»Manchmal muss man es, für seine eigene Sicherheit.«

Ich schwieg. Slawa strich mir durch die Haare, ich schob seine Hand weg.

»Miki …«

»Nein.«

»Hör zu …«

»Ich will deine blöden Geschichten nicht hören!«

»Ich weiß, dass du Angst hast. Ich verstehe das, glaub mir. Aber wir müssen vorsichtig sein.«

»Müssen wir nicht.«

»Es gibt solche Dinge wie das Sorgerecht.«

»Was ist das?« Ich starrte Slawa an.

»Das sind Papiere, die einem Erwachsenen erlauben, sich um ein Kind zu kümmern. Nur derjenige, der sie hat, kann für dich sorgen. Diese Dokumente habe ich. Aber man kann sie mir wegnehmen.«

»Wer? Wieso?«

»Das Jugendamt. Sie mögen Familien wie unsere nicht. Niemand wird uns umbringen, aber damit wir zusammenbleiben können, müssen wir vorsichtig sein.«

»Wir können denen doch zeigen, dass bei uns alles gut ist, dann machen die schon nichts.«

»Miki …«

»Ich sage denen, dass ich euch liebhabe, dann lassen die mich hier …«

»Nein, Miki, es hat keinen Sinn, mit denen zu reden!« Er erhob die Stimme gegen mich.

Ich sah ihn verwundert an, er mich auch.

»Wir müssen nur ein bisschen vorsichtig sein, dann passiert nichts«, sagte Slawa.

»Warum müssen wir uns verstecken wie Verbrecher?«

»Ich weiß es nicht«, antwortete er ehrlich. »Aber es muss sein.«

»Gut.« Ich sagte es sehr leise, aber Slawa hatte es gehört und nickte.

Fünfzig Tränen

Hier möchte ich einen kleinen Exkurs machen beziehungsweise noch einmal zurückgehen und erzählen, wie ich die Aufgabe meines Lebens gefunden habe.

Denn es kommt ja nicht oft vor, dass man seine Berufung schon mit vier entdeckt.

Mit drei lernte ich das Alphabet und mit vier lesen und schreiben. Heute weiß ich, dass es zu der Zeit gewesen sein muss, als meine Mutter noch gelebt hat, obwohl ich immer geglaubt habe, es wäre ohne sie passiert.

Das Unterfangen, mir Lesen beizubringen, hatte Slawa übernommen, daran habe ich noch sehr lebhafte Erinnerungen. Ich hatte ein kleines Büchlein mit gereimten Geschichten über die Buchstaben des Alphabets. Wir saßen in dem großen Garten von dem Krankenhaus (den ich in meiner Erinnerung lange für irgendeinen Park gehalten hatte) – offenbar warteten wir auf Nachrichten von Mama oder darauf, dass die Besuchszeit anfing. Für den Fall, dass mir langweilig würde, hatten wir immer nur dieses Buch dabei und einen Bleistift.

»Komm, ich bring dir Lesen bei«, schlug Slawa plötzlich vor.

Lustlos stimmte ich zu, ich sah es schon kommen, wie er mir gleich ewig und todlangweilig von Buchstaben erzählen würde, aber wir hatten sowieso nichts Besseres zu tun.

Slawa schlug das Buch beim weißen Vorsatz auf und schrieb mit dem Bleistift Silbe für Silbe ein Wort hinein. Danach erklärte er mir, dass man Buchstaben zu Silben zusammenfügt und Silben zu Wörtern. Ich begriff gleich, was zu tun war, und las: »Ma-ma.«

Danach schrieb er »On-kel«, »Mi-ki«, »Sla-wa«, und ich las die Wörter, noch bevor er sie zu Ende schreiben konnte. Als es uns zu langweilig wurde, mit gewöhnlichen Wörtern zu lernen, schrieben wir: »Kat-ja ist blöd« und »Arschloch« (sorry, liebe Katjas, nicht persönlich gemeint).

Ich habe das Buch noch lange bei mir im Schrank aufbewahrt – als Erinnerung an meine ersten literarischen Erfolge, aber dann hat Großmutter es samt dem Arschloch und der armen Katja weggegeben.

Sobald ich lesen konnte, fing ich an zu schreiben, und zwar nicht irgendetwas, sondern Bücher. Mit fünf hatte ich bereits einen Stapel aus zehn achtundvierzig Seiten starken Heften, vollgekritzelt mit meinen Memoiren. Slawa und Lew mussten alle meine Meisterwerke lesen, nickten höflich und sagten: Gut gemacht. Aber mein Bauchgefühl und mein Einfühlungsvermögen verrieten mir, dass es durchschnittlich war und bis zur Genialität noch mächtig Luft nach oben bestand.

Deswegen schrieb ich ständig, und einmal dachte ich mir ein Märchen aus.

»Es war einmal ein König …«, so fing das Märchen an. Noch ist es nicht genial, aber gleich.

»Hinter siebzig Bergen herrschte er über sein Königreich und war berühmt dafür, dass er schrecklich geizig war.

Alle seine Sachen waren aus Gold. Sein Schlafzimmer hatte goldene Wände, einen goldenen Fußboden, eine goldene Decke. Und er schlief nicht auf einem Bett, sondern auf Geld.

Der König hatte einen Sohn. Als der Junge zehn wurde, zeigte sich bei ihm eine erstaunliche Gabe: Wenn er weinte, verwandelten sich seine Tränen in Gold. Als der König das erfuhr, wollte er seine Krone sofort mit fünfzig goldenen Tränen schmücken, und befahl seinen Dienern, den Jungen so lange zum Weinen zu bringen, bis er fünfzig Tränen zusammengeweint hatte.

Tag und Nacht schlug man ihn mit Birkenruten und sammelte die Tränen von seinem Gesicht. Aber am zweiten Tag gewöhnte sich der Junge an den Schmerz und hörte auf zu weinen. Die Diener setzten alles daran, ihn wieder zum Heulen zu bringen, aber umsonst. Die Köchin brachte sogar Zwiebeln aus der Küche, aber auch das funktionierte nicht. Dann befahl der König: ›Holt seine Mutter und ersticht sie vor seinen Augen.‹

Die Diener waren schockiert, aber Befehl war Befehl. Spät am Abend brachten sie die Mutter zu dem Jungen ins Zimmer und töteten sie.

Aus Trauer fing er wieder an zu weinen. Die Diener freuten sich und sammelten schnell die Tränen. Aber als es neunundvierzig Tränen waren, hörte der Junge wieder auf zu weinen. Alle waren verzweifelt – es fehlte nur noch eine!

Egal, was sie versuchten, um den Jungen noch mal in Tränen ausbrechen zu lassen, es gelang nicht. Irgendwann holten die Diener den König, er befahl, einen Arzt zu rufen, damit der herausfand, warum sein Sohn nicht mehr weinte.

Der Arzt untersuchte den Jungen und sagte: ›Er hat einfach keine Tränen mehr. Er wird nie wieder weinen.‹

Als dem König klarwurde, dass er seine Krone nicht mit den Tränen seines Sohnes würde schmücken können, wurde er so traurig, dass er wegen seiner Gier und Grausamkeit selbst losweinte. Über seine Wange rollte eine Träne. Die fünfzigste.

Aber sie verwandelte sich nicht in Gold.«

Nachdem Slawa mein Märchen gelesen hatte, schwieg er lange – er hatte das Heft zugeklappt und schwieg. Ich dachte schon, es stimmte was nicht oder es war schlecht.

»Hast du das selbst geschrieben?«, fragte er endlich.

Ich war mir nicht sicher, ob ich es zugeben sollte oder lieber nicht. Was, wenn wirklich was nicht stimmte?

»Hmm«, murmelte ich unentschieden.

Er sah mich sehr ernst an.

»Das ist großartig. Du hast Talent.«

Da fing ich an zu grinsen.

»Was für eins?«

»Vermutlich eins der stärksten«, sagte er. »Wenn du es weiterverfolgst, kannst du Menschen irgendwann sehr glücklich oder auch sehr traurig machen, nur mit deinen Worten.«

»Wow«, entfuhr es mir.

Nachdem Lew es gelesen hatte, sagte er nur: »Ich sehe schon vor mir, wie wir das mit einem Kinderpsychologen diskutieren.« Als er meinen verständnislosen Blick bemerkte, fügte er hinzu: »Aber es ist wirklich gut geschrieben.«

Talent … das klang cool. Natürlich wollte ich es weiterverfolgen, ich sah schon die Bücher mit meinem Namen in den Geschäften stehen. Von diesem Zeitpunkt an antwortete ich auf die Frage, was ich einmal werden wollte, immer nur mit: »Schriftsteller.« Und die Antwort hat sich bis heute nicht geändert.

Trotzdem kam es vor, dass ich es vorzog, von meinem Talent keinen Gebrauch zu machen. Das passierte immer öfter, nachdem ich in die Schule kam.

Aber vor der Schule passierten noch haufenweise andere Dinge. Zum Beispiel fing ich an, auch Slawa Papa zu nennen. Eine besondere Geschichte gibt es dazu nicht: Eines Morgens bin ich aufgewacht und hab ihn so genannt. Die Zeit war einfach reif dafür.

Und vor der Einschulung gab es noch ein wichtiges Gespräch. Vermutlich das wichtigste in dieser ganzen Zeit.

Diesmal wurden keine Türen zugemacht. Slawa und Lew saßen im Wohnzimmer und schienen sich über Alltägliches zu unterhalten, als Slawa plötzlich sagte: »Nächstes Jahr muss er in die Schule.«

»Ich weiß«, sagte Lew. »Und?«

»Denkst du nicht, dass es Zeit wird abzuhauen?«

»Wohin?«

»Am besten irgendwohin, wo man Menschen nicht zusammenschlägt. Also möglichst weit weg von diesem Land.«

Lew lachte unangenehm.

»Machst du Witze?«

»Seh ich so aus?«

»Warum kommst du jetzt damit? Sollen wir in einem halben Jahr unsere Sachen packen und verschwinden? Solche Dinge entscheidet man jahrelang im Voraus.«

»Gut«, stimmte Slawa zu. »Dann fangen wir heute damit an. Und wenn alles entschieden ist, fahren wir.«

Lew schwieg. Dann sagte er bestimmt: »Ich fahre nirgendwohin.«

»Warum?«

»Du bist Künstler, du kannst auf der ganzen Welt herumtingeln und bist von gar nichts abhängig. Aber ich bin Arzt. Was soll ich da mit meiner sowjetischen Ausbildung? Unsere Medizin hinkt der von denen ein halbes Jahrhundert hinterher.«

»Dann lernst du es eben«, sagte Slawa. »Entwickelst dich weiter, wirst noch schlauer.«

»Ich sage dir doch: Ich fahre nirgendshin.«

Slawa schnaufte.

»Warum sagst du, man müsse solche Dinge im Voraus entscheiden, wenn du es gar nicht in Betracht ziehst? Du hast dich schon entschieden. Sag doch gleich, dass du ein Feigling bist und dir das Kind egal ist.«

»Er ist mir nicht egal.«

»Du bist dir nicht egal, aber wie er mit so einer Familie in der Schule klarkommen soll – das kümmert dich doch nicht.«

»Na klar.« Lew lachte unnatürlich. »War das nicht das Erste, das ich dir gesagt hab, als du dich entschieden hast?«

»Ich sage es zum letzten Mal«, Slawas Stimme wurde blechern und ganz fremd. »Wenn du das Thema noch mal aufbringst, sind wir weg.«

Lew erwiderte nichts. Eine Minute herrschte angespannte Stille.

Dann wurde sie von Slawa unterbrochen: »Was hätte ich denn machen sollen? Ihn meiner verrückten Mutter überlassen? Oder, besser noch, dem Staat? Damit er zehn Jahre später keinen Fuß mehr in mein Haus setzt, weil ich eine Schwuchtel bin?«

»Die Tür steht immer offen.«

»Verdammt noch mal.«

Sie schwiegen wieder. Ich saß im Nebenzimmer, rührte mich nicht, traute mich kaum zu atmen.

»Er hat großes Potenzial«, sagte Slawa schließlich. »Ich lasse nicht zu, dass man einen grobschlächtigen Idioten aus ihm macht.«

Lew schien verächtlich zu schnaufen.

»Und genau das wäre passiert, wenn ich mich anders entschieden hätte.« Mit diesem Satz setzte er einen Punkt, das Gespräch war vorbei.

Seitdem hörte ich sie nie wieder über Umzüge reden. Keine Ahnung, wie sie einen Kompromiss gefunden haben, jedenfalls fand meine Einschulung in Russland statt.

Die Einschulung

Am ersten Schultag blickte ich mit Schwermut in den Spiegel: Ich war gekämmt, trug einen ordentlichen Anzug und geputzte Schuhe, das Gesamtbild erinnerte an einen britischen Jungen vom Anfang des 20. Jahrhunderts. Als mir klarwurde, dass ich nun jeden Tag so aussehen müsste, entschied ich, dass ich nicht zur Schule gehen wollte.

Ich war viel zu aufgeregt. Ich fühlte mich wie ein Geheimagent vor einer gefährlichen Mission.

Slawa fasste mich an den Schultern, ging in die Hocke und sagte: »Lass es uns noch einmal wiederholen, ja?«

Ich nickte erschöpft.

»Bei wem wohnst du?«, fragte er.

»Bei meinem Papa.«

»Und wo ist deine Mama?«

»Sie ist gestorben.«

»Wie heißt dein Papa?«

»Lew.«

»Miki, nein!« Slawa wirkte müde und gereizt. »Konzentrier dich. Du musst ›Slawa‹ sagen. Meinen Namen. Nur meinen. Weil ich das Sorgerecht habe, weißt du noch?«

»Ich weiß«, erwiderte ich und rieb mir die Augen.

»Wohnt ihr allein?«

»Nein.«

»Ja! Wir wohnen allein! Was ist denn los mit dir?«

»Ich bin müde«, schrie ich zurück. »Wir lernen diese Regeln schon den ganzen Morgen!«

»Ich kann verstehen, dass du keine Lust mehr hast, aber das ist wirklich sehr wichtig.«

Ich befreite mich aus seinem Griff.

»Ich will nicht lügen.«

»Miki …«

»Das sind schlechte Regeln.«

»Du musst dich trotzdem an sie halten.«

»Das sind blöde, dämliche Regeln.«

»Wir haben keine anderen«, sagte Slawa leise.

»Ich hab doch gesagt: Ich will nicht lügen.«

»Ja, aber vorhin warst du doch einverstanden.«

»Ihr seid Lügner.«

Slawa seufzte schwer und stand auf. Er ging ins Wohnzimmer, während ich im Flur stehen blieb. Ich hörte, wie er leise, aber verärgert zu Lew sagte: »Geh du und klär das mit ihm. Ich bin es leid, die ganze Verantwortung allein zu tragen.«

»Lass ihn einfach in Ruhe. Er sagt schon keinem was.«

Auf dem Weg zur Schule zwang mich Slawa wirklich nicht mehr, die Antworten auf all die Fragen zu wiederholen. Aber er sagte auch nichts anderes, und ich konnte spüren, dass er böse auf mich war. Und ich war böse auf ihn, vor allem weil er stärker war und ich ihn nicht einmal verhauen konnte, wenn er mich auf die Palme brachte.

Wir wurden von ganzen Familien überholt. Alle sahen in etwa gleich aus. In der Mitte ging ein Erstklässler, der genauso bescheuert angezogen war wie ich, mit Blumen in der Hand und um ihn herum etwa sechs weitere Personen: Mutter, Vater, ältere Geschwister und eine Großmutter mit Fotoapparat. Manchmal fielen sie zurück, weil sie neben irgendeinem Baum stehen blieben, um Fotos zu schießen.

Wir waren zu zweit, ohne Blumen, und den Fotoapparat hatte Slawa auch zu Hause gelassen. Zu den Blumen hatte er gesagt, das sei dumm, und zum Fotoapparat, er hätte keine Lust. Er machte gern besondere Aufnahmen, es hätte nicht zu ihm gepasst, alles Mögliche zu knipsen. Außerdem fand er das Sujet »Mein erster Schultag« furchtbar langweilig.

Als wir bei der Schule ankamen, sah ich einen wilden Haufen schwarz-weißer Kinder, und das Erste, was ich tun wollte, war, mich hinter Slawas Bein zu verstecken. Dummerweise war ich in den letzten zwei Jahren zu groß geworden, als dass seine Beine noch als sicheres Versteck hätten herhalten können.

Slawa schien meinen Impuls bemerkt zu haben und schubste mich leicht voran zu den Kindern. Eine junge Lehrerin türmte sich vor uns auf und befahl, dass wir uns zu Paaren zusammenfinden und eine Reihe bilden sollten.

Sofort fingen die Kinder an, einander an den Händen zu greifen und sich zu einer Schlange zu formieren, als hätten sie das geübt. Nur ich stand ahnungslos am Rand und machte keine Anstalten, zu irgendwem hinzugehen.

Plötzlich packte mich jemand von hinten. Ich drehte mich um: Eine fremde alte Frau stellte ein Mädchen neben mich.

»Junge, du stehst da noch allein? Sehr gut, dann nimmst du jetzt Lenotschka, wir sind nämlich zu spät gekommen.«

Im Gegensatz zu mir hatte Lenotschka keinerlei Hemmungen, sich mit einem Todesgriff in meine Hand zu krallen. Ich unternahm einen zaghaften Versuch, mich zu befreien, aber Lenotschkas Hand war unerbittlich. Mit unverhohlener Panik blickte ich zu Slawa.

Er schien das Lachen kaum zurückhalten zu können, und in seinem Blick las ich etwas wie: »Halt die Ohren steif!«

Mit einem schweren Seufzen fügte ich mich in mein neues Schicksal und drehte mich zu Lenotschka. Sie sah aus wie alle Mädchen an diesem Tag: zwei weiße Schleifen an den hohen abstehenden Zöpfen, eine weiße Bluse, weiße Strumpfhosen, weiße Sandalen und ein schwarzer Rock. Und ich sah aus wie alle Jungen. Plötzlich waren wir alle gleich, und das machte mir Angst.

Aber Lenotschka sah glücklich aus. Sie grinste wie ein Honigkuchenpferd und blickte um sich.

Als die Lehrerin uns in das Schulgebäude führte, sagte Lenotschka beseelt: »Hach, jetzt sind wir schon in der ersten Klasse, nicht wahr?«

Ich begriff nicht: War das eine Frage?

Nachdem sie das gesagt hatte, hörte sie nicht auf, mich anzustarren, ich wurde nervös: Musste ich etwas antworten? Und wenn ja, was? Was sagt man in solchen Fällen? Sie starrte mich immer noch an. Was sollte ich tun? Ich benahm mich komisch. Gleich würde sie merken, dass ich komisch bin, dass ich zwei Väter habe, und dann würde sie es allen erzählen. Ich musste etwas sagen!

»Ja«, sagte ich. Lenotschka nickte.

Das war noch mal gutgegangen.

»Meine Mama konnte nicht kommen«, setzte sie wieder an. »Sie muss heute arbeiten.«

Vielleicht sollte ich jetzt einfach nicken? Ich nickte.

»Deswegen hat mich Oma hergebracht.«

Ich sollte sagen, dass ich auch eine Oma habe, dann denkt sie, ich wäre genauso wie sie.

Aber Lenotschka fragte: »Und wer hat dich gebracht?« O Gott. Da ist sie. Die Regel.

»Mein Papa.«

»Hmm.«

Wie? Nur hmm? Keine weiteren Fragen? Nach den Regeln gab es viele Fragen.

»Er heißt Slawa«, sagte ich von mir her.

Lenotschka sah mich mit einem merkwürdigen Lächeln an.

»Wir wohnen zu zweit.«

Wieder das merkwürdige Lächeln. Ich hab doch alles richtig gesagt!

Sie drehte sich weg. Ich war erleichtert: Vielleicht will sie ja nie wieder mit mir reden.

Im Klassenraum setzten wir uns in die zweite Schulbank der dritten Reihe – immer noch zusammen. Ich überlegte, ob es irgendeine Möglichkeit gab, Lenotschka wieder loszuwerden, oder war das jetzt für immer?

Die Lehrerin beglückwünschte uns zum neuen Lebensabschnitt und sagte, wir wären jetzt nicht mehr die, die wir einmal waren. War ich nicht mehr derselbe? Kann schon sein, ich war etwas gewachsen. Als sie sagte, sie wolle uns eine wichtige Frage stellen, schickte ich ein Stoßgebet zum Himmel, dass es nicht um Eltern gehen würde.

Aber sie fragte: »Gibt es jemanden, der noch nicht lesen kann?«

Es gab drei. Einer von ihnen war Iljuscha – der mit der Tollwut und dem Hund. Ich fand es gar nicht gut, dass wir in derselben Klasse gelandet waren: Was, wenn er allen erzählt, dass ich ein Feigling bin? Also in Wirklichkeit bin ich keiner, aber genau das erzählt er sicher allen.

»Wie heißt du?«, fragte mich Lenotschka flüsternd.

»Miki«, flüsterte ich zurück.

»Was ist das für ein komischer Name?«, sie kicherte, und das sah lustig aus, weil sich ihre Nase dabei kräuselte.

»Ein ganz normaler Name«, brummte ich.

»Nein, der ist komisch.«

»Du heißt Lenotschka.«

»Nicht Lenotschka, sondern Lena«, sagte sie beleidigt. »Lenotschka darf mich nur meine Oma nennen, du nicht, klar?«

»Ist klar.«

Die Lehrerin, die übrigens Inna Konstantinowna hieß, zischte uns an, und wir hörten auf zu reden. Aber Lena hielt nicht lange durch. Eine halbe Minute später fing sie wieder an: »Lass uns immer zusammensitzen und für immer Freunde sein, ja?«

O nein. Nie im Leben.

»Ist gut«, erwiderte ich, weil mir die Eltern gesagt hatten, dass ich nett sein sollte.

Am ersten Schultag gab es keinen Unterricht, man überschüttete uns nur mit Lebensweisheiten und schickte uns bald nach Hause. Ich überlegte: Wenn ich schnell genug aufspringe, entkomme ich Lena vielleicht, fange Slawa auf dem Schulhof ab und bitte ihn, mich zu verstecken.

Nicht weil ich Lena irgendwie schlecht fand. Ich hatte nichts gegen sie. Aber sie wollte ständig mit mir reden, und für jemand Introvertierten wie mich war das wirklich anstrengend.

Mein Plan ging nicht auf. Beim ersten Versuch aufzustehen, packte mich Lena bei der Hand und bat, auf sie zu warten. Also musste ich warten. Abhauen, nachdem sie mich aufgehalten hatte, wäre sehr unhöflich gewesen.

Hand in Hand gingen wir dann auch über den Flur. Lena quasselte ununterbrochen, und ich fühlte mich unwohl.

»Verliebt, verlobt, verheiratet!«, sang Ilja mit einer ekligen Stimme, als er an uns verbeirannte.

»Bist du bescheuert, oder was?«, schrie Lena und schlug ihm mit der Federmappe auf den Kopf.

Ich war schockiert: Dass sich Kinder so benahmen, war mir neu. Heute verstehe ich, dass die meisten von ihnen Kindergärten und Vorschulen durchlaufen hatten, wo sie gelernt hatten, so komisch miteinander umzugehen – einander zu hänseln und zu schlagen. Aber ich war in eine völlig neue, unbekannte, feindselige Umgebung geraten.

Auf dem Schulhof versuchte Lena mit allen Mitteln, mich ihrer Großmutter vorzustellen.

»Komm schoooon, sie wird dich mögen!«, rief sie und zerrte an meinem Arm.

Ich sträubte mich und versuchte panisch, irgendwo Slawa zu entdecken – meine Rettung vor aufdringlicher Sozialisierung.

Irgendwann tauchte er hinter mir auf.

»Alles okay?«, fragte er.

»Nein«, sagte ich.

»Ja!«, sagte Lena.

Ich war kurz davor loszuheulen. Mit einem Ruck riss ich meinen Arm los und tat, was ich seit der ersten Minute an dieser Schule hatte tun wollen: Ich versteckte mich hinter Slawa.

»Was ist denn mit dir los?«, fragte Lena irritiert.

»Er ist so viele Menschen nicht gewohnt«, erklärte Slawa

sanft. »Mach dir keine Sorgen, ihr könnt morgen weiterreden. Wir müssen jetzt nach Hause.«

»Wir müssen jetzt nach Hause« – das war das Codewort. Damit haben mich meine Eltern unzählige Male gerettet, wenn andere Kinder darauf bestanden, dass ich mit ihnen spielte.

Auf dem Heimweg fragte mich Slawa über die Schule aus: »Mochtest du es dort?«

»Nein«

»Ist die Lehrerin nett?«

»Weiß nicht.«

»Und was war das für ein Mädchen?«

»Weiß nicht.«

»Mochtest du jemanden von den Kindern?«

»Nein.«

Kurz gesagt, das mit der Schule haperte schon am ersten Tag.

Ein Aufsatz zum Thema »Meine Familie«

Am dritten Tag machte mir Lena keine Angst mehr. Wie sich herausstellte, war sie ganz in Ordnung.

Erstens redete sie viel und fand es gar nicht wichtig, dass ich antwortete.

Zweitens würde sie sich in der Welt von Harry Potter auch für Slytherin entscheiden, genau wie ich.

Und drittens gab sie mir Süßigkeiten in Mengen, wie ich sie zu Hause niemals essen durfte. Eigentlich war das der Hauptgrund, warum ich mich entschied, doch mit ihr befreundet zu sein.

Obwohl unsere Freundschaft auch eine Kehrseite hatte: Zuerst ärgerten Ilja und seine genauso dummen Freunde uns als Braut und Bräutigam. Lena regte sich darüber auf, ich nicht, Braut und Bräutigam waren doch stinknormale Wörter, keine Beleidigungen.

Aber irgendwann wurde es Ilja zu langweilig, und er nahm nur noch mich ins Visier: »Du hängst mit 'nem Mädchen rum, weil du selbst ein Mädchen bist.«

Ich dachte, er sagte das wegen meinen Haaren (als Kind

war ich nicht gern beim Friseur, deswegen wuchsen sie so lang, dass sie mir in die Augen fielen). Aber später verstand ich, dass er meinen Charakter meinte – ich hatte damals ja auch den Hund nicht mit ihm ärgern wollen.

Mich ließen Iljas Stänkereien kalt, weil ich lange nicht begriff, dass sie beleidigend sein sollten. Eines Tages fragte Lena mich: »Macht es dir nichts aus, dass er dich Mädchen nennt?«

»Nö, wieso sollte es?«

»Weil es gemein ist …«

»Ist doch keine Beleidigung.«

»Ist es wohl!«

»Du bist doch ein Mädchen. Oder ärgert dich das?«

»Aber ich bin ein echtes Mädchen! Du nicht – dich muss das ärgern!«

Wie dem auch sei, es ärgerte mich jedenfalls nicht, dass ich kein echtes Mädchen war.

Meine Naivität und das aufrichtige Unverständnis dessen, dass man mich beleidigte, waren mein größter Schutz. Ilja bekam keine Antwort, und deswegen ging ihm ziemlich schnell die Luft aus. Sein letzter Spitzname für mich war noch »Autist«.

Das kam im Musikunterricht, als die Lehrerin mich zum Abschuss freigab. Anders kann man es nicht nennen. Alle Kinder tobten, da sagte sie, die sollten sich mal ein Beispiel an mir nehmen, dem »braven, ruhigen Jungen, der immer schweigt«. Ich denke, jeder weiß, dass, wenn man jemanden so richtig in die Pfanne hauen will, man ihn nur vor versammelter Mannschaft zu loben braucht.

»Der ist einfach Autist«, brüllte Ilja von der letzten Reihe.

Die Lehrerin mochte das Wort. Sie staunte darüber,

wie »kluch« die Kinder von heute waren (sie hatte einen Sprachfehler, der beim Singen nur noch schlimmer wurde).

Zu Hause fragte ich gleich Lew: »Was ist ein Autist?«

Er las gerade ein Buch, *Der plötzliche Herztod* stand auf dem Einband. Er hob den Blick und sah mich einige Sekunden schweigend an.

»Hat dich jemand in der Schule so genannt?«, fragte er endlich.

»Ja.«

»Wer?«

»Ilja. Der vom Hund gebissen wurde.«

»Der sich selbst die Nase mit der Schaukel zertrümmert hat?«

»Ja, der den Schiefer ins Lagerfeuer geschmissen hat.«

»Sag ihm, er soll aufhören, seine Komplexe wegen der männlichen Geschlechterstereotypen, die ihm aufgezwungen werden, auf so einen netten Menschen wie dich auszulagern.«

Ich blinzelte.

»Was?«

»Sag ihm einfach, er ist ein Idiot!«, rief Slawa aus dem Nebenzimmer.

»Nein, das tust du nicht«, widersprach Lew.

Aber Slawa sprühte vor Ideen: »Oder erzähl der ganzen Klasse, dass seine Eltern ihn Iljuuuuuscha nennen«, er zog den Namen gehässig in die Länge.

»Nein, du beleidigst ihn nicht«, fuhr Lew fort. »Aggression erzeugt nur noch mehr Aggression.«

Keine Ahnung, wie ich mich im Chaos der ideologischen Differenzen meiner Väter entschieden hätte, wäre Ilja nicht auf Anton umgestiegen. Anton war seltsam. Auch ich konnte nichts mit ihm anfangen, aber ärgern wollte ich ihn trotzdem nicht.

Er verfügte über die erstaunliche Eigenschaft, von Natur aus überall zu nerven und zu missfallen. Seine Art zu reden wirkte, als wäre er am falschen Ort zur falschen Zeit geboren. Zum Beispiel nannte er die Mädchen »junge Fräulein«. Er konnte sich vor eine Gruppe Mädchen hinstellen und fragen: »Na, wie fühlen sich die jungen Fräulein heute?«

Am meisten nervten die »jungen Fräulein« Ilja und seinen Anhang. Aber vielleicht lag es auch gar nicht an den Worten. Vielleicht lag es daran, dass sie selbst nur durch Herumäffen und Stänkern Kontakt zu Mädchen hatten und ihnen alle Jungs, die mit Mädchen wie mit normalen Menschen umgingen, automatisch verhasst waren. Es war offensichtlich, dass Mädchen Ilja nicht besonders mochten. Schon in der ersten Klasse prahlte er mit einem Haufen erfundener Liebesgeschichten, in denen »sie es schon getan hatten«. Eigentlich ging er allen auf den Geist mit seinem komischen Gehabe.

Aber das war nur der Anfang. Der richtige Albtraum für Anton sollte mit dem Winter kommen, wenn alle sehen würden, dass er Strumpfhosen unter den Hosen trug. Erst mal aber war September. Und man hänselte ihn nur wegen der »Fräulein«.

Und ich war froh darüber. Hätte man unsere Klasse aus sechsundzwanzig Schülerinnen und Schülern in einer Reihe aufgestellt, vom Beliebtesten zum ganz Verhassten, wäre Anton auf Platz sechsundzwanzig gewesen. Dreimal dürft ihr raten, wer auf dem fünfundzwanzigsten gelandet wäre.

Kurzum, er war mein Airbag, meine Garantie, dass man,

solange man ihn ärgerte, mich in Ruhe ließ. Deswegen wollte ich ihm nicht helfen.

Zu Hause erzählte ich nichts davon, dass die Atmosphäre in der Schule zu wünschen übrig ließ. Ich sagte, dass alle nett zueinander wären und die Lehrerin mit mir zufrieden sei. Das mit der Lehrerin stimmte sogar. Sie mochte meinen Aufsatz »Mein schönstes Ferienerlebnis«. Darin hatte ich beschrieben, wie ich mit Großmutter auf der Datscha war, ungewaschene Gurken aß und mit dem Wasserschlauch herumspritzte. Alles natürlich frei erfunden.

Wäre es ein ehrlicher Aufsatz gewesen, hätte ich geschrieben, dass ich tagsüber mit Slawa an den Strand gegangen bin. Aber weil ich Schwimmen nicht mochte, waren wir nicht baden, sondern haben Sandburgen gebaut. Einmal sogar ein echtes Schloss, mit Zimmern und Balkon. Slawa ist total begabt, er schafft nicht nur auf dem Papier Meisterwerke, sondern auch wenn er was mit den Händen macht.

Wenn er viel zu tun hatte, blieben wir zu Hause; dann sah ich ihm beim Zeichnen zu oder ging allein in den Hof – manchmal spielte ich dort sogar mit anderen Kindern Verstecken oder Räuber und Gendarm, aber nicht sehr oft.

Abends kam Lew von der Arbeit, und wir gingen zu dritt an der Promenade am Flussufer spazieren – das war mein Lieblingsort in der ganzen Stadt.

Aber das durfte ich nicht erzählen. Deswegen dachte ich mir eine Datscha aus, die Großmutter gar nicht hat. In einem sowjetischen Film hatte ich mal gesehen, wie Kinder den Sommer auf der Datscha verbringen, das hatte mir gefallen. Also schrieb ich darüber. Inna Konstantinowna sagte, dass es ein sehr guter Aufsatz war. Obwohl ich glaube, dass er noch besser geworden wäre, wenn ich die Wahrheit geschrieben hätte. Dann hätte ich ihr erzählen können, wie wir ein Mentos in eine Cola-Flasche geworfen haben, vielleicht hätte sie das auch mal ausprobiert.

Die größte Herausforderung für meinen Einfallsreichtum kam aber erst noch. Eine Woche später sollten wir einen Aufsatz über unsere Familie schreiben. Zum Glück bekamen wir den als Hausaufgabe auf. Hätte ich ihn in der Klasse schreiben müssen, wäre mir vor lauter Panik gar nichts eingefallen.

Zu Hause saß ich bis spät in den Abend daran. Es war schon zehn, und vor mir lag immer noch ein Blatt, auf dem gerade mal zwei Sätze standen: »In meiner Familie gibt es nur mich und meinen Papa. Mein Papa heißt Slawa.«

Damals verstand ich den Ernst der Lage noch nicht ganz. Mir war nicht vollkommen klar, warum es so wichtig war, uns nicht zu outen. Ich verhandelte ständig mit meinem Gewissen, nach dem Motto: Wenn ich nur jedem erzähle, wie cool sie sind, wird schon alles gutgehen.

Ausgelaugt, erschöpft und müde, war ich irgendwann außerstande, überhaupt noch etwas zu Papier zu bringen, also entschied ich mich für den Weg des geringsten Widerstandes: zu schreiben, wie es wirklich war.

Ich schrieb nicht ins Schmierheft, weil ich keine Kraft gehabt hätte, alles noch mal abzuschreiben, sondern schlug gleich das richtige auf:

»Ich habe zwei Väter. Sie sagen, andere Leute denken, das wäre schlecht, aber das glaube ich nicht. Eigentlich ist einer von ihnen mein Onkel, und der andere ist der Mann, den er liebt, aber ich nenne beide Papa, weil sie das mögen und weil wir schon seit einer Ewigkeit zusammenwohnen, als eine Familie. Meine Mutter ist gestorben, an sie erinnere ich mich fast gar nicht. Sie ist an Krebs gestorben, das ist kein Tier, sondern eine Krankheit. Manchmal gehe ich zu dem Ort, wo sie jetzt liegt, und lasse ihr Zeichnungen da. Außerdem schicken Papa Slawa und ich Geld für Medikamente an Leute, die dieselbe Krankheit haben. Ich denke, meine Mama gehört auch zu meiner Familie, obwohl ich mich nicht an sie erinnern kann. Sie kann bloß nicht bei mir sein und erzieht mich vom Himmel aus, und hier auf der Erde erziehen mich Slawa und Lew – so heißen meine beiden Papas. Sie arbeiten übrigens als Künstler und Arzt. Außerdem habe ich eine Großmutter, aber sie hat keine Datscha, ich habe euch angelogen. Ich habe meine Großmutter lieb, obwohl sie manchmal mit mir schimpft. Und ich habe meine Familie lieb.«

Ich setzte einen Punkt und machte mich auf Autopilot bettfertig. Als ich meinen Pyjama angezogen hatte und zum Zähneputzen wollte, begegnete ich im Flur Lew.

Er fragte: »Hast du den Aufsatz fertig?«

»Ja.«

»Zeig mal.«

Er sagte das beinahe in einem Befehlston. Er hatte immer diesen Ton drauf, wenn es um Hausaufgaben ging. Als wäre ich ein Betrüger, der nichts tat und den man immer kontrollieren musste.

Wir gingen in mein Zimmer, ich gab ihm das Heft.

Ich glaube, er hat es gar nicht zu Ende gelesen. Er sah gerade mal zwanzig Sekunden rein, dann schlug er das Heft zu und warf es auf den Tisch.

»Bist du bescheuert?« Dieser Ton war neu und ganz anders als alle, die ich von ihm kannte.

Er schrie mich nicht an. Er sah nicht mal so aus, als würde er schimpfen. Er sprach … als würde er mich hassen.

Sie hatten mich noch nie beleidigt. Meine Arme und Beine wurden unangenehm weich, wie das manchmal ist, wenn man weiß, dass gleich etwas sehr Schlimmes passiert.

»Warum zum Teufel hast du das geschrieben?« Er nahm mein Heft noch einmal in die Hand und sah den fein säuberlich beschrifteten Umschlag. »Und nicht mal ins Schmierheft!«

»Ich wusste nicht, was ich schreiben soll«, murmelte ich. Ich fühlte meine Lippen zittern.

»Was soll das heißen, du wusstest nicht, was du schreiben sollst? Wir haben es dir tausendmal erklärt!«

Ich drückte mich mit dem Rücken gegen die Schranktür und starrte ihn mit feuchten Augen an. Es war, als würde ein Fremder vor mir stehen.

»Und wenn ich nicht nachgesehen hätte, hättest du das morgen einfach abgegeben?«

Ich schwieg. Mein Herz pochte vor Angst.

Er warf mein Heft auf den Tisch.

»Reiß das Blatt raus und schreib es noch mal«, sagte er plötzlich sehr ruhig. Aber es war eine beängstigende Ruhe.

Ich ging langsam zum Schreibtisch, öffnete das Heft wieder.

»Da ist eine Klassenarbeit auf der anderen Seite …«

»Dann schreibst du die auch ab.«

Der Aufsatz hatte nicht auf eine Seite gepasst und ging über zwei.

»Dann muss ich zwei Blätter rausreißen«, sagte ich.

»Ja. Und zwei von hinten, weil die sowieso nicht halten.«

»Dann wird das Heft ganz dünn!«, entrüstete ich mich.

Lew kam näher. Es brannte nur die Schreibtischlampe, und sein Schatten hing über mir, als würde er mich jeden

Augenblick verschlingen. Außerdem dachte ich noch, er schlägt mich gleich.

»Dann schreibst du das ganze Heft ab«, sagte er.

Als er weg war, konnte ich endlich weinen. Ich heulte, riss wütend die Blätter mit dem verhassten Aufsatz raus, zerknüllte sie und warf sie unter den Tisch. Mir war klar, dass ich jetzt wirklich das ganze Heft abschreiben musste – allein schon, weil durch meine unvorsichtigen Bewegungen die Klammern locker geworden waren.

Verheult machte ich mich daran, alles von der ersten Seite an abzuschreiben, da betrat Slawa das Zimmer. Ich saß mit dem Rücken zur Tür und zuckte zusammen, als sie quietschend aufging – ich dachte kurz, Lew wäre zurückgekommen. Aber ich kann die beiden am Geräusch der Schritte auseinanderhalten.

»Geh weg!«, murrte ich über die Schulter, ohne mich umzudrehen.

Vor Slawa hatte ich keine Angst.

»Ich würde deinen Aufsatz gerne lesen«, sagte er.

»Hab ihn weggeschmissen.«

»Wohin?«

»Nirgendwohin.«

Er trat an den Tisch, hockte sich neben meinen Stuhl und sammelte die zusammengeknüllten Blätter auf. Dann faltete er eins nach dem anderen auseinander, auf der Suche nach dem Aufsatz. Irgendwann hörte er auf zu rascheln, offenbar hatte er ihn gefunden.

Mir war egal, was er dazu sagen würde: Soll er doch auch schimpfen – ist jetzt auch schon schnurz.

»Das ist sehr gut«, sagte er schließlich.

»Nein. Das ist schlecht!«

»Du darfst es niemandem zeigen, aber es ist gut.«

»Schmeiß das weg!«

»Nein. Ich werde es behalten.«

»Wozu?«

»Damit ich es immer wieder lesen kann, wenn ich alt und grau bin. Im Schaukelstuhl vor dem Kamin.«

»Hoffentlich ohne den da«, fauchte ich.

Slawa erwiderte nichts. Er küsste mich auf den Scheitel und verließ mit meinem Aufsatz in der Hand das Zimmer.

Und mich überkam eine wütende, tobende Inspiration. Ich war froh, einen neuen Aufsatz schreiben zu können. Schadenfroh erzählte ich, dass ich nur einen Vater hätte, sein Name wäre Slawa, ihn, und nur ihn, hätte ich lieb.

Bevor ich ins Bett ging, ließ ich das Heft extra offen liegen. Sollte er doch am Morgen reinkommen und es lesen.

Draculie – der gruftstarke Vampir

Nach dem Vorfall mit dem Aufsatz schwor ich mir, nie wieder als Erster mit Lew zu reden. Wenn er was fragt, antworte ich, aber von mir aus spreche ich ihn nie wieder an. Nie im Leben. Und ich sage nie wieder Papa zu ihm.

Heute klingt das wie ein alberner, kindischer Racheakt. Aber ich habe ganz schön lange durchgehalten. Ich hörte wirklich auf, ihn anzusprechen, und wenn in einem Gespräch mit Slawa die Rede auf ihn kam, sagte ich statt »Papa« immer nur »er«. Selbst wenn aus dem Kontext nicht eindeutig hervorging, wer gemeint war, wäre ich lieber gestorben, als zu erklären, dass ich von Papa sprach.

Natürlich ging es nicht nur um den Aufsatz, da war auch noch Mathe, Mathe war für mich ein rätselhaftes Land mit einer eigenen Sprache und eigenen Gesetzen. Dort fühlte ich mich wie ein Barbar. Slawa war fein raus, er sagte, beim Anblick von Zahlen schalte sein Gehirn ab, also musste Lew sich mit mir mit Mathe herumquälen.

Genauer gesagt, andersrum: *Ich* musste mich mit Mathe und mit Lew herumquälen. Aber vielleicht quälten wir uns auch beide. Mit Mathe. Und miteinander.

Es war praktisch ein Spiel: Wer kriegt den anderen zuerst klein. Ich ihn – dann wurde er böse und ließ durchblicken, ich wäre dumm. Er mich – dann fing ich an zu weinen (und er ließ durchblicken, ich wäre dumm). Am Ende gingen alle spät ins Bett, morgens stand ich wie gerädert auf und schleppte mich zur Schule, die ich ab dem dritten Tag nur noch »die blöde Schule« nannte.

Ein guter Schüler war ich trotzdem. Für meine Hausaufgaben bekam ich immer Einsen. Was daran lag, dass Lew für alle Schulangelegenheiten zuständig war. Damals erfuhr ich, was für ein Perfektionist er ist, er hat einfach einen Schuss bei diesem Thema. Nach der Sache mit dem Aufsatz fand er offenbar Gefallen daran, Blätter rauszureißen. Wenn ich mehr als zwei Fehler machte, riss er die Seite raus und zwang mich, alles noch mal zu schreiben.

Sobald er von der Arbeit kam, veranstaltete er eine Razzia in meinen Schulsachen. Er öffnete den Rucksack und kontrollierte, in welchem Zustand die Hefte und Bücher waren. In einem guten waren sie nie. Nach dem Unterricht schmiss ich alles in den Rucksack wie in eine Mülltonne, und wenn ich nach Hause kam, war natürlich alles zerknittert. Deswegen geigte Lew mir endlos seine Meinung, über mich, mein Hirn und meine unverbesserliche Schludrigkeit. Danach kontrollierte er mein Hausaufgabenheft. Dort standen die Dinge eigentlich ganz gut, trotzdem bekam ich jedes Mal Angst, als könnten da, sobald Lew es aufmachte, plötzlich Fünfen emporsprießen.

Nach der Einschulung wurde das Leben also kompliziert. Ständig wollten alle was von mir. Außerdem hatten sie früher nie so mit mir geschimpft. Ich hatte überhaupt keine Ruhe mehr, keine Freizeit. Kein eigenes Leben!

Der Gedanke, dass es ganze elf Jahre so weitergehen sollte, kam mir unerträglich vor.

Ein kleiner Trost war die Freundschaft mit Lena. Nach der Schule gingen wir oft zu ihr: Ihre Eltern arbeiteten den ganzen Nachmittag, also hatten wir die Wohnung für uns und konnten machen, was wir wollten. Einmal hatten Lenas Eltern ihr aufgetragen, den Boden zu wischen, bis sie von der Arbeit wiederkamen. Auch an dem Tag lud sie mich zu sich ein, kippte im Flur einen Eimer Wasser aus und brachte mir bei, wie man auf dem nassen Boden in Socken Schlittschuh fährt. Das machten wir zwei Stunden lang – danach war der Boden sauber.

Obwohl sie manchmal mit komischen Gesprächen ankam und mir Quatsch erzählte. Dass Mädchen einmal im Monat Blut pinkeln und solche Sachen. Ich glaubte ihr natürlich nicht. Das war seltsam.

Lenas Familie war die erste andere Familie, die ich kennenlernte. Und sie war so wie die meisten: Mutter, Vater, Kind. Manche Dinge, die bei ihr zu Hause üblich waren, stimmten nicht mit unseren Regeln überein. Zum Beispiel machte Lenas Vater uns einmal ein Spiegelei, bei dem das Gelb noch flüssig war, bei uns durfte man so was nicht essen. Ich hatte Lew irgendwann mal gebeten, mir ein weiches Ei zu machen, woraufhin er gesagt hatte, dass man sein Essen in gekochter Form und nicht halbroh zu sich nimmt, wenn man keine Salmonellen kriegen möchte. Ich wusste zwar nicht, was das war, aber krank werden wollte ich nicht.

Als ich so ein Spiegelei bei Lena sah, blickte ich ihren Vater aufrichtig verwundert an und fragte: »Aber davon kriegt man doch Sawmo… Sanmo…«

»Iss einfach«, zischte mich Lena an.

Also hab ich es gegessen. Und bin nicht krank geworden, glaube ich.

Das Wort »Salmonellen« merkte ich mir später, genau wie viele andere Krankheiten und Bakterien. Die habe ich dann immer bei Ratespielen genommen. Die anderen Kinder hatten »Stuhl«, »Bett« oder »Schule« und ich »Salmonellen« oder »Phenylketonurie«. Keiner kam auf meine Wörter, nicht mal die Lehrer.

Kurz vor Neujahr gab es bei Lena zu Hause eine echte Tanne. Wir stellten immer nur eine künstliche auf, die nach gar nichts roch, aber Lenas Tanne duftete und pikste, und es wuchsen sogar noch Zapfen dran. Sobald ich zu Hause war, erklärte ich, dass ich auch einen echten Baum wollte. Da hatten wir schon einen künstlichen geschmückt, Lew sagte, dass jetzt niemand mehr den Schmuck abnehme, den echten würde ich nächstes Jahr bekommen.

Nächstes Jahr – das ist noch Hunderttausendmillionen Jahre hin, vor allem, wenn man sieben ist! Also heulte ich. Zum Heulen ging ich in mein Zimmer und jammerte von dort, dass mich niemand in diesem Haus wertschätzt: Einmal im Leben bitte ich sie um was – und nicht mal das kriegen sie hin.

Sie bekamen Mitleid und kauften mir eine echte Tanne.

Kaum hatten wir sie im Wohnzimmer aufgestellt, fragte Lew Slawa: »Findest du es nicht seltsam, dass wir einen echten Baum in die Wohnung angeschleppt haben?«

»Ich denke, das wird noch nicht das Seltsamste gewesen sein, was uns in den nächsten zehn Jahren erwartet«, sagte Slawa.

Derweil hüpfte ich um den Baum und war überglücklich, dass ich jetzt auch einen hatte, der duftete.

Neujahr stand bevor und damit auch meine erste offizielle Feier – das städtische Neujahrsfest im Kulturpalast.

Inna Konstantinowna hatte gesagt, wir müssten uns verkleiden und Väterchen Frost ein Gedicht aufsagen, um ein Geschenk zu bekommen.

Mein Kostüm war inspiriert vom Trickfilm *Draculie – der gruftstarke Vampir.* Den hatte ich zufällig im Fernsehen gesehen und felsenfest beschlossen: Ich will als Vampir gehen.

Lew gefiel die Idee überhaupt nicht. Er sagte, das sei kein Kostüm für Neujahr. Zu Neujahr gehe man als Schneeflocke, Häschen oder Eichhörnchen; Vampire wären was für Halloween, aber das feiere man bei uns gar nicht, damit habe sich das für mich sowieso erledigt.

Zum Glück mochte Slawa meine Idee. Er und sein kreativer Künstlergeist kamen bei der Aktion voll und ganz auf ihre Kosten.

Wir kauften Kinderschminke, in dem Geschäft *Alles fürs Fest* fanden wir sogar einen echten Umhang und Vampirzähne. Großmutter nähte eine alte Weste für mich um, die nach richtigem Vampir aussah, und schneiderte noch eine Fledermaus aus einem Stoffstück. Ein weißes Hemd und schwarze Hosen hatte ich schon.

Als Lew mich bei der Anprobe sah, sagte er nur: »Ich sehe es förmlich vor mir, wie er in diesem Aufzug Väterchen Frost ein nettes Gedicht aufsagt …«

»Wer hat was von einem netten Gedicht gesagt?«, protestierte Slawa. »Wir schreiben ein eigenes, das zum Gesamtbild passt, nicht wahr, Miki?«

Ich sah ihn verunsichert an.

»Na, komm, du bist doch Schriftsteller«, ermutigte er mich.

Ich stimmte zu. Wir schrieben das Gedicht zusammen, einigten uns aber darauf, es Lew nicht zu zeigen.

Am Tag der Feier gab es einen Schneesturm, deswegen sagte Slawa, dass er die Maske vor Ort machen würde, damit nichts verschmierte. Wir legten direkt in der Halle mit dem Schminken los, was nicht wenig Aufmerksamkeit erregte. Kinder und Erwachsene drehten sich ständig um und zeigten mit den Fingern auf uns. Lew hatte recht: Es waren sehr viele Häschen und Schneeflöckchen da. Aber noch viel mehr Spidermans und andere Superhelden.

»Pa, hier ist kein einziger Vampir«, sagte ich stolz auf meine Entscheidung.

Aber Slawa befahl mir, nicht zu quasseln, sonst »verbockt er's mit dem Blut«.

Das Fest an sich war nichts Besonderes, weil Väterchen Frost nicht echt war. Wäre er echt, würde er Filzschuhe und keine »Nikes« tragen. Außerdem forderte er die Kinder ständig auf, irgendwelchen Blödsinn zu machen: im Kreis laufen, klatschen, stampfen – ich gehorchte natürlich, damit ich am Schluss nicht ohne Süßigkeiten dastand.

Das Gedichteaufsagen dauerte sehr lange, obwohl die Gedichte der meisten Kinder kurz waren und sich teilweise sogar wiederholten.

»Warum haben die alle dieselben Gedichte?«, fragte ich Slawa.

»Weil sie die aus dem Internet haben«, erklärte er.

Nach einer Ewigkeit war endlich ich dran. Als ich in den Kreis trat und ein paar Schritte auf den unechten Väterchen Frost und den Tannenbaum zumachte, merkte ich, dass ich nervös war.

»Was für ein ungewöhnliches Kostüm!«, sagte Väterchen Frost aufgesetzt fröhlich.

Ich blickte um mich, kam ganz durcheinander und vergaß den Anfang vom Gedicht.

»Nur nicht so schüchtern, hab keine Angst!«, spornte Väterchen Frost mich an.

Ich schaute ihm ins Gesicht und sah, dass sein Bart aufgeklebt und er überhaupt nicht alt war, da fiel mir alles wieder ein: »Hallo, Väterchen Frost«, sagte ich mit dünner Stimme. Vor Aufregung klang sie noch höher als sonst.

Der Schauspieler nickte wohlwollend.

»Schmecken Süßigkeiten gut?«, fragte ich.

Väterchen Frost sah nun interessiert zu mir herüber.

»Ich lebe auf dem Friedhof und trinke sonst nur Blut.«

Ich schaute noch einmal ins Publikum. Jetzt hörten mir sogar welche zu, die ihr Geschenk schon hatten und denen eigentlich alles egal sein konnte.

»Du hast da einen Sack voll«, fuhr ich fort, jetzt sogar mit Betonung. »Ich würde sie gern kosten. Besuch mich doch bei meinem Sarg, da halt ich meinen Posten!«

Lacher von allen Seiten. Es lachten vor allem die Erwachsenen, während die Kinder fragend um sich schauten, ob es denn zum Lachen war.

Väterchen Frost war ganz perplex. Doch dann besann er sich und fand in seine Rolle zurück: »Was für ein interessantes Gedicht! Du hast dir ein Geschenk verdient!«

Als ich mich, glücklich und zufrieden, die Hände voller Süßigkeiten, durch die Menschenmenge zu Slawa zwängte, wuschelten mir einige Eltern durchs Haar oder klopften mir anerkennend auf die Schulter. Nach der Feier kamen sogar einige zu uns und lobten mein Gedicht und mein Kostüm. Ich fühlte mich wie ein Superstar!

Am Abend erzählten wir Lew natürlich alles.

»Hat sich wirklich niemand aufgeregt?«, wunderte er sich.

»Jemand meinte, der Schulleiterin hätte es nicht gefallen«, erwiderte Slawa. »›Wo schauen die Eltern hin?‹, soll sie gefragt haben.«

»Ja, an deiner Stelle hätte ich weggeschaut«, lachte Lew. »Damit niemand auf die Idee kommt, dass das mein Sohn ist.«

Wie Anton auf das Eis gefallen ist

Im Februar wurde Lena acht, und ich kam zum ersten Mal auf einen Kindergeburtstag. Da waren zehn Leute – neun Mädchen und ich. Schon nach einer Viertelstunde bereute ich, dass ich gekommen war, denn ich wurde mit einer gesteigerten aggressiven Aufmerksamkeit von den anderen Gästen bedacht. Ständig versuchte jemand, mich zu hauen, mir mein Saftglas wegzunehmen oder mich mit einem über meinem Kopf zum Platzen gebrachten Luftballon zu erschrecken.

Außerdem mochte Lena mein Geschenk nicht. Ich hatte zwei Stunden lang Bücher ausgesucht und mich am Ende für *Im Königreich der Zauberspiegel* entschieden, aber als sie es sah, sagte sie: »Ich hasse lesen.«

Merkwürdig: Lew hatte mir gleich gesagt, ich sollte ihr kein Buch schenken, weil sie damit nichts anfangen könnte. Hieß das, er kannte Lena besser als ich?

Wir hatten sogar einen kleinen Streit deswegen. Sie sagte: »Wozu braucht man Bücher, wenn es Fernseher gibt?«

»Das ist doch auch ein Fernseher«, erwiderte ich. »Nur in deinem Kopf.«

Sie lachte mich aus: »Wenn du einen Fernseher im Kopf hast, dann hast du Hallus!«

Was sind Hallus? Warum kennen andere Kinder immer viel mehr Wörter als ich?

Das merkte ich schon damals, als man anfing, Anton zu hänseln. Ilja nannte ihn »Homo« und »Schwuchtel«. Zum Winter wusste ich bereits, dass es nicht sinnvoll war, die Eltern nach allem zu fragen, was ich in der Schule hörte. Das betraf Dinge wie »Spacko« oder »Kondom« (schlechter Reim für Anton), sie fragten sowieso nur zurück: »Hast du das aus der Schule?«, und warfen sich komische Blicke zu. Fazit: In der Schule sagte man böse Wörter, die Eltern traurig machten.

Ich ahnte schon, dass »Homo« und »Schwuchtel« auch zu dieser Kategorie gehörten, deswegen wandte ich mich gleich an die Expertin in Sachen Schimpfwörter: Lena. Sie hatte nämlich einen älteren Cousin, der sie zu dieser Expertin machte. Er ging in die sechste Klasse und kannte so einige verbotene Wörter, die er nur zu gern an sie weitergab.

Ich fragte also Lena, als sie gerade die Strohhalme auf die Gläser verteilte: »Was ist ein ›Homo‹?«

»Eine ›Schwuchtel‹«, sagte sie.

Das half mir auch nicht weiter.

»Und das heißt?«

»Das ist … Wenn du dich in andere Jungs verliebst und so …«

»Und?«

»Das war's«, sagte sie irgendwie unheilvoll. »Dann bist du ein Homo.«

Offensichtlich war das auch Teil der bösen Wirklichkeit.

»Und was hat das mit Anton zu tun?«, fragte ich verwirrt.

»Der trägt doch Strumpfhosen!«

»Ja, und?«

»Das machen alle Homos. Überhaupt sind die wie Mädchen. Verstehste?«

Das machte mich wütend. Ich wollte entgegnen, dass ich mich damit besser auskannte als sie, weil meine Papas einander liebten und keine Strumpfhosen trugen, und dass sie dumme, falsche Vorstellungen über Menschen wie meine Eltern hatte. Aber das hätte alles nur noch schlimmer gemacht, also schwieg ich.

Später beim Kuchenessen kam das Gespräch noch einmal auf Anton. Lena erzählte ihrer Mutter, jemand hätte Anton neulich mit dem Kopf in die Kloschüssel gesteckt.

»Der kam dann raus mit nassen Haaren, knallrotem Kopf und hat immer noch gelächelt!«

»Armer Junge«, kicherte die Mutter. »Wenn er so weitermacht, wird noch ein Psycho aus ihm.«

Und kicherte wieder. Die anderen Kinder stimmten in ihr Lachen ein. Ich verstand nicht: Was war daran lustig?

Damals spürte ich zum ersten Mal, dass Erwachsene nicht immer ein Garant für Sicherheit sind. Dass sie nicht allmächtig und weise sind. Und dass sie, wenn sie es nicht für nötig halten, dich kleines Wesen vor überhaupt nichts schützen.

Schlimmer war nur noch die Erkenntnis, dass Erwachsene manchmal selbst der Ursprung der Bedrohung sind.

Am nächsten Tag kam ich in die Schule und sah, dass Anton anstatt seines Gesichts eine aufgedunsene, überreife Tomate hatte, mit lauter blauen Flecken und Blutergüssen. So was hatte ich noch nie gesehen – bei Schauspielern in Filmen, ja, aber da meinten meine Eltern immer, das wäre nur Schminke und nicht echt. Aber das hier war doch echt?

Alle schielten irgendwie verängstigt zu Anton. Jetzt traute sich keiner mehr, über ihn zu lachen, sogar Ilja war still.

Inna Konstantinowna kam in die Klasse und bemerkte Antons Gesicht sofort.

»Was ist passiert?«, fragte sie.

Anton lächelte sein übliches naives Lächeln, das in dem Moment noch unheimlicher war als sonst, und sagte: »Stellen Sie sich das mal vor, Inna Konstantinowna, gestern Abend bin ich auf dem Weg nach Hause ausgerutscht und mit dem Gesicht auf das Eis gefallen. Ich bin so tollpatschig …«

Ja, er redete wirklich immer so. In langen vollständigen Sätzen, die sogar aus dem Mund von Erwachsenen komisch klingen würden. Manchmal verwendete er sogar Partizipien oder sehr seltene Wörter. Seine Aufsätze wurden oft genauso sehr gelobt wie meine, was mich eine unausgesprochene Konkurrenz zwischen uns beiden fühlen ließ.

Bei diesen Worten grölte Ilja aus der letzten Reihe: »Haha, tollpatschiger Idiot!«

Die Hürde, sich über Anton lustig zu machen, war damit wieder eingestürzt. Wir alle hatten gespürt, dass etwas nicht Normales, Falsches, Böses geschehen war, aber sobald wir die offizielle Begründung gehört hatten, verschwand dieses Gefühl. Die Hänseleien und der Spott waren plötzlich wieder legitim.

Wenn ich nach dem Unterricht nicht zu Lena ging (sie wohnte gleich gegenüber), holte mich Slawa von der Schule ab. An diesem Tag wartete er vor dem Klassenraum.

»Was ist mit Antons Gesicht?«, fragte er sofort.

»Er ist aufs Eis gefallen.«

Meine Sorge um Anton hatte sich längst verflüchtigt. Er hatte wirklich ziemlich große Schuhe – keine Ahnung, warum er nicht ständig über seine eigenen Füße stolperte. Eigentlich ein Wunder, dass er zum ersten Mal so hingefallen war!

Aber zu Hause bekam ich ein Gespräch von meinen Eltern mit. Sie redeten über Anton.

»So kann man nicht hinfallen«, sagte Slawa. »Hinfallen reicht da nicht. Man muss schon auf dem Boden liegen und sein Gesicht immer wieder gegen das Eis schlagen, damit so was dabei rauskommt.«

»Und was schlägst du vor?«, fragte Lew unwillig.

Er mochte dieses Gespräch ganz offensichtlich nicht.

»Ich kenne seinen Vater von den Elternabenden«, erzählte Slawa. »Wir sind da die einzigen Männer, deswegen setzt er sich immer zu mir. Ich sage dir: Der ist ein Psychopath. Der benimmt sich sogar dort wie einer.«

»Willst du damit sagen, dass er Anton schlägt?«

»Natürlich.«

»Und was schlägst du vor?«, fragte er noch einmal.

Stille. Erst da ertappte ich mich dabei, dass ich mit meiner Kleidung in den Händen vor dem Schrank stand und sie immer noch nicht weggeräumt hatte.

»Ich weiß nicht«, sagte Slawa schließlich. »Das ist doch nicht normal. Wenn wir wissen, dass ein Kind zu Hause geschlagen wird, können wir doch nicht untätig herumsitzen!«

»Das ist nicht unsere Sache, sondern die seiner Klassenlehrerin. Hast du mit ihr gesprochen?«

»Sie glaubt die Geschichte mit dem Eis«, schnaufte Slawa. »Ich hätte mehr von ihr erwartet.«

»Vielleicht ist das gar nicht so schlecht«, sagte Lew.

»Wie bitte?«

»Wenn sie sich einmischt, sagen wir, sie meldet die Sache dem Jugendamt – was dann? Wir wissen ja nicht, ob der Junge noch jemanden außer seinem Vater hat, sie schon. Dann wird er ihm weggenommen und kommt ins Heim. Glaubst du, da wird er nicht geschlagen?«

Nach einer langen Pause sagte Slawa etwas, das mir für immer im Gedächtnis geblieben ist: »Ich bin diese verfluchte russische Wahl zwischen Gewalt und Gewalt so leid. Hier bleibt selbst den Kindern nichts, als sich ihre Henker auszusuchen.«

Damit war das Gespräch vorbei, meine Eltern unternahmen auch nichts. Offenbar gab es in dieser beunruhigenden Wirklichkeit, die mich umzingelte, Dinge, mit denen niemand fertigwurde.

Dabei hatte ich gedacht, Erwachsene könnten alles.

Valentinskärtchen, Panzer und Mädchen

Nach Lenas Geburtstag lagen noch vier weitere Feiertage vor mir, die ich überstehen musste.

Der erste war der Valentinstag. Früher hatte es diesen Feiertag in meinem Leben nicht gegeben, das war nur etwas für die Eltern gewesen – sie verbrachten den Tag immer zu zweit: mit Karten in Herzchenform, Blumen und Küssen. Aber wie sich herausstellte, feierte man ihn auch in der ersten Klasse. Nur ohne Blumen und Küsse.

Eine Woche vorher stellte die Lehrerin eine Kiste in der Klasse auf: Dort konnte man Valentinskarten füreinander reinwerfen, wenn man wollte, und am 14. Februar würde sie die Kiste öffnen und die Karten verteilen. Die Atmosphäre wurde angespannt: Eine ganze Woche lang ließen alle ihre Augen nicht von dieser Kiste, die ihr Selbstwertgefühl bedrohte.

Auch ich machte mir Sorgen. Was, wenn für mich keine drin ist? Dann bin ich ein Mensch, den keiner braucht. Und wie soll ich weiterleben mit dem Wissen, dass mich keiner braucht?

Der 14. Februar wurde zu einem richtigen Wettbewerb: Alle zählten ihre Kärtchen und prahlten mit ihrer Beliebtheit. Zum Glück gab es in der Klasse ein paar nette Mädchen, die einfach allen Kärtchen geschickt hatten, sogar Anton. Außerdem hatte ich noch eins von Lena und komischerweise eins vom rothaarigen Dima aus der ersten Reihe. Ich entschied mich, Dimas Kärtchen vor den anderen geheim zu halten, nicht dass sich irgendwer was denkt. Aber wie sich herausstellte, hatten viele Jungs Kärtchen an Jungs geschickt. Offenbar wurde man in der ersten Klasse noch nicht dafür verprügelt.

Ich hatte nur Lena eins geschickt. Erst wollte ich gar kein Kärtchen verschicken. Ich liebte ja niemanden aus meiner Klasse. Aber Slawa meinte, Freundschaft sei auch eine Form von Liebe, deswegen sollte ich Lena eins schicken, das wäre höflich.

Den Valentinstag hatte ich also halbwegs überstanden. Aber dann kam ein Feiertag, den ich überhaupt nicht kannte. Der 23. Februar: der Tag des Verteidigers des Vaterlandes. Das klang kompliziert, ich verstand erst gar nicht, was das sein sollte.

Wie sich herausstellte, gratulierte man an diesem Tag den Jungs. Die Mädchen schenkten uns Schokolade und Karten mit Waffen, Panzern und Soldaten. Und im Werkunterricht sollten wir ein Geschenk für unseren Vater basteln.

»Ich habe keinen Vater!«, meldeten sich einige.

»Dann für deinen Opa!«, sagte Julia Jurjewna, die wir in Werken und in Kunst hatten.

»Ich hab auch keinen Opa«, erwiderten ein paar.

»Na, irgendeinen Mann werdet ihr doch in der Familie haben?«

»Nein«, fiepste Andrej, ein Junge mit Segelohren und großen Augen.

Es setzte ihm sehr zu, dass er keinen Vater hatte. Immer wenn Inna Konstantinowna etwas mit »eure Eltern« sagte, unterbrach er sie ganz aufgebracht: »Nicht Eltern, sondern Mama!« Als gäbe es nur das Wort Mama, und alle anderen Bezeichnungen für Eltern wären verboten.

Mein Problem war das genaue Gegenteil: Ich hatte Väter im Überfluss.

Offensichtlich sollte ich nur für Slawa etwas basteln, aber was?

Ich sah mich um, die anderen Kinder formten alle eifrig irgendwas aus Knete. In der Reihe hinter mir saßen die Zwillinge Kirill und Igor. Ich drehte mich um und sah mir ihre Geschenke genauer an.

»Was 'n das fürn Pimmel?«, frotzelte Igor mit Blick auf das Meisterwerk seines Bruders.

»Schnauze, das ist ein Panzer«, zischte Kirill.

»Und was hast du?«, fragte ich Igor.

»Eine Kalaschnikow.« Er nahm die Knete in die Hand und tat so, als würde er zielen und schießen. »Peng-peng!«

»Hat dein Vater gedient?«, fragte jetzt Kirill.

»Wie meinst du das?« Wieder einmal fühlte ich mich wie der Dümmste in der ganzen Klasse.

»Na, in der Armee.«

Armee … Das Wort kannte ich wenigstens. Die Rote Armee hat im Krieg gekämpft. Aber das war doch ewig her?

»Unserer hat nicht gedient«, sagte Igor und fuhr, ohne meine Reaktion abzuwarten, fort: »Der hat ein Bein vor den Zug gelegt.«

»Wozu?« Ich verstand überhaupt nichts.

»Damit es abgeschnitten wird. Dann muss man nicht dienen.«

Schockiert über diese Nachricht, drehte ich mich wieder zu meinem Tisch.

Hatten meine Eltern gedient? Sie hatten ihre Beine noch. Kann man auch nicht gedient haben, wenn man beide Beine hat? Oder war das eine eiserne Regel: Dienen oder Bein ab? Muss ich mir auch eins abschneiden? Diese verfluchte russische Wahl!

Julia Jurjewna kam zu mir.

»Warum machst du nichts?«

Ich blickte zu ihr auf und sagte:

»Mein Papa mag keine Gewehre und Panzer.«

»Und was mag er dann?«

Ich überlegte.

»Zeichnen … Rosen … die Figuren aus den Ü-Eiern …« Ich bemerkte ihren komischen Blick und setzte erklärend nach: »Er hat die Hippos mal gesammelt. Die Schokolade mag er nicht so, deswegen esse ich die immer auf und schenke ihm die Figur.«

»Du musst etwas Militärisches machen«, unterbrach sie mich sanft.

»Warum?«

»Weil es ein militärischer Feiertag ist.«

»Aber dann ist es doch kein Geschenk. Man soll doch Dinge schenken, die der andere mag.«

»Ma-a-a-n, mach ihm einfach einen blöden Panzer!« Das war Igor hinter mir.

»Genau«, nickte Julia Jurjewna und ging weiter durch die Klasse.

Also machte ich einen blöden Panzer. Einen wirklich blöden. Ich wusste nicht so richtig, wie er aussehen sollte, weil mich so was nie interessiert hatte. Heraus kam ein Klumpen Knete, in dem ein Röhrchen steckte. Und nachdem ich noch Reifen dran gemacht hatte, sah er einfach aus wie ein schwanzloser Ameisenbär.

»Alles Gute zum Tag des Verteidigers des Vatersnamens!«, sagte ich zu Slawa, als ich ihm mein Kunstwerk nach der Schule überreichte.

Ich sagte wirklich »Vatersnamens«. Ich dachte, darum geht es bei dem Feiertag: Man beglückwünscht die Väter, weil man von ihnen den Vatersnamen kriegt.

»Danke«, sagte Slawa höflich.

Auf dem Nachhauseweg fragte ich ihn, warum wir diesen Tag noch nie gefeiert hätten.

»Weil es ein militärischer Feiertag ist. Wir haben keine Militärs in der Familie.«

»Heißt das, du hast nicht gedient?«

»Nein.«

»Und Papa?«

»Nein.«

»Und was ist mit euren Beinen?«, wunderte ich mich.

»Was?«

»Der Vater von Igor und Kirill hat sich mit dem Zug ein Bein abgeschnitten, damit er nicht dienen muss«, erklärte ich ganz beiläufig. Die Welt erschien mir mittlerweile so komisch, dass mich gar nichts mehr wunderte.

Slawa anscheinend schon.

»Da gibt es einfachere Mittel«, sagte er. Und setzte mit einem verschmitzten Lächeln nach: »Man muss nur mit Ärzten rumhängen.«

Ich lächelte zurück. Weil Lew mein Vater war, hing ich ja auch mit Ärzten rum und würde mir kein Bein abschneiden müssen.

Der dritte qualvolle Feiertag war dann der 8. März. Ich hatte schon vorher vom Weltfrauentag gehört und wusste, dass wir an diesem Tag immer Großmutter gratulierten. Aber in der Schule herrschten eigene Regeln.

Wenigstens wurden am Frauentag keine Gliedmaßen abgeschnitten, aber damit hörten die Vorzüge auch schon auf.

Heute, mit einigen Jahren Abstand, wird mir bewusst, dass Inna Konstantinowna etwas Grausames getan hat. Aber als ich klein war, verstand ich das nicht und fühlte mich einfach nur furchtbar.

Überhaupt fasst der Satz »Ich verstehe nicht, was hier vorgeht« mein erstes Schuljahr ziemlich treffend zusammen.

Ein paar Tage vor dem 8. März ließ die Lehrerin alle Jungs an die Tafel kommen. Die Mädchen durften sitzen bleiben. Wir sollten ein Mädchen aussuchen, dem wir ein Geschenk machen und mit dem wir einen Paartanz einstudieren wollten, den wir dann beim Konzert für die Mütter aufführen würden.

Die Mädchen hatte natürlich keiner gefragt. Und jede von ihnen bibberte davor, von Anton ausgesucht zu werden.

Die Jungs nannten der Reihe nach Namen. Ich war Vorletzter. Ehrlich gesagt, hatte ich auch Angst, dass Anton Lena aussucht. Aber ich weiß gar nicht, um wen ich mehr Angst hatte: um Lena, weil sie dann traurig ist, oder um Anton, weil Lena ihn dann umbringt.

Aber Anton wählte Alja, die sofort ihre Hände vor dem Gesicht zusammenschlug.

Als ich an der Reihe war, waren nur noch Lena und die lockige Tanja mit der Zahnspange übrig.

Hoffnungsvoll sah ich zur Lehrerin und fragte: »Ich habe keine Mutter, ist es okay, wenn ich nicht mitmache?«

»Du hast eine Oma«, erwiderte Inna Konstantinowna. »Sie wird kommen und deinen Auftritt sehen wollen.«

»Ich werde sie bitten, nicht zu kommen.«

Da schnauzte sie mich an, ich sollte keine Zeit verschwenden, nicht solchen Unsinn reden und jetzt endlich ein Mädchen aussuchen.

Also nahm ich Tanja.

Denn wenn ich Lena genommen hätte, würden sie uns wieder als Braut und Bräutigam hänseln, und das ärgerte Lena.

Aber Lena ist komisch. Als wir Schluss hatten, verpasste sie mir eins mit der Federmappe (das machte sie mit den anderen Jungs ständig, aber ich bekam zum ersten Mal was ab).

»Was hast du?«, wunderte ich mich.

»Warum hast du nicht mich genommen?«, regte sie sich auf. »Wegen dir muss ich jetzt mit Borja tanzen! Und der stinkt aus dem Mund!«

»Ich dachte, du willst nicht, dass ich dich nehme.«

Sie knurrte und schrie: »Du bist so bescheuert!«

Vor einer Blamage am Weltfrauentag rettete mich nur der Zufall: Ich bekam eine Erkältung, lag mit 40 Grad Fieber flach und musste mit niemandem tanzen. Vermutlich tanzte Tanja am Ende mit Borja, weil Lena sich an dem Tag weigerte, zur Schule zu gehen. Sie war eine ganze Woche lang beleidigt und wollte mich nicht mal besuchen. Sie ist wirklich komisch.

Aber die allerschlimmste festliche Herausforderung lag noch vor mir: mein eigener Geburtstag.

Mister Achtjähriger

Als ich fünf wurde, tobte draußen ein Schneesturm. An meinem sechsten Geburtstag herrschte eine Hitze von fast 30 Grad. Ich wurde in der unberechenbarsten Jahreszeit geboren: Ende März.

Mein achter Geburtstag fiel auf einen verregneten Freitag. Ein paar Tage vorher fragten mich meine Eltern, wen ich einladen wollte.

»Wohin?«

»Zu deinem Geburtstag«, erklärte Slawa. »Damit du mit anderen Kindern feiern kannst, wie Lena.«

»Will ich nicht«, sagte ich ehrlich, weil ich daran denken musste, wie man mich bei Lenas Party geärgert hatte.

»Ach komm, das wird lustig. Das ist dein Tag. Außerdem gibt's dann mehr Geschenke, nicht nur von uns und Oma.«

Das klang wiederum verlockend. Also stimmte ich zu.

Als ich mich hinsetzte, um eine Gästeliste zu schreiben, wurde mir klar, dass ich über den ersten Punkt – »Lena« – nicht hinauskommen würde. Wen sollte ich sonst einladen? Ich hatte keine anderen Freunde.

Da kam mir Lew zu Hilfe.

»Lad doch Anton ein«, schlug er vor.

Die Hilfe hätte er sich sparen können.

»Mache ich nicht!«, protestierte ich.

»Warum nicht?«

»Weil mich alle auslachen, wenn sie erfahren, dass ich ihn eingeladen hab.«

»Wieso? Ist er so was wie ein Aussätziger?«

Ich wusste zwar nicht, was »Aussätziger« bedeutet, aber es klang unangenehm und schien gut zu Anton zu passen, also sagte ich Ja.

»Na, dann erst recht!«, beharrte Lew.

»Warum?«

»Weil ihn sonst keiner einlädt. Und er zu Hause geschlagen wird. Tut er dir nicht leid?«

»Nein, tut er nicht«, erwiderte ich hart.

»Schade, ich wusste nicht, dass du so ein Mensch bist«, sagte Lew bloß und verließ das Zimmer.

Dafür hasste ich ihn. Für diese dahingeworfenen Sätze, die so ein mieses Gefühl hinterließen, dass es besser gewesen wäre, wenn er einfach geschimpft oder geschrien hätte.

Einmal, als ich es nicht schaffte, eine Matheaufgabe zu lösen, hatte er nur gesagt: »Macht nichts, kann ja nicht jeder Menschen heilen, es muss ja auch jemand die Straßenzäune streichen«, und war genauso aus dem Zimmer gegangen. Während ich mich bis heute, viele Jahre später, immer noch wie der größte Idiot fühle.

Knapp eine Stunde feilschte ich mit meinem Gewissen, redete mir ein, dass ich Anton überhaupt nichts schuldete. Ich hörte, wie Slawa das Gleiche zu Lew sagte: »Du zwingst ihn, sich selbst ans Messer zu liefern.«

Ich war ganz seiner Meinung! War ich Jesus oder was, um für andere zu leiden? Von Jesus hatte mir übrigens Großmutter erzählt.

Lew sagte zu Slawa, dass sich Anton als ein interessanter Mensch erweisen könnte, mit dem ich mich vielleicht anfreunden will. Das sagte er so laut, dass es wohl eher an mich gerichtet war.

Am Ende machte ich eine Liste mit vier Gästen: Lena, Anton und den Zwillingen Igor und Kirill. Die letzten zwei hatte ich hinzugefügt, weil ich mehr Geschenke wollte und weil sie Anton auch immer in Ruhe ließen. Außerdem waren sie witzig, wir hatten nämlich ganze vier Mal miteinander geredet.

Mein Geburtstag fiel auf einen Freitag, aber wir luden die Kinder für Samstag ein. Am Freitag bekam ich von meinen Eltern ein Buch über die Abenteuer von Kapitän Wrungel, ein ferngesteuertes Auto und ein Poster von Queen (das hatte ich mal in der U-Bahn gesehen und wollte seitdem unbedingt eins). Dieses Poster war der Anfang für den improvisierten Queen-Altar, den ich später an meiner Wand haben sollte.

Die Feier legten wir auf den Samstag, weil Lew nicht zu Hause sein würde: Er hatte an dem Tag Notdienst. Wir schmückten mein Zimmer mit Luftballons und einer Papiergirlande mit dem Schriftzug »Alles Gute zum Geburtstag«, und danach musste ich zusehen, wie Slawa die Fotos von uns mit Lew aus den Regalen räumte. Von diesem Anblick wurde mir noch elender zumute.

Außerdem nahm Slawa das Regenbogenfähnchen von meinem Schreibtisch.

»Warum denn das noch?«

»Nur für den Fall. Vielleicht hat ja eins von den Kindern oder deren Eltern Ahnung.«

Ich verstand nicht, wovon sie Ahnung haben sollten, aber ich fügte mich.

Als Erster kam Anton. Gebracht wurde er von seinem Psycho-Vater, der aussah wie ein Biker: lange Haare, Tattoos und Lederjacke. Wirklich ziemlich furchteinflößend.

Gleich an der Türschwelle setzte Anton sein naives Lächeln auf, sah erst zu Slawa.

»Guten Tag …«

Dann zu mir.

»Guten Tag, Miki …«

Er sagte immer Guten Tag, statt einfach Hallo.

Auch er schenkte mir ein Buch: *Der wilde Hund Dingo.* Und sagte: »Ich dachte mir, du liest wahrscheinlich gern …«

»Natürlich, danke!«, erwiderte ich.

Auf dem Weg zu meinem Zimmer setzte er noch einen drauf: »Ich möchte dir meinen Dank für die Einladung ausdrücken.«

Ich erwiderte im selben Stil: »Es ist mir eine Ehre, dieses Fest mit dir verbringen zu dürfen.«

In Wirklichkeit könnte ich nicht die ganze Zeit so reden. Ich musste meine grauen Zellen ganz schön anstrengen, um solche Sätze zu sagen. Aber Anton redete immer so, ohne sich anzustrengen.

Dann kamen die Zwillinge. Nur für den Fall: Wenn ihr darauf aus seid, mehr Geschenke durch mehr Gäste zu bekommen, ladet keine Zwillinge ein – die bringen nur eins mit. Ein strategischer Fehler. Aber immerhin schenkten sie mir einen Baukasten.

Bei Antons Anblick blieben die Zwillinge in der Tür stehen, als hätte sich das Betriebssystem in ihrem Kopf aufgehängt. Dann rissen sie sich doch zusammen und grüßten.

Als Letzte kam Lena – sie war zu spät. Sie schenkte mir ein Computerspiel. Ich hasste Computerspiele, aber ich hatte genug Taktgefühl, um Danke zu sagen.

Etwas Taktgefühl hätte auch Lena nicht geschadet. Sobald sie ins Zimmer kam, keifte sie: »Wozu hast du *den* eingeladen?!«

Ich hätte mich vermutlich nicht beherrschen können und sie in derselben Sekunde wieder rausgeschmissen, wäre nicht Slawa, diplomatisch, wie er ist, dazwischengegangen und hätte vorgeschlagen, etwas zu spielen. Wir spielten »heiße Kartoffel«, lachten und tauten etwas auf. Dann wollten Igor und Kirill Torte, und wir mussten essen gehen.

Der tollste Moment an einem Geburtstag ist das Kerzenausblasen und das Sich-was-Wünschen, während alle anderen klatschen und dich beneiden.

Als wir die Torte aßen, begannen die anderen, lauter Unsinn zu reden. Vor allem Igor und Kirill: Es gab fast keine Geschichte, bei der sie ohne »Pimmel«, »Kacke« oder »furzen« ausgekommen wären. Lena griff das freudig auf, sie hatte genug Geschichten beizusteuern, Anton und ich schwiegen.

»Ich komme gleich wieder«, sagte ich höflich, legte die Gabel hin und entfernte mich vom Tisch.

Ich ging ins Wohnzimmer zu Slawa. Er zeichnete gerade etwas.

»Pa, wann gehen die wieder?«, fragte ich.

Slawa sah auf die Uhr.

»Sie sind gerade mal vierzig Minuten da.«

»Aber ich hatte schon genug Spaß.«

Er seufzte und ging mit mir zusammen zurück.

An Slawa ist ein geborener Entertainer verloren gegangen. Er hat es allein mit dem geballten Kindergeburtstagsirrsinn aufgenommen: rollte und kletterte auf dem Boden herum, füllte Luftballons mit Wasser, die wir vom Balkon schmissen, spielte Flaschendrehen und krähte aus dem Fenster, wenn er verlor.

Gegen Abend schlug er vor, nach draußen zu gehen, und spielte noch Himmel und Hölle mit uns.

»Du hast echt einen coolen Papa«, sagte Igor zu mir, während Slawa mit Lena über die Kästchen hüpfte. »Unserer würde so was nie machen.«

»Na ja, der hat ja auch nur ein Bein«, entgegnete ich.

Kirill lachte.

»Das war ein Scherz!«

Ein seltsamer Scherz.

Nachdem Slawa sich uns angeschlossen hatte, wollte ich auch nicht mehr, dass die Feier endete. Erst um neun Uhr abends meldete sich mein introvertiertes Ich wieder, da fühlte ich mich plötzlich furchtbar müde. Aber zu der Zeit kamen auch schon langsam die Eltern, und alle Kinder sprudelten gleich im Flur mit ihren Berichten von »Mikis supercoolem Papa« los.

»Danke noch mal für die Einladung«, sagte Anton zum Abschied. Und lächelte.

»Gern!« Ich lächelte zurück.

Als alle gegangen waren und wir uns daranmachten, die verwüstete Wohnung aufzuräumen, sagte Slawa zu mir: »Das hast du gut gemacht.«

»Was?«, fragte ich verwundert. Ich hatte ja nicht mal gewusst, wie man seine Gäste unterhält.

»Dass du Anton eingeladen hast. Das war sehr erwachsen von dir, Mister Achtjähriger.«

Ich war auch stolz auf mich, und: Mister Achtjähriger – das klang nicht übel!

Ein echter Streit

Irgendwann ging die erste Klasse trotz ihrer unendlichen Unendlichkeit zu Ende. Ich hatte nur eine Zwei auf dem Zeugnis – in Mathe. Slawa sagte, das hätte ich gut gemacht, und Lew, dass ich mich mehr anstrengen soll. Ich denke, es ärgerte ihn, dass seine ganzen Qualen nicht den erwünschten Effekt gehabt hatten.

Dafür passierten in der zweiten Klasse gleich mehrere schreckliche Dinge. Erstens: Lena war wegen der Arbeit ihres Vaters in die Nachbarstadt gezogen und hatte sich nicht mal verabschiedet! Wir würden also nie wieder zusammensitzen, herumspazieren oder nach der Schule zu ihr gehen; sie würde mich nie wieder mit ihrer Taktlosigkeit und Quasseligkeit nerven. Niemals nie.

Das klang schrecklich.

Und ich hatte nicht mal einen Ersatzfreund. Mich mit Anton anzufreunden hatte nicht geklappt, und Igor und Kirill fragten bloß ab und zu, wie es meinem Vater ging. Sie wollten mit ihm befreundet sein. Nicht mit mir.

Ich war also wieder allein. Und vermisste Lena. Ich hatte ihre Telefonnummer, aber ich habe sie nie angerufen – meine Angst vor dem Telefonieren war zu groß. Wenn ich nur daran dachte, wie ihre Mutter oder ihr Vater drangehen, brach mir schon der kalte Schweiß aus, und ich legte auf.

Die zweite schreckliche Sache war: Inna Konstantinowna ging in Karenz. Als Ersatz kam Tamara Wassiljewna. Bei ihrem Anblick sagte Slawa gleich, sie wäre ein Sowjetrelikt. Damals dachte ich, er meinte so was wie Reptil, denn sie hatte was von einem Dinosaurier. Tamara Wassiljewna sah nämlich aus, als wäre sie hundert, aber wie eine nette Omi wirkte sie dabei wirklich nicht.

Die dritte schreckliche Sache: Ich erfuhr, was Karenz bedeutet. Offenbar wuchs der Mensch im Bauch eines anderen Menschen und kam dann später raus. Logisch, dass man das nicht ohne einen Spezialurlaub verkraftet, deswegen musste ich mich mit Inna Konstantinownas Weggang wohl oder übel abfinden.

Tamara Wassiljewna mochte ich von Anfang an nicht. Sie unterstellte mir, dass ich meine Aufsätze nicht selbst schrieb, sondern mir »jemand hilft«. Je mehr ich mich bemühte zu beweisen, dass ich wirklich super schreiben konnte, desto beharrlicher beschuldigte sie mich zu schummeln und gab mir schlechtere Noten.

Ich beschwerte mich bei meinen Eltern, aber Slawa sagte nur, ich sollte mich daran gewöhnen: »Das ist das Schicksal aller talentierten Menschen. Es wird immer irgendwelche Banausen geben, die versuchen, deine Arbeit abzuwerten.«

Tamara Wassiljewna wurde also zum ersten Banausen in meinem Leben. Im Nachhinein könnte man sogar sagen, sie hatte gewonnen. Denn ab der zweiten Klasse schrieb ich keine guten Aufsätze mehr, sondern beschränkte mich auf Floskeln, die ich einfach runterleierte. Und etwas später, als ich gelernt hatte, mit dem Internet umzugehen, schrieb ich meine Hausaufgaben dort ab.

Dafür schrieb Slawa immer öfter. Tagelang kritzelte er irgendetwas, steckte es in Umschläge und brachte sie zur Post. Einmal kaufte er Spielsachen, die gar nicht für mich waren, auch die steckte er in eine Kiste und schickte sie weg.

Ich war natürlich empört.

»Für wen sind die?«

»Für Kinder, die keine Eltern haben. Für ein Kinderheim«, sagte er, während er die Sachen in einer Kiste verstaute.

»Und die Briefe?«

»Auch.«

Lew saß mit einem Buch in der Hand im selben Zimmer und konnte eine gewisse Anspannung, die unser Dialog bei ihm verursachte, nicht verbergen.

»Und wozu?«, fragte ich weiter.

»Es gibt da ein Programm, um Waisenkindern zu helfen«, erklärte Slawa. »Da kann jeder Mensch ›Pate‹ werden. Dann schreibt man den Kindern Briefe, schickt ihnen Geschenke an Feiertagen … Einfach so, um was Gutes zu tun.«

»Ich glaube nicht, dass es einfach so ist«, bemerkte Lew. Seine Stimme klang metallisch.

»Und was glaubst du dann?«

»Ich denke, du versuchst dich einzuschmeicheln«, erklärte Lew. »Damit du bei den Sozialarbeitern einen Stein im Brett hast.«

»Warum sollte ich?«

»Das frage ich mich auch. Sag du es mir!«

Ich entfernte mich schnell vom Tisch mit den Spielsachen und ging in mein Zimmer. Hätte ich mal lieber nicht gefragt – jetzt stritten die nur schon wieder.

Seit ich in die Schule ging, stritt Lew nicht nur mit mir, sondern auch mit Slawa. Es ärgerte ihn, dass Slawa mit mir nicht über die Bedeutung von Schulbildung reden wollte und mir meinen Leichtsinn durchgehen ließ. Slawa erwiderte: »Lass ihn, aus ihm wird kein Mathematiker. Er ist eine Künstlernatur.«

»Es ist noch zu früh, um zu sagen, was aus ihm wird«, entgegnete Lew.

Sogar ich merkte, dass Kunst ihn nervte. Eigentlich blickte er auf alle Fachgebiete außer die Medizin herab. Slawas Arbeiten nannte er immer nur »deine Zeichnungen da«. Weil Zeichnen für ihn ein Hobby war und keine Arbeit. Echte Arbeit war Menschenleben retten. Das sagte er zwar nie so direkt, aber man spürte es an seinem Verhältnis zum eigenen und zu anderen Berufen.

Einmal stritten Lew und ich so heftig, dass es sogar den Streit wegen dem Aufsatz übertraf.

Alles begann damit, dass Igor und Kirill Mitleid mit mir bekamen, weil ich so einsam war, und mich hin und wieder zu sich einluden. Manchmal langweilte ich mich mit ihnen, aber manchmal war es ganz okay: Sie hatten eine richtige Turnanlage und einen Bällepool zu Hause. Aber einen Computer hatten sie nicht, deswegen wollten sie immer zu mir kommen. Während ich mir ständig Ausreden einfallen lassen musste, warum das nicht ging.

Zu uns einladen wollte ich sie aus vielen Gründen nicht.

Erstens müssten wir wieder alle Fotos verstecken. Zweitens müssten wir Lew verstecken, was noch schwieriger war. Und drittens merkte ich, dass, je mehr ich mit meinen Klassenkameraden zu tun hatte, es mir umso schwerer fiel, mich nicht zu verplappern. Einmal hatte ich aus Versehen etwas von »meinen Eltern« gesagt und war den Rest des Tages vor Angst fast gestorben, weil ich nicht wusste, ob es jemandem aufgefallen war. Aber es war noch mal gut gegangen.

Ich sah andere Familien und fühlte, dass ich neidisch war. Besonders auf Igor und Kirill: Sie konnten einfach alles sagen, was ihnen in den Kopf kam, ohne auf jedes Wort achten zu müssen und sich insgeheim für das Wohl der eigenen Eltern verantwortlich zu fühlen. Es ärgerte mich, dass ich mich mit acht wie ein Erwachsener benehmen musste.

Nicht einmal unter Kindern konnte ich Kind sein. Immer hatte ich das Gefühl, dass sie nur Blödsinn machten. Immer.

Auch meine Ängste waren nicht sehr kindlich. Wenn es an der Tür klopfte, hatte ich Angst, dass man mich holen kam. Dass ich mich doch verplappert und es nicht gemerkt hatte. Dass jemand über meine Familie Bescheid wusste, als stünde mir auf der Stirn geschrieben: Ich habe zwei Väter.

»Das sind Schwuchteln, Homos«, ich konnte es fast hören, las es in den Blicken von Passanten.

Schließlich war der Siedepunkt erreicht, ich kam nach Hause und rief noch in der Tür: »Ich will morgen Freunde zu uns einladen.«

Obwohl mein Ton aufgebracht und scharf gewesen war, sagten meine Eltern einfach Ja.

»Wirst du zu Hause sein?«, fragte ich Lew.

»Ich denke nicht, dass deine Freunde, nur weil sie zwei Männer in der Wohnung sehen, gleich auf die Idee kommen, du hättest zwei Väter«, sagte er. »Sag einfach ich wäre irgendein … Verwandter.«

Wieder lügen. Erfinden. Auf meine Worte achten. Theater spielen.

Ich riss die Jacke von den Schultern, schleuderte sie auf die Garderobe und sagte: »Aber benehmt euch wie normale Leute.«

Dann rannte ich in mein Zimmer und knallte die Tür hinter mir zu.

Ich setzte mich aufs Bett, umschlang mit den Armen meine Knie, weinte und wiegte mich hin und her, wie um mich selbst zu beruhigen.

Fast sofort ging die Tür auf. Lew stand auf der Schwelle, sehr gefasst.

»Könntest du bitte erklären, was du mit ›normal‹ gemeint hast?«, fragte er. »Nur damit wir dich nicht missverstehen.«

Ich schwieg. Ich wusste, dass ich was Falsches gesagt hatte, aber entschuldigen wollte ich mich nicht. Es erschien mir absolut berechtigt.

Lew wiederholte seine Frage.

Schließlich erwiderte ich leise: »Ich hab keine Lust mehr.«

Vor Tränen zitterten meine Lippen und meine Stimme.

»Worauf hast du keine Lust?«

»So zu leben.«

»Wie lebst du denn?«

Ich hob den Blick zu ihm. »Ich kann keinem was erzählen, keinen zu uns einladen, ohne vorher Fotos zu verstecken …«

»Das liegt nicht an uns.«

»An wem denn sonst?«, fragte ich herausfordernd. Und noch bevor er antworten konnte, schoss es aus mir raus: »Ich kann nichts dafür, ich hab nichts falsch gemacht, warum muss ich so leben wie ihr?!«

»Und was haben Papa und ich falsch gemacht?«, fragte Lew zurück.

Eine Sekunde dachte ich noch, es wäre besser, das nicht zu sagen. Aber meine Wut und mein Ärger waren stärker als die Liebe und die Vernunft.

Ich sagte klar und deutlich: »Ihr seid Homos.«

Ich konnte sehen, wie seine Kaumuskeln vor Anspannung dick wurden, aber er blieb ruhig.

»Wie bitte?«, fragte er.

Er gab mir die Chance zurückzurudern. Etwas anderes zu sagen oder mich zu entschuldigen. Dann wäre alles noch gut ausgegangen.

Aber ich kochte schon vor Wut.

»Ihr seid Homos!«, schrie ich fast. »Schwuchteln! Tunten!«

Ich glaube, ich schrie noch irgendetwas. Ich schmetterte ihm alle Schimpfwörter entgegen, die ich in einem Jahr Schule gelernt hatte. Ich schrie und spürte, wie mir heiße Tränen über das Gesicht liefen, wie die Spucke in meinem Mund ganz zäh wurde, ich dachte, dass ich aufhören sollte, aber ich konnte nicht. Ich schrie immer weiter, bis mein Hinterkopf gegen die Wand stieß.

Er hatte mich ins Gesicht geschlagen. Und ich war nach hinten gekippt.

Die Tür knallte. Ich blieb allein zurück.

Ich sah Blutstropfen schnell auf die helle Bettdecke fallen. Meine Lippe und meine Nase waren aufgeschlagen. Die Nase von seinem Schlag und die Lippe wahrscheinlich, weil ich draufgebissen hatte, als ich gegen die Wand geknallt war.

Die Tränen waren in dem Augenblick versiegt, als ich den Schlag gespürt hatte. Als hätte ich keine mehr. Wie der

Junge in meinem Märchen. Ich wurde ganz ruhig, nicht einmal das Blut machte mir Angst.

Natürlich war der erste Gedanke, aufzuspringen und ihm hinterherzubrüllen, dass ich ihn hasse, mehr als alles andere auf der Welt; dass er kein Recht hat, mich anzufassen; dass sie gar nicht meine Eltern sind, sondern niemand, vor allem nicht er – ein Fremder.

Aber dann fragte ich mich: Wozu? Slawa würde ihn nicht verlassen. Er würde sich immer für ihn entscheiden, nicht für mich.

Und wie sollte ich mit ihm weiterleben, nach allem, was passiert war?

Gar nicht. Ich musste gehen.

Ich stand auf, um meinen Rucksack zu holen. Als ich an der Tür vorbeiging, spuckte ich mit Schmackes Blut dagegen. Dann packte ich sorgfältig meine Schulbücher aus und legte Kleidung, Buntstifte, das Computerspiel von Lena (zur Erinnerung) und einen Zauberwürfel hinein. Nur das Nötigste.

In der Nacht, wenn sie schliefen, würde ich mich rausschleichen und gehen. Für immer. Würde als Streuner auf der Straße leben, denn genau das war ich ja, ein Waisenkind, das keiner brauchte: Meine Mutter ist tot, mein Vater hat mich verlassen. Zuhause und Familie gibt es für mich nicht. Ich werde auf der Straße leben und auf Papierfetzen Bücher schreiben, bis ich sie irgendwann zu einem Verlag bringe und reich werde. Dann werde ich der berühmteste Schriftsteller auf der Welt; baue ein eigenes Haus, in dem ich ganz allein lebe – so, wie ich will. Ich werde eine Frau haben, keinen Mann, meine Kinder werden nie irgendwas verheimlichen müssen, und ich werde sie nie schlagen. Wenn ich überhaupt Kinder will. Vielleicht haben wir auch nur einen Hund. Und vielleicht auch keine Frau. Lieber nur einen Hund. Mit dem lebe ich dann. Allein. In einem riesigen Haus mit vielen Büchern.

Das schien mir ein guter Plan.

Ein Spaziergang im Regen

Ich beschloss, nicht ins Bett zu gehen und mich in tiefster Nacht davonzumachen. Ein Wecker war keine Option, die Eltern könnten ihn hören. Also musste ich mich zusammenreißen und bis wenigstens drei durchhalten.

Ich versuchte, mir nichts anmerken zu lassen. Verhielt mich so wie immer, wenn ich beleidigt war: hockte in meinem Zimmer, ging kaum raus, und wenn, dann schaute ich demonstrativ böse drein. Slawa kam nicht zu mir. Offenbar hatte er gehört, was ich gesagt hatte, und war mit Lew einer Meinung.

Umso besser. Dann musste ich wirklich gehen.

Lautlos nahm ich meine Jacke und die Schuhe von der Garderobe und versteckte sie im Kleiderschrank, um später nicht im Flur herumkramen zu müssen.

Und dann hätte ich fast verschlafen. Ich war aus Versehen eingenickt, aber plötzlich riss ich die Augen auf, als hätte mich was angestupst. Als hätte ich mich im Schlaf daran erinnert, dass ich abhauen musste.

Ich sah auf die Uhr: 4:30. Ich war spät dran, bald würde es Morgen.

Ich horchte. Absolute Stille in der Wohnung.

Schnell zog ich mich an und schlüpfte in den Flur hinaus. Das Schwierigste war, die Eingangstür ohne jeden Laut zu öffnen. Sie hat nämlich ein Schnappschloss. Blieb nur zu hoffen, dass von dem Zuschnappen niemand aufwachen würde.

Nachdem ich die Tür geöffnet und ganz leise hinter mir zugezogen hatte, stürmte ich die Treppe runter. Sollen sie doch aufwachen, Hauptsache, ich bin verschwunden, bevor sie was merken.

In kaltes graues Zwielicht eingehüllt, rannte ich mindestens zehn Minuten. Erst als unser Haus komplett außer Sichtweite war, blieb ich stehen und verschnaufte. Da merkte ich, dass es regnete. Nicht besonders stark, aber nach den Pfützen zu urteilen schon eine Weile.

Plötzlich grauste mir vor mir selbst. Plötzlich wurde mir klar, was ich getan hatte: Es war ja eine Sache, die Schule zu schwänzen, wenn man auf seine Lehrerin sauer war, aber eine ganz andere, von zu Hause wegzugehen. Und ich war nicht nur weggegangen. Ich war abgehauen. Mitten in der Nacht.

Eine Sekunde lang wollte ich nur weinen, aber ich unterdrückte meine Tränen. Was würde es auch bringen: Draußen war kein Mensch, niemand würde zu mir kommen und mich trösten. Und falls doch, würde er mich eher wieder nach Hause bringen. Nach so was gab es kein Zurück.

Also ging ich weiter.

Mit acht hatte ich einen ziemlich begrenzten Bewegungshorizont: Ich wusste, wie ich zur Schule komme, zu ein paar Geschäften in der Nähe, zum Spielplatz, zur Großmutter und zur Polizei. Aber selbst auf diesen Strecken war ich selten allein unterwegs gewesen. Ich kannte die Stadt überhaupt nicht und hatte nicht die geringste

Ahnung, wohin ich gelangen würde, wenn ich immer geradeaus ging.

Irgendwann waren alle Geschäfte ringsum verschwunden, und es begann ein Industriegebiet. Der Bürgersteig war zu Ende, dafür tauchten Gleise auf. Ich beschloss, auf den Gleisen zu laufen, denn auf Gleisen fahren Züge, und Züge bringen Menschen in andere Städte und Länder.

Ich zog das Handy aus der Tasche und sah auf die Uhr: fünf in der Früh. Sie schlafen noch, ich würde also sehr, sehr weit kommen. Mir fiel ein, dass ich das Handy später wegwerfen sollte. In Filmen hatte ich gesehen, wie sie Leute darüber orten, und ich wollte nicht, dass man mich fand.

Die Gleise führten durch einen Park oder sogar einen richtigen Wald, jedenfalls wurden die Bäume um mich immer dichter. Es war unheimlich, und ich überlegte ein paarmal, ob ich nicht doch lieber umkehren sollte.

Als mich eine Hand von hinten packte, blieb mir gar nicht genug Zeit, um zu erschrecken. Ich dachte nur, die Polizei hat mich gefunden.

Aber es war nicht die Polizei. Ein fremder Junge, der mir ganz erwachsen vorkam, obwohl er nicht älter als fünfzehn sein konnte. Er blickte mich unter einer tiefhängenden Kapuze finster an. Im Dunkeln sah ich nur das Funkeln seiner Augen.

»Was machst du hier?«, fragte er in einem Tonfall, als würde er mir gleich eine Standpauke halten.

»Ich … gehe«, sagte ich nur.

Er packte mich wie einen Welpen hinten an der Jacke und zog mich von den Gleisen.

»Bist du verrückt, auf den Gleisen zu gehen? Das ist gefährlich.«

»Ist gut«, sagte ich. »Dann gehe ich neben den Gleisen.«

Ich wollte schon an ihm vorbei, aber er zog mich wieder am Schlafittchen.

»Bist du noch ganz dicht, Kleiner?«, fragte er. »Wo willst du hin? Wieso bist du allein?«

Wäre mir damals klar gewesen, wie alt er war, hätte ich ihn dasselbe fragen können. Aber er kam mir wirklich sehr erwachsen vor, deswegen glaubte ich, auf ihn hören zu müssen. Also rührte ich mich nicht vom Fleck und starrte auf meine Füße.

»Wo sind deine Eltern?«, setzte er wieder an.

»Ich hab keine«, murrte ich.

»Und bei wem wohnst du?«

»Bei zwei Schwulen«, erwiderte ich leichtfertig, froh, endlich mal die Wahrheit sagen zu können. Jetzt brauchte ich keine Angst mehr zu haben, dass man mich ihnen wegnimmt, ich war ja selbst weggegangen.

Der Junge verzog das Gesicht.

»Genug herumgealbert! Ich frage dich ernsthaft: Bei wem wohnst du?«

»Bei meinem Onkel und seinem Freund, ich nenne beide Papa.«

Er seufzte schwer.

»Meine Fresse, die Kinder von heute haben vielleicht Fantasie …«

Wir schwiegen und musterten einander. Ich hatte mich an die Dunkelheit gewöhnt und sah, dass er Locken hatte und voller Sommersprossen war.

»Okay, komm mit.« Er zog mich am Ärmel.

»Wohin?«

»Irgendwohin. Ich kann dich hier ja nicht alleine lassen.«

Ich wollte fragen, warum nicht, aber ich ging brav mit.

Immerhin war er der Ältere. Andererseits kannte ich viele Geschichten, in denen Menschen Kinder umbrachten – vielleicht war ich ja in genau so eine reingeraten? Aber er wirkte nicht besonders gefährlich. Obwohl mich Slawa gewarnt hatte, dass böse Menschen oft nett aussehen.

Die Welt ist kompliziert … Und mit acht blickst du erst recht nicht durch. Aber vielleicht wäre das ja gar nicht schlecht: Soll er mich doch umbringen. Das haben die dann davon! Sollen die mal leiden!

»Weswegen hattest du mit deinen Alten Krach?«, fragte er. »Haben sie dich vor die Wahl gestellt: wir oder die Playstation?«

Schön wär's …

Ich sagte nichts.

»Ich seh schon, du redest nicht gern«, stellte der Junge fest. »Dann hör mir einfach zu. Ich bin hundertmal von zu Hause abgehauen, beim ersten Mal war ich genauso alt wie du. Mein Vater ist ein Alki, er schlägt meine Mutter, aber mich rührt er nicht an. Bei uns hängt ein Gewehr an der Wand, ich träume jeden Tag davon, ihm eine Kugel zu verpassen. Ich hab keine Angst, ihn zu erschießen, aber dann stecken sie meine Mutter in den Knast, nicht mich. Deswegen geh ich immer raus.«

Ich wusste nicht, ob ich ihm glauben sollte. Gab es so was denn?

»Deine Jacke hat gar keine Kapuze«, bemerkte er.

»Hab vergessen, sie dran zu machen …«

»Hier, nimm meine.« Er zog die Jacke aus, legte sie mir über die Schultern und zog die Kapuze rauf. Er selbst blieb nur in einem Sweatshirt.

Ich hatte gar nicht bemerkt, dass ich ganz durchnässt war.

»Weißt du, warum ich dir das erzähle?«, griff er das vorherige Gespräch wieder auf. »Ich meine, wenn es bei dir zu Hause nicht ganz übel ist, dann geh zurück, okay? Wenn deine Eltern keine verkappten Säufer oder totale Idioten sind, dann haben sie es halt mal vergeigt. Das machen alle Eltern, das lässt sich nicht vermeiden. Wenn du später Kinder hast, vergeigst du auch mal was – vielleicht sogar noch schlimmer als sie. So ist der Lauf des Lebens.«

Die Gedanken kreisten wild in meinem Kopf, so schnell, dass es mir schwerfiel, auch nur einen festzuhalten. Aber ich verstand oder fühlte eher, was er sagen wollte. Ich hatte es kapiert.

»Also?«, fragte er. »Gehen wir heim?«

»Ich weiß den Weg nicht mehr«, gab ich ehrlich zu. »Ich bin einfach immer weiter …«

»Aber die Adresse weißt du?«

Die wusste ich. In meiner Jacke war sogar ein Aufnäher mit dem Straßennamen und unserer Hausnummer.

Ich nannte ihm den Straßennamen, und er nahm mich bei der Hand.

»Warum machst du das?«, fragte ich, nachdem ich mich entschieden hatte, dass ich ihn duzen konnte.

»Weißt du, was eine Weihnachtsgeschichte ist?«

»Nein.«

»Das ist eine Geschichte, in der ein Reisender kurz vor Weihnachten einen durchgefrorenen Jungen trifft und ihm hilft.«

»Es ist Herbst«, schlaumeierte ich.

Der Junge zuckte mit den Schultern.

»Was soll's.«

Eine Zeit lang gingen wir schweigend nebeneinander. Mir war gar nicht aufgefallen, wie weit ich gegangen war: Wir gingen und gingen, und die Gleise hörten nicht auf.

In meiner Jackentasche klingelte das Handy. Mein Herz rutschte irgendwohin weit nach unten. Das meinte man also, wenn man sagte, einem rutscht das Herz in die Hose.

Ich kramte es heraus und sah auf den Bildschirm. Und bemerkte gleich zwei Dinge: Es war fast sechs, und Slawa rief an.

Der Junge schielte aufs Display.

»Papa Slawa?«, las er schmunzelnd. »War das wirklich echt mit den zwei Schwulen?«

»Die bringen mich um«, sagte ich nur und stopfte das Handy wieder in die Tasche.

»Tun sie nicht. Geh ran.«

»Doch.«

»Quatsch, warum sollte man ein Kind suchen, um es dann umzubringen? Wenn sie dich umbringen wollten, würden sie dich gar nicht erst suchen – das wäre eine viel bequemere Art dich loszuwerden, ohne zu kleckern.«

Ich wusste zwar nicht, was er mit »ohne zu kleckern« meinte, aber es klang logisch. Während ich darüber nachdachte, ob ich rangehen sollte oder nicht, hörte es auf zu klingeln.

Wortlos gingen wir weiter. Nach einer Weile brach er das Schweigen: »Es war also die Wahrheit? Die sind echt schwul?«

»Ja«, sagte ich schlicht.

Seine Neugier war mir egal – in mir tobte ein Riesendrama, ich malte mir aus, was sie zu Hause mit mir anstellen würden.

Wieder klingelte das Handy. Jetzt stoppte mich der Junge und zog es mir aus der Tasche.

»Papa Lew … O Mann!«, murmelte er und strich mit dem Finger über den Bildschirm.

Dann erklärte er, »Ihr Kind« wäre bei ihm, er hätte mich bei den Gleisen gefunden (»Nein, nein, er ist auf den Gleisen gelaufen!«), mit mir sei alles in Ordnung, ich hätte ihm meine Adresse gesagt, und wir seien schon fast da, sie sollten sich keine Sorgen machen. Danach gab er mir das Handy wieder.

»Komm.« Er zerrte an meiner Schulter, aber ich stand wie angewurzelt da. »Was ist los mit dir?«

»Ist er sehr böse?«, fragte ich.

»Quatsch, ganz normal ist er. Nicht böse. Ein ganz normaler Papa Lew.« Bei den letzten Worten grinste er.

Ich trottete ihm hinterher. Aber als wir zu unserem Haus kamen, lähmte mich wieder die Angst. Ich hatte etwas Verrücktes, etwas furchtbar Dummes getan, nach dem man nicht einfach so zurückkommen konnte.

»Was trödelst du schon wieder?«, rief er genervt. »Komm schon. Deine beiden Schwulen sind sicher schon ganz krank vor Sorge.«

»Deine beiden Schwulen« klang bei ihm so beiläufig und harmlos, dass ich für eine Sekunde glaubte, der angebliche Hass gegen Familien wie unsere wäre eine Übertreibung. Ein Fremder hatte mir seine Jacke geliehen, mich getröstet, mich nach Hause gebracht und mich nicht den Krokodilen zum Fraß vorgeworfen, als er erfahren hatte, dass meine Eltern schwul sind.

Vielleicht war die Wirklichkeit ja gar nicht so schlimm?

An der Haustür gab ich dem Jungen seine Jacke wieder und bedankte mich. Er wuschelte mir durch die feuchten Haare.

»Ich geh dann mal«, sagte ich.

»Na los, du schaffst das.«

»Hmm, ich geh dann mal«, wiederholte ich und rührte mich nicht vom Fleck.

Er grinste. Und sagte plötzlich: »Ich war heute übrigens an den Gleisen, um mich umzubringen. Du hast mich also auch gerettet.«

Ich starrte ihn entgeistert an, ohne zu blinzeln. Er sah zurück.

»Das ist wahr«, sagte er. »Aber das mit dem Alki-Vater war gelogen. Das habe ich nur gesagt, um dich zu überzeugen.«

Das kränkte mich. Ich fühlte mich betrogen und verzog das Gesicht.

»Na, geh schon.« Er packte mich an den Schultern und drehte mich um. »Und grüß Sodom und Gomorra.«

Ich sah zurück.

»Wen?«

Der Junge lachte.

»Hau schon ab.«

Ich trat zur Haustür. Bevor ich aufmachte, drehte ich mich noch mal um, und wir sahen uns für eine sehr lange Sekunde in die Augen.

Spannungen

Die Tür öffnete Lew. Ich reckte den Kopf, um ihm ins Gesicht zu sehen, und für einen kurzen Augenblick schien es mir, als wäre nichts passiert. Kein Streit und überhaupt nichts Schlimmes. Er sah mich mit seinen üblichen Superheldenaugen an, und es war, als könnte ich ihn jeden Moment bitten, mich hochzuheben und durch die Luft zu wirbeln, wie Superman.

Aber sobald ich seine Hand sah, die er gegen den Türrahmen stemmte, fiel mir wieder ein, wie sie sich zur Faust geballt und mich geschlagen hatte, und ich senkte den Blick.

Schweigend trat er einen Schritt zurück, und ich ging hinein. Wir sagten beide nichts. Vom Flur aus sah ich ein Stück vom Wohnzimmer: Slawa saß auf der Couch und folgte mir mit den Augen. Auch er sagte nichts. Ich hatte erwartet, dass sie mich mit Fragen und Vorwürfen überhäuften – aber nichts dergleichen.

Sie ließen mich ruhig im Flur meine Jacke ausziehen, und erst als ich in mein Zimmer ging, hörte ich Schritte hinter mir. Wie immer war es Slawa. Wie immer spielte er die Rolle des diplomatischen Kuriers zwischen zwei unversöhnlichen Großmächten.

»Wie geht es dir?«, fragte er, während er sachte die Tür hinter sich zuzog.

Ich zuckte mit den Schultern.

»Okay.«

Er trat zu mir, nahm meinen Kopf zwischen die Hände und drehte ihn sanft zu sich, um den angerichteten Schaden zu beurteilen. Aber ich hatte nur eine kaputt gebissene Lippe. Er seufzte schwer und fuhr mir durch die Haare.

»Entschuldige«, sagte er. »Ich hätte mich einmischen müssen.«

Zuerst wollte ich etwas sagen wie: »Schon okay.« Aber ich tat mir zu sehr leid. Kurz dachte ich, ich könnte mich zusammenreißen, nicht weinen, aber dann warf ich mich in seine Arme und vergrub mein Gesicht im Hemd, das nach Gouache und irgendeiner anderen Farbe roch.

Slawa streichelte mir den Kopf und flüsterte, dass alles gut war. Als ich mich ein bisschen beruhigt hatte, setzten wir uns aufs Bett, er wischte mir mit dem Handrücken die Tränen vom Gesicht.

Dann sagte er: »Er hat sich große Sorgen gemacht, als du weg warst. Auch jetzt macht er sich noch große Sorgen wegen dem, was er getan hat. Ehrlich.«

Ich dachte über diese Worte nach. Das tat ich wirklich. Aber dann sagte ich trotzdem, und zwar ziemlich schroff: »Warum bist du dann hier und nicht er?«

Slawa lächelte irgendwie traurig.

»Weil es mir leichter fällt, über Gefühle zu reden. Aber er wird auch noch mit dir reden, versprochen.«

Ich zuckte mit den Schultern.

»Braucht er nicht …«

»Doch. Ihr müsst darüber reden, was passiert ist.«

»Ich will über gar nichts mit ihm reden.«

Slawa zog mich zu sich heran und blieb so eine Weile reglos sitzen. Irgendwann sagte er: »Er hat nicht damit gerechnet, dass es so kommen würde. Und auch nicht damit, dass du so reagierst. Er hat dich einfach falsch verstanden. Und du ihn. Du hast ihn auch verletzt.«

»Er darf also beleidigt sein und ich nicht«, rief ich mit wegbrechender Stimme.

Slawa sagte lange nichts. Ich wischte meine Tränen weg.

»Ich weiß, dass ich was falsch gemacht habe. Aber deswegen kann er mich doch nicht so … als würde er mich hassen.«

»Verzeih ihm. Ich weiß, er kann manchmal sehr hart sein. Das liegt an seinem Job, er hat einen sehr schweren Job, er hat jeden Tag die Verantwortung für viele Menschenleben. Und für ihren Tod. Das ist eine große Belastung, und manchmal weiß er einfach nicht, wohin damit.«

»Und was hab ich damit zu tun?«, murrte ich.

»Gar nichts. Er ist im Unrecht. Er hat etwas getan, das man nicht tun darf. Und das weiß er auch. Er hat einfach nicht damit gerechnet, dass du so reagierst. Als er klein war, wurde er auch von seinem Vater geschlagen, das passiert vielen Menschen, deswegen dachte er nicht, dass es so traumatisch für dich sein würde.«

»Ich bin nicht ›viele‹«, erwiderte ich patzig.

»Das habe ich ihm auch erklärt. Dass du anders bist.«

Ich musste plötzlich an den sommersprossigen Jungen denken, den ich an den Gleisen getroffen hatte. Und fragte: »Warum hat mein Vater mich geschlagen und ein Fremder mich aufgelesen, gewärmt und getröstet?«

Slawa seufzte wieder schwer.

»Auch so was gibt es im Leben …«

»Was?«

»Dass dich ein nahestehender Mensch verrät und ein Fremder rettet. Ich denke, das war eine nützliche Lektion.«

Wieder saßen wir eine Weile schweigend da. Ich sah ihn nicht an, aber ich spürte seinen Blick auf mir.

»Ich hatte eigentlich gedacht, dass du später anfängst, von zu Hause wegzulaufen«, witzelte er nicht besonders fröhlich. »Aber du wirst anscheinend früh erwachsen.«

»Scheint so.«

»Wenn das so ist, Mister Achtjähriger, möchte ich dich um etwas bitten …«

Bei diesen Worten lächelte ich schwach. Er rückte näher zu mir heran und fing meinen Blick ein.

»Versöhnt euch wieder. Ich bin müde, mich zwischen euch beiden zu zerreißen. Eure Streitereien setzen mir sehr zu, weil ich euch beide liebe.«

Seine Ehrlichkeit und die Tatsache, dass er das so direkt sagte, machten mich verlegen. Ich wandte mich ab, überlegte und erwiderte dann: »Gut. Machen wir.«

Er küsste mich auf die Stirn und verließ das Zimmer.

Ich entschied, dass ich nicht als Erster mit Lew reden würde. Wenn er sich vertragen möchte, muss er einen Schritt auf mich zu gehen. Den ersten Schritt von mir weg hatte ja auch er getan.

An dem Tag nach meiner Rückkehr taten wir alle so, als wäre ich nie weg gewesen. Ich wollte niemanden mit Absicht ärgern, erst merkte ich selbst nicht, dass ich, sobald ich mich an Lew wandte, anfing, wie Anton zu sprechen.

Zum Beispiel sagte ich beim Mittagessen: »Papa, ich wäre dir sehr verbunden, wenn du mir das Brot reichen könntest.«

Und als ich das Brot bekommen hatte, kommentierte ich: »Danke, das war sehr liebenswert von dir.«

Mit Slawa sprach ich so wie immer und konnte mir selbst nicht erklären, was über mich kam, wenn ich mit Lew redete.

Im Laufe des Tages hatten wir gleich mehrere solche Fälle. Ich griff ein Gespräch von meinen Eltern über Medizin auf, indem ich einwarf: »Arzt ist der ehrenwerteste Beruf auf Erden, ich weiß gar nicht, was wir täten, wenn es diese großartigen Menschen nicht gäbe.« Als Lew mal wieder ein Buch über Reanimatologie las, wünschte ich ihm eine angenehme Lektüre und fügte hinzu, dass ich mit Vergnügen seine wertvolle Meinung über das Gelesene hören würde.

Am Abend eskalierte der Konflikt. Nach meiner Frage, ob er so gnädig sein könne, mir das Salz zu reichen, schepperte seine Gabel auf den Boden.

»Ihr könnt mich mal«, sagte er scharf und stand vom Tisch auf.

Ich tat überrascht, suhlte mich aber insgeheim in Schadenfreude.

»Setz dich wieder«, bat Slawa.

Er setzte sich nicht, aber an der Tür überlegte er es sich noch mal anders und drehte sich zu mir um.

»Willst du mir das jetzt bis an mein Lebensende nachtragen?«, fragte er. »Verzeih mir doch! Ich habe nicht nachgedacht, ich bin ein Idiot, Abschaum, immer vergesse ich, was für zarte Künstlerseelen ihr doch seid!«

»Das klingt nicht nach einer Entschuldigung«, bemerkte Slawa kritisch.

Lew hob die Schultern.

»Was soll ich machen? Vielleicht reife ich ja irgendwann zu eurem schöngeistigen Niveau heran.«

Als er schon im anderen Zimmer war, fragte mich Slawa leise: »Warum quälst du ihn?«

»Ich bin einfach nur höflich. Damals war ich frech und habe ihn beleidigt. Jetzt bin ich höflich.«

»Du bist nicht höflich. Du treibst ihn absichtlich zur Weißglut. Tut er dir gar nicht leid?«

Ich überlegte und antwortete ehrlich: »So, wie er jetzt ist, nein.«

»Ich hab dich lieb«

Das prägendste Ereignis in meinem achten Lebensjahr war, dass sich meine Eltern wegen mir fast trennten. Schuld daran waren dieser dumme Schlag und mein gehässiges Verhalten.

Lew und ich schafften es nicht, uns zu versöhnen. Als ich irgendwann doch aufgehört hatte, überbetont höflich zu ihm zu sein, hielt wieder eine klirrende Kälte in unsere Gespräche Einzug, die wir alle spürten. Lew bemühte sich, in einem lockeren, neutralen Tonfall mit mir zu sprechen, aber je mehr er sich bemühte, desto künstlicher klang es.

Richtig entschuldigt hat er sich nie. Nicht nach einer Woche, nicht nach einem Monat und auch nicht nach zwei. Wir feierten sogar Neujahr in dieser frostigen Befangenheit. Äußerlich ging das Leben seinen gewohnten Gang, aber in meinem Innern schien ein Eissplitter zu stecken, der nicht tauen wollte.

Slawa redete auf Lew ein. Versuchte, ihn zu überzeugen, dass es uns beiden besser gehen würde, wenn er in Ruhe mit mir redete. Aber Lew beharrte stur darauf, dass er sich nicht zu entschuldigen brauchte, weil ich sie beide beleidigt hätte. Und obwohl ich eingesehen hatte, dass ich im

Unrecht gewesen war, hatte auch ich es nicht eilig, mich für die Beschimpfungen zu entschuldigen.

Und eines Tages kam es zu einem ernsthaften Streit deswegen. Aus der Küche drangen nur Fetzen von Slawas Sätzen zu mir, aber dafür hörte ich Lew ganz deutlich.

»Ich habe nicht vor, mich zu erniedrigen, nur weil ich ihm einmal einen Klaps gegeben habe!«, sagte Lew. »Den er übrigens verdient hat.«

Slawa sagte etwas wie, es sei keine Erniedrigung, um Entschuldigung zu bitten. Und dass nicht Lew erniedrigt worden war, sondern ich.

»Mein Gott, andere Kinder werden ständig mit Prügel bestraft! Und zwar um einiges härter, als ich es getan hab. Als wärst du in deiner Kindheit nie geschlagen worden!«

»Hör auf, von anderen zu sprechen.«

»Entschuldige, ich habe vergessen, dass wir ein ganz besonderes Schneeflöckchen bei uns haben«, spottete Lew. »Blaues Blut und zärtliche Erziehung. Ziehen wir hier eine Prinzessin groß, oder was?«

»Machen wir es kurz: Entweder du entschuldigst dich, und ihr vertragt euch, oder ich ziehe ihn alleine weiter groß.«

»Meinst du das ernst?«

»Voll und ganz.« Die Antwort klang tatsächlich so, als könnte sie ernster nicht sein. »Du hast dich dumm und despotisch verhalten, aber du siehst es nicht ein und bereust es nicht mal. Da ziehe ich lieber allein eine ›Prinzessin‹ groß als einen Neurotiker mit dir zusammen.«

Sind die verrückt geworden? Wie können die das ohne mich entscheiden? Warum fragt mich niemand, wie ich »großgezogen« werden will?

Ich bekam Angst und fing lautlos an zu weinen. Mir

drehte sich der Magen um vom Gedanken, vom Gefühl, dass nun etwas ganz Schlimmes kommen würde. Ich wusste ganz genau, was ich tun musste. Würde ich jetzt zu ihnen in die Küche rennen und sagen, dass ich überhaupt keine Entschuldigung erwartete, dass alles vergeben und vergessen wäre, nur damit sie sich nicht trennten, dann würden sie sich vermutlich auch nicht trennen. Aber ich rannte nicht. Ich blieb in meinem Zimmer, weinte und zitterte vor Angst, während ich über mein Englischbuch gebeugt dasaß und weiterhin so tat, als würde ich lernen.

Mit einer erstickenden Panik wartete ich auf Lews Antwort, es kam mir vor, als lägen mir zwei Hände um den Hals.

Er schwieg lange, bevor er sagte: »Dann gehe ich meine Sachen packen.«

Und die Hände drückten zu. Ich bekam keine Luft, ich hustete – vor Angst oder vor Tränen.

Ich hörte, wie Lew ins Schlafzimmer ging und die Schranktür öffnete. Macht er das wirklich? Echt jetzt? Er packt einfach seine Sachen und geht, wie die Eltern von anderen Kindern?

Aus der Schule kannte ich Hunderte Geschichten über Eltern, die sich ständig stritten und am Ende trennten. Und alle diese Geschichten waren furchtbar bitter, voller Schmerz und Sehnsucht nach dem Elternteil, das die Familie verlassen hatte und nur noch sonntags im Leben des Kindes auftauchte. Das wollte ich nicht. Ich wollte keinen »Sonntagspapa«, sie sollten beide da sein, sieben Tage die Woche, ohne Unterbrechung, ohne Wochenende. Sollten sie doch mit mir schimpfen, miteinander streiten, Hauptsache, wir blieben alle zusammen, zu dritt.

Aber nichts davon konnte ich sagen und weinte weiter.

Ich bekam nicht mit, wann Lew gegangen war, weil ich, ausgelaugt von meinen Tränen, direkt am Tisch auf meinem Schulbuch eingeschlafen war. Als ich am Morgen aufwachte, merkte ich, dass ich in meinem Bett lag und Lew nicht mehr da war. Normalerweise machte er sich um die Zeit für die Arbeit fertig und ich für die Schule, aber nun kramte ich ganz allein.

Ich kam in die Küche, wo mir Slawa eine Schüssel Milch und Cornflakes hinstellte – Lew erlaubte mir nie, Cornflakes zum Frühstück zu essen. Wäre er zu Hause, würde ich längst Haferbrei, ein Omelett oder ein Spiegelei hinunterwürgen und von Cornflakes nur träumen. Jetzt standen sie vor mir, aber ich wollte sie nicht essen. Ich ekelte mich davor. Würde ich jetzt nie wieder Haferbrei zum Frühstück kriegen?

Ich blickte hoch zu Slawa. Er sah erschöpft und blass aus.

»Ist er weg?«, fragte ich unumwunden.

Slawa nickte.

Da sagte ich ganz aufrichtig geradeheraus: »Ich hab ihn lieb.«

»Das ist das Dümmste an der Situation: dass wir uns alle liebhaben und es trotzdem so gekommen ist.«

Ich dachte, wenn alle einander liebhaben, renkt sich alles vielleicht wieder ein. In Trickfilmen war es meistens so. In Filmen auch.

Am dritten Tag war ich fassungslos, dass es wirklich passiert war. Wie konnte das sein? Man sagt ihm, er soll gehen, und er geht? Für immer. Drei Tage ohne ihn waren eine Ewigkeit, länger als das.

Die üblichen Dinge machten keinen Spaß mehr. Merkwürdig: Es war genau das Leben, von dem ich manchmal heimlich geträumt hatte. Ein »normaler« Junge mit einer »normalen« Familie zu sein. Jetzt war alles »normal«: Ich konnte Freunde nach Hause einladen und allen erzählen, dass ich nur einen Vater hatte, ohne zu lügen – aber das wollte ich nicht mehr. Ich wollte keine Freunde mit nach Hause bringen. Und wenn ich jetzt von meinem einen Vater erzählte, fühlte ich mich noch viel mieser.

Am vierten Tag unseres Lebens zu zweit sagte Slawa zu mir: »Komisch, dass ihr euch so gezofft habt. Dabei seid ihr euch so ähnlich. Ganz Vater und Sohn.«

»Wieso das denn?«

»Beide haltet ihr um jeden Preis an euren Prinzipien fest und seid stur wie Esel«, sagte er spöttisch. »Er wollte dich aus Prinzip nicht um Verzeihung bitten, und du wolltest ihm aus Prinzip nicht verzeihen. Ihr wart wie zwei Esel.«

Ich nahm ihm den Vergleich nicht übel. Slawa hatte recht: Ich war ein Esel gewesen und hatte mich dumm benommen. Könnte ich die Zeit zurückdrehen, ich hätte es getan.

Am fünften Tag fühlte ich mich in der Schule nicht gut. Schon am Morgen hatte ich Kopfschmerzen gehabt, war schlapp gewesen, und mir hatten alle Knochen weh getan, aber ich war es gewohnt, es mit dem Stress wegen der Eltern zu erklären, also hatte ich mir nichts dabei gedacht und war zur Schule gegangen. In der ersten Stunde fing ich an zu husten, und es wurde immer schlimmer, zum Ende des Unterrichts klang ich schon, als hätte ich eine Bronchitis.

Tamara Wassiljewna befühlte meine Stirn und sagte, es wäre wahrscheinlich Fieber und ich hätte lieber mal zu Hause bleiben sollen, anstatt hier meine »Bazillen zu verteilen«. Sie wollte Slawa anrufen, damit er mich abholte, aber ich intervenierte.

»Kann mich wer anders abholen?«, fragte ich. »Er ist auch Arzt.«

»Seid ihr verwandt?«

»Ja.«

»Dann ruf ihn an. Hauptsache, es holt dich jemand ab.«

Ich rief Lew an. Seltsamerweise wunderte er sich gar nicht über meinen Anruf, oder er konnte meisterhaft so tun.

Weil ich immer stärker hustete, schickte mich Tamara Wassiljewna zum Warten in die Eingangshalle. Dort hustete ich weiter, der Hausmeister bot mir sogar etwas zu trinken an. Ich trank, aber es half nichts. Der Husten wurde heftiger, und das Atmen fiel mir immer schwerer. Wenn ich versuchte, wenigstens ein Mal tief einzuatmen, hörte ich ein Pfeifen irgendwo in meiner Brust. Mir war heiß, aber ich fühlte mich nicht krank. Ich bekam nur keine Luft.

Plötzlich schrie der Hausmeister: »Holt die Krankenschwester!«

Jemand rannte schnell an mir vorbei. Da merkte ich, dass ich fast von der Bank gerutscht war und mit den Armen in die Sitzfläche gestemmt weiterhustete.

Alles verschwamm vor meinen Augen, ich sah nur undeutlich, wie der Hausmeister um mich herumwuselte.

»Vielleicht legst du dich besser hin?«, schlug er vor. »Einfach auf die Bank.«

Ich befolgte seinen Rat, aber davon wurde es nur schlimmer. Kaum hatte ich mich hingelegt, quetschte sich meine Brust zusammen, und ich begriff, dass ich jetzt nicht einmal mehr husten konnte. Ich konnte gar nichts mehr. Außer sinnlos Luft zu schlucken.

In dem Moment fing ich an vor Angst zu weinen. War ich am Sterben? Meine Eltern hatten sich wegen mir zerstritten, ich hatte alles kaputt gemacht, und jetzt sterbe ich, so nutzlos und dumm, ohne mich von jemandem zu verabschieden.

»Warum ist der Kragen zugeknöpft?«, hörte ich eine Stimme über mir und fühlte, wie mir jemand die Krawatte aufband und das Hemd aufknöpfte.

Ich versuchte meinen Blick scharf zu stellen: War er es, oder bildete ich mir das schon ein?

»Papa …« Ich atmete krampfhaft aus und krallte mich an Lews Hand fest.

Was danach passierte, weiß ich nicht, weil ich ohnmächtig geworden war.

Bevor ich auf einer Liege in einem sehr weißen Zimmer wieder zu mir kam, öffnete ich zwei Mal die Augen.

Beim ersten, noch in der Schule, hing Lew über mir.

Beim zweiten, im Rettungswagen, hingen fremde Menschen über mir und drückten mir irgendein komisches Ding aufs Gesicht.

Richtig zu mir kam ich erst auf der Liege. Wie durch Watte drangen dumpfe Stimmen zu mir durch. Eine davon gehörte Lew, die zweite einer fremden Frau.

»Hatte er früher schon mal solche Anfälle?«, fragte sie.

»Nein, das war das erste Mal.«

»Gab es etwas, das darauf hingedeutet hat? Hatte er in letzter Zeit eine Bronchitis?«

»Nein.«

»Seltsam, er wirkt nicht wie ein Asthmatiker …«

Ich hörte einen Kugelschreiber auf Papier kratzen. Wahrscheinlich schrieb die Frau.

Dann fragte sie: »Sind Sie der Vater?«

»Nein, ich bin Arzt und … ein Freund der Familie. Aber der Vater ist schon unterwegs.«

»Mir war, als hätte der Junge Sie Papa genannt ...«

»Er muss durcheinander gewesen sein. In so einem Zustand, aber das muss ich Ihnen ja nicht erklären ...«

Für eine Sekunde wurde es still. Dann bemerkte die Frau ironisch: »Neulich habe ich in einer Psychologiezeitschrift gelesen, Asthma wäre psychosomatisch. Das Wort ist jetzt in Mode. Frei nach dem Motto: Wenn die Eltern zu viel streiten, legt sich das Kind Asthma zu, um sie durch seine Krankheit wieder zusammenzuschweißen ... Aber das können wir hier wohl ausschließen, Sie sagten ja, die Mutter wäre tot.«

»Hm.«

»Außerdem glaube ich solchen Unsinn sowieso nicht.«

»Ich auch nicht.«

Ich rührte mich noch eine Weile nicht und tat, als würde ich schlafen. Dann kam Slawa, und ich beschloss, wieder »zu mir zu kommen«.

Während ich in der Eingangshalle meine Jacke anzog, erzählte Lew Slawa, was passiert war und was für eine Angst die ganze Schule um mich gehabt hatte.

»Mir hast du auch eine Heidenangst eingejagt«, gestand Lew plötzlich.

»Warum? Du bist doch Arzt.«

»Das bin ich für andere Leute. Aber wenn jemandem etwas zustößt, den ich liebe, fühle ich mich sehr hilflos.«

Mit so etwas hatte ich nicht gerechnet. Aber ich verstand, was er sagen wollte, und erwiderte: »Ich hab dich auch lieb.« Und fügte hinzu: »Komm wieder nach Hause.«

Der Sozialisierungsfachmann

Der Vorfall verschaffte mir für eine kurze Zeit Beliebtheit in der Schule. Außerdem bekam ich den Eintrag »Bronchialasthma« in meine Krankenakte und ein Asthmaspray umsonst aus der Apotheke. Meine Eltern predigten mir eine Ewigkeit, dass ich es jetzt immer dabeihaben und sofort verwenden musste, wenn ich merkte, dass es mir nicht gutging.

Als ich in den Klassenraum kam, raunten alle andächtig, und der Zwilling Igor sagte: »Cool, du bist gestern fast gestorben!«

Ich lächelte nur herablassend und fühlte mich wie ein Superheld, der unbeschadet durchs Feuer gegangen war.

Von allen Seiten prasselten Fragen auf mich ein:

»Was hattest du denn?«

»War das ein echter Krankenwagen, der dich abgeholt hat?«

»Warst du im Krankenhaus?«

»Und was haben die Ärzte gesagt?«

Ich setzte eine ernste Miene auf und sagte bedeutungsschwanger: »Ach, nichts Besonderes, Bronchialasthma …«

Wieder raunten alle schwer beeindruckt.

»Und was heißt das?«, fragte einer.

»Das heißt, ich kann jeden Moment ersticken und sterben«, sagte ich angeberisch.

»Auch jetzt?«

»Auch jetzt.«

Als ich so daherredete, kam ich mir wie ein echter Märtyrer vor, der in ständiger Todesgefahr lebt, immer bereit, seinen Tod anzunehmen. Aber in Wirklichkeit spürte ich natürlich überhaupt keine Allgegenwart des Todes.

Ich zückte das nagelneue Asthmaspray aus meinem Rucksack und führte es vor.

»Das ist für den Fall, wenn ich anfange zu sterben.«

»Woooow«, tönte es aus allen Richtungen.

Sogar Ilja sah mich mit einem gewissen Respekt an. Faszinierend: Man muss nur fast sterben, damit einen alle mögen!

Viele wollten sich sofort mit mir anfreunden, von den Mädchen sogar fast alle. Sie sahen mich mitleidig an und nannten mich nur noch »der Arme«.

Ich wurde gleich zu drei Geburtstagen eingeladen, aber hingegangen bin ich nur zum ersten, dem von Ewelina. Ich hatte aus meinen Fehlern gelernt und schenkte diesmal eine Puppe, weil Großmutter gesagt hatte, dass alle Mädchen Puppen mögen. Sie hatte recht: Ewelina schnappte sich die Puppe und rannte freudestrahlend zu ihrer Mutter.

Gleich am nächsten Tag bekam ich eine Erkältung, und so blieben mir die anderen Geburtstage erspart. Offenbar meinte es mein Körper gut mit mir. Ich hasste diese Feiern, nach einer Viertelstunde bekam ich genug und rief zu Hause an, damit man mich abholte. Aber irgendwie schaffte ich es immer, im richtigen Augenblick krank zu werden, wenn ich etwas auf gar keinen Fall wollte.

Allerdings lag schon wieder die Feiertagstortur vom Februar bis März vor mir, gekrönt von meinem eigenen Neunten. Großmutter sagte, weil die anderen Kinder mich zu ihren Geburtstagen eingeladen hätten, müsste auch ich sie einladen, das verlange die Höflichkeit. Und das hieß: doppelt so viele Gäste wie im Vorjahr. Igor und Kirill mussten ja wieder dabei sein, weil sie ab und zu mit mir redeten, und Anton, weil ihn immer noch keiner einlud. Kompliziert war dieses soziale Leben!

Mein Fachmann in Sozialisierungsfragen war Slawa. Es wollte mir nicht gelingen, mich mit den Jungs in unserer Nachbarschaft anzufreunden. Weil sie oft Fußball spielten, schlug Slawa irgendwann vor, dass wir zusammen mitspielen. Der Plan war, dass wir am Anfang beide mitspielen und er dann unauffällig verduftet, aber ich erwies mich als maximal unbegabt beim Fußball. Ich wich aus, wenn der Ball auf mich zuflog, oder, schlimmer noch, ich hielt die Hände vor mich. Im Endeffekt setzte ich mich auf die Bank und sah gelangweilt zu, wie Slawa immer wieder versuchte, das Spiel zu verlassen, während die Kinder quengelten: »Bitte, bitte, bleiben Sie doch noch, mit Ihnen macht es viel mehr Spaß!«

Im Grunde war ich froh, dass alle Slawa mochten. Zumindest bei Geburtstagen war das sehr nützlich: Ich kriegte Geschenke, die anderen kriegten Slawa, und alle waren glücklich.

Normalerweise gingen Slawa und ich an meinen Geburtstagen zu Mama. Ich brachte ihr Blumen, Bilder und Süßigkeiten, manchmal auch Spielsachen, erzählte ihr von meinem Leben, und dann gingen wir wieder nach Hause. Slawa erzählte nie irgendwas, aber zum Abschied berührte er immer ihren Grabstein. Mama sah sehr schön aus auf dem Grabstein. Schade, dass ich mich überhaupt nicht an sie erinnere.

Mein neunter Geburtstag fiel auf einen Samstag. Deswegen sagte Slawa, wir würden morgen zu Mama fahren und heute alles für die Feier vorbereiten. Es sollten sechs Leute kommen – tausendmal mehr als letztes Mal!

Ich fing an zu weinen und bestand darauf, dass wir am richtigen Tag zu Mama fuhren, weil sie sonst beleidigt wäre. Slawa entgegnete, er könne sich doch nicht zerreißen. Da sagte Lew: »Lass mal mit dem Zerreißen. Ich fahre mit ihm hin.«

Oha! Ganz was Neues, mit Lew war ich noch nie bei Mama gewesen.

Ich packte alle Kostbarkeiten ein, die ich Mama mitbringen wollte, und fing an, Lew Dampf zu machen, als könnte Mama verschwinden, wenn wir sie zu lange warten ließen.

Angst vor Friedhöfen hatte ich noch nie. Bevor ich zum ersten Mal auf einem war, hatte ich gedacht, dort wäre es wirklich so gruselig wie in den Filmen und Trickfilmen. Aber Friedhöfe sind überhaupt nicht düster – viele Leute lassen Blumen da, und die Grabgitter sind frisch gestrichen. Wenn die Sonne scheint, ist es sogar gemütlich.

Ich war der Guide bei unserer Tour, Lew trottete mir hinterher, weil er den Weg zu Mamas Grab nicht kannte.

»Bist du zum ersten Mal hier?«, fragte ich.

»Nein, ich war bei der Beerdigung, aber ich weiß nicht mehr, wo es ist.«

»War ich auch bei der Beerdigung?«

»Nein.«

Umso besser. Vor Friedhöfen hatte ich keine Angst, aber vor Toten. Einmal sah ich aus dem Fenster, wie ein Sarg aus dem Nachbarhaus herausgetragen wurde. Slawa erklärte mir, dass die Leute ihn einmal über den Hof tragen und Nelken werfen wollten – das wäre so eine seltsame Tradition. Ich sah bei den Vorbereitungen zu, bis ein Mann an den Sarg trat, um ihn zu öffnen. Die Vorstellung, dass der, den ich gleich sehen würde, komplett und unumkehrbar tot war, nur noch ein lebloser Körper, machte mir solche Angst, dass ich vom Fenster wegsprang, bevor sie den Sargdeckel aufgemacht hatten. Mein Herz pochte wie wild. Ich war nicht bereit, eine Leiche zu sehen. Obwohl manche Kinder in der Schule erzählt hatten, es sei gar nicht schlimm – einfach nur, als würde der Mensch schlafen. Aber ich hatte ja keine Angst vor dem Anblick, sondern vor meinem Wissen, dass er eben nicht schläft …

»Kanntest du meine Mama?«, fragte ich Lew.

»Nur flüchtig.«

Auf dem Weg fragte ich ihn aus, wie sie gewesen war. Und er erzählte dasselbe, was ich schon tausendmal von Slawa und Großmutter gehört hatte. Aber ich konnte es nicht oft genug hören und fragte immer wieder.

»Und wo ist deine Mama?«, beschloss ich irgendwann zu fragen.

»In einer anderen Stadt.«

»Und dein Papa?«

»Er ist tot.«

»Woran ist er gestorben?«

»Ich weiß nicht, an Scham vermutlich.« Er lachte bitter.

Ich blickte verwundert zu ihm hoch.

»Geht so was?«

»Ich wünschte, es würde gehen«, sagte er. »Es muss doch Gerechtigkeit geben auf der Welt.«

Ich verstand nicht, was er meinte, und fragte einfach weiter: »Denkst du, meine Mama und er begegnen sich?«

»Nur wenn es außerhalb von unserer Welt noch etwas anderes gibt.«

Wir waren gerade beim Grab angekommen. Aber seine Worte hatten mein Interesse geweckt.

»Du meinst, den Himmel gibt es gar nicht?«

»Das weiß niemand«, seufzte Lew.

Ich verzog das Gesicht.

»Großmutter weiß es!«

»Nein, Miki, sie weiß es auch nicht.« Er lächelte wieder traurig. »Sie glaubt nur daran.«

»Was soll das heißen?«

»Sie glaubt daran, dass es ein Leben nach dem Tod gibt. Viele Menschen tun das. Und du kannst auch daran glauben, wenn du möchtest, aber wir werden es nie mit Sicherheit wissen.«

Ich betrachtete Mamas Foto auf dem Grabstein. Vielleicht beobachtete sie mich also gar nicht vom Himmel aus? Sondern hatte einfach aufgehört zu existieren, sich in der Unendlichkeit aufgelöst, sich in Nichts verwandelt? Und ich würde mich auch in Nichts verwandeln? Und meine Eltern, meine Großmutter und alle, alle auf der Welt würden eines Tages von dieser riesigen furchteinflößenden Leere verschluckt?

Langsam legte ich erst die Blumen, dann die Zeichnungen (ich hatte mich als Neunjährigen gemalt) und einen Teddybären am Grabstein nieder. Ich schwieg eine Zeit lang.

»Okay, lass uns gehen.« Ich nahm Lew bei der Hand.

»Bist du sicher?«

»Ja.« Ich berührte den Grabstein zum Abschied.

Ich hatte plötzlich keine Lust mehr, Mama etwas zu erzählen. Nicht einmal, wie ich fast an Asthma gestorben und zum beliebtesten Jungen in der Klasse aufgestiegen war. Vielleicht wurde ich erwachsen? Ich war ja schon neun.

Als wir wieder zu Hause waren, blieb noch eine Stunde, bis die Gäste kamen. Ich zog mich um, wusch mir die Hände, rückte alle Strohhalme in den Gläsern zurecht, saß ein bisschen am gedeckten Tisch, ging ein paarmal drum herum, zupfte an den metallicfarbenen Luftballons, rückte noch einmal die Strohhalme zurecht. Und dann war die Stunde auch schon um.

Es kamen die drei Mädchen, die mich zu ihren Geburtstagen eingeladen hatten: Ewelina, Wilena und Ewangelina. Alle drei kürzten ihre Namen ab zu »Lina«. Manchmal sind Eltern so bemüht, ihren Kindern besondere Namen zu geben, dass am Ende alle gleich heißen.

Bei den Jungs war es dieselbe Besetzung wie im letzten Jahr: Igor, Kirill und Anton.

Diesmal war Slawa darauf eingestellt, dass meine Introvertiertheit durchschlagen und ich nach einer halben Stunde versuchen würde, von meiner eigenen Party zu verduften. Deswegen war er unerwartet gut vorbereitet. Unerwartet, weil nicht mal ich was von den Vorbereitungen mitbekommen hatte.

Er schleppte eine selbstgemalte Karte an, auf der alle strategisch wichtigen Punkte der Nachbarschaft eingezeichnet waren: Schaukeln, Bäume, Treppen. Die Karte wirkte uralt, es waren sogar getrocknete Wachsflecken darauf. So verwandelten wir uns in echte Piraten auf Schatzsuche: Mit der Karte arbeiteten wir uns von Aufgabe zu Aufgabe. Manchmal fanden wir kleine Geschenke: Schokolade oder Spielsachen, die wir untereinander aufteilten.

Aber der richtige Schatz lag noch vor uns – das wichtigste Geschenk. Und das war nur für mich.

Die Karte und die Tipps führten uns dafür wieder in die Wohnung. Wie sich herausstellte, war mein Geschenk in meinem eigenen Zimmer versteckt – unter dem Bett! Vorher war da nichts gewesen; das wusste ich, weil ich mich jeden Morgen kopfüber hängen ließ und unters Bett schaute (einfach nur so).

Aber jetzt war da was: eine Gitarre! Keine dumme Spielzeuggitarre, die nicht einmal Saiten hat, sondern eine richtige, die nach Lack und Holz duftete. War ich wirklich schon so alt, dass man mir echte Dinge schenkte, und nicht nur die Version »für Kinder«?

Ich hatte gegenüber meinen Eltern mal erwähnt, dass ich gern eine Gitarre hätte. Ganz nebenbei, weil ich sowieso nicht daran geglaubt hatte, dass sie mir eine kaufen. Und jetzt hatte ich eine, direkt vor meiner Nase! Und konnte ein richtiger Musiker werden, wie Jimmy Hendrix! Ich würde Schriftsteller und Musiker und … und … Arzt!

Wir spielten noch ein paar Stunden Piraten. Danach fingen die anderen wieder an zu toben, Krach zu machen und an Slawa zu kleben. Wieder mal war er der Star auf meiner Party gewesen, und nach dem Geburtstag interessierten sich in der Schule sogar noch mehr Leute für ihn.

Der Kuss in der Kirche

Mit dem Gitarrenkauf begann eine neue Phase in meinem Leben, die sich um Musik und Theater drehte. Ich ging in ein Studio, wo ich außer Schauspiel noch Musik und Gesang lernte. Früher hatte ich gedacht, dass man ein offener und kommunikativer Mensch sein müsste, um auf der Bühne zu stehen. Aber wie sich herausstellte, war es sogar einfacher, wenn man verschlossen war: Man konnte sich hinter der Rolle verstecken, und keiner erkannte dich wieder. Und das hatte schon damals mit neun eine große Anziehung für mich.

Das Theaterstudio war nicht mein erstes »künstlerisches Hobby«. Davor hatte ich zweimal die Malschule besucht und zweimal hingeschmissen – gleich nach den ersten Stunden. Würfel, Zylinder und Tonköpfe zu zeichnen fand ich unerträglich.

Während ich mir nun also das Erbe Stanislawskis aneignete und Slawa fleißig Briefe und Pakete ins Kinderheim schickte, tauchte bei Lew eine Schwester auf. Sie tauchte natürlich nicht plötzlich auf, aber ich erfuhr plötzlich von ihr, weil sie uns zu ihrer Hochzeit und Trauung einlud.

Damals wurde mir auch klar, dass zwischen Geschwistern irgendein besonderes Verhältnis besteht. Beispielsweise wusste meine Großmutter nicht, dass Slawa schwul war, Mama schon, und sie hat ihn unterstützt. Hätte Großmutter davon erfahren, wäre die Hölle los gewesen. Geschwister tendieren dazu, einander zu akzeptieren und zu verstehen, Eltern eher zum Gegenteil. Auch Lews Schwester konnte ihn offenbar verstehen und akzeptieren. Ich war neidisch: Hätte ich einen Bruder oder eine Schwester, könnte ich ihm oder ihr auch irgendwas erzählen. Irgendein furchtbares Geheimnis. Ich hatte zwar keins, aber dafür hätte ich mir eins ausgedacht.

Was ich bei der Gelegenheit auch noch erfahren habe: Eine Trauung war viel cooler als eine Hochzeit. Großmutter hatte gesagt, es sei ein Liebesversprechen vor Gott, das er im Himmel hörte. Allerdings war ich mir nicht mehr ganz sicher, ob das stimmte, denn laut Lew konnte es ja keiner wissen, und ich hatte immer das Gefühl, dass Lew der Klügste von allen war. Seine Kenntnisse anzuzweifeln hatte ich keinen Grund, Großmutter hingegen hatte mal behauptet, sechs mal vier wäre zweiunddreißig, und ich hatte ihr geglaubt!

Lews Schwester hatte uns also alle zur Trauung eingeladen, auch Slawa und mich. Slawa sagte, das sei sehr lieb und mutig von der Schwester, zwei Schwule in die Kirche einzuladen. Ich verstand nicht: Warum war das mutig?

Lews Schwester hieß Pelageja. Pelageja – das war noch seltsamer als Lew. Ihre Eltern hatten sicher ein Buch der seltensten und unpraktischsten Namen zu Hause liegen. Wie soll man so einen Menschen ansprechen? Man kann ja schlecht zu ihr hingehen und sagen: »Hey, Pelageja, wie geht's?« Schon das klingt merkwürdig. Und ihr zukünftiger Mann musste sie jeden Tag so ansprechen. Obwohl er sie vielleicht Hasi nannte oder irgendwas in der Art. In Liebesfilmen gaben sie sich gegenseitig oft Tiernamen statt der normalen Namen, durch Pelageja verstand ich endlich, warum.

Pelageja wohnte in Sankt Petersburg, derselben Stadt wie Lews Mutter. Mir stand also mein allererster Flug bevor.

Ich sag es gleich: Ich mochte es nicht, insbesondere den Abflug. Druck auf den Ohren, Übelkeit, Kopfschmerzen, und irgendwo weint ein Kind. Und das Ganze sollte auch noch vier Stunden dauern, kurz: Danach war ich völlig fertig. Erst hatte ich mich ans Fenster gesetzt, aber dann musste ich jede halbe Stunde pinkeln und jedes Mal über die Eltern klettern, um aufs Klo zu kommen. Nach der dritten Kraxelei kam ich auf den Sitz am Gang, wo ich mich noch hunderttausendmal mehr langweilte.

Dafür kamen wir in eine andere Zeitzone und landeten in derselben Stunde, wie wir losgeflogen waren, als wäre die Zeit stehengeblieben.

Wir kamen in einem Hotel am Newski Prospekt unter, Slawa und Lew staunten, wie schön doch die Gebäude wären, aber ich fand sie grottenhässlich. Riesig, einen Menschen gruselig überragend und viel zu dicht aneinandergequetscht. Etwas später sah ich noch die schachtartigen Innenhöfe, die wie dafür gemacht schienen, dass man dort unbemerkt starb.

Ich mochte Petersburg also von Anfang an nicht. Schlimmer wurde das Ganze nur noch dadurch, dass wir vor der Hochzeit ein paar Tage freihatten und Lew beschloss, aus mir einen klügeren, gebildeteren und kulturaffineren Menschen zu machen. In Rekordzeit schafften wir es in die Eremitage, nach Peterhof, nach Zarskoje Selo, ins Puschkin-

Museum und an einen Haufen anderer Orte, deren Namen ich mir gar nicht merken konnte.

Slawa ist ein echter Künstler, er kann sich eine geschlagene Stunde lang ein Bild ansehen. Ich schaffe 30 Sekunden und werde müde. Mein Lieblingsplatz in jedem Raum der Eremitage war der Stuhl der Museumswärterin. Der war meistens frei, weil die Frauen herumgingen oder standen, deswegen war das Erste, was ich immer tat, mich auf diesen Stuhl zu setzen und zur Schau zu stellen, dass ich gleich an einer Überdosis Kunst sterbe. Aber die beiden verstanden sich nicht besonders auf das Lesen meiner Körpersprache.

Ähnlich trug es sich in allen anderen Museen, Schlössern und Parks zu. Die Kultur und ich lieferten uns einen stillen Kampf, und es stand eins zu null für mich. Obwohl ich hier und da doch etwas aufschnappte, denn ein paar Jahre später inspirierte mich die Odyssee durch die Petersburger Museen zu einem Aufsatz für die Russisch-Olympiade in unserer Region, bei der ich disqualifiziert wurde. Das Thema der Olympiade war der Gulag, genau genommen das ehemalige Lager in Karaganda, das in ein Museum umgewandelt worden war. Ich sollte offenbar etwas über die Grausamkeit des Krieges, Patriotismus und große Heldentaten schreiben, aber ich schrieb, dass es geschmacklos sei, an Orten von Tod und Trauer Geld zu machen und solche Themen auszuschlachten. Seitdem wurde ich zu keinem Literaturwettbewerb mehr zugelassen, aber das ist eine andere Geschichte.

Erst mal war ich als Neunjähriger vom pompösen Petersburg erschlagen und wollte nach Hause. Lew und ich stritten mal wieder, weil ihn mein Gequengel und meine demonstrative Langeweile nervten. Er sagte sogar einen seiner typischen Sätze, die dazu führen, dass ich mich ewig mies fühle: »Bemerkenswert, bei manchen Menschen verändert Petersburg ihr ganzes Leben, und bei dir ändert sich nicht mal der Gesichtsausdruck.«

Ich fühlte mich schuldig, weil es mir dort nicht gefiel. Weil ich die Architektur nicht schön fand, sondern düster und furchteinflößend. Weil mir die historische Bedeutung des Ortes nicht imponierte, sondern die Unmenge der Toten, der Revolutionen, des Blutvergießens und der zerstörten Leben Angst einjagte.

Ich wollte zurück in unsere historisch unbedeutende Stadt, die zwar auch hässlich und abstoßend war, aber wenigstens keine blutige Vergangenheit hatte.

Auf dem Weg zu Lews Schwester sah ich auch den Rest der Stadt, nicht nur das Zentrum. Da wurde mir klar, dass nur der Stadtkern mit diesen imposanten Häusern vollgestellt war wie mit Deko. Ringsum war trotzdem Russland – trostlos und unerbittlich.

Zu Hause bei Pelageja war es dann gar nicht übel; es roch nach etwas Süßem, und es gab viele Bücher. Als wir ankamen, stellte sie uns ihrem Bräutigam vor. Sie sagte: »Das ist Lew, mein Bruder. Sein Freund Slawa. Und ihr Sohn Miki. Und das ist Roma, mein Bräutigam.«

Oha! Der erste Mensch mit einem normalen Namen in dieser Familie!

Roma lächelte und gab uns allen nacheinander die Hand. Seltsam: Noch ein Fremder, der uns nicht den Krokodilen zum Fraß vorwarf, nachdem er von unserer Familie erfahren hatte. Jetzt kannte ich schon zwei.

Danach kamen langweilige Erwachsenengespräche darüber, wie sie die Wohnung bekommen hatten, die Renovierungsarbeiten, den Urlaub (»Hier die Fotos auf Insta«), und irgendwann fragte Lew, warum zum Teufel sie sich trauen ließen. Er fragte wirklich: »Warum zum Teufel?«

»Damit Mama uns in Ruhe lässt«, antwortete Pelageja ehrlich. »Sonst steht sie jeden Tag auf der Matte und wirft uns vor, dass wir in Sünde leben.«

»Ich will gar nicht wissen, was sie über unsere Familie zu sagen hat«, bemerkte Lew.

»Mach dir keine Sorgen, wir stellen Slawa als einen Freund von Roma vor. Sie kennt sowieso nicht alle seine Freunde.«

»Nein danke«, entgegnete Lew unerwartet.

»Wieso? Wie willst du ihn sonst vorstellen?«

»Als meinen … Freund«, beim letzten Wort lächelte er geheimnisvoll.

Pelageja zuckte mit den Schultern – wie du willst.

Lews Mutter ähnelte Dolores Umbridge aus *Harry Potter.* Die äußerliche Nettigkeit war durchtränkt von heimlicher Gehässigkeit und Missgunst. Sie fragte gar nicht nach mir und Slawa, sondern nickte uns bloß mit aufgesetztem Lächeln zu.

Im Standesamt fand ich es nett: Dort war es festlich, schön und ausgefallen. Direkt danach ging es in die Kirche. Bevor wir ins Auto stiegen, fragte Pelageja plötzlich Lew: »Ein bisschen Spaß gefällig?«

Er nickte.

»Unbedingt.«

Ich verstand lange nicht, was sie gemeint hatten, denn das, was folgte, konnte man nur schwer als Spaß bezeichnen. Die Stimmung in der Kirche war bedrückend. Die Frauen hatten sich Kopftücher umgebunden, und ich bekam die strenge Anweisung, still zu stehen und zuzuhören. Dabei war zuzuhören unmöglich: Der Priester redete ewig, undeutlich, monoton und langweilig. Ich hätte diese endlose Zeremonie sicher einfach vergessen, hätten sich meine Eltern am Ende der Trauung nicht gleichzeitig mit dem Brautpaar geküsst. Während der »heiligen Zeremonie« in der Kirche und vor Lews gesamter Verwandtschaft, gleich nach den Worten: Mögen die Liebenden ihre heilige und reine Liebe nun mit einem Kuss besiegeln.

Jemand hielt mir die Augen zu, damit ich nicht hinschaute. Die Geste fand ich lustig und begann zu kichern. Während Lews Mutter böse flüsternd verlangte, dass die beiden augenblicklich die Kirche verließen.

»Entschuldige, er hatte nicht spezifiziert, welche Liebenden«, erklärte Lew im Gehen trocken. »Wir dachten, er meint alle.«

Damit war die Hochzeit für uns vorbei. Wir setzten uns auf eine Bank vor der Kirche, und als die Leute später an uns vorbeigingen, sahen sie uns finster an und bekreuzigten sich. Aber vielleicht haben sie sich auch bekreuzigt, weil es beim Verlassen einer Kirche üblich ist. Keine Ahnung.

Als Slawa sagte, er hätte von der Luft in der Kirche Kopfschmerzen bekommen, tauchte plötzlich, wie in einem Horrorfilm, eine wildfremde alte Frau neben uns auf und zischte: »Der Teufel verträgt keinen Weihrauch.«

Und verschwand gleich wieder.

Unheimlich. Wirklich wie die böse Hexe aus einem Märchen.

Lew musste lachen.

»Wir sind hier wohl nicht länger willkommen. Lasst uns gehen.«

Ich war kurz zurückgeblieben, um mir die Schnürsenkel zu binden, da kam Lews Mutter zu mir. Sie fragte mich mit Blick auf Slawa:

»Wer ist dieser Mann für dich?«

Ich sammelte mich sofort, streckte den Rücken durch und erwiderte bestimmt: »Das ist mein Onkel.«

»Warum treibst du dich mit so einem Onkel herum? Sag deinen Eltern, was er für einer ist und dass sie dich nie wieder zu ihm lassen sollen.«

Ich nickte.

»Mache ich.«

Zum Abschied lächelte sie mir gekünstelt zu.

Als ich die Eltern eingeholt hatte, fragten sie: »Du hast hoffentlich nichts Unnötiges gesagt?«

Ich ratterte herunter: »Nein. Ich bin zufällig hier. Ich sehe euch zum ersten Mal und beschwere mich gleich bei Mama und Papa.«

Sie lachten, Slawa wuschelte mir durchs Haar und legte seinen Arm um mich.

Seitdem gilt der Kuss in der Kirche als ein historischer Moment in unserer Familie, er steht auf einer Stufe mit dem Kennenlernen der beiden und dem Auftauchen meiner Wenigkeit.

Tja, so, wie es sein muss: historische Stadt – historische Momente.

Wie Spongebob und Plankton aus dem Fernseher kamen

Viele denken, wenn man einen Arzt in der Familie hat, wären alle im Haus medizinisch überversorgt, vor allen Krankheiten gefeit und eigentlich unsterblich. Sie stellen sich einen Apothekenschrank vor, der einer echten Apotheke in nichts nachsteht, und glauben, man würde beim kleinsten Wehwehchen mit Medikamenten vollgestopft.

In Wirklichkeit gab es bei uns so etwas wie eine Hausapotheke gar nicht. Wir hatten nur ein Fieberthermometer, und selbst das erst, nachdem ich meine erste Erkältung bekommen hatte und wir Fieber messen mussten. Medikamente wurden nicht für alle Fälle eingekauft, sondern erst dann, wenn jemand krank war. Immer zur Hand waren nur ein paar Tabletten gegen Kopfschmerzen.

Das alles, weil nach Meinung unseres Hausarztes Lew ein Patient nicht als krank galt, solange er noch bei Bewusstsein war und sich eigenständig fortbewegen konnte. Mit solchen Überzeugungen zurechtzukommen war nicht einfach. Eine Erkältung und 37 Grad Fieber? Du stehst noch fest auf beiden Beinen, dann schaffst du es auch zur Schule!

Auch Gequengel über Schmerzen konnte Lew nicht leiden. Mit sieben kannte ich schon die Namen von Schmerzmitteln und wusste, dass ich mir bei Kopfschmerzen eine Tablette nehmen musste, anstatt die Eltern vollzujammern.

Diese Forderungen stellte Lew nicht nur an uns, sondern auch an sich selbst. Er arbeitete über zehn Jahre als Arzt und war in der gesamten Zeit nicht ein Mal krankgeschrieben. Nicht weil er so gute Abwehrkräfte hatte, sondern weil er sich immer zur Arbeit schleppte, egal in welchem Zustand. Wenn er noch aufstehen konnte, stand er auf und ging.

Diese merkwürdigen Regeln wurden ein wenig aufgeweicht, als ich mit neun im Hochsommer ernsthaft krank wurde. Ich wachte am Morgen mit 38 Grad Fieber und leichtem Husten auf. Die Eltern flößten mir fiebersenkende Mittel ein, aber es half nichts.

Den ganzen Tag lang lag ich auf der Couch. Aus mehreren Gründen: Die Couch konnte man ausklappen, sodass sie sogar größer wurde als mein Bett, wodurch sie sich viel besser zum Kranksein und Leiden eignete. Außerdem stand der Fernseher davor. Ich bekam zwar mit, wie sich die Eltern besorgte Blicke zuwarfen, aber es war mir egal – ich fühlte mich wie eine verkochte Nudel: heiß und klebrig. Sogar meine Wimpern klebten. Von Zeit zu Zeit wischte mich Slawa mit einem feuchten kalten Handtuch ab, wodurch das Fieber kurz sank, aber eine halbe Stunde später stieg es schon wieder auf beunruhigende Werte.

Ganz spät am Abend, als ich schlapp und müde *Spongebob* schaute, passierte etwas Seltsames. Spongebob fragte: »Soll ich dir das geheime Rezept der Krabbenburger verraten?«, und steckte seinen Kopf aus dem Fernseher. Echt jetzt! Er stemmte sich mit seinen Ärmchen gegen den unteren

Rand des Fernsehers, schwang ein Bein rüber und hüpfte auf den Wohnzimmerboden. Und Plankton hinterher. Völlig perplex blickte ich zu Lew hoch, der neben mir saß, als wäre überhaupt nichts.

»Papa«, murmelte ich mit schwacher Stimme. »Papa … sie kommen aus dem Fernseher raus.«

»Wer kommt wo raus?«

»Spongebob und Plankton, sie kommen aus dem Fernseher …«

Er drehte sich um.

»Der Fernseher ist aus, Miki«, sagte er vorsichtig. »Siehst du irgendwas?«

Im selben Moment verschwand alles. Der Fernseher war tatsächlich aus. Hatte ich gar keinen Trickfilm geschaut?

Lew gab mir wieder das Thermometer. Ich hielt es eine Weile unterm Arm, holte es raus und sah 36,6. Aber Lew warf einen Blick darauf und ging aus dem Zimmer, nebenan sagte er zu Slawa: »Ich weiß nicht, was ich tun soll. Ruf den Krankenwagen.«

Sein »Ich weiß nicht, was ich tun soll« war schlimmer als jede Diagnose. Ein unverkennbares Zeichen, dass die Situation außer Kontrolle geraten war und es nun übel enden konnte.

»Was ist los?«

»Er hat 41 Grad Fieber und halluziniert.«

Mit neun wusste ich schon, dass 41 Grad Fieber praktisch den Tod bedeutete. Nur war mir das in dem Moment egal, außerdem fühlte es sich überhaupt nicht an wie Sterben, mir war einfach sehr heiß, und ich hatte keine Lust aufzustehen. Aber zum Brüllen reichte meine Kraft noch: »Kein Krankenwagen!«

Ich vertraute fremden Ärzten nicht und hatte Angst, dass

sie mich ins Krankenhaus bringen würden, wo ich ganz allein einschlafen müsste.

Während Slawa den Krankenwagen rief, redete Lew auf mich ein, dass es wirklich sein musste.

»Du bist doch selber Arzt«, wimmerte ich.

»Ich bin ein anderer Arzt, Miki«, erklärte er.

Ich wimmerte noch mehr.

Aber die Frau, die mit dem Krankenwagen kam, war dann doch ganz nett. Sie hörte mich nur ab und sah sich meine Zunge an, alles andere erzählte ihr Lew. Sie schlug mir vor, mit ihr ins Krankenhaus zu fahren, aber ich heulte, dass ich nirgendshin fahren würde, woraufhin sie nur »Na gut« sagte.

Sie verschrieb mir Antibiotika. Im Flur hörte ich sie leise zu Lew sagen, dass die schmerzhaft wären. Was? Wie konnten Tabletten schmerzhaft sein? Das stimmte mich schon skeptisch.

Dann ging Slawa zu einer 24-Stunden-Apotheke, um sie zu holen, denn mittlerweile war es fast Mitternacht.

Und – stellt euch das mal vor – Betrug! Es waren Spritzen! Vielleicht lag es daran, dass mich Lew immer nur mit dem Satz »Das geht von alleine wieder weg« behandelt hatte, aber ich wuchs als ein Kind mit starken Abwehrkräften auf (ich war nur krank gewesen, wenn es mir gelegen kam) und hatte nie mit Medikamenten zu tun gehabt, geschweige denn mit quälerischen Spritzen.

Mit Entsetzen sah ich bei den Vorbereitungen für die Folter zu: Lew legte Watte, Desinfektionsmittel, Spritzen und Ampullen auf den Tisch. Dann zog er laaaaangsam Einweghandschuhe an – das brachte das Fass zum Überlaufen.

»Es geht mir schon viel besser!«, brüllte ich.

Auf einmal war ich wirklich wieder ziemlich fit.

»Alles wird gut«, erwiderte er und schoss mit der Arznei in seiner Spritze Richtung Decke. Dann kam er mit der funkelnden Nadel näher.

»Nein!«

»Dreh dich um«, sagte er unerbittlich.

»Wie?«

»Mit dem Allerwertesten zu mir.«

Ich flennte, drehte mich aber schluchzend auf den Bauch. »Mit einer Nadel auf einen lebendigen Menschen einstechen! Wer macht denn so was?«

Als ich spürte, wie sich Lew neben mich auf die Couch setzte, kreischte ich auf.

»Ich hab dich doch noch gar nicht angefasst«, sagte er.

»Aber ich hab jetzt schon Angst!«

»Auf drei, ja?«, schlug Lew vor.

»Auf fünf.«

»Okay.«

»Nein, auf zehn!«

»Miki …«

»Na gut, auf fünf«, ließ ich mich breitschlagen.

»Eins … zwei … drei … vier …«

»Auaaaaa!«, brüllte ich.

»Ich mach doch gar nichts!«

Ich heulte noch heftiger als vorher.

»Das wird nichts, ich kann das ni…« Im selben Augenblick stach was Spitzes in meine rechte Pobacke. »Aaaah! Verräter!«

Ich versuchte zu zappeln, aber Lew fixierte mich mit seiner freien Hand. Ich unternahm einen zweiten Befreiungsversuch, da rief er Slawa: »Halt ihn fest.«

Slawa setzte sich auf die andere Seite, und ich fühlte mich wie in einer Kneifzange.

»Du auch noch!«, schrie ich tränenüberströmt. »Judas!«

»O! Welch hochintellektuelle Beleidigungen«, staunte er.

Ich vergrub den Kopf im Kissen und jaulte weiter: »Warum hasst ihr mich?«

Slawa fing an zu lachen, was ich sofort unterband: »Lach nicht, ich leide!«

Eine Sekunde später war alles vorbei. Sie ließen mich beide wieder los, und der Schmerz von der Spritze klang allmählich ab. Trotzdem warf ich Lew vor, es hätte höllisch weh getan, so doll wie noch nie in meinem Leben. Als Antwort hielt er mir schweigend das Fieberthermometer entgegen.

Ein paar lausige Minuten später war mein Fieber gesunken, was überhaupt nicht sein konnte, so schnell konnten Medikamente gar nicht wirken.

»Ich hab dir doch gesagt, mir geht's schon besser! Du hast mich ganz umsonst gequält!«, entrüstete ich mich.

Aber Lew sagte, das Fieber sei gesunken, weil ich wie ein Irrer rumgeschrien hätte.

Unnötig zu sagen, dass es kurz danach wieder auf 38 Grad kletterte, aber die kritische Marke überstieg es nicht mehr. Das Prozedere mit der Spritze wiederholten wir noch eine ganze Woche – jeden Abend mit demselben Ablauf: betteln, dass es keine Spritze gibt, weinen, einigen, auf welche Zahl gepikst wird, die Spritze vor der Zahl bekommen, schreien, zappeln, von Slawa festgehalten werden, schimpfen und ertragen, bis es vorbei ist.

Bis ich wieder ganz gesund war, schlief ich auf der Couch im Wohnzimmer, die Eltern wachten abwechselnd bei mir und maßen mehrmals in der Nacht Fieber. Noch heute erinnere ich mich an diese Nächte als ein besonders anschauliches Beispiel ihrer Fürsorge. Als ich älter wurde, stieß ich in den Medien immer wieder auf Thesen, gleichgeschlechtliche Paare könnten keine guten Eltern sein, aber all diese Behauptungen zerschellten an meinen Erinnerungen – daran, wie geborgen, geliebt und wie wichtig ich mich in meiner Familie fühlte.

Familienfreundschaften

Meine Eltern hatten keine engen Freunde aus der LGBT-Community. Also früher schon, bevor es mich gab, aber mit mir hatte sich Slawas und Lews Leben verändert und wurde zurückgezogen. Niemand wusste, dass sie ein Kind hatten, für ihre Freunde blieben sie das alte Paar. Mit der Zeit wurde ihnen der oberflächliche Kontakt zu langweilig, und sie verabschiedeten sich endgültig aus der Szene. Aber ich denke, es fehlte ihnen trotzdem jemand, mit dem sie sich austauschen und offen reden konnten, ohne verurteilt zu werden.

So kam es, dass wir im Sommer Grischa und Goscha kennenlernten. Als ich zum ersten Mal von ihnen hörte, dachte ich, dass sie füreinander gemacht sein mussten, weil sie gleich klingende Namen hatten – Lolek und Bolek, Fix und Foxi, Grischa und Goscha.

Slawa sagte, es wäre doch ganz interessant, ein queeres Paar kennenzulernen, das auch ein Kind großzog. Was daran interessant sein sollte, verstand ich zwar nicht, aber ich stimmte sofort zu: Mich interessierte es, ein anderes schwules Paar zu sehen, um das penetrante Gefühl loszuwerden, meine Eltern wären die Einzigen auf der Welt.

Grischa und Goscha hatten nicht nur ähnliche Namen, sie sahen auch ähnlich aus. Ich hatte mal eine schwule Figur in einer russischen Fernsehserie gesehen – einen feingliedrigen, affektierten Jungen, damals hatten meine Eltern gesagt, das sei eine dumme, falsche Darstellung, die ich gleich wieder vergessen sollte. Allerdings sah Grischa dieser Figur verblüffend ähnlich: Er trug sogar nur Pink, als wollte er den ersten Preis für die Erfüllung von Klischees einheimsen. Bei Goscha war es nicht ganz so ausgeprägt, aber eine Ähnlichkeit war nicht zu übersehen.

Sie schenkten mir eine Puppe. Eine von der aufgetakelten Sorte mit superlangen Beinen, die wie eine Barbie aussah. Als sie mir die Puppe überreichten, sagten sie zu meinen Eltern: »Wir hoffen doch, ihr erzieht euer Kind nicht nach dummen Genderstereotypen, mit lauter Autos und Soldaten.« Und grinsten beinahe synchron ein aufgesetztes Grinsen.

Ernsthaft, die beiden sahen aus, als wären sie einer Sitcom entsprungen.

Ich bedankte mich verhalten für die Puppe und überlegte schon, wogegen ich sie eintauschen könnte. Natürlich stand ich nicht auf Autos und Soldaten, aber für Puppen hatte ich auch nichts übrig.

Auf dem Weg in ein Café stellten mir Grischa und Goscha merkwürdige Fragen: »Und? Welchen Namen gibst du ihr?«

»Gar keinen.«

Mit neun gab ich meinen Spielsachen schon lange keine Namen mehr, und ich mochte sie auch immer weniger.

»Na, ihr habt vielleicht einen Schmollmops«, sagte Grischa näselnd und kniff mich in die Wange.

Schnell, wohl zu schnell, riss ich mich los und war mit

einem Satz bei meinen Eltern, wo ich mich in Slawas Hand krallte.

»Er mag es nicht, wenn ihn fremde Menschen anfassen«, erklärte Slawa.

»Ach, ich hab gleich gemerkt, dass er so verschlossen ist, so in sich gekehrt.« Grischa war nicht mehr zu halten. »Das ist furchtbar schlecht. Er muss offener werden, Freunde finden, was hat er sonst für ein Leben? Ein Kommunikationsdefizit führt nur dazu, dass sie sich irgendwann einigeln, wie diese Hikki in Japan.«

»Halt endlich die Klappe …«, kam plötzlich leise, aber sehr deutlich von Lew.

»Wie bitte?«

»Du redest zu viel über Dinge, die dich nichts angehen. Ist dir das noch nicht aufgefallen? Halt den Mund«, sagte er noch mal.

Er sprach sehr ruhig; im selben Tonfall hätte man sagen können, dass heute die Sonne scheint oder London die Hauptstadt von England ist. Aber ich spürte, dass, wenn ihm Grischa dummkäme und nicht sofort aufhörte, die Sache böse ausgehen würde. Die angespannte Atmosphäre war auch Slawa nicht entgangen, und er mischte sich behutsam ein: »Lasst uns deswegen nicht streiten.«

An dieser Stelle hätten wir die Sache lassen sollen, aber irgendwie schafften wir es doch noch ins Café. Zu verdanken war das allein Slawas diplomatischem Talent und seiner Fähigkeit, das Gespräch immer wieder auf neutrale Themen zu lenken. Vor Ort redeten Grischa und Goscha dann wirklich nur noch Stuss: »Ich poste das jetzt, und du musst es liken … Dann postest du, und ich like deins … Aber du zuerst!«

In der einen Stunde, die wir zusammen verbrachten,

gab es knapp zehn Situationen, die um ein Haar in einem Desaster geendet wären.

Erstens nannte Goscha alle »Kätzchen« – mich wie meine Eltern. Als er Lew zum dritten Mal so ansprach, meinte ich, sein Auge zucken zu sehen.

Zweitens überschritten Grischa und Goscha immerzu unsere persönlichen Grenzen mit Umarmungen, Händetätscheln oder Griffen um die Taille und wunderten sich auch noch: »Na, was habt ihr denn?«

Das wurde im Café ein bisschen besser: Jeder saß auf seinem Platz, und die berührungsfreudigen Grischa und Goscha kamen nicht so leicht an uns heran. Vor allem Lew machte dieser Wunsch nach Körperkontakt wahnsinnig: Er fegte ihre Hände von sich, als wären sie etwas Ekliges und Schleimiges. Genauso fegte ich im Sommer Käfer von mir, weil ich eine Riesenangst vor ihnen hatte, erst recht vor denen, die fliegen konnten.

Als die beiden aufstanden, um die Karte zu holen, sagte Lew zu Slawa, er stünde kurz vor einer Todsünde und einer lebenslangen Haftstrafe wegen grausamer Gewaltverbrechen.

»Ich hätte nicht gedacht, dass es solche Typen wirklich gibt.«

»Menschen sind verschieden«, erwiderte Slawa. »Nur weil sie nicht so sind wie wir, sind sie noch keine schlechten Menschen.«

»Sie nennen mich Kätzchen.«

»Na immerhin nicht Bärchen«, lachte Slawa.

So nannten sich die beiden nämlich gegenseitig. Jedes Mal wenn einer von ihnen den anderen mit Bärchen ansprach, schnaufte Lew und verdrehte demonstrativ die Augen.

In unserer Familie waren solche Spitznamen verpönt. Wenn meine Eltern sich mal nicht mit Namen ansprachen, sagten sie höchstens »Schatz«. Aber so nannten sie auch mich.

Als Grischa und Goscha mit der Speisekarte zurückkamen, war ihre erste Frage: »Vergnügt ihr euch eigentlich nur zu zweit?«

Ich verschluckte mich am Orangensaft, den ich gerade durch einen Strohhalm schlürfte.

»Uns vergnügen?«, fragte Slawa nach.

»Frag doch nicht«, warf Lew verärgert ein. »Sonst erklären sie es gleich noch.«

»Ich dachte nur, ich hätte mich verhört.«

Sie fingen wirklich zu erklären an – irgendetwas, womit mein Kinderhirn nicht fertigwurde, das aber meine Eltern sichtlich in Verlegenheit brachte.

Slawa setzte sein freundlichstes Lächeln auf und sagte: »Hört mal, ihr seid echt nette Jungs, aber wir sind eine gewöhnliche, ganz klassische Familie, wisst ihr. Wir haben nichts gegen eure Lebensweise, aber …«

»Ich schon«, unterbrach ihn Lew.

»Wir haben nichts gegen eure Lebensweise«, wiederholte Slawa sanft mit einem Seitenblick zu Lew. »Aber das ist nichts für uns, okay? Und wie ihr vielleicht bemerkt habt, sitzt hier unser Sohn …«

»Ja, und?«, fauchte Grischa. »Oder gehört ihr etwa zu den Puritanern, die ihren Kindern bis zur Volljährigkeit erzählen, der Storch hätte sie gebracht? Man darf keine Angst haben, solche Dinge vor seinen Kindern anzusprechen. Die sexuelle Freiheit ist die Zukunft. Sonst drängt ihr dem Jungen nur konservative Schablonen auf, wie diese ganzen Heten.«

Ich dachte schon, die Chancen, dass es ohne Blutvergießen endet, wären endgültig verspielt, und schielte vorsichtig zu Lew, der nach meiner Einschätzung jeden Moment explodieren müsste, aber er sah Grischa nur mit einem merkwürdigen Lächeln an.

Dann sagte er seelenruhig: »Jungs, ihr seid echt Profischwule. Dafür habe ich volles Verständnis, aber manche Menschen haben auch noch anderes zu tun. Ich zum Beispiel muss nachher zum Nachtdienst. Ihr entschuldigt uns.«

Grischa und Goscha sagten zum Abschied noch, ich würde ihnen leidtun. Und fügten hinzu: »Du bist übrigens aus einer Vagina gekrochen.« Aber das wusste ich auch ohne sie, ich hatte nämlich eine Enzyklopädie, in der alles Mögliche drinstand, einschließlich Details über Zeugung und Geburt von Kindern.

Im Gehen sagte Slawa noch: »Irgendwie ist mir die Lust vergangen, mich mit queeren Pärchen anzufreunden.«

»Geht mir genauso«, stimmte Lew ihm zu.

Aber mit einem anderen Paar freundeten wir uns doch kurz an. Genauer gesagt, mit einer Familie – zwei Frauen und ihrer siebenjährigen Tochter. Sie kamen einmal zu Besuch und waren ganz in Ordnung. Sie schenkten mir ein Brettspiel, nervten nicht mit komischen Fragen, fassten mich nicht an und waren überhaupt sehr höflich.

Auch meine Eltern waren höflich: Ich lauschte aus dem Kinderzimmer, wie sie miteinander sprachen, sogar Lew schlug sich ganz gut.

In der Zwischenzeit passte ich als »der Ältere« auf Dascha auf, spielte mit ihr und war nett. Sie hingegen wirkte nur unschuldig und naiv, aber als ich ihr zeigen wollte, wie man einen Turm aus Klötzen baut, bot sie mir plötzlich an: »Willst du sehen, was ich in der Unterhose hab?«

»Nein«, antwortete ich ehrlich.

»Dann zeig du mir, was du hast!«

»Nein.«

»Warum nicht?« Dascha schob schmollend die Unterlippe vor.

»Ich bin doch kein Exhibitionist«, erwiderte ich schlicht.

Das war mit Abstand das komplizierteste Wort in meinem damaligen Wortschatz. Ich hatte es auf einem Plakat im Park gelesen, das davor warnte, so jemand wäre dort unterwegs. Enttäuscht hatte ich schon gedacht, ich würde nie die Gelegenheit bekommen, es zu verwenden. Aber dank Dascha ergab sich unerwartet eine. Blieb nur »nichtsdestoweniger«. Noch so ein merkwürdiges Wort!

Doch auch die Freundschaft mit Daschas Müttern währte nicht lange. Wie sich herausstellte, war eine ähnlich komplizierte Lebenssituation noch keine Garantie dafür, dass sich Leute viel zu sagen hatten. Schließlich wurde die Idee mit den Familienfreundschaften auf unbegrenzte Zeit verworfen.

Drei ist einer zu viel

Einmal verschwor ich mich mit meiner Großmutter. Außer uns beiden wusste niemand von der Sache. Eigentlich hatte auch ich erst abgelehnt. Sie war an einem Morgen zu Besuch gekommen: Meine Eltern waren nicht zu Hause, nur ich hatte Sommerferien, bevor es in die dritte Klasse gehen sollte. Aus Höflichkeit redete sie kurz über meine Hobbys und Schulnoten, und dann fragte sie plötzlich: »Würdest du gern deinen Vater kennenlernen?«

Ich verstand nicht, wieso sollte ich ihn kennenlernen, wir wohnten doch zusammen.

»Du hast einen Vater, das weißt du doch?«, schob sie erklärend hinterher, als sie meine Verwunderung bemerkte. »Den echten – der, von dem deine Mutter schwanger geworden ist.«

Da dämmerte es mir langsam. Der, der mich sitzenlassen hatte.

»Ich will ihn nicht kennenlernen«, erwiderte ich kalt.

»Warte, reg dich nicht gleich auf. Eigentlich ist er ein guter Mann, er war nur etwas feige in der Jugend, aber wer war das nicht? Sie hatten gerade erst die Schule abgeschlossen, und überhaupt waren es unruhige Zeiten …«

»Ich will nicht!«, wiederholte ich bestimmt. »Ich habe einen Vater, einen anderen brauche ich nicht!« »Zwei sogar«, fügte ich im Kopf hinzu.

Schnell wühlte sie in ihrer Handtasche und holte Fotos hervor. Manche waren schon zerknittert und vergilbt, alle zeigten Oberstufenschüler. Sie fuhr mit dem Finger über die Bilder und blieb immer bei demselben dunkelhaarigen Jungen stehen.

»Der hier, siehst du? Igor, so ein hübscher Junge … dein Vater!«

»Ich will das nicht sehen!«, schrie ich und drehte mich weg.

Sie tat, als hörte sie mich nicht.

»Er ist jetzt Hockeyspieler. Spielt in der Nationalmannschaft, stell dir das mal vor! Ich habe selbst nur durch Zufall davon erfahren … Hab ihn angerufen, und wir haben uns unterhalten. Er hätte übrigens nichts dagegen, dich kennenzulernen.«

Ich hielt mir demonstrativ die Ohren zu, aber Großmutter hörte nicht auf.

»Wie du meinst. Ein anderer Junge wäre froh, einen Profisportler als Vater zu haben. Das ist doch schön für einen Jungen. Und vor allem dir würde das überhaupt nicht schaden, du hast so großes Potenzial für Sport, aber Slawa schickt dich immer nur zu diesem Theater-, Musik- und Malunterricht …«

»Das suche ich mir selber aus!«

»Was du dir nicht alles aussuchst, ein Kind braucht Führung. Stell dir vor, du würdest bei deinem richtigen Vater …«

»Ich habe einen richtigen Vater!«, unterbrach ich sie. »Meine richtige Familie ist hier.«

Ich stand vom Tisch auf, schob die Fotos auf einen Haufen zusammen und drückte sie ihr in die Hand.

»Bring das nicht mehr mit!«

Großmutter gab nach, steckte die Fotos ein, nahm – irgendwie klein geworden – ihre Sachen und ging. Als hätte meine Ablehnung sie physisch niedergedrückt.

Ich sah ihr nach, bis sie die Tür hinter sich zugezogen hatte, dann heulte ich los. Ich verstand selbst nicht, warum: Schämte ich mich, weil ich sie angeschrien hatte? Oder ärgerte es mich, dass sie diesen Mist angeschleppt hatte?

Aber nun konnte ich nicht mehr aufhören, darüber nachzudenken. Meine Gedanken kreisten ständig um den plötzlich aufgetauchten Vater, mal wurde ich furchtbar wütend, mal stellte ich mir vor, wie toll es sein müsste, bei ihm zu wohnen. Wir würden zusammen Hockey spielen, ich würde seine Spiele von den besten Plätzen aus schauen, alle wären neidisch … Und ich müsste nicht mehr so verborgen und in ständiger Angst leben. Alles wäre normal, einfach, eindeutig. Wie bei allen anderen.

Ich quälte mich den ganzen Tag. Als ich am nächsten Morgen mit Kopfschmerzen aufwachte, waren die zermürbenden Gedanken immer noch da.

Am Ende rief ich Großmutter an.

»Ich will ihn treffen.«

Meinen Eltern sagte ich nichts. Als Großmutter mit zwei Karten für ein Hockeyspiel ankam, waren sie ziemlich überrascht.

»Seit wann interessierst du dich für Hockey?«, fragte Slawa.

»Hab's im Fernsehen gesehen, fand's ganz cool«, sagte ich beiläufig.

Das also war unsere Verschwörung. Großmutters und mein Geheimnis.

Als ich auf der Tribüne im Stadion saß und darauf wartete, dass das Spiel begann, war ich glücklich und unglücklich auf einmal. Ich fühlte mich wie ein Verräter. Ich stellte mir vor, wie mein Vater ein Tor schießt, ausgerechnet er, und dann verkündet er ganz laut, dass er dieses Tor seinem Sohn, also mir, widmet, weil ich heute zum ersten Mal bei einem Spiel von ihm dabei bin. Wenn er das doch wirklich sagen würde. Wären wir in einem Film, würde es genau so kommen …

Und gleichzeitig schimpfte ich mit mir selbst: Wozu brauche ich einen anderen Vater? Reichen mir meine Eltern etwa nicht? Ich liebe sie doch!

Von der Tribüne konnte ich meinen Vater nicht erkennen. Alle Spieler sahen gleich aus, außerdem hatten sie Helme auf. Aber meine Großmutter sagte, mein Vater spiele mit der Nummer 43, deswegen achtete ich überhaupt nicht auf das Spiel, sondern schaute immer nur auf den Rücken mit den magischen Ziffern. Ich kann also gar nicht sagen, ob Hockey mir gefallen hat. Jedenfalls hat unser Team gewonnen, was mir ziemlich egal war.

Mein Vater hat keins der Tore geschossen und mir also auch keins gewidmet.

Nach dem Spiel warteten Großmutter und ich lange in der Eingangshalle auf ihn. Ich war nervös: Ob er mich mögen wird? Sich freuen wird, dass gerade ich sein Sohn bin? Ich hatte ja keine Ahnung von Hockey und überhaupt von Sport – was, wenn er enttäuscht ist und gar nicht mit mir reden will?

Es war eine unangenehme, beklemmende Aufregung, von der sich mir der Magen umdrehte.

Endlich kam er raus: in einem rot-weißen Trainingsanzug mit der Aufschrift *Russia*. Er hatte einige noch nicht ganz abgeheilte Schürfwunden im Gesicht und ein paar frische. Er war abstoßend gut aussehend – seltsam, aber genau diesen Eindruck machte er auf mich. Seine schönen Gesichtszüge verbanden sich mit etwas unfassbar Schäbigem.

Ihm war anzusehen, dass auch er sich unwohl fühlte und nicht wusste, wie er mit mir umgehen sollte. Er versuchte dieses Unwohlsein hinter einem aufgesetzten Lächeln und einem fröhlichen Tonfall zu verbergen.

»Hallo! Nikita, nicht wahr?« Er streckte mir die Hand entgegen.

Anstatt sie zu schütteln, sagte ich: »Mikita. Mit M.«

»Sorry, hab ich am Telefon wohl falsch verstanden.«

Ich berührte seine Hand eine Sekunde lang und ließ sie sofort wieder los.

»Ich bin Igor«, sagte er. »Dein Vater, also …«

Das klang so unnatürlich, dass ich mich gleich hundertmal schlechter fühlte. Was mache ich hier? Warum habe ich mich darauf eingelassen?

Da legte mir Großmutter die Hände auf die Schultern.

»Na gut, lernt ihr zwei euch ein bisschen kennen. Wenn ihr fertig seid, rufst du mich an, und ich hole dich ab, ja?«

Ich sagte nichts. Und Schweigen interpretieren Erwachsene immer als Zustimmung.

Wir gingen zu dritt nach draußen. Großmutter winkte und verschwand in die eine Richtung, Igor und ich gingen in die andere.

Als mir klarwurde, dass wir zu seinem Auto gingen, wurde ich nervös. Konnte ich einfach so zu ihm ins Auto steigen? Mit Fremden mitzufahren war mir eigentlich verboten, und ich kannte ihn ja überhaupt nicht. Andererseits war er mein leiblicher Vater, wie sollte er mir schon gefährlich werden? Was soll's, Großmutter hatte es erlaubt, und sie war erwachsen …

Als ich die Hintertür öffnete, fragte er: »Willst du nicht vorne sitzen?«

»Kinder unter zwölf dürfen nicht vorne sitzen«, erwiderte ich.

»Ach was, ab und zu ist es schon okay.« Er machte eine einladende Geste. »Komm, vorn ist es lustiger!«

»Man muss sich an Gesetze halten«, sagte ich trocken. »Erst recht, wenn sie die eigene Sicherheit betreffen.«

Igor seufzte.

»Na gut, ich seh schon, du bist ein ernster Bursche.«

Er setzte sich ans Steuer und ich mich direkt hinter ihn. Wir fuhren schweigend los, hin und wieder trafen sich unsere Blicke im Rückspiegel.

Irgendwann fragte er: »Lebst du bei deiner Großmutter?«

»Nein.« Ich wollte schon sagen »bei meinem Vater«, brachte es aber irgendwie nicht fertig und sagte: »Bei Slawa.«

»Slawa war noch mal?«

»Mamas Bruder.«

»Ach ja, Slawa …«, er tat so, als würde er sich erinnern. Klar gelogen. »Und wessen Vatersnamen hast du?«

»Slawas«, antwortete ich insgeheim ein wenig schadenfroh.

»Das ist nur fair.«

Ich mochte ihn nicht. Alle seine Fragen zielten nur darauf herauszufinden, welche Rolle er in meinem Leben spielte. Als hätte ich neun Jahre lang nichts Besseres zu tun gehabt, als ihm nachzutrauern.

Er hatte eine große Wohnung in einem Neubau. Ich zählte sechs Zimmer, vielleicht waren es sogar noch mehr. Er führte mich ins Wohnzimmer und ging in die Küche, um Teewasser aufzusetzen.

Ich sah mich um: ein ganzes Regal mit Medaillen und Pokalen, eine Wand mit lauter Fotos, an einer anderen hing ein riesiger Flachbildfernseher. Keine Bücher. Ich sah mir die Fotos genauer an: irgendein Mädchen um die fünf.

Als er zurückkam, bemerkte ich: »Du hast sehr viele Preise.«

Da blühte er gleich auf: »Du kannst sie dir anschauen, wenn du w...«

»Will ich nicht«, fiel ich ihm ins Wort.

Er nickte sichtlich enttäuscht. In mir regte sich ein Gefühl der Scham: War ich zu hart zu ihm?

»Bist du verheiratet?«

»Ja, meine Frau ist gerade ...«

Es interessierte mich nicht, wo seine Frau war, ich unterbrach ihn wieder: »Hast du meine Mutter je geliebt?«

Er antwortete erschöpft: »Das ist lange her und war nicht ganz echt ...«

»Aber ich bin echt.«

Er lachte kurz, aber nicht böse.

»Du bist ein kluger Junge.«

»Ja«, stimmte ich zu. »Deswegen ist es gut, dass ich nicht bei dir lebe. Mit dir wäre ich dumm. Sehr dumm. Und gemein.«

»Gemein bist du auch ohne mich.«

»Findest du etwa, dass ich keinen Grund habe, gemein zu dir zu sein?«

»Schon, aber ...«

»Dann bin ich also nicht gemein, sondern gerecht.« Ich trat vor die Wand mit den Fotos. »Ist das deine Tochter?«

Es hätte mir nichts ausgemacht, wenn es seine Tochter wäre, dann hätte ich eine Schwester, was gar nicht schlecht wäre.

»Nicht ganz«, sagte er. »Sie ist die Tochter meiner Frau, ich habe sie adoptiert.«

Als ich das hörte, sackte mein Herz in die Kniekehlen. Mich brauchte er also nicht, mich, sein eigenes Kind, hatte er nicht gewollt, sich nicht einmal erkundigt, wie es mir ging, aber ein fremdes hatte er aufgenommen, adoptiert. Das fremde Kind war ihm also lieber gewesen als ich.

Ich merkte, wie der Wunsch zu weinen mir den Hals zuschnürte. Ich presste nur heraus: »Ruf Großmutter an. Ich will nach Hause.«

Auf dem Heimweg blieb ich äußerlich ruhig. Eigentlich auch innerlich: Da waren keine Gedanken oder Gefühle. Als hätte ich aufgehört zu existieren. Großmutter fragte irgendwas, aber ich hörte gar nicht zu, reagierte nicht.

Dafür brach es zu Hause aus mir heraus. Ich lief in mein Zimmer, prügelte auf das Kissen ein, schleuderte es weg, schlug mit den Fäusten gegen die Wand, mit einer Wucht, als wollte ich sie durchbrechen. Ich schrie so laut, dass meine Kehle krampfte, bis ich spürte, wie mich jemand von hinten packte und fest an sich drückte, als hätte er mich von einem Abgrund weggerissen.

»Ganz ruhig.« Es war Lew. »Wenn du etwas kaputt machen möchtest, mach es. Aber tu dir selbst nicht weh.«

Ich sah auf meine Hände: Die Fingerknöchel waren aufgeschlagen. Ich schluchzte: »Ich war bei …«

»Wir wissen es«, unterbrach er mich sanft. »Du brauchst nichts zu sagen. Wir haben es gleich verstanden.«

Ich zuckte oder nickte. Ich schämte mich so … Wozu war ich dorthin gegangen? Was hatte ich erwartet? Mein echter Vater umarmte mich in diesem Augenblick. Während der zweite in der Tür stand und zu uns herübersah.

Hatte ich je mehr gebraucht?

Die Blumen des Lebens

Bis zu meinem zehnten Lebensjahr verlief das Leben relativ gewöhnlich, ohne dass etwas Aufsehenerregendes passiert wäre. Ich ging in die dritte Klasse, schrieb Aufsätze aus dem Internet ab und war durchschnittlich frech zu lästigen Lehrern. Als mein zehnter Geburtstag näher rückte, fragten mich die Mädchen plötzlich eine nach der anderen, ob ich ihn feiern und wen ich einladen würde. Ich zuckte mit den Schultern, da folgte schon die Frage: »Darf ich kommen?« Ich musste allen zusagen – Neinsagen gehörte nicht zu meinen Stärken.

Großmutter meinte, alle Mädchen aus der Klasse wären in mich verliebt, deswegen würden sie sich so benehmen. Einen ganzen Tag lang platzte ich vor Stolz, bis Lera sich verquasselte und damit rausrückte, dass alle Mädchen in meinen Vater verliebt waren. Sie sagte sogar wörtlich: »Alle wollen ihn heiraten.«

Das kratzte nicht schlecht an meinem Selbstwertgefühl.

Der zehnte Geburtstag fand also in überwiegend weiblicher Gesellschaft statt. Die Mädchen scharten sich um Slawa und überhäuften ihn mit Fragen: was er beruflich machte, ob er gut in der Schule gewesen war, wie alt er war …

»Ist das hier eine Pressekonferenz, oder was?«, witzelte Slawa. »Einigen wir uns auf drei Fragen, einverstanden?«

»Einverstanden«, riefen die Mädchen im Chor.

Ewelina stellte die erste: »Haben Sie mal Münzen gesammelt?«

Die anderen Mädchen stöhnten.

»Blöde Kuh, jetzt haste eine ganze Frage verschwendet …«

Bevor noch eine verschwendet würde, fragte Lera schnell: »Sind Sie verliebt?«

»Das bin ich.«

»Ooh«, seufzten sie enttäuscht oder vielleicht beeindruckt.

»Ist sie schön?«

»Sieht sie wie eine Prinzessin aus?«

Slawa zog die Nase kraus.

»Eine Prinzessin – definitiv nicht. Aber gut aussehend, ja.«

Nach meinem Geburtstag wurde ich plötzlich zu einem eingeladen – zu Iljas. Er feierte in einem Café und lud die ganze Klasse ein, sein erster runder Geburtstag sollte eine Riesenparty werden.

Die Kinder teilten sich zwangsläufig in zwei Gruppen: Mädchen und Jungs. Während ein paar Mütter die Mädchen bespaßten, waren die Jungs ganz zufrieden damit, sich selbst überlassen zu sein. Wir spielten auf dem Spielplatz vor dem Café Verstecken, Fangen, Räuber und Gendarm und kamen zwischendurch rein, um Milchshakes zu trinken.

Alles verlief friedlich, bis Anton auf Toilette ging. Da kam Ilja die Idee für ein neues Spiel. Er sagte wirklich: »Ich weiß ein neues Spiel.«

Alle waren ganz Ohr. Er schob Antons unangetasteten Milchshake in die Mitte des Tischs und schlug vor: »Jeder spuckt einmal rein, und der Idiot trinkt es dann!«

Der »Idiot« war Anton, als hätte er keinen normalen Namen in der Schule. Die anderen mochten Iljas Einfall, aber ich bekam Panik. Ich wusste nicht, was ich tun, wie ich sie aufhalten sollte, wenn ich als Einziger gegen sie alle war. Wenn ich zu den Erwachsenen gehen würde, wäre ich morgen selbst an Antons Stelle, weil ich gepetzt hatte.

Aber die Idee mit dem Reinspucken war erst der Anfang. Der grobschlächtige Jura, Iljas rechte Hand, setzte noch einen drauf: »Ich kann auch reinpissen.«

Das fanden alle noch viel besser. Man muss mir das Entsetzen angesehen haben, denn auf einmal sagte Ilja besänftigend zu mir: »Schon gut, wir zwingen ihn ja nicht, das Zeug zu trinken, und vielleicht will er gar nicht.«

Ich fühlte mich verantwortlich für das, was gleich passieren würde, denn mir war klar: So etwas zu tun war schrecklich und falsch – aber allen anderen offensichtlich nicht.

Ich versuchte eine Prise Menschenverstand in dieses »Spiel« zu bringen: »Ihm wird doch schlecht davon.«

»Gar nicht«, erwiderte Ilja leichtfertig. »Der trägt doch Strumpfhosen.«

Keine Ahnung, warum, aber das Strumpfhosen-Argument überzeugte alle, als hätten die Dinger magische Kräfte oder so was.

Aufgewühlt sah ich zu, wie Jura Antons Milchshake vor sich auf den Tisch stellte, auf einen Stuhl kletterte und schon kurz davor war, sich in diesen zu erleichtern.

Ich rührte mich nicht vom Fleck. Was war denn los mit mir? Warum ließ ich das geschehen? Ich hatte doch noch nie jemandem was Böses getan.

Ich sah zu Igor und Kirill, die auch keine Anstalten machten, etwas zu unternehmen. Dabei hatten auch sie nie jemandem was getan. Im Gegenteil, sie retteten sogar streunende Katzenbabys. Und Ilja – war er wirklich so gemein? Neulich erst hatte er eine Taube mit einem gebrochenen Flügel vor der Schule aufgelesen und gewärmt. Warum sahen wir dann alle bei so einer unmenschlichen Gemeinheit zu, ließen es geschehen, freuten uns auch noch darüber?

Die Kindheit ist so schön und herzlos zugleich.

Sie stellten den Milchshake wieder an seinen Platz, als hätten sie ihn gar nicht angefasst. Anton kam zurück, auf dem Gesicht sein ewiges beseeltes Lächeln, setzte sich und rückte das Glas zu sich heran.

Mir schoss durch den Kopf, dass man so etwas gar nicht nicht bemerken konnte. Das Glas musste bestialisch stinken, gleich würde er sagen: »He, Jungs, was soll der Quatsch? Wozu habt ihr da reingepisst?« Aber er sagte nichts.

Ich merkte plötzlich, dass ich gar nicht wusste, was ich mehr wollte – sehen, wie er trinkt, oder ihn davon abbringen.

Anton rückte den Strohhalm in seinem Glas zurecht und nahm einen Schluck. Die anderen sahen mit versteinerten Gesichtern zu. Antons Gesicht blieb unverändert. Man tauschte Blicke.

»Wie ist der Milchshake?«, fragte Ilja als Erster.

»Lecker«, sagte Anton, nickte und lächelte schon wieder.

Das war unmöglich. Unmöglich, dass er nichts gemerkt hatte. Entsetzt begriff ich, dass er einfach mitspielte.

Plötzlich sah er mir mit seinem sehr klugen Blick tief in die Augen und nahm einen weiteren Schluck, noch größer als beim ersten Mal. Mir war schlecht. Ich schaute zurück und brüllte in Gedanken: »Anton, warum machst du das? Sag einfach Nein, sag, dass es eklig schmeckt, und sie lassen dich in Ruhe!«

»Lecker«, wiederholte Anton.

Ich hielt es nicht mehr aus: Ich tat, als machte ich eine ungeschickte Handbewegung, und warf Antons Glas um, dass es auf den Boden flog. Niemand nahm es mir übel, alle hatten Anton schockiert und überhaupt nicht mehr belustigt angestarrt. Wahrscheinlich waren sie froh, dass ich diesen dummen Milchshake umgeschmissen hatte.

Danach packte Anton seine Sachen und ging. Er sagte, er hätte noch Nachhilfe. Wahrscheinlich hat er gelogen.

Bis zum Ende der Party saß ich bloß auf meinem Platz. Ein paarmal kamen Igor und Kirill zu mir.

»Komm runter«, redete Kirill auf mich ein. »Wir haben nichts gemacht.«

»Genau, wir haben nichts gemacht.« Weil ich kurz davor war loszuweinen, zitterte meine Stimme.

»Und wenn wir was gemacht hätten, würden sie uns für den Rest der Schulzeit in der Kantine in den Tee pissen«, murrte Igor.

Ich sagte nichts.

»Eigentlich haben auch Jura und Ilja nichts Weltbewegendes gemacht, was ist schon dabei?«, sagte Igor schulterzuckend.

»Machst du Witze? Sie haben in seinen Milchshake …« Ich konnte es gar nicht aussprechen, es schnürte mir die Kehle zu.

»Nur ein ganz klein bisschen«, versuchte Kirill sie zu rechtfertigen. »Davon passiert ihm doch nichts. Im Krieg haben Menschen ständig ihren eigenen Urin getrunken und Sand gegessen, damals gab es nichts anderes. Und sie haben es überlebt.«

»Wir sind nicht im Krieg«, widersprach ich krächzend.

Oder doch?

Das war in den Frühlingsferien. Eine Woche später ging die Schule los, Anton ging hin, als wäre nichts gewesen. Ich weiß bis heute nicht, ob dieser Vorfall irgendwelche Folgen für ihn hatte.

Aber seitdem spürte ich ständig, die ganze Schulzeit hindurch, seinen Blick auf mir. Er sah mir in die Augen, und ich fühlte, dass er von mir erwartete zu handeln. Fast so, als wäre er nur da und ließe es zu, dass man ihn quält, damit ich mich eines Tages als Mensch erwies und mich für ihn einsetzte. Aber ich schaffte es nicht.

Vorher hatte ich nie groß über Anton nachgedacht. Er war für mich so etwas wie ein Möbelstück im Klassenraum – eine Erweiterung der Schulbank, aber nach diesem Vorfall war er plötzlich ein lebendiger Mensch.

Dieses dumme Alter

Mein zehntes Lebensjahr blieb mir durch nichts Herausstechendes in Erinnerung. Höchstens dadurch, dass ich anfing, Iljas Ausfälle zu erwidern. Aber der Triumph dauerte nicht lange an.

Einmal als Kirill und ich den Flur entlangliefen, hatte Ilja Aufsicht – er war also dafür zuständig, herumzustehen und andere zu ermahnen, dass sie nicht rennen, sondern ruhig gehen und sich vor ihm verneigen sollten. Die Aufsicht hatte Aufnäher wie bei einer Militäruniform, oben am Ärmel prangte ein »SA«, was »Schulaufsicht« heißen sollte.

Kurzum, diese Aufsicht wollte uns nerven und sagte: »Geht langsamer, ihr Schwachköpfe.«

Komischerweise hatte ich seit dem Vorfall im Café weniger Angst vor ihm. Aber ein widerliches Zittern, wenn er sich mir näherte, war geblieben. Halbherzig blaffte ich ihn an: »Du hast ein Wächter-Syndrom.«

Das war zu kompliziert für ihn, aber um mir nicht das letzte Wort zu überlassen, rief er Kirill hinterher: »Was läufst du eigentlich immer mit dem rum? Seid ihr ein Paar, oder was?«

Auch ich konnte mich nicht zurückhalten. Ich zeigte

auf den Aufnäher und fragte: »Weißt du, wofür die Buchstaben stehen? Saudummes Arschloch.«

Ilja schubste mich gegen die Wand und verdrehte mir den Arm – er hatte doppelt so viel Kraft wie ich.

»Ach, ich hatte ganz vergessen, dass du Papis Boxersöhnchen bist«, sagte ich und setzte gehässig nach: »Iljuscha.«

Er schlug mich leicht gegen die Wand.

»Sag: ›Entschuldige, Ilja, du bist der Beste.‹«

Aber er konnte mich nicht lange quälen. Ein Erstklässler preschte an uns vorbei, da schaltete Ilja sofort wieder auf die Funktion »SA«. Mit dem Gebrüll »Hier wird nicht gerannt« ließ er mich los und stürmte dem armen Jungen hinterher.

Ich rieb mein Handgelenk und merkte, wie viel Wut sich in mir aufgestaut hatte. Mir war, als müssten sich sogar meine Augen verdunkelt haben.

»Holen wir ihn ein und verpassen ihm eine«, schlug ich Kirill vor. »Wir sind zu zweit, und er ist ganz allein.«

»Jetzt ist er allein, später kriegen wir dann alles zurück«, erwiderte er hilflos.

Seine Antwort machte mich noch wütender. Genau dieser Gedanke machte uns alle zu solchen Feiglingen …

Ich schnaufte.

»Gehen wir.«

Wir gingen, und ich rieb weiter mein Handgelenk, obwohl der Schmerz längst weg war.

In mir sammelte sich etwas und drohte jeden Augenblick zu explodieren.

Und dann passierte in der fünften Klasse etwas, womit ich nie gerechnet hätte. Ich war nach den Sommerferien zur Schule unterwegs, als jemand plötzlich »Miki!« rief und mich von hinten ansprang.

Als ich die Hände sah, die mich umarmten, wusste ich sofort, wer es war, als hätte ich es doch geahnt.

»Lena?«, ging ich auf Nummer sicher.

Mein Mund zog sich von allein zu einem breiten Lächeln auseinander, was nach dem Vorfall im Café ziemlich selten vorkam.

Sie stand vor mir und war irgendwie ganz anders. Einen halben Kopf größer, mit einer blauen Strähne in den langen Haaren; an den Handgelenken lauter Freundschaftsbänder, verschiedenfarbige Socken, Chucks. Die Chucks hatten übrigens auch verschiedene Farben: lila und pink. Sie sah überhaupt nicht aus, als wollte sie zur Schule, trotz Bluse und schwarzem Rock.

»Was machst du hier?«, fragte ich immer noch grinsend.

»Mein Vater wurde zurückversetzt«, sagte sie. »Wir gehen jetzt wieder auf dieselbe Schule.«

Ich musste an die erste Klasse zurückdenken, als mir die Schulzeit mit Lena wie Folter vorgekommen war. Jetzt machte mein Herz Freudensprünge. Ich konnte gar nichts antworten, sah sie nur an und versuchte, mir alles einzuprägen, als könnte sie jeden Moment wieder verschwinden.

»Tut mir leid, ich habe beim Umzug deine Telefonnummer verloren«, sagte sie. »Aber ich habe in der Schule angerufen …«

»In der Schule?«

»Ja, ich habe vormittags angerufen, damit sie dich ans Telefon holen. Damit du mir deine Nummer noch mal sagen kannst. Aber die wollten nicht.«

»Schweine.«

Als ich das sagte, legte sie mir den Finger auf die Lippen.

»Schimpf nicht so.«

Sie roch sehr süß nach irgendwelchen tropischen Früchten. Mir wurde ganz schwindlig davon.

Lena nahm meine Hand, und wir gingen in die Schule. Wie in der ersten Klasse, als wir genauso durch die Flure gegangen waren. Damals hatte ich es gehasst.

Lenas Handfläche war sehr warm. Und diese Wärme breitete sich in meinem Körper aus. Die ganzen Feierlichkeiten am ersten Schultag standen wir so da, Hand in Hand, und ich bekam überhaupt nichts mit. Ich atmete nur ihren fruchtigen Duft ein und versuchte mir für immer das Gefühl zu merken, wie ihre Hand in meiner lag.

Als die Schule aus war, schlug Lena vor, noch in den Freizeitpark zu gehen. Eigentlich war ich kein großer Fan von Attraktionen, mir wird überall schlecht außer im Riesenrad. Aber ich war in so einem Ausnahmezustand – hätte sie vorgeschlagen, eine Bank auszurauben, ich hätte, ohne zu zögern, »Ja, natürlich« gerufen. Lena ahnte gar nicht, welche Macht sie über mich hatte.

Aber als wir im Freizeitpark angekommen waren, gestand ich trotzdem, dass ich die meisten Attraktionen nicht vertrug.

»Dann fahren wir fünf Runden mit dem Riesenrad!«

Das taten wir auch. Immer und immer wieder, dabei erinnerten wir uns an unsere Lehrerinnen von früher, sprachen über Bücher (sie las jetzt gern), über ihr Leben in der anderen Stadt und darüber, was hier in der Zwischenzeit passiert war, über neue Filme und die Musik von Queen, die Lena tatsächlich auch kannte. Die fünf Runden schenkten uns mindestens eine halbe Stunde Zeit zum Reden.

Danach spazierten wir durch den Park und aßen Zuckerwatte – eine zu zweit. Und es war so schade, dass ich nicht die Zeit anhalten konnte.

»Lass uns ins Kino gehen«, schlug sie plötzlich vor.

»Welcher Film?«

»Irgendeiner, der als Nächstes in der Nähe läuft.«

Wir sahen uns *Nine Lives* an – keine Ahnung, worum es ging, ich war in Gedanken woanders. Ich glaube, ich habe den gesamten Film über nicht aufgehört zu lächeln wie ein Idiot.

Als wir aus dem Kino kamen, wurde es schon dunkel – es war neun. Ich schlug Lena vor, sie nach Hause zu bringen.

»Wegen der gefährlichen Verbrecher?«, fragte sie lächelnd.

Ich nickte. Und dachte dabei: Mist, was mache ich, wenn wir wirklich welche treffen? Hoffentlich treffen wir keine …

Auf dem Weg zu Lenas Wohnung wurde mir etwas Schreckliches, unfassbar Schreckliches bewusst. Ich hatte meinen Eltern nicht Bescheid gesagt. Und auch der Ton beim Handy war noch aus.

Ich traute mich gar nicht, aufs Display zu schauen. Da waren sicher tausend verpasste Anrufe von den Eltern, den Lehrern, der Polizei …

Aber es waren gerade mal sechs, und alle von den Eltern. Was schlimm genug war. Ich rief lieber nicht zurück, sondern schrieb bloß eine SMS mit einer Erklärung und Entschuldigung.

»Alles in Ordnung?«, fragte Lena, als sie mich nervös tippen sah.

»Klar, hab noch was zu erledigen«, erwiderte ich wichtigtuerisch.

Merkwürdig. Früher war ich nie wichtigtuerisch vor Lena – ich habe einfach gesagt, was los war. In der ersten Klasse konnte ich geradeheraus sagen, dass man mich zu

Hause umbringen würde, und dann mit ihr zusammen durchdrehen und mich später mit ihr freuen, dass man mich doch nicht umgebracht hatte.

Lena wohnte jetzt in einem anderen Haus, nicht mehr neben der Schule. Sie lud mich ein, mit reinzukommen. Man sah, dass sie gerade eingezogen waren: Überall standen unausgepackte Kisten und Koffer herum. Ihre Eltern erkannten mich gleich wieder und staunten, so wie Erwachsene es immer tun, wie groß ich doch geworden sei.

Lena fragte, ob ich zum Abendessen bleiben wollte, vor allem wollte ich nicht von ihr weg, deswegen sagte ich Ja.

Was ich schon immer an Lena gemocht hatte, war, dass sie sich nicht darum scherte, wie etwas nach außen wirkte. Großmutter bläute mir ein, man müsse ein guter Gastgeber sein, den Tisch schön decken, die Gabel links, das Messer rechts hinlegen und alle fünf Minuten etwas zu trinken anbieten. Lena stellte eine Pfanne mit Bratkartoffeln auf den Tisch und schlug vor, dass wir direkt daraus essen. Ich war begeistert. Auch noch was Gebratenes! Zu Hause durfte ich so gut wie nie Gebratenes essen.

Beim Essen verstießen wir gegen alle Benimmregeln, die es gibt, und redeten ununterbrochen Blödsinn. Bis ich irgendwann wie ferngesteuert nach Hause trottete. Ich hatte nicht einmal gemerkt, wie ich heimgekommen war.

Ich kam erst zu mir, als ich schon im Flur stand und mein Blick auf die Wanduhr fiel. Es war fast elf.

Die Eltern empfingen mich mit eisigem Schweigen.

»Lena ist wieder da«, sagte ich zu meiner Entschuldigung.

»Das wissen wir schon«, erwiderte Lew mürrisch. »Deine Lehrerin hat uns erzählt, dass du mit einem überglücklich verliebten Gesichtsausdruck hinter ihr hergehoppelt bist.«

»Habt ihr sie angerufen, oder was?«

»Was blieb uns denn anderes übrig? Du hast ja nicht mit uns geredet.«

»Ich hab das Handy nicht gehört«, rechtfertigte ich mich.

Lew drohte mir gewichtig: »Wenn du noch mal nach neun heimkommst, gehst du eine Woche nur noch zur Schule und sofort zurück, unter meiner Aufsicht.«

»Nach zehn«, versuchte ich zu verhandeln.

»Nach neun.«

In Lews Stimme klirrte Unnachgiebigkeit, ich ließ das Widersprechen bleiben und ging beschämt in mein Zimmer. Ich hörte noch, wie Slawa leise sagte: »Da haben wir es also, dieses dumme Alter.«

Zehn Jahre

Ich bekam bei anderen Kindern oft mit, dass ihre Eltern Hochzeitstag feierten. Offenbar gab es auch noch verschiedene: papierne, baumwollene, hölzerne … Aber meine Eltern hatten keine Hochzeit gehabt und feierten entsprechend auch keinen Hochzeitstag.

Einmal saßen wir beim Abendessen, als Slawa plötzlich fragte: »Weißt du, was morgen für ein Tag ist?«

»Hab ich mir schon wieder den Kopf gestoßen und mein Gedächtnis verloren?«, versuchte Lew mit einem Scherz davonzukommen.

Er reagierte immer so merkwürdig auf Worte oder Taten, die gemeinhin als nett und romantisch galten. Selbst ich hatte verstanden, dass es gleich um irgendein besonderes Datum gehen würde, aber Lew blieb stur bei seinen Scherzen.

»Der Tag, an dem wir zusammengekommen sind.«

»Echt? Und wie lange sind wir schon zusammen?«

»Zehn Jahre.«

»Ernsthaft? So alt bist du schon!«

Wow! Zehn Jahre – eine ganze Ewigkeit! Das wäre sicher schon irgendeine Hochzeit, und zwar nicht nur aus Papier, sondern aus irgendwas Festerem: eine eiserne oder eine Steinhochzeit. Nicht zu glauben, zu dem Zeitpunkt war ich nur ein Jahr älter als ihre Beziehung.

»Wie seid ihr eigentlich zusammengekommen?«, fragte ich.

»Das erste Jahr hat er mich im Keller gefangen gehalten, und danach habe ich ein Stockholm-Syndrom entwickelt und bin freiwillig geblieben«, erwiderte Lew.

Ich lachte. Als Antwort auf diese Frage, dachte sich Lew immer was Neues aus. Es gab da noch die Varianten, in denen Slawa ihn als Geisel nahm oder seinen Pass versteckte. Slawa rollte bei diesen Erzählungen immer mit den Augen und sagte: »Eigentlich war es deine Initiative.«

Das sagte er auch diesmal.

»Ernsthaft?«, tat Lew überrascht. »War ich da nüchtern?«

»Stopp!«, unterbrach ich ihre Sticheleien. »Jetzt erzählt mal richtig!«

In der richtigen Version war es 2005. Slawa war im ersten Semester an der Kunstakademie. Die Erlaubnis, diesen Weg zu gehen, hatte er sich hart erkämpft. Der einzige Trost für seine Mutter, also meine Großmutter, war, dass es dort viele Mädchen geben würde.

Seit dem ersten September fragte sie tagein, tagaus nichts anderes als: »Und, was macht dein Privatleben?«

Slawa antwortete genervt: »Ich hab andere Sorgen.«

Das war natürlich gelogen. Es gibt niemanden, der mit siebzehn nicht an die Liebe denkt. Selbst wenn man andere Sorgen hat, ist sie überall.

Wie hoch waren wohl Slawas Chancen, einem griesgrämigen Medizinstudenten aus einem höheren Semester zu begegnen? Sie hatten unterschiedliche Hobbys, kamen aus verschiedenen Welten, streng genommen gehörten sie sogar verschiedenen Generationen an: Der eine hatte kaum die Kindheit hinter sich gelassen, während sich der andere schon aufs Erwachsenenleben vorbereitete.

Gemeinsam hatten sie nur, dass sie nicht auf dieser Party sein sollten. Unter gar keinen Umständen, versteht ihr?

Die Party fand in einem wenig bekannten Schwulenclub statt. Ein abgeschiedener Ort im obersten Stockwerk eines alten Einkaufszentrums, dessen Tür die bescheidene Aufschrift zierte: Ein einfacher Club. Leute außerhalb der LGBT-Community hatten gar keine Ahnung, dass es ihn gab; nur ein paar Eingeweihte wussten, was sich hinter dieser Tür verbarg.

Slawa hatte da nichts verloren. Genau das sagte er auch zu seiner Schwester, meiner Mutter.

»Ich bin keine achtzehn, die lassen mich eh nicht rein.«

Aber sie redete auf ihn ein, dass er es doch versuchen sollte, um ein bisschen Spaß zu haben und vielleicht auch mal sein Singledasein zu beenden.

»Ich komme mit dir«, sagte sie. »Ich zeige meinen Ausweis, dann wollen sie deinen vielleicht gar nicht sehen.«

Slawa war eigentlich dagegen, aber er nickte. Seine Vorstellung von Schwulenclubs beschränkte sich auf Bilder aus der Serie *Queer as Folk*: dunkle verrauchte Räume mit lauter halbnackten Menschen und gefährlich viel Sex.

Sowohl Slawa als auch Lew waren von Frauen in den Club geschleift worden. Auch Lew wollte nicht hin.

»Ich hasse solche Orte«, sagte er zu einer Freundin, als sie verkündete: »Ich wollte schon immer mal in einen Schwulenclub. Geh mit mir hin, biiiitte!«

»Weiß dein Mann von deinen geheimen Wünschen?«

»Ich will doch nur mal schauen.«

»Ich kann nicht, ich hab morgen Vorlesung.«

»Du musst ja nicht bleiben, wenn es dir nicht gefällt. Okay?«

Lew versuchte sich noch eine Weile rauszuwinden, aber nach der Frage »Und wer hat dir den Unterschenkelknochen besorgt, als du ihn brauchtest?« gab er sich geschlagen.

Slawa wurde mit seinem Studentenausweis reingelassen. Auf das Alter schaute keiner so genau – ein Student war sicher achtzehn.

Der Club war nicht wie in der Fernsehserie – zumindest waren die meisten Leute angezogen, und das gar nicht mal so schlecht. Slawa suchte gleich nach der Stelle, wo das blitzende Scheinwerferlicht am häufigsten hinfiel. Am besten beleuchtet war die Bar, auf die steuerte er auch zu.

»He, von trinken war aber nicht die Rede«, wies meine Mutter ihn sofort zurecht.

»Ich trinke nicht, ich will nur ein bisschen zeichnen.«

Damit war Slawa, der keine Aufmerksamkeit auf sich ziehen wollte, natürlich der interessanteste und auffälligste Mann des Abends. Jemand, der in einen Schwulenclub ging, um dort seine Hausaufgaben in Akademischem Zeichnen zu erledigen, zog sogar sehr viel Aufmerksamkeit auf sich.

Auch die von Lew. Er entdeckte einen Menschen, der hier genauso wenig sein wollte wie er. Ihm war klar, dass sich, wenn er ihn nicht gleich anspräche, dafür keine Gelegenheit mehr bieten würde. Der junge Mann war sicherlich zum ersten und zum letzten Mal hier, sobald er diesen Raum verließ, würde er für immer in dieser verfluchten Millionenstadt verschwinden.

Lew ging zu Slawa und setzte sich auf den Hocker neben ihm. Pro forma bestellte er einen Cocktail. Und fragte das Offensichtliche und denkbar Dümmste: »Bist du Künstler?«

Slawa blickte auf, schwieg eine Weile, offenbar konnte er sich nicht entscheiden, ob er den Typen zum Teufel jagen oder ihm antworten sollte. Er antwortete: »Ja.«

»Ich studiere Medizin und hab morgen eine Anatomieprüfung. Kannst du mir eine ungebundene und eine halb gebundene Vene zeichnen?«

»Wie sehen die aus?«

»Sollen wir aufschneiden und gucken?« Er bemerkte Slawas irritierten Blick und schob erklärend hinterher: »Sorry, ich hab einen seltsamen Humor.«

Da lachte Slawa.

»Ich mag seltsamen Humor.«

»Vielleicht verschwinden wir von hier«, schlug Lew vor. Er meinte einfach raus, spazieren, in ein Café, wohin auch immer, Hauptsache raus aus diesem stickigen und lauten Raum. Aber Slawa fasste es falsch auf.

»Wenn du mich abschleppen willst, daraus wird nichts«, murrte er.

Lew war gekränkt, sah er etwa aus wie einer, der zum »Abschleppen« da war? Er erwiderte in Slawas Tonfall: »Hatte ich nicht vor. Du bist überhaupt nicht mein Typ.«

»Bin ich nicht?«

»Ne.«

»Okay, kann ich dann den blonden Typen hinter dir ansprechen?«

»Nein«, sagte Lew, ohne sich auch nur umzudrehen.

»Und wer gibt dir das Recht, es mir zu verbieten?«

»Du. Du hast gefragt.«

Slawa lachte wieder. Dagegen ließ sich wenig einwenden. Er schlug seinen Skizzenblock zu, in den er versucht hatte, aus dem Gedächtnis heraus eine Gipsstatue zu zeichnen, und sagte: »Okay, wenn du nur spazieren willst, dann los. Ich hasse Schwulenclubs.«

Lew schmunzelte zufrieden. Slawa reckte den Kopf, um in der Menge meine Mutter auszumachen und ihr zu sagen, dass er ging.

»Suchst du jemanden?«

»Meine Schwester.« Sein Blick erfasste sie im Getümmel. »Selbst hier scharen sich die Männer um sie … Ich komme gleich wieder.«

Draußen war es kühl, es nieselte. Die Spiegelungen der Laternen zerflossen auf dem Asphalt wie Eigelbe in einer Pfanne.

Slawa zog kurz fröstelnd die Schultern hoch. Lew bemerkte es und sagte: »Ich kenne ein Café hier in der Nähe, die haben noch offen. Sollen wir?«

Sie gingen nebeneinanderher, die Hände in den Taschen, nur ihre Ellbogen berührten sich leicht.

»Warum magst du keine Schwulenclubs?«

»Die sind in einer Serie eklig dargestellt – *Queer as Folk*, kennst du die?«

»Nur ein paar Folgen.«

»Die Serie mag ich auch nicht. Übrigens sollte ich dir vielleicht noch sagen, dass ich keine achtzehn bin, ich bin nur mit meiner Schwester reingekommen.«

Lew lachte.

»Ist das ein Witz?«

»Warum?«

»Die Serie fängt genauso an.«

Slawa lächelte zurück.

»Stimmt, hatte ich vergessen. Na, immerhin hast du unter günstigeren Umständen von meinem Alter erfahren.«

Lew zuckte mit den Schultern.

»Ich hab doch gesagt, dass ich dich nicht abschleppen will.«

»Hm, ich bin ja nicht dein Typ.«

»Du bist aber nachtragend!«, bemerkte Lew im Scherz.

Sie wurden kurz still und betrachteten einander verstohlen. Wenn der andere es bemerkte, wandten beide gleich den Blick verlegen ab.

Slawa kam sich kindisch vor und brach das Schweigen: »Ich heiße übrigens Slawa.«

»Lew.«

»Ljowa also.«

»Nein. Lew.«

»Wie ernst. Na, wenigstens ohne Vatersnamen.«

»Wenn du frech bist, gehen wir gleich zum Sie über«, drohte Lew.

»Na gut, Lew. Du studierst also Medizin. Bist du fürs Studium hergezogen, oder kommst du von hier?«

»Hergezogen. Aus Petersburg.«

»Aus Petersburg hierher? Fürs Medizinstudium?« Slawa zog die Augenbrauen hoch. »Das ist eine schräge Geschichte.«

Lew verdrehte die Augen.

»Wenigstens bin ich kein Künstler.«

»Was hast du gegen Künstler?«

»Zu banal. Heutzutage ist jeder Künstler. Stell dich auf die Straße und ruf einmal: ›He, ist hier wer Künstler?‹, und die halbe Straße dreht sich um.«

»Ach, von wegen …«

»Und ob, und wenn sich einer nicht umdreht, ist es ein tauber Künstler.«

Lachend sagte Slawa vermutlich die am wenigsten erwarteten und ehrlichsten Worte seines Lebens: »Wenn du nicht aufhörst, Witze zu machen, verliebe ich mich noch in dich.«

»Ist das eine Drohung?«

»Ist es.«

In dieser Nacht konnte Slawa nicht einschlafen. Alles war genau so gekommen, wie er es gesagt hatte: Lew hörte nicht auf zu scherzen, nicht auf dem Heimweg und nicht einmal bei der Verabschiedung vor Slawas Haus. Also hat Slawa sich verliebt.

Als seine Schwester gegen drei Uhr früh nach Hause kam, stürzte sie sich mit Fragen auf ihn: wer, wie, was?

»Nichts Besonderes«, musste Slawa sie enttäuschen. »Wir haben nur geredet.«

»Und was macht er?«

»Medizinstudent im letzten Semester. Wir sind ins Gespräch gekommen, weil er mich gebeten hat, ihm irgendwelche Venen für die Anatomieprüfung zu zeichnen.«

»Eine Anatomieprüfung im letzten Semester, schon klar … aber als Anmache nicht schlecht.«

Meine Mutter lächelte nachsichtig.

»Du meinst, er hat mich angemacht?«

»Na, was denn sonst? Wozu soll er sich sonst ein Anatomieseminar ausdenken?«

»Denkst du also, er steht auf mich?«

»Du bist aber auch schwer von Kapee.«

In dem Moment fing ich im Nachbarzimmer an zu weinen. Meine Mutter stupste Slawa von der Seite an.

»Kannst du?«

»Vielleicht steht Mama auf«, sagte er träge.

Sie lauschten kurz. Großmutter schlief weiter.

»Machen wir Schere, Stein, Papier«, schlug Mama vor.

Sie zeigte Schere, er Papier. Seltsamerweise blieb ihm dieser Moment noch lange in Erinnerung. Wahrscheinlich, weil er damals den prophetischen Satz sagte: »Immer brockst du dir was ein, und ich muss es ausbaden.«

Noch ein paar Monate blieb es zwischen Slawa und Lew beim Reden, sie gingen spazieren oder in Cafés. Slawa hatte für Lew ein paar Lungen, Milzen und Knochen gezeichnet, bevor er ihm sagte, er wisse, dass es in den höheren Semestern keine Anatomie mehr gibt, Lew brauche sich keine Vorwände für ihre Verabredungen auszudenken.

»Du kannst mir einfach alles, was du möchtest, direkt sagen.«

»Wirklich alles?«

»Ja.«

»Dann gehen wir zu mir.«

Slawa lächelte und schüttelte den Kopf.

»Ich hab was gegen One-Night-Stands.«

»Und gegen Beziehungen fürs Leben?«

Vergeltung

Als ich klein war, dachte ich, dass man sich darauf einigt, zusammen zu sein: Einer kommt zum anderen, und sie entscheiden einfach, ob sie zusammen sein wollen oder nicht, egal, ob sie sich vorher kannten.

Aber Lena und ich hatten nicht abgemacht, zusammen zu sein. Es entwickelte sich von selbst. Die ganze fünfte Klasse hatte ich nur sie im Kopf: Beim Aufwachen überlegte ich, was ich heute für sie tun könnte, beim Einschlafen erinnerte ich mich daran, was wir gemacht hatten. Im Herbst fuhren wir mit dem Riesenrad, bis der Freizeitpark über den Winter geschlossen wurde. Dafür gab es eine Eisbahn, dort verbrachten wir dann unsere ganzen Tage. Alles war wie in einem Film über die erste Liebe: Nach der Schule brachte ich sie nach Hause und trug ihren Rucksack. In der Klasse machte man sich über uns lustig, aber ohne großen Elan, und Lena und ich beachteten das sowieso nicht mehr.

Am Valentinstag gab Lew mir Geld und sagte: »Kauf Lena Blumen.«

Ich war verdutzt. Das war was Neues.

»Was für Blumen?«

»Keine Ahnung, was schenkt man denn gewöhnlich? Rosen?«

»Nein«, wandte Slawa sofort ein. »Rosen sind banal.«

»Rosen sind klassisch.«

»Hör nicht auf ihn, Miki. Kauf ihr Lilien oder Gerbera.«

»Warum soll er nicht auf mich hören?«, entrüstete sich Lew.

»Du bist ein Langweiler. Wärst du hetero, hättest du nie im Leben eine Freundin.«

Ich überließ meine Eltern ihrer Debatte, wer wie viele Freundinnen im Falle einer Heterosexualität hätte, ging unauffällig raus und steuerte das nächste Blumengeschäft an.

Dort verbrachte ich mindestens eine halbe Stunde vor dem Schaufenster: Lilien gefielen mir nicht, Gerbera fand ich zu grell, Orchideen zu gewöhnlich. Nachdem ich den Verkäufer zu allen seinen Blumen ausgefragt hatte, entschied ich mich für … Rosen.

»Warum denn Rosen? Das ist so schrecklich einfallslos«, musste ich mir von Slawa anhören.

»Sie sahen am besten aus«, sagte ich zu meiner Verteidigung.

»Das war's«, resümierte Slawa theatralisch mit Seitenblick zu Lew. »Wir haben ihn verloren. Er wird immer mehr wie du.«

»Aber Lena mochte meine Blumen.«

»Du hättest ihr auch Plastikblumen anschleppen können, sie hätte trotzdem so getan, als würden sie ihr gefallen. Sie liebt dich doch!«

Ich fragte mich: Aber wenn sie mich liebt, ist es nicht sowieso egal?

Als wir nach den Ferien händchenhaltend in die sechste Klasse kamen, lächelten uns alle Oberstufenschüler und Lehrer verzaubert an. Sie sagten, eine Beziehung in der fünften Klasse, die ein Jahr überdauerte, wäre weltrekordverdächtig bei der ersten Liebe.

Aber ich wusste nicht, ob es wahre Liebe war, und versank immer öfter in Grübeleien darüber, dass Lena und ich einander gar nicht kannten. Einerseits war es dumm, wir hatten ja einen Teil unserer Kindheit und das ganze letzte Jahr zusammen verbracht. Sich da nicht zu kennen war nahezu unmöglich. Andererseits belastete es mich, dass ich ihr nicht einmal von meiner Familie erzählen konnte. Sie glaubte irgendeine zusammengereimte Legende über mich, sah und bewertete mich durch das Prisma vom armen Jungen mit dem alleinerziehenden Vater, dabei ahnte sie gar nicht, wie viel komplizierter alles war.

Was, wenn ich es ihr erzähle?

Wenn sie mich wirklich liebt, kann doch nichts Schlimmes passieren.

Das Gespräch fand am ersten Schultag der sechsten Klasse statt. Ich brachte Lena nach Hause; sie redete über irgendeine Serie, aber ich hörte gar nicht zu. Ich war mit den Gedanken woanders und versuchte mich durchzuringen.

»Hast du mitbekommen, dass sie Anton eine Schwuchtel nennen?«, näherte ich mich dem Thema von weitem.

»Hm, schon.«

»Denkst du, es ist schlecht, schwul zu sein?«

»Hm, schon«, sagte sie, als wäre das völlig offensichtlich.

»Was ist denn schlecht daran?«

»Das ist doch eklig und unnatürlich … Warum ist man überhaupt so?«

»Das sucht man sich doch nicht aus.«

»Wie meinst du das?«

»Na ja, man sucht sich nicht aus, in wen man sich verliebt? Oder glaubst du das?«

»Ja.«

»Und weswegen hast du mich ausgesucht?« Ich sah ihr in die Augen und lächelte ironisch.

Sie kam durcheinander und wusste nichts zu erwidern. Dann sagte sie: »Schon gut, ich hab's verstanden.«

Wir gingen eine Weile schweigend nebeneinanderher, kickten das Laub vor unseren Füßen.

Als wir vor Lenas Haustür standen, griff sie das Gespräch noch einmal auf: »Ich verstehe es trotzdem nicht.«

Ich zuckte mit den Schultern und hielt ihr den Rucksack hin. Damit verabschiedeten wir uns. Natürlich habe ich ihr nichts erzählt. Wie hätte ich auch?

Als wir miteinander sprachen, hatte ich noch das Gefühl, ich hätte es gut weggesteckt, es hätte mich nicht getroffen. Aber je mehr Zeit verging, je öfter ich es Revue passieren ließ, desto wütender wurde ich.

Etwas in mir war ins Wanken geraten. Früher dachte ich, es wankte nach dem Vorfall im Café, aber heute denke ich, es muss schon eher gewesen sein. Vielleicht als ich meinen Vater getroffen hatte oder als Lew mich geschlagen hatte. Vielleicht sogar noch eher.

Es war, als stünde ich auf wackeligem Grund, der mich nicht tragen konnte. Und als wäre es nur eine Frage der Zeit, bis alles zusammenbrach.

Ich weiß noch: Es war Dienstag vor dem Werkunterricht. Diese Unterrichtsstunden mochte ich am wenigsten, wenn Mädchen und Jungs in verschiedene Räume mussten. Die

Jungs schienen dann immer um ein paar Entwicklungsstufen zu sinken. Ohne die Mädchen bekam auch Anton gleich viel mehr ab.

Auch an dem Tag fingen Ilja und Jura an, ihn zu piesacken.

»Anton, kannst du eigentlich Nägel einschlagen, oder macht das dein Freund für dich?«, fragte Ilja schmierig.

Danach brachen er und Jura in Lachen aus, als hätten sie den besten Witz der Welt gemacht. Anton lächelte nur schweigend zurück. Was war denn los mit ihm?

Nach ihrem Lachanfall verschnauften sie kurz, und Jura übernahm, indem er mit aufrichtigem Interesse fragte, ob Anton der aktive oder der passive Part wäre.

Ich hielt es nicht mehr aus.

»Ich denke, das reicht jetzt.«

»Hä?«, fragte Ilja nur.

Sie hatten nicht erwartet, dass ich mich einmischte.

»Hast du ein Problem?«, Ilja lächelte gehässig.

Ich muss zugeben, vor diesem Lächeln spürte ich eine widerwärtige Angst. Aber weil ich schon angefangen hatte, musste ich weitermachen.

»Du hast anscheinend ein Problem. Oder warum beschäftigt dich der Sex zwischen Männern so sehr?«

»Tut er nicht, kapiert? Ich mach nur Spaß.«

»Dann versuch es mal mit anderem Humor«, riet ich ihm. »Dieser verrät den Idioten in dir.«

Ilja kniff unangenehm die Augen zusammen. Schnell ging er um seinen Tisch herum und baute sich vor mir auf.

»Was hast du gesagt?«

Ich suchte allen Mut zusammen, den ich übrig hatte, und sagte ruhig, sehr ruhig: »Du hast mich schon verstanden.«

Es funktionierte, er trat einen Schritt zurück, als hätte

er sich das mit der Prügelei anders überlegt. In Gedanken atmete ich auf, aber mein Gesichtsausdruck blieb unverändert.

Doch Ilja war es nicht gewohnt, bei einem Streit zu verlieren.

»Warum beschützt du ihn? Seid ihr ein Paar, oder was? Bist wohl auch 'ne Schwuchtel?«, frotzelte er wieder.

Das tangierte mich nicht: Damit nervte Ilja jeden, gegen den er etwas hatte. Ich war mir sicher, dass er mir bei einem verbalen Kampf nichts anhaben konnte – er war zu dumm, um einen wunden Punkt zu treffen.

Aber gerade seine Dummheit half ihm.

»Obwohl, wahrscheinlich ist dein Vater eine Schwuchtel«, sagte er.

Ich muss mich irgendwie verraten haben, denn er sah mir in die Augen, freute sich plötzlich und fuhr fort: »Na klar, jetzt macht alles Sinn: Keine Mutter, der Vater nicht verheiratet, und das Söhnchen setzt sich für Schwuchteln ein.«

»Dein niveauloser Humor berührt mich nicht«, quetschte ich aus mir heraus. »Du hast sie nicht mehr alle und bildest dir schon Sachen ein.«

»Bei euch wohnt noch ein Kerl. Bilde ich mir den auch ein, oder was?«

In mir drin wurde es ganz kalt. Mir blieb die Luft weg.

»Der war auch hier, als du fast krepiert bist«, machte Ilja weiter. »Und der holt dich manchmal von der Schule ab.«

Ich dachte, dass ich mir nichts anmerken lassen durfte. Was Ilja sagte, bewies noch überhaupt nichts. Jeder konnte ein Kind von der Schule abholen, ein x-beliebiger Verwandter. Solange ich ruhig blieb, konnte mir keiner etwas nachweisen.

Aber das war nur der vernünftige Teil in mir. Und der war klein und unscheinbar. In erster Linie fühlte ich, wie die Wirklichkeit verrutschte, ich hörte Ilja nur noch wie durch Wasser.

»Jetzt verstehe ich, warum du Homos verteidigst. Du verteidigst deine Familie«, lachte Ilja. »Sag mal, hast du eigentlich Aids? Die Schwuchteln haben doch alle Aids, du hast dich bestimmt schon angesteckt.«

Und plötzlich verschwand alles. Die Angst, die Aufregung, die anderen Gedanken – einfach alles. Eine eisige Ruhe überkam mich, und das klare Wissen, was zu tun war.

Auf dem Tisch vor mir lag ein Hammer. Ich umfasste den Griff mit meiner Hand und erklärte Ilja tonlos: »Ich bringe dich jetzt um.«

In meinem Kopf wurde es trüb. Mit Sicherheit weiß ich nur eins: Ich holte aus, aber jemand musste mir den Hammer aus der Hand gerissen haben. Also schlug ich mit den Fäusten auf Ilja ein. Ich weiß nicht, ob wir uns auch im Stehen geprügelt haben, ich weiß nur noch: Er ist am Boden und ich über ihm. Ich halte ihn mit einer Hand am Kragen fest, hole mit der anderen aus und schlage zu, immer und immer wieder. Er weint, irgendwann hört er auf damit, ich mache trotzdem weiter. Bis mich mehrere Arme von hinten packen und hochziehen, aber sogar im Stehen trete ich ihm noch mehrmals in den Bauch. Und ich hätte weitergetreten, hätte man mich nicht weggezerrt.

Als ich auf ihn einschlug, wiederholte ich: »Ich bring dich um. Ich bring dich um. Ich bring dich um.«

Daran erinnere ich mich genau.

Nachdem man mich weggerissen hatte, setzte ich mich an den Tisch, gegen den ich geknallt war. Ich rang nach

Luft, versuchte zu verstehen, was passiert war. Es war laut, viele Menschen, Geschrei. Aus dem Nachbarraum waren die Mädchen angerannt gekommen.

Jemand rüttelte an meiner Schulter.

Jemand verlangte wütend irgendetwas von mir.

Wilenas Lippen zitterten, und sie sagte immerzu: »Ruft einen Krankenwagen. Ruft einen Krankenwagen.«

Plötzlich wurde es still. Alle traten auseinander.

»Jemand erklärt mir sofort, was hier passiert ist«, tönte die laute Stimme unserer Klassenlehrerin. »Sofort!«

Wilena murmelte mit ihren zitternden Lippen: »Irina Borissowna … Miki …«

Alle sahen zu mir.

Ich sah auf meine Hände.

Sie waren voller Blut – meines oder Iljas, das kann ich heute nicht sagen.

Dreckskerl

Im Büro des Schulpolizisten roch es nach Papierstapeln.

Der Polizist setzte sich an einen kahlen Tisch und machte sich daran, irgendwelche Akten vor sich auszubreiten. Rechts von mir saß eine Psychologin, links Slawa.

Der Polizist starrte mich unverwandt an. Für eine Sekunde hob ich den Blick und senkte ihn gleich wieder. Ich rubbelte das bereits getrocknete Blut von meinen Händen.

»Habt ihr zwei schon länger Reibereien?« Er meinte mich und Ilja.

»Ich hab mit ihm keine Reibereien.«

»Mit wem dann?«

»Ich? Mit niemandem. Er mit Anton.«

»Schon lange?«

»Schon immer.«

»Das heißt, du erinnerst dich nicht, wann sie angefangen haben?«

»Das heißt, sie hatten sie schon immer.«

Der Polizist verzog das Gesicht zu einem merkwürdigen Lächeln und schrieb etwas in seine Akte.

»Habt ihr euch schon mal geprügelt?«

»Nein.«

»Er hat dich nie geschlagen?«

»Er hat es ein paarmal versucht.«

»Hast du dich mal mit jemand anderem geprügelt?«

»Nein.«

Der Polizist zog langsam die Schultern hoch und sah zur Psychologin. Sie nickte ihm kaum merklich zu und fragte mich sehr freundlich: »Miki, hast du früher schon mal etwas Impulsives gemacht, weil du wütend warst oder jemand gemein zu dir war?«

Ich dachte ehrlich nach. Und sagte: »Ja.«

»Und was hast du gemacht?«

Ich musste an das Treffen mit meinem leiblichen Vater denken.

»Einmal war ein Mensch gemein zu mir, danach habe ich mein halbes Zimmer zerlegt. Aus Wut habe ich mir die Fingerknöchel aufgeschlagen. Es fühlt sich an, als würde sich jahrelang etwas in mir aufstauen, bis es plötzlich rausplatzt. Außerdem bin ich mal von zu Hause weggelaufen …«

»Miki«, unterbrach mich Slawa. »Was redest du?«

»So war's doch.«

»Du redest von dir, als wärst du irgendein Psychopath.«

Der Polizist mischte sich ein: »Ihre Version höre ich mir später an.« Dann wandte er sich wieder an mich: »Die anderen Schüler erzählen, du hättest den Hammer genommen. Erinnerst du dich daran?«

»Ja.«

»Was wolltest du damit?«

»Ihn umbringen. Das hab ich ihm auch gesagt.«

»Du hast den Hammer also bewusst genommen und wolltest ihn damit verletzen?«

»Ja.«

Plötzlich wurde der Polizist wütend: »Warum um alles

in der Welt solltest du bei klarem Verstand auf die Idee kommen, ihn umzubringen?«

»Keine Ahnung, aber so war es eben«, erwiderte ich ruhig.

»Im Affekt! Du wusstest nicht, was du tust.«

»Doch, wusste ich.«

Er ließ sich kraftlos in den Stuhl zurückfallen, schnaufte.

»Wozu führst du dich wie ein potenzieller Mörder auf?« Er sah zu Slawa: »Was soll ich mit ihm machen?«

»Das hängt wohl kaum von meiner Antwort ab«, murrte Slawa. »Ich verstehe, wie Sie die Dinge sehen: Er hat einen Klassenkameraden verprügelt, also ist er schuld. Sicher, Sie beziehen die Umstände mit ein, ich merke ja, wie sehr sie wollen, er hätte es im Affekt getan ... Aber am Ende wird trotzdem er als der einzig Schuldige abgestempelt, bekommt einen Eintrag ins Erziehungsregister und muss zum Psychologen, egal, was ich Ihnen hier sage.«

»Sie sagen es selbst: Er hat einen Klassenkameraden verprügelt. Erwarten Sie, dass ich darüber hinwegsehe oder es schönrede?«

»Ich würde mir nur wünschen, dass Sie das Gesamtbild sehen.« Slawa seufzte. »Brauchen Sie mich noch?«

»Nur noch ein paar Worte über seine Kindheit, Schulleistungen, Charakter, Freunde ...«

Ich sollte draußen warten.

Im Flur stellte ich mich ans Fenster. Draußen regnete es. Seltsam, die Welt war immer noch dieselbe, trotz allem, was passiert war.

Gerade hatte auf dem Schulhof noch ein Krankenwagen gestanden, in den man Ilja getragen hatte. Sein Gesicht war so blutüberströmt gewesen, dass die Klassenlehrerin einen hysterischen Anfall bekommen hat. Heulend hatte sie mich angebrüllt: »Du Dreckskerl! Ein Dreckskerl bist du!« Sie weinte und sagte immerzu, ich wäre gestört, dass diese ganzen Geschichten über dreihundert Messerstiche im Affekt über genau solche Menschen wären wie mich, irgendwann würde ich im Knast schmoren, weil ich aus Eifersucht meine Frau erstochen hätte.

Als der Schulpolizist mich wie einen Verbrecher in sein Büro abführte, schreckten die Kinder aus der ersten Klasse vor mir zurück, als wäre ich ein Aussätziger. Ich war voller Blut: die Hände, das Hemd und sogar das Gesicht. Sie hatten Angst vor mir.

Der Polizist sagte: »Wir haben immer nur die Rowdys auf dem Schirm, dabei sind die tickenden Zeitbomben genau solche Typen.«

Und dann noch: »Wären wir in Amerika, wärst du einer dieser Amokläufer.«

Meine Eltern kamen beide, aber Slawa führte alle Gespräche. Das war ungünstig. Er konnte nicht gut mit Stresssituationen umgehen, es wäre besser gewesen, hätte Lew das übernommen. Aber das ging nicht.

Als wir zu Hause waren, wollte ich allein sein, aber Lena kam zu uns. Ich hatte es nicht mal geschafft, mich umzuziehen. Ich hatte lange dagesessen und auf einen Punkt gestarrt, und dann war sie da.

Im Grunde hatte ich geahnt, dass sie kommen würde, aber ich war mir nicht sicher gewesen, ob ich es wollte. Ich hatte Angst.

Ich weiß nicht, wen sie anzutreffen erwartet hatte, aber offenbar nicht mich. Ich saß da, zermürbt und ausgelaugt, während sie in der Tür stand und mich irritiert betrachtete. Dann kam sie rein und setzte sich aufs Bett.

»Es ist nicht deine Schuld, Miki.«

»Lass das«, sagte ich.

»Was soll ich lassen?«

»So was zu sagen. Mich zu verteidigen. Ich habe etwas Schlechtes getan.«

»Weil du kein Feigling warst?«

»Du hast keine Ahnung«, fauchte ich sie an.

»Alle anderen schon, nur ich nicht?«

»Du hast ihn nicht gesehen.« Ich zuckte zusammen, als vor meinem inneren Auge wieder Iljas blutüberströmtes Gesicht erschien. »Du hast nicht gesehen, was ich ihm angetan habe; ich war wie ein dummes, brutales Tier.«

»Miki, er ist ein Dreckskerl.«

»Ich bin der Dreckskerl.«

»Du konntest ihn noch nie leiden.«

»Ich bin schlimmer als er.«

»Er hat immer alle geärgert! Er schikaniert Anton schon seit der ersten Klasse! Er ist ein Arschloch.«

Stur widersprach ich: »Ist er nicht.«

»Doch ist er.«

»Er ist nicht nur schlecht.«

»Was soll das jetzt heißen?«

»Niemand ist nur schlecht.«

»Na klar, Tschikatilo hatte auch seine guten Seiten, oder was?«

Ich verzog wieder das Gesicht.

»Tschikatilo war kein Mensch, sondern ein Massenmörder. Ich rede über Menschen.«

»Niemand aus der Klasse verurteilt dich. Alle können dich verstehen. Nur du bist gegen dich.«

»Sie sind Idioten.«

»Sogar Kostja ist auf deiner Seite, ist er etwa auch ein Idiot?«

»Nur weil jemand gut in Mathe ist, heißt es nicht, dass er kein Idiot sein kann …«

Ich hob den Kopf und betrachtete Lena eingehend. Es war, als würde ich sie zum ersten Mal richtig sehen. Sie hielt meinem Blick stand und sah nicht weg.

»Du bist …«

»Was bin ich?«

»Ich habe immer gedacht, es gäbe niemand Besseren auf der ganzen Welt als dich. Dabei bist du … für Gewalt.«

Bis dahin war ich apathisch und in mich versunken gewesen, aber diese Einsicht holte mich für einen Augenblick ins Leben zurück.

Lena sagte: »Ich stehe zu meiner Meinung. Schade, dass man dir den Hammer weggenommen hat.«

Ich zuckte wieder zusammen.

»Schrecklich …«

Doch sie wurde schon wütend.

»Ich dachte, du wärst mutig, aber jetzt sehe ich nur ein Häufchen Elend – das ist schrecklich!«

Ich sagte leise: »Geh nach Hause.«

Sie sprang auf. Drehte sich hastig um und lief zur Tür. Dort blieb sie kurz stehen und wartete darauf, dass ich sie zurückrief. Aber ich tat es nicht.

Als sie weg war, hatte ich den merkwürdigen Wunsch, mit Lew zu reden.

Er saß im Wohnzimmer und starrte, genau wie ich vor kurzem, auf einen Punkt. Ich trat näher. Da wandte er den Blick zu mir, aber sagte nichts. Auch ich schwieg. Als sich unsere Blicke trafen, änderte sich sein Gesichtsausdruck, er schien beunruhigt. Lew stand auf und nahm mich in den Arm.

»Was ist mit dir, Miki?«, fragte er.

Rechts von uns hing ein großer Spiegel, ich sah mich darin: zerzaust, mit Blutspuren an der Kleidung und im Gesicht (wahrscheinlich von meinen Händen). Eigentlich kann ich kein Blut sehen, mir wird gleich schlecht. Damals nicht. Es war, als würde ich nicht mich sehen, als wäre das jemand anders im Spiegel, ich wiederholte in Gedanken: Das kann nicht wahr sein. Dann erinnerte ich mich daran, wie ich zugeschlagen hatte, immer und immer wieder, wie Ilja aufgehört hatte, sich zu wehren, und still geworden war, wie mich das insgeheim gefreut hatte und ich noch hemmungsloser auf ihn einprügelte. Anscheinend war es wahr.

Aber wenn es wahr war, wie sollte ich dann weiterleben?

Da fing ich an zu weinen, die Stirn gegen Lews Brust gedrückt, hinterließ ich Tränenspuren auf seinem weißen Hemd. Aber ich war froh zu weinen. Die Tränen brachten Erleichterung – sie fühlten sich nach Reue und nach Sühne an.

Merkwürdig: Wir konnten uns fast täglich zanken, die ganze Zeit fand ich ihn unerträglich, glaubte, dass er mich nicht verstand, mir absichtlich das Leben schwermachte. Aber immer wenn etwas geschah, von dem ich dachte, dass ich es nicht überleben würde, war ausgerechnet er für mich da, ich konnte mich einfach so an ihn drücken und weinen, seltsamerweise waren in diesen Momenten keine Worte, keine Erklärungen nötig, und niemand verstand mich besser als er.

Jarik

In der Schule ließ ich mich eine Woche lang nicht blicken. Man schleifte mich zum Schulpolizisten, zum Bezirkspolizisten, ständig redeten irgendwelche Menschen in Uniform nachdrücklich, beharrlich auf mich ein. Ich kam mit dröhnendem Kopf nach Hause und blieb den Rest des Tages da. Meine Eltern ließen es geschehen. Ich glaube, ich tat ihnen leid. Aber ich tat mir nicht leid.

Dann bekam Slawa einen Anruf. Ich fuhr zusammen: In letzter Zeit war es immer die Schule oder die Polizei. Er hörte lange zu, sagte nur »Ja« und »Nein« und danach: »Ich komme, aber ich glaube kaum, dass ich Ihnen weiterhelfen kann … Weil ich den Grund selbst nicht weiß, er hat ihn mir nicht gesagt …« Er hörte wieder lange zu und sah mich dabei finster an. »Für Sie mag er ein Verbrecher sein, für mich ist er mein Sohn. Und ich bin mir sicher, dass er, wenn er so etwas tut, einen ernsthaften Grund dafür hat … Ich bin mir da so sicher, weil ich ihn sein Leben lang kenne. Sie können mir sonst was erzählen, aber ein Verbrecher, Psychopath oder Mörder ist er sicher nicht. Auf Wiedersehen.«

Nachdem er aufgelegt hatte, sah er mich wieder an und

sagte: »Das war die Schule. Wir sollen zu einer Klassenkonferenz kommen, morgen um zwei.«

Ich nickte, dabei sah ich es schon vor mir, wie ich mitten im Lehrerzimmer stand, mich alle anstarrten, tadelten, anschrien und endlos Fragen stellten. Die Wahrheit konnte ich ihnen sowieso nicht sagen. Und was wäre überhaupt die Wahrheit? Dass ich Ilja zusammengeschlagen habe, weil er sich darüber lustig gemacht hat, dass meine Eltern schwul sind? Also musste ich wieder lügen, und das war ich leid.

Slawa riet mir, irgendwas Sinnvolles zu machen, und ging zur Arbeit. Damals arbeitete er nicht mehr von zu Hause aus, sondern war Designer für Computerspiele. Witzig: Ich fand sie immer blöd.

Die Eltern kauften nach dem Vorfall mit Ilja eine Boxbirne und Handschuhe. Sie sagten nicht, dass es für mich war, aber ich verstand den Wink auch so. Die ganzen Tage, während mein Angriff auf Ilja untersucht wurde, drosch ich wie wild darauf ein – und es schien zu helfen.

Auch an diesem Tag wollte ich mich, nachdem Slawa gegangen war, der Boxbirne zuwenden, da klopfte es leise an der Tür. Ich warf die Handschuhe zur Seite, ging hin und sah durch den Spion. Sehr seltsam: Es war Jarik. Ihr erinnert euch nicht an ihn, weil er noch gar nicht vorgekommen ist. Bis dahin spielte er in meinem Leben tatsächlich keine Rolle, war irgendein Mitschüler, der ein paar Bänke weiter saß, wir grüßten uns höchstens mal. Und plötzlich stand er vor meiner Tür. Das konnte doch kein Zufall sein.

Vielleicht schickten ihn die Lehrer? Oder die anderen aus der Klasse? Sie wollten sicher wissen, was ich jetzt vorhatte, wie ich aus der Sache wieder rauskommen wollte, in unserer vorbildlichen Klasse war so was noch nie passiert.

Und einen Eintrag im Erziehungsregister hatte auch keiner. Nur ich – der Schwerverbrecher.

Blödsinn. Wenn sie das wissen wollten, hätten sie geschrieben. Aber vielleicht hatten sie ja. Keine Ahnung, ich wollte meine Nachrichten nicht lesen.

Ich machte Jarik die Tür auf. Er war irgendwie zerzaust und hatte rote Augen.

»Komm rein«, murmelte ich.

Er trat in den Flur, ich schloss die Tür hinter ihm und bemerkte, dass er sich ständig nervös nach mir umdrehte. Hatte er etwa Angst vor mir?

Wir gingen in mein Zimmer.

»Wenn du wegen Ilja hier bist, frag lieber nichts«, bat ich.

»Ich wollte wissen, wie es jetzt weitergeht«, erwiderte er. »Liest du deine Nachrichten nicht?«

»Woher hast du meine Adresse?«

»Von Lena.«

»Reicht dir die Antwort, dass ich mir meiner Schuld vollumfänglich bewusst bin und meine Tat bereue?«, fragte ich patzig.

»Das wollte ich doch gar nicht wissen«, sagte Jarik mit einem leisen Seufzen und setzte sich auf mein Bett.

Dort erstarrte er, sein Blick war an etwas hängen geblieben. Ich merkte, wo er hinsah: auf das Fähnchen. Die Regenbogenfahne in meinem Stiftehalter, die wir immer wegräumten, bevor Besuch kam. Aber Jarik hatte ich nicht erwartet, deswegen war ich nicht auf die Idee gekommen, etwas zu verstecken.

Wut stieg in mir auf. Ich wollte ihn anschreien, damit er nicht mehr hinglotzte, ihn zwingen, damit aufzuhören.

Ich atmete langsam und tief. Ein, aus. Nichts überinterpretieren. Es bedeutet gar nichts, wahrscheinlich hat er überhaupt keine Ahnung von LGBT-Symbolen und schaut nur hin, weil es so bunt ist.

Ein, aus.

Ich schloss die Augen, als ich sie wieder aufmachte, sah Jarik schon woandershin.

»Anton hat die Schule gewechselt«, sagte er aus heiterem Himmel.

»Wieso?«, fragte ich erstaunt.

»Weiß nicht. Am Tag nach …«, er stockte. »Nach eurer Prügelei ist sein Vater gekommen und hat ihn abgemeldet.«

»Krass.« Vor Überraschung ließ ich mich auch aufs Bett sinken.

»Ich hoffe, in der neuen Klasse geht es ihm besser.« Jarik lächelte schwach.

Wir schwiegen.

»Warum haben wir nie etwas getan?«, fragte ich traurig.

»Was meinst du?«

»Wir haben doch alle gesehen, was mit Anton passiert. Aber keiner hat je versucht, es zu verhindern.«

Ich sah Jarik in die Augen. Verschämt wandte er den Blick ab.

»Aus irgendeinem Grund haben wir ihn schlechter behandelt als alle anderen«, fuhr ich fort. »Als würden alle dazugehören, nur er wäre ein Fremder.«

»Außer Ilja und Jura haben ihn alle … behandelt wie alle anderen.«

Ich lachte bitter.

»Dann behandeln wir einfach alle wie Fremde? Was für ein unschönes Leben.«

Jarik seufzte wieder. Dann fragte er: »Wie geht es denn jetzt weiter?«

»Womit?«

»Mit dir?«

»Gar nicht.« Mich überkam so eine Gleichgültigkeit, dass mir plötzlich alles schnurz war.

»Kostja meinte, er kommt dich im Gefängnis besuchen.«

Ich musste lachen. Jarik sah mich verwundert an und begann zu weinen. Das kam so plötzlich … Er weinte, und zwischen seinen Schluchzern sagte er, er habe keine Lust mehr, wegen mir zu weinen, ich wüsste das sowieso nicht zu schätzen und wäre nicht eine einzige seiner Tränen wert, alle machten sich Sorgen wegen mir, und ich säße da und lachte, weil mir alles egal sei.

»Jarik … beruhig dich doch …«, murmelte ich beschämt. »Ich komme nicht ins Gefängnis. Kinder sperrt doch keiner ein.«

Ich setzte mich vor ihm auf den Boden, wie vor ein kleines Kind, und wischte ihm die Tränen weg. Auf einmal merkte ich, dass ich selbst gleich losweine.

Ich hörte auf, ihn zu trösten, legte mich auf den Boden und dachte krampfhaft nach, wie ich es schaffte, nicht zu heulen. Da heulte ich natürlich los.

Jarik hörte auf zu weinen, setzte sich zu mir auf den Boden und machte sich daran, mich zu beruhigen. Ich heulte weiter, aber es fühlte sich gut an, dass jemand versuchte mich zu trösten. Dadurch ging es mir ein kleines bisschen besser.

Irgendwie kam es, dass wir auf dem Boden einschliefen. Vielleicht schlief auch nur ich ein, ich weiß es nicht. Jedenfalls wachte ich davon auf, dass im Zimmer das Licht anging. Ich öffnete die Augen, in der Tür stand Lew. Draußen war es dunkel geworden, es war unendlich viel Zeit vergangen. Links neben mir setzte sich träge Jarik auf.

»Hallo!«, sagte er, als er Lew sah.

Lew nickte, sein Blick wanderte ein paarmal zwischen mir und Jarik hin und her. Ich weiß nicht, welche Varianten er durchspielte, was hier passiert sein mochte, aber bald hatte er genug vom Schauen und fragte bloß: »Wollt ihr Tee?«

Natürlich wollten wir.

Das war toll und seltsam: Mit Lew Tee trinken, nachdem man sich ausgeheult hatte, mit ihm zusammen Unsinn reden und lachen, als wäre nichts gewesen, als wäre es ein ganz normaler Tag.

Bevor Jarik ging, fragte er mich noch: »Ist das dein Vater?«

»Ja«, sagte ich.

Und noch im selben Augenblick schoss mir durch den Kopf: Ich Idiot! Wozu habe ich das gesagt? Morgen sieht er mich mit meinem anderen Vater in der Schule, und was sage ich ihm dann?

Aber Jarik sagte nur, ich hätte einen coolen Vater.

Und Lew sagte über Jarik: »Netter Junge. Warum seid ihr nicht befreundet?«

Ich zuckte mit den Schultern. Ich wusste es wirklich nicht. Jarik und ich hatten vorher nie richtig miteinander geredet.

Klassenkonferenz

In der Nacht vor der Klassenkonferenz konnte ich vor erstickender Unruhe nicht schlafen. Kaum dass es mir gelang, ein bisschen einzunicken, erinnerte ich mich an die kreischende Stimme unserer Klassenlehrerin, mit der sie immer wieder gerufen hatte, ich sei ein Dreckskerl. Und außerdem: »Der Junge wurde bewusstlos im Krankenwagen abtransportiert! Wenn es schlimm ausgeht, ist das nur deine Schuld!«

Ich rätselte, wie es Ilja wohl ging. Ob er noch im Krankenhaus war oder schon zu Hause? Wahrscheinlich im Krankenhaus. Ob er genauso oft wie ich daran denken musste, was passiert war? Vielleicht hatte er ganz andere Sorgen.

Ich stellte mir die Atmosphäre im Krankenhaus vor, mit dem scharfen Geruch von Medikamenten, klirrenden Ampullen und Spritzen … Müsste ich im Krankenhaus liegen, würde ich wirklich sehr nach Hause wollen.

Dann stellte ich mir Iljas Mutter vor. Ich hatte sie nie gesehen, aber ich konnte sie mir gut vorstellen, wie sie zu Hause weinend auf und ab ging und sich um ihren Sohn sorgte. Sie musste mich hassen. Zu Recht.

Am nächsten Tag erschien auch Iljas Vater bei der Klassenkonferenz. Ich erkannte ihn sofort. Mir fiel wieder ein, wie stolz er auf seinen vom Hund gebissenen Iljuscha gewesen war. Als ich in den Raum kam, verhakten sich unsere Blicke, doch er sah zuerst weg. Als hätte er mehr Schuld als ich.

Die Fachlehrer saßen an einem großen, langen Tisch und hatten allesamt den Ausdruck schrecklicher Erschöpfung und Gleichgültigkeit auf den Gesichtern. Sie wollten nach Hause. Am Kopfende saß die Schulleiterin, neben ihr unsere Klassenlehrerin.

Slawa und ich setzten uns ans andere Ende. Alle Anwesenden durchbohrten uns mit ihren Blicken.

»Und?«, sagte die Schulleiterin giftig.

»Was?«, ich verstand nicht, was sie von mir wollte.

»Was sagt man?«

»Was?«

»Was sagt man, wenn man ins Büro der Schulleiterin kommt?«

»Ach so«, kapierte ich endlich. »Hallo!«

»Ich denke, du weißt, warum du hier bist«, fuhr sie fort.

Warum redete die so ätzend?

»Erklärst du uns jetzt mal, warum du deinen Kameraden entstellt hast?«

»Welchen Kameraden?«, fragte ich spöttisch.

»Frech ist er auch noch«, entrüstete sich die Schulleiterin. »Deinen Klassenkameraden!«

»Ein Klassenkamerad ist nicht automatisch dein Kamerad.«

»Mach keine dummen Sprüche, das kannst du dir nicht leisten!«

Slawa beugte sich zu mir und formte lautlos mit den Lippen: »Reiz sie nicht …«

Ich holte tief Luft. Man hatte mich schon tausendmal gefragt, wieso, weshalb, warum. Im Büro des Polizisten schwieg ich entweder, oder ich sagte etwas Schwammiges über eine »Meinungsverschiedenheit«. Aber bei der Klassenkonferenz erschien es mir richtig, von Anton zu erzählen. Dass Ilja Anton schikaniert und ich ihn verteidigt hatte. Ich hätte es auch fast getan, aber dann überlegte ich es mir anders: Es stimmte ja nicht. Ich hatte nicht Anton verteidigt. Ich hatte etwas Eigenes verteidigt.

»Ilja hat sehr viele Vorurteile«, sagte ich. »Das hat mich geärgert.«

»Welche Vorurteile?«

»Er ist homophob.«

Die Lehrer sahen einander an. Kurze Zeit hing Schweigen in der Luft. Ich konnte hören, wie Slawa neben mir leise seufzte.

»Was soll das heißen?«, fragte die Schulleiterin schließlich.

»Das heißt, er hasst Homosexuelle«, erklärte ich ruhig. Und wunderte mich sogar selbst, wie es mir gelang, so ruhig zu bleiben. »Er beleidigt, erniedrigt und verspottet sie.«

»Und was geht dich das an?«

Bei dieser Frage überkam mich ein Gefühl der Hoffnungslosigkeit. Es war klar: Ich würde ihnen nichts beweisen, nichts erklären können. Aber einfach schweigen konnte ich auch nicht mehr. Deswegen machte ich mit der Wahrheit weiter: »Er hat gesagt, dass mein Vater Aids hat, weil er schwul ist.«

»Du hast Ilja also verprügelt, weil er gesagt hat, dein Vater wäre schwul?« Beim letzten Wort gluckste sie, als wäre es etwas Unanständiges.

Ich schüttelte den Kopf.

»Nein. Weil er ihn einen Aidskranken genannt hat. Und eigentlich auch alle Schwulen – das mochte ich nicht, dass er es als Beleidigung verwendet hat. Aids ist eine ernsthafte Krankheit, nichts, worüber man sich lustig macht.«

»Das heißt, du hast ihn nur deswegen verprügelt?«

Dieses »nur« versetzte mir einen Stich. Für sie war das, was passiert war, Unsinn, kein Anlass, sich zu ärgern. Ich antwortete nicht.

Danach sah sie zu Slawa und fragte, ob er von dem wahren Grund gewusst hätte. Slawa sagte: »Nein, das höre ich zum ersten Mal.«

»Und was denken Sie darüber?«

Ich dachte schon, er sagt, ich hätte brutal und amoralisch gehandelt, dass er sich der Sache annehmen und mich auf den rechten Weg bringen würde. Genau das hatte Lew ihm am Vorabend nämlich eingebläut. Lew war der Meinung, dass bei der Klassenkonferenz alle glücklich wären, wenn wir Reue zeigen und sie uns dann ohne große Qualen gehen lassen würden.

Aber Slawa sagte: »Ich denke, das ist ein berechtigter Grund für Ärger.«

»Was?«, fauchte die Schulleiterin. »Ein berechtigter Grund, um einen Jungen halbtot zu prügeln?«

»Das habe ich nicht gesagt. Ich sagte: für Ärger.«

»Finden Sie es nicht merkwürdig, dass ihn dieses Thema so beschäftigt?«

»Nein«, erwiderte Slawa schlicht. »Ich finde es merkwürdig, dass es Sie nicht beschäftigt …«

»Mich?«, unterbrach sie ihn empört.

»Lassen Sie mich ausreden. Das deutet darauf hin, dass Sie auch viele andere Themen nicht beschäftigen: Rassismus, Nationalismus, Diskriminierung. Das ist traurig, weil

Sie eine Schule leiten, von der jedes Jahr Hunderte junge Menschen abgehen, die dann die Gesellschaft gestalten, in der wir alle leben. Deshalb trägt jeder Einzelne, der hier arbeitet, die Verantwortung dafür, wie unsere Gesellschaft künftig aussieht. Man könnte den Eindruck gewinnen, dass Sie Ignoranz fördern, aber davon gibt es schon mehr als genug, wir ertrinken bald darin. Wir alle, verstehen Sie? Nicht nur Schwule und Migranten. In einer Gesellschaft, in der alle einander hassen, gibt es keine Garantie, dass sich die Gewalt nicht morgen gegen Sie richtet.«

Die Schulleiterin hatte offensichtlich Mühe, Slawa ausreden zu lassen. Ihr stand die Abneigung gegen uns beide ins Gesicht geschrieben.

»Der Apfel fällt nicht weit …«, knurrte sie leise. »Da sind sie, die Früchte der liberalen Erziehung. Erst demonstrieren sie für Freiheit, und dann bringen sie die Leute um, die anderer Meinung sind. Einer liegt schon im Krankenhaus. Ist das die Gewalt, von der Sie reden?«

Slawa erwiderte mit einem bitteren Lächeln: »Sie sprechen so, als müssten Ihre Worte mich verunsichern. Als müsste ich mich entschuldigen und behaupten, ich hätte etwas anderes gemeint. Ich denke, Sie wissen ganz genau, was ich gemeint habe. Und ich habe nicht vor, mich zu entschuldigen.«

»Ich sehe schon, wir werden uns nicht einig«, sagte die Schulleiterin trocken. »Wirklich schade.«

»Können wir gehen?«

»Auf Wiedersehen.«

Wir verließen die Schule schweigend. Erst am Ausgang nickte mir Slawa zu: gut gemacht. Und ich nickte zurück, wir hatten es beide gut gemacht.

Aber dann passierte etwas völlig Unvorhersehbares. Iljas

Vater holte uns auf halber Strecke ein und ratterte, ohne Luft zu holen, los: »Ich möchte, dass Sie wissen, dass ich Ihrem Sohn überhaupt keine Vorwürfe mache. Es tut mir leid, das sagen zu müssen, aber ich könnte Ilja mit meinen eigenen Händen erwürgen.«

»Was ist denn mit Ihnen los?«, wunderte sich Slawa.

»Ich wusste nichts davon. Man hat es mir erst jetzt erzählt: das über Anton und den Vorfall an Iljas Geburtstag und jetzt auch noch das.«

Ich konnte ihn nicht verstehen, also ich verstand schon, was er meinte, aber es war merkwürdig, dass er so …

Um ihn abzuwimmeln, sagte Slawa: »Machen Sie sich keine Sorgen. Ich werde die nötigen Maßnahmen ergreifen, damit mein Sohn …«

»Keine Maßnahmen!« Iljas Vater schrie fast schon. »Ich habe ein Arschloch großgezogen! Alles wegen dieser dummen Kuh. Die hat ihn zum Musikunterricht angemeldet! Was soll das bringen? Wenn bei ihm kein Funke Anstand übrig ist, hilft Musik auch nix! Ich bring ihn um, den Scheißkerl!«

Slawa versuchte ihn zu beruhigen, sagte, dass er Ilja in Ruhe lassen sollte, der hätte genug abbekommen, und es sei jetzt schwer genug für ihn, während ich aus dem Staunen nicht herauskam. So sprach man wahrscheinlich nur von seinem Sohn und seiner Frau, wenn man sie überhaupt nicht ausstehen konnte. Plötzlich wurde mir bewusst, was für ein Glück ich hatte. Ich hatte ein Riesenglück mit meinen Eltern. Ilja hatte Mutter und Vater, aber was nützte es?

»Hören Sie auf«, bat Slawa ihn, und ich meinte einen leichten Ekel in seiner Stimme zu hören. »Er ist ihr Kind. Warum … warum verraten Sie ihn so?«

Aber Iljas Vater fing wieder von vorn an: über die »blöde Kuh« von Frau und die »Erziehung der Weiber«. Wie durch ein Wunder konnten wir ihn dazu bringen, sich zu beruhigen, nach Hause zu gehen und niemandem was anzutun.

Danach sagte Slawa: »Was glaubst du, wie es ist, mit so einem Bekloppten aufzuwachsen? Wir haben die fünf Minuten kaum ausgehalten, aber Ilja muss das jeden Tag ertragen. Jetzt kommt er dir wahrscheinlich nicht mehr wie ein totales Arschloch vor?«

Slawa hatte recht. Ilja kam mir nicht mehr wie ein Arschloch vor.

Idiot

Ilja kam auch nicht mehr zum Unterricht. Seine Eltern hatten ihn an einer anderen Schule angemeldet, obwohl alle erwartet hatten, dass ich gehen würde. Slawa hatte mir sogar angeboten zu wechseln, aber Lew meinte, das wäre wie von einem »Schiguli« auf einen »Moskwitsch« umzusteigen.

Also besuchte ich weiter unsere Klasse, dort ging es jetzt um einiges ruhiger zu, obwohl Iljas Handlanger noch da war. Aber Jura verhielt sich friedlich, weil er den Rückhalt durch Ilja verloren hatte oder vielleicht weil jetzt alle Angst vor mir hatten. Man redete normal mit mir und trotzdem so, als befürchtete man, etwas Falsches zu sagen. Das entging mir natürlich nicht, und ich fühlte mich noch schuldiger.

Ich bekam einen Eintrag ins Erziehungsregister, musste mich regelmäßig beim Bezirkspolizisten melden, prophylaktische Gespräche mit dem Schulpolizisten führen und zu einem Psychologen gehen.

Ich bekam auch mit, was man in der Schule über mich sagte: »Er ist nett, dreht aber schnell durch.«

»Er ist nett, aber pass auf, was du sagst.«

»Er ist nett, aber …«

Dieses »aber« klebte jetzt an mir.

Ich spürte auch selbst, dass etwas in mir kaputtgegangen war, als wäre ein Damm gebrochen und ich könnte ihn nicht mehr reparieren.

Tagelang prügelte ich auf die Boxbirne ein. Aber irgendwann reichte das nicht mehr, und ich machte mich auf die Suche nach einem anderen Sport. Ich entschied mich für Basketball, weil es in der Schule eine Mannschaft gab. Nach dem Training blieb ich da und schmetterte den Ball gegen die Wand – mit aller Kraft, sodass ich schreien musste.

Einmal die Woche ging ich zur Schulpsychologin. Sie fragte mich immer: »Was empfindest du gerade?«

Und ich sagte: »Nichts.«

Dann zeigte sie mir eine Tabelle, in der alle möglichen Gefühle aufgelistet waren, und schlug mir vor, etwas auszusuchen. Meistens wählte ich etwas Neutrales, aber sie schüttelte den Kopf und behauptete, ich würde »die Sachlage verfälschen«. Dabei hatte sie sowieso eine verfälschte Sachlage. Sie versuchte einem armen Jungen zu helfen, der seine Mutter verloren hatte und mit einem alleinerziehenden Vater lebte, aber dieser Junge war ich nicht.

Etwas Gutes gab es aber: Lena und ich hatten uns vertragen, und es wurde wie früher. Wir gingen ins Kino oder spazieren, danach brachte ich sie nach Hause. Außerdem hatten wir beschlossen, zusammen Bücher zu lesen, um schlauer zu werden. Wir dachten uns, es wäre gut, in Russisch vorzuarbeiten, damit wir, wenn der Stoff drankam, alles schon gelesen hatten. Aber wie sich herausstellte, war die russische Klassik nichts für uns – weder Lena noch ich mochten irgendwas davon, außer *Onegin*.

Onegin hatte uns gepackt, vor allem Lena. Unsere Lieblingsstellen lernten wir sogar auswendig.

Ich sagte zu Lena, sie wäre meine Tatjana und ich ihr Onegin. Aber sie meinte: »Du bist kein Onegin.«

Und ich sagte: »Dann nicht, du bist trotzdem Tatjana.«

Im Sommer nach der sechsten Klasse fuhren wir auf eine Ferienfreizeit. Ich machte so etwas zum ersten Mal mit, Lena schon zum sechsten. Sie versicherte mir, dass es dort lustig würde, aber mir war es egal, Hauptsache, wir waren zusammen.

Außerdem drängte sich Jarik auf. Eigentlich wollten Lena und ich zu zweit fahren, aber er hatte so mitleiderregend gefragt, ob er mitkommen durfte, dass wir es nicht fertigbrachten, Nein zu sagen. Irgendwie waren wir mit ihm befreundet, aber auf eine komische Weise. Er war unser Anhängsel, unser fünftes Rad am Wagen. Das war mir unangenehm, und ich versuchte, mehr Zeit mit ihm zu verbringen, um seine »Überflüssigkeit« zu kaschieren, aber es änderte nicht wirklich was.

Abends wurde bei der Ferienfreizeit ein Lagerfeuer gemacht, und es wurde gesungen. Jarik setzte sich ständig zwischen mich und Lena, wie mit Absicht. Einmal hielt ich es nicht aus, beugte mich hinter seinem Rücken zu ihr und flüsterte: »Lass uns abhauen.«

»Wohin?«, flüsterte sie zurück.

»Zum See. Wir schauen auf die Wellen, und ich trage dir Gedichte vor.«

Lena lächelte.

»Dann los.«

Wir sagten den Freizeitleitern, dass wir unsere Jacken holten, weil uns kalt wäre, und rannten um die Wette den Abhang hinunter zum Wasser. Als die singenden Stimmen von oben nicht mehr zu hören waren, stoppte ich, und Lena knallte in mich rein. Wir umklammerten einander, um nicht umzufallen, und sprangen genauso schnell wieder auseinander. Da bemerkte ich, dass sie lächelte, aber irgendwie gequält, als müsste sie sich zwingen.

»Was ist mit dir? Du bist so …«, fragte ich erschrocken.

»Wie denn?«

»Als würdest du gleich anfangen zu weinen.«

Plötzlich fing sie wirklich an zu weinen. Ich war irritiert. Ich hatte das Gefühl, ich müsste sie in den Arm nehmen und trösten, aber … sie war ein Mädchen und ich ein Junge. Ich traute mich nicht.

»Und mit dir, Miki? Was ist mit dir?«, fragte sie schluchzend.

»Was soll sein?«

Sie antwortete nicht, schluchzte nur und schnappte krampfhaft nach Luft. Ich dachte: Sogar wenn sie weint, ist sie noch schön. Und musste über den Gedanken lächeln.

Sie bemerkte mein Lächeln und fragte böse: »Was? Freust du dich auch noch, dass du so brav bist?«

»Was meinst du?«

»Du bist so brav!«, schrie sie vorwurfsvoll, als wäre brav sein etwas Schlechtes. »So höflich, machst mir den Hof, liest Gedichte! Nicht ein Mal hast du mich geküsst! Auch jetzt! Kannst du mich nicht mal anfassen?!«

»Ich weiß nicht …«, erwiderte ich unentschieden. »Vielleicht möchtest du ja nicht, dass ich dich anfasse.«

»Mach doch!« Sie griff nach meiner Hand und legte sie sich auf die Brust.

Mir wurde heiß, aber Lena schlug meine Hand gleich wieder weg und schrie mich weiter an: »Fluch doch mal! Oder spuck auf den Boden! Ein Mal hast du ein Arschloch geschlagen – und zerfleischt dich immer noch deswegen! Vielleicht lässt du das mal bleiben? Warum hast du mit allen Mitleid, sogar noch mit dem letzten Abschaum? Glaubst du, du bekommst irgendwas dafür? Hältst du dich für einen Heiligen, oder was?«

Das Ufer war hell erleuchtet vom Mond; Lenas Gesicht schien silbern, und allein dieser Anblick schnürte mir süß den Hals zu.

Auf einmal sagte sie: »Es hat ein andrer mich gefreit. Ihm bleib ich treu in Ewigkeit!«

»Was?«, stockte ich. »Hast du deinen General getroffen, oder wie?«

»Vielleicht ist er ja kein General, sondern der echte Onegin. Und nicht du. Und vielleicht ist es auch gar kein ›er‹«.

»Wie meinst du das?«

»Es ist ein Mädchen.«

Ich war perplex.

»Machst du dich über mich lustig?«

Sie sah mich herausfordernd an. Auge in Auge. Und sagte: »Nein.«

»Lena«, presste ich hervor. »Wenn du mir weh tun möchtest …«

»Will ich nicht! Mann!«, unterbrach sie mich. »Ich sag die Wahrheit!«

»Welche Wahrheit? Vor zwei Jahren hast du mir gesagt, das wäre eklig! Was ist denn jetzt die Wahrheit?«

»Ich hab mich auch geekelt! Vor mir selbst! Ich wollte, dass es aufhört. Ich dachte, ich kriege das hin!«

Ich atmete aus.

»Ich glaube dir nicht.«

»Dann bist du halt ein Idiot.«

»Warum weinst du dann? Warum schreist du mich an, dass ich dich nicht anfasse?«

»Weil du unmöglich bist!« Sie sagte das in einem Tonfall, als wäre ich ihr absolut zuwider. »Du bist zum Kotzen brav. Kein Mädchen auf der Welt erträgt das! Ich war mir sicher, dass du schwul bist und wir uns gegenseitig benutzen! Aber so wie du mir hinterherdackelst – du lügst nicht und bist auch nicht schwul, du bist einfach … ein Idiot!«

Ich sah in ihre verweinten Augen und begriff: Sie liebt mich nicht. Sie sah mich gleichgültig an. So hatte sie mich immer angesehen.

»Reg dich nicht auf«, sagte ich leise. »Ich bin wirklich ein Idiot.«

»Ich hasse Idioten«, flüsterte sie. »Ich hasse sie.«

Ich hatte den Eindruck, dass sie mich gern geschlagen hätte. Also sagte ich: »Schlag mich, wenn du möchtest.«

Aber sie warf mir nur einen Blick zu, wie zum Abschied, wischte sich mit dem Ärmel die Tränen weg, drehte sich um und ging.

Ich blickte in die Ferne, am Ufer gegenüber zeichneten sich Hochhäuser ab. Ich stellte mir vor, ich hätte ein Maschinengewehr, dann würde ich in jedes einzelne Fenster schießen. Damit die Leute panisch aufwachen und denken, es wäre Krieg, und losstürmen, um ihre Papiere, ihr Geld, ihre Kinder, ihre Geliebten, ihre Hunde, ihren Schmuck zu retten. Und damit manche begreifen, dass sie nichts haben, was sie retten können. Nichts, wo sie hinrennen können. Und wenn ihnen später klarwird, dass doch kein Krieg ist, müssen sie für immer mit dem Gedanken leben, dass sie nichts zu retten haben.

Das verschaffte mir eine hämische Freude.

Aber auf dem Rückweg zum Lagerfeuer brach ich plötzlich in Tränen aus. So wie als kleines Kind, wenn man vor lauter Tränen nichts mehr sieht. Mir wurde klar, dass ich ein Märchen gelebt hatte. Ich hatte mir alles eingebildet. Irgendeine Liebe. Obwohl mich niemand liebte. Niemand. Mich konnte man ausnutzen, wenn man es wollte, und wenn man genug hatte, warf man mich einfach weg.

Ich konnte mich nicht beruhigen, auch nicht, als ich wieder beim Ferienlager war. Ich setzte mich abseits hin und heulte weiter. Eine Leiterin versuchte mich zu beruhigen und löcherte mich mit Fragen. Sie fragte sogar: »Miki, ist jemand gestorben?«

Ich dachte nach und sagte: »Ja. Ich.«

In vino veritas

Am Morgen wachte ich verloren auf, erschöpft, mit geschwollenen Augen. Ich war ein anderer, nicht mehr der von gestern. Beim Waschen brauchte ich am längsten von allen, als wollte ich den Vortag von mir abschrubben.

Als ich durch unsere Feriengruppe ging, spürte ich, wie Lena nach meiner Hand griff. Sie versuchte mich zur Seite zu ziehen, aber ich zeigte ihr den Mittelfinger und formte mit den Lippen: Fick dich.

Ich trottete als Letzter in den Speisesaal, ganz langsam. Ein Kater lief mir vor die Füße, und ich trat ihn weg. Er jaulte eklig auf, ich grinste schadenfroh.

Gegen Mittag merkte ich, dass ich nicht bleiben konnte. Ich ertrug ihr Gesicht nicht mehr.

Ich rief zu Hause an und bat die Eltern, mich abzuholen. Slawa versuchte, aus mir herauszukriegen, was passiert war, irgendwann sagte er, dass es doch nur noch fünf Tage wären. Ich wurde wütend: »Du solltest dankbar sein, dass ich überhaupt anrufe und nicht einfach abhaue. Glaubst du, ich komme hier nicht weg? Locker, aber dann hast du das Jugendamt endgültig am Hals und kannst dich täglich mit denen rumschlagen. Lass es lieber nicht so weit kommen.«

Und ich legte auf.

Den Ferienleitern sagte ich, dass meine Eltern mich gleich abholen, und machte mich ans Packen. Da kam Jarik.

»Willst du nach Hause?«, fragte er erschrocken.

»Siehst du doch«, fuhr ich ihn an.

»Wieso?«

»Was geht dich das an?«

Er sackte leicht in sich zusammen, solche Antworten passten nicht zu mir. Aber er fragte trotzdem weiter: »Was ist passiert?« Auf einmal legte er die Hand auf meinen Rucksack, in den ich meine zusammengeknüllten Klamotten stopfte. »Ich komme mit dir.«

Ich richtete mich auf und drehte mich zu ihm.

»Jarik, bist du schwul, oder was?«

Ihm stockte der Atem, so, wie wenn man weinen möchte. In dem Moment meldete sich der kümmerliche Rest meines Gewissens, aber ich zertrat ihn in Gedanken. Und gab Jarik den Rest: »Bleib hier, hier bist du gut aufgehoben. Kannst dich mit Lena zusammentun.«

Nach meiner Einschätzung hätte er längst weinen müssen. Er wirkte überhaupt wie jemand, der schnell weinte und aufgab: der schmächtigste in der Klasse, mit langen mädchenhaften Wimpern.

Aber er wandte nicht einmal den Blick ab. Er sah mich fest an und sagte: »Sie ist es nicht wert.«

»Was? Deine Gesellschaft?«

»Das, was du gerade machst.«

»Was mache ich denn? Ich will einfach nach Hause.«

»Du verbitterst.«

Plötzlich erinnerte ich mich an eine Szene mit Jarik.

Mir fiel ein, wie wir alle in der ersten Klasse immer nach der Schule auf dem Spielplatz blieben. An einem Tag sprangen wir von der Schaukel, wer es weiter schaffte. Und Jarik, der Kleinste von allen, wollte es auch versuchen. Ich sagte damals nett, ja fürsorglich zu ihm: »Nicht, du machst dir was kaputt.« Als Antwort lachte er.

Und jetzt sah ich, der mit zwei Vätern aufgewachsen war, ihm in die Augen und sagte, er wäre schwul. Wo kam das her?

Schnell stopfte ich die restlichen Sachen in den Rucksack, warf ihn über die Schulter und versuchte, Jarik aus dem Weg zu schieben. Er ließ sich nicht wegschieben.

»Geh weg!«, sagte ich genervt.

»Mache ich«, sagte er plötzlich. »Aber hör mir erst zu. Hör zu, dann geh ich weg.«

Ich sah ihn fragend an, um ihm zu signalisieren, dass ich hörte.

»Es gibt wichtige und unwichtige Dinge im Leben«, sagte er schnell, als wäre er aufgeregt. »Wichtig sind deine Eltern, Freunde und schließlich du selbst. Aber irgendwelche zufälligen Leute, Verräter – die sind nicht wichtig. Du verbitterst wegen ihr, wendest dich gegen alle Menschen. Ist sie es etwa wert?«

»Ist sie«, sagte ich. »Sie ist alles wert.«

»Ich glaube dir«, erwiderte er leise. Er trat beiseite und fügte noch hinzu: »Schlag deine Boxbirne, wenn du zu Hause bist. Danach fühlst du dich besser.«

Stimmt. Es lag an der Boxbirne. Hier auf der Ferienfreizeit hatte ich nichts, worauf ich einschlagen konnte, und rastete aus.

»Ich meine es ernst: Fahr mir nicht nach«, wiederholte ich.

»Ich werde es trotzdem tun. Ich werde meinen Vater anrufen, damit er mich abholt.«

Ich wusste nicht, was ich ihm sagen sollte. Plötzlich spürte ich einen Ekel in mir aufsteigen, den ich seit meinem Gespräch mit Lena zu unterdrücken versucht hatte. Einen Ekel vor Lena, vor meinen Eltern, vor Jarik, vor diesen … Schwuchteln. So nannte ich sie damals alle in Gedanken: Schwuchteln. Und dieser Ekel überrollte mich, ich konnte noch so sehr versuchen, vor ihm wegzulaufen.

Während ich darin zu ertrinken drohte, sagte ich ihm noch das Wichtigste: »Ich liebe dich nicht.«

Und ging.

Ich verabschiedete mich von niemandem. Ich stellte mich vors Tor und wartete auf meine Eltern. Unterwegs begegnete ich noch Lena, sie fragte: »Machst du das wegen mir?«

»Na, was glaubst du denn? Ich kann deine Visage nicht mehr sehen.«

Die Eltern holten mich mit dem Auto ab. Während Slawa mit den Leitern sprach, versuchte Lew aus mir herauszuquetschen, was passiert war. Ich schwieg eisig. Ich weiß gar nicht, wie mir das gelang, ich war so wütend!

Slawa kam zurück, wir fuhren los, und sie setzten ihr Verhör gemeinsam fort. Am Ende hielt ich es nicht mehr aus.

»Verpisst euch!«

»Sag das noch mal«, erwiderte Lew ruhig.

»Verpisst euch! Ihr versteht sowieso nichts.«

»Was verstehen wir nicht?«

»Gar nichts!«, schrie ich. Da brachen plötzlich alle Dämme: »Ich hab keinen Bock mehr, es gibt überhaupt keine normalen Menschen um mich rum, alle sind … wie ihr!«

Das Auto kam so abrupt zum Stehen, dass ich schmerzhaft mit der Brust gegen den Vordersitz prallte. Lew sagte metallisch: »Raus!«

»Was?« Ich verstand nicht.

»Steig aus. Du läufst nach Hause.«

»Das sind zwei Stunden.«

»Ein Spaziergang wird dir guttun.« Lew zuckte mit den Schultern. »Außerdem musst du dann unsere abnormale Gesellschaft nicht ertragen.«

»Gib mir Geld für den Bus.«

»Nein.«

Slawa bat noch: »Lew, tu das nicht …«

Aber Lew schrie mich fast an: »Raus aus dem Auto! Sofort!«

Ich wusste, dass er mich, wenn ich mich entschuldigen würde, vermutlich wieder reinließe. Aber ich dachte gar nicht dran. Durch den Rückspiegel sah ich ihm in die Augen, grinste und stieg aus. Ich wollte schon die Tür knallen, aber dann dachte ich, das wäre kindisch, und machte sie behutsam zu.

Ich lief die Straße entlang und überlegte, in was ich reingeraten könnte, damit sie es ihr Leben lang bereuen, dass sie mich so behandelt haben. Vielleicht sollte ich mir was antun? Mich vor ein Auto werfen oder, noch besser: vor die Straßenbahn. Damit sie dasitzen und denken: Hätten wir ihn bloß nicht rausgeschmissen, dann würde er noch leben. Damit sie mit dem schlechten Gewissen leben müssen, sich gegenseitig die Schuld geben und streiten.

Ich bog in einen Hinterhof und lief an den Garagen entlang, wo immer dubiose Gestalten anzutreffen sind. Über die Hauptstraße war es schneller und sicherer, aber genau das wollte ich nicht. Meine Stimmung war: je schlechter, desto besser.

Und als könnte wer Gedanken lesen, ertönte schon ein Ruf: »He, Kleiner …« Aber gar nicht dreist und aufdringlich, sondern sogar ganz nett.

Ich drehte mich um: Hinter mir standen zwei Jungs, etwa in meinem Alter. Sie trugen alte, ausgewaschene Jogginganzüge und löcherige Chucks, fast so, als würden sie auf der Straße leben. Aber ihre sauberen Gesichter und eine gewisse Naivität im Blick verrieten sie als durchaus behütete Kinder. Nicht gerade aus den besten Verhältnissen, aber behütet.

Der größere von beiden fragte mich gar nicht harsch: »Kannste uns da drüben Alk kaufen?« Und zeigte auf einen heruntergekommenen kleinen Kiosk im Hof. »Wir geben dir das Geld.«

»Die verkaufen mir doch nichts«, antwortete ich.

»Doch, da schon …«

»Dann mach es doch selbst.« Ich zuckte mit den Schultern.

»Die Alte kennt uns schon«, erklärte der Kleinere. »Die sagt, die verkauft uns nichts mehr. Aber dir schon.«

Da musste doch ein Haken sein, dachte ich. Das war sicher eine Falle. Und freute mich: umso besser! Ich wollte doch in irgendwas hineingeraten.

Ich nickte.

»Gib mir das Geld. Was soll ich kaufen?«

Kurzum, ich kaufte Billigwein. Und es war keine Falle. Verärgert, dass es keine war, drückte ich ihnen die Flasche in die Hand und wollte gehen, als sie anboten: »Kannst mittrinken, wenn du willst.«

Und schon waren meine Chancen, ohne Probleme heimzukommen, wieder futsch. Natürlich wollte ich.

Wir standen bei den Garagen, reichten die Flasche reihum und nahmen je einen Schluck. Es schmeckte ekelhaft! Ich verzog das Gesicht, aber ich trank. Eine Viertelstunde später fühlte ich mich plötzlich unglaublich, allmächtig. Wir kamen ins Reden, und ich erzählte, wie ich Ilja zusammengeschlagen hatte. Ich redete und war unglaublich stolz auf das, was ich zu berichten hatte.

Der Größere fing auch an rumzuprahlen, aber mit Mädchen. Er erzählte, wie viele er gehabt und was er mit ihnen gemacht hatte, mit allen Details. Wahrscheinlich war die Hälfte gelogen, aber es war trotzdem spannend zuzuhören. Am Ende spuckte er aus und sagte: »Die Weiber sind doch alle Schlampen.«

Ich sagte: »Ja.«

Und er: »Die sind doch alle gleich.«

Ich stimmte wieder zu. Und plötzlich sagte ich: »Stellt euch vor, meine Eltern sind Schwuchteln.«

Sie schüttelten sich vor Lachen, glaubten mir nicht. Ich machte trotzdem weiter.

»Echt jetzt, richtige Schwuchteln, zwei Kerle.«

Sie konnten sich kaum halten.

»Du laberst einen Scheiß …«

Was für ein Glück, dass wir alle betrunken waren. Denn ich habe abscheuliche Dinge gesagt, an die ich mich lieber nicht erinnern will, aber in dem Moment fühlte ich mich wie Gott und hörte gar nicht auf zu reden, ließ alles raus, was mir in den Kopf kam.

»Ich will so echt nicht weiterleben, wegen denen ist mein Leben voll im Arsch …«

Mein Leben ist im Arsch? Wo hatte ich überhaupt solche Ausdrücke her?

»Ich geh jetzt nach Hause und sag denen mal, was ich wirklich von ihnen halte.«

Die beiden kugelten sich immer noch und riefen: »Na dann, mach mal.«

»Mach ich auch«, erwiderte ich.

Und machte mich auf den Weg. Mir war schwindlig, aber ich ging los. Zum Abschied winkte ich ihnen.

»Danke für den netten Abend!«

Sie lachten noch viel lauter. Wahrscheinlich weil es noch mitten am Tag war.

Ich hatte eine Stunde Weg vor mir, mindestens. Die einzige Rettung wäre, in dieser Stunde auszunüchtern und es mir anders zu überlegen.

Starker Tee

Wie ich nach Hause gekommen bin, weiß ich nicht. Meine Erinnerungen setzen erst ab dem Moment ein, als ich mich im Hausflur beim Treppensteigen langlegte. Mit Mühe hievte ich mich hoch, schleppte mich in unser Stockwerk und knallte gegen die Tür. Eigentlich wollte ich mich nur anlehnen, aber das Ergebnis war, dass ich dagegenknallte. Und als die Tür dann plötzlich aufging, landete ich direkt in Lews Armen.

In Wirklichkeit war ich nicht mehr so betrunken, dass ich gar nichts kapierte. Aber ich wollte trotzdem alles loswerden, also fing ich an, ihm all die Dinge zuzubrüllen, die ich den Jungs gesagt hatte: dass sie Schwuchteln sind, mein Leben zerstört haben, dass ich wegen ihnen ein Lügner und ein Heuchler bin.

»In der Schule denken alle, ich wär schwul, weil ich euch verteidigt habe!«, brüllte ich. »Denkt über euch jemand, dass ihr schwul seid? Bei euch auf der Arbeit? Nein! Aber ich muss es für euch ausbaden! Schon mein ganzes Leben!«

Ich übertrieb natürlich. In der Schule gab es ein paar Gerüchte, ich wäre schwul, weil ich Ilja nach dem, was er gesagt hatte, verprügelt hatte, aber keiner glaubte so richtig dran, weil ich mit Lena zusammen gewesen war.

Aber damals schrie ich es heraus, aus voller Kehle, und meinte es völlig ernst.

Außerdem brüllte ich, es wäre besser gewesen, man hätte mich nach Mamas Tod ins Kinderheim gegeben anstatt zu ihnen.

Lew hörte schweigend zu. Wo Slawa war, weiß ich nicht, vermutlich nicht zu Hause, weil er auf mein Gebrüll nicht rausgekommen war. Anfangs fand ich es gut, dass Lew schwieg, ich dachte schon, ich hätte recht. Aber dann plötzlich überhaupt nicht mehr: Warum schweigt er? Lassen ihn meine Worte kalt?

Ich wollte ihn treffen. Ich schrie immer krassere Sachen. Ich wollte ihn dazu bringen, dass er zurückschrie, oder, noch besser: ihn so wütend machen, dass er mich schlug, wie damals mit acht.

Und er schlug zu. Als ich ihn einen Schwanzlutscher nannte.

Sogar in meinem Suffkopf blitzte eine Sekunde vorher der Gedanke auf, dass das zu viel wäre und ich es lassen sollte. Aber ich sagte es trotzdem, weil es mir mittlerweile egal war und ich nichts auf der Welt so sehr wollte, wie ihn aufzuregen. Vor allem ihn. Hätte Slawa die Tür aufgemacht, hätte ich anders geschrien oder vielleicht gar nicht, und hätte mich schnell beruhigt. Aber Lew war für mich wie ein rotes Tuch für einen Stier, sobald ich ihn gesehen hatte, schrie ich los und hörte nicht mehr auf.

Er schlug mich also. Viel stärker als beim ersten Mal. Ich weiß noch, wie ich dachte: Aha, er muss die Kraft vor ein paar Jahren genau abgeschätzt haben. Der Schlag jetzt war heftiger, wütender, stärker, ich flog gegen die

Tür. Hielt mich daran fest, öffnete sie und verschwand im Hausflur.

Ich setzte mich auf die Treppe zwischen Erdgeschoss und erstem Stock; Blut lief mir das Gesicht herunter – es war mir egal. Mit zitternden Händen zog ich mein Handy aus der Tasche und dachte: Ich springe. Ich suche mir ein Hochhaus, wo das Dach nicht abgesperrt ist, und stürz mich runter. Ich kann nicht mehr. Und dieses Mal nicht mal mehr, um sie zu ärgern, sondern weil ich wirklich nicht mehr will.

Als ich im Handy auf der Stadtkarte nach einem geeigneten Hochhaus suchen wollte, sah ich eine Nachricht von Jarik: »Ich bin in der Stadt, nicht weit von dir, wenn du mich brauchst, komme ich.« Ich antwortete: »Komm.« Und dann noch einmal: »KOMM.« In Großbuchstaben. Keine Ahnung, warum.

Ich ging raus und setzte mich auf eine Bank vor unserem Haus. Dann fiel mir ein, dass ich dort nicht warten konnte, weil Slawa jederzeit nach Hause kommen könnte, und dann würde alles noch schlimmer. Deswegen ging ich zum nächsten Park und schrieb Jarik, dass er dahin kommen sollte. Ich setzte mich wieder zum Warten hin. Dass ich ein Hochhaus suchen und springen wollte, hatte ich schon vergessen. Meine Gedanken überschlugen sich: Ich sterbe, ich sterbe nicht.

Leute starrten mich an. Ich stellte mir kurz vor, wie ich wohl aussah, und musste lachen: So tief war ich an einem Tag gesunken? Ich war doch gut erzogen, brav und höflich, hatte viele Bücher gelesen, war immer gegen Schimpfwörter und schlechte Angewohnheiten gewesen, hatte keiner Fliege was zuleide getan, außer Ilja, aber selbst das aus edlen Beweggründen. Und jetzt? Ich war gemein zu Jarik gewesen, hatte mich besoffen, die Eltern derb beleidigt und saß mit einem blutigen Gesicht im Park, schmutzig von mehreren betrunkenen Stürzen … Das alles sah mir so gar nicht ähnlich, dass ich anfing zu lachen, aber das Lachen ging in Weinen über, und am Ende lag ich auf der Bank und heulte.

Bis mir jemand durch die Haare fuhr, ich sah auf, und es war Jarik. Ich setzte mich auf, um ihm Platz zu machen, und merkte, dass ich mich gleich übergeben würde. Ich hatte mich noch nie übergeben, mir war nur manchmal vor Angst flau im Magen gewesen, aber dieses Gefühl war nicht zu verwechseln. Ich beugte mich schnell zum Mülleimer neben der Bank und kotzte alles aus.

Jarik holte Wasser und ein Kaugummi aus seinem Rucksack und hielt sie mir schweigend hin.

Während ich mir im Sitzen den Mund ausspülte, um diesen ekelhaften Geschmack loszuwerden, sah Jarik mich mit aufrichtigem Mitleid an. Manchmal fing ich seinen Blick ein und dachte mir: O Mann, schlimmer als jetzt kann ich wahrscheinlich gar nicht aussehen; er hat gerade zugeschaut, wie ich schmutzig, besoffen, blass, mit blutiger Nase in einen Mülleimer kotze; und trotzdem ist der bewundernde Blick und die Bereitschaft, bei mir zu sein, noch da. Warum? Sogar ich ekelte mich in dem Moment unendlich vor mir. Hätte ich mir selbst die Freundschaft kündigen können, ich hätte es getan.

»Warum kümmerst du dich um mich?«, fragte ich ihn geradeheraus.

»Meine Sache«, sagte er etwas mürrisch.

Nachdem ich mich übergeben hatte, fühlte ich mich gleich ein bisschen besser. Klarer. Die blinde Wut verging, und ich sah meine Handlungen in einem neuen Licht.

Ich sagte: »Damals, als du das Fähnchen in meinem Zimmer gesehen hast, dachtest du vermutlich, ich wäre schwul oder so.«

Jarik seufzte.

»Damals ja. Heute bin ich mir nicht mehr sicher.«

Ich dachte, dass ich ihm alles sagen konnte. Würde ich ihm sagen, dass ich vorhätte einen Terrorakt zu begehen, würde er mir wahrscheinlich sofort die Waffen besorgen.

Also sagte ich: »Ich bin nicht schwul, aber meine Väter. Ich habe zwei Väter.«

Er zuckte nicht mal mit der Wimper. Als würde man so was alle Tage hören. Er sah mich einfach weiter an, als fragte er sich, was ich noch zu sagen hatte.

Dann fuhr ich fort: »Siehst du das Blut? Das war einer der beiden.«

»Weswegen?«

»Ich hab ihm sonst was an den Kopf geschmissen«, sagte ich und fühlte mich wie bei der Beichte. »Dass sie mein Leben zerstört haben, dass ich lieber im Heim aufgewachsen wäre. Ich hab sie Schwuchteln genannt.« Ich holte tief Luft und fügte nach einer Pause hinzu: »Und Schwanzlutscher.«

Jarik schnalzte mit der Zunge, lächelte irgendwie bitter und schüttelte den Kopf. Ich glaube, das war die erste Geste der Missbilligung in meine Richtung, die ich von ihm sah.

»Normalerweise betrinken sich Leute, wenn sie etwas sehr Persönliches sagen, irgendein Geständnis machen wollen, aber zu große Angst haben«, sagte er. »Und du betrinkst dich, um einen Haufen Gemeinheiten zu sagen … Schäm dich …«

Er hatte recht. Und er war enttäuscht. Aber das war auch besser so: Solchen Mistkerlen wie mir sollte er nicht hinterherlaufen.

Aber er fragte wieder in dem alten fürsorglichen Ton: »Ist dir noch schlecht?«

»Ein bisschen.«

»Gehen wir zu mir. Ich mach dir Tee. Starker Tee hilft.«

Ich versuchte es mit einem Witz: »Woher weißt du das? Bist du Alkoholiker?«

Daraufhin lächelte er schwach. Uns war beiden nicht zum Lachen.

Bei ihm zu Hause tranken wir Tee, und er bemühte sich, mich abzulenken. Er erzählte, dass er gern Musik gemacht, aber sein Vater ihn im Schwimmverein angemeldet hätte, und jetzt wäre alles verkehrt … Ich hörte ihn wie aus der Ferne, als wäre da ein Druck auf meinen Ohren, ich hörte, was er sagte, aber ich konnte mich nicht konzentrieren.

Die Sonne ging langsam unter, und ich fragte: »Kann ich bei dir übernachten?«

Ich schämte mich zu sehr, als dass ich hätte nach Hause gehen können.

»Aber sag deinen Eltern Bescheid.«

Ich schüttelte den Kopf.

»Mach, sonst lasse ich dich nicht«, sagte Jarik streng.

Ich stand vom Hocker auf und ging zur Tür. Er griff nach meiner Hand, hielt mich zurück. Wahrscheinlich wusste er, dass ich sowieso nicht nach Hause gehen würde – ich hätte lieber unter einer Brücke geschlafen, als so nach Hause zu gehen.

»Ich ruf sie selber an. Gib mir die Nummer.«

Ich gab sie ihm nicht.

Aber Jarik ist ausgefuchst. Er wirkt nur so naiv, dabei hat er es faustdick hinter den Ohren. Er schrieb unserer Klassensprecherin und bekam Slawas Nummer trotzdem raus. Am Ende hat er selber angerufen.

Dafür freuten sich seine Eltern über mich. Offenbar hatte Jarik nicht viele Freunde.

Seine Mutter machte mir das Bett auf dem Fußboden. Aber wir konnten lange nicht einschlafen. Ich hörte, dass er auch nicht schlief, weil sein Atem schneller ging als bei jemandem, der schläft.

Deswegen fragte ich: »Warum schläfst du nicht?«

Er sagte: »Ich denke nach.«

»Worüber denkst du nach?«

»Über deine Eltern. Ich glaube, du bist ungerecht zu ihnen. Wenn ich solche Eltern hätte …«

Ich unterbrach ihn: »Du verklärst sie nur, weil du selber schwul bist.«

»Das meine ich nicht. Es geht mir gar nicht darum, dass sie schwul sind, sondern darum, dass sie dich so akzeptieren, wie du bist. Sogar so wie jetzt.«

»Wie kommst du darauf?«

»Denk doch mal selber nach. Du hast sie ›Schwanzlutscher‹ genannt und nur einmal eine reingekriegt. Schau doch nicht so, als wäre das ungerecht. Klar, ist es ungerecht! Sie hätten dir noch eine verpassen sollen. Du hast Ilja für viel weniger fast umgebracht.«

Dazu sagte ich nichts. Was sollte ich dazu sagen? Recht hatte er.

»Sag so was nicht mehr«, bat er. »Das macht dich schlimmer als Ilja. Der hat einfach nur so Blödsinn geredet, ins Leere, ohne jemanden zu meinen. Und du sagst so was über deine Familie.« Er drehte sich auf die andere Seite und fügte noch hinzu: »Ich schlafe jetzt, aber du bleib wach. Du darfst nicht. Denk drüber nach, was du ihnen morgen sagst.«

Ich blieb wach. Und dachte nach.

Die beste Entscheidung

Ich lag in meinem Zimmer und starrte an die Decke. Ich war gerade nach Hause gekommen, aber hatte nichts zu den Eltern gesagt. Slawa hatte mich reingelassen und auch nichts gesagt, mir nur mit einem merkwürdigen Blick nachgesehen, als ich in mein Zimmer ging. So, als würde er mich verstehen.

Er war es auch, der jetzt zu mir kam. Ich weiß noch, wie ich dachte: Es ist immer dasselbe, ich streite mich mit Lew, und zum Versöhnen kommt dann Slawa.

Er setzte sich zu mir und küsste mich auf die Stirn.

»Und?«, fragte er. »Was hat Lena getan?«

»Woher weißt du, dass sie es war?«

»Jarik hat am Telefon gesagt, dass es wegen ihr war, aber nichts Genaues.«

Ich kniff die Augen zusammen und sagte: »Sie ist lesbisch.«

Slawa war nicht überrascht.

»Den Gedanken hatten wir auch schon.«

»Sie hat mich nur benutzt, damit es keiner merkt …«

»Und um selbst nicht darüber nachdenken zu müssen«, beendete Slawa den Satz für mich. »Du weißt doch, warum.«

»Nein«, sagte ich ehrlich. »Weiß ich nicht. Ich habe sie oft genug wissenlassen, wie ich dazu stehe. Sie hätte keine Angst haben müssen, ehrlich zu mir zu sein.«

»Sie hatte Angst, ehrlich zu sich selbst zu sein, nicht zu dir. In unserer Gesellschaft, mit den ganzen Klischees und Vorurteilen, da will man es sich nicht mal selber eingestehen.«

Ich stützte mich auf den Ellbogen und sah ihn aufmerksam an.

»Warum verteidigst du ihre Hinterhältigkeit? Nur weil sie ›eine von euch‹ ist? Nur weil sie auch homosexuell ist?«

»Ich verteidige sie nicht.«

Ich fing an mich aufzuregen: »Tust du wohl. Du behauptest, das Problem wären die Vorurteile und die Gesellschaft. Aber in dieser Gesellschaft leben manche Leute ehrlich und benutzen niemanden, und andere … machen so was. Weil, wenn man nämlich ein Arschloch ist, wird man in jeder Gesellschaft eins sein.«

Slawa widersprach mir nicht. Er nickte sogar leicht, als stimmte er mir zu. Und sagte dann: »Mach dir keine Sorgen. Irgendwann passiert alles zum ersten Mal. Der erste Kater, die erste Liebe, die erste Trennung … Und bei dir ist alles auch noch so unglücklich zusammengefallen.«

Als er die letzten Worte gesagt hatte, brach ich in Tränen aus. Plötzlich tat ich mir selbst schrecklich leid.

Slawa brachte mir ein Glas Wasser und die Hälfte einer Tablette. Ich nahm sie, ohne zu fragen, was es war. Dann deckte er mich warm zu und legte meinen Kopf auf seine Knie, da fühlte ich mich so wohl und behütet, wie in der frühsten Kindheit, als ich noch sehr oft so dagelegen hatte. Mich umfing das Gefühl vollkommener Geborgenheit.

»Wird alles wieder gut?«, fragte ich flüsternd.

»Natürlich«, sagte Slawa. »Beruhig dich. Ich bin da. Ich werde immer da sein.«

Kurz bevor ich einschlief, hörte ich leise die Tür aufgehen. Eine Weile war es still, dann sagte Slawa gedämpft: »Na, was hast du denn erwartet? Wir haben einen Jungen …«

»Ist mir gar nicht aufgefallen«, sagte Lew genauso leise.

»Dachtest du etwa, die Elternschaft wird ein Spaziergang?«

Lew lachte nicht besonders fröhlich.

»Das hat eher was von einem Raubüberfall.«

Ich schlief den ganzen Tag durch, als ich aufwachte, war schon wieder Morgen. Noch nie hatte ich so lange geschlafen, und ich war erschrocken, als ich auf die Uhr sah. Als wäre ich aus dem Koma erwacht.

Die Eltern machten sich gerade für die Arbeit fertig. Ich steckte meine Nase in den Flur. Lew band sich vor dem Spiegel die Krawatte und sah mich nicht an. Im Spiegel sah ich, dass seine Lippen zusammengepresst, seine Augen schmal und kalt waren.

Als er mit der Krawatte fertig war, drehte er sich zu mir um.

»Wir haben was für dich, steht auf deinem Tisch. Schau es dir später an.«

»Pa …«

Er verzog das Gesicht, als hätte er Schmerzen, und unterbrach mich: »Vergiss es einfach nicht.«

Als sie weg waren, ging ich in mein Zimmer und fand auf dem Tisch eine Kiste vor. Sie sah aus wie ein Schuhkarton, nur war sie ganz weich, wahrscheinlich weil sie alt war, und ohne irgendeinen Aufdruck. Ich nahm sie in die Hände und drehte sie. An einer Seite klebte etwas: ein schief ausgeschnittenes kariertes Blatt aus einem Heft, jemand hatte anscheinend in großer Eile etwas draufgeschrieben.

Ich konnte es erst beim dritten Versuch entziffern:

»Wenn Miki bei dir bleibt, gib ihm die ganze Kiste. Wenn er bei Mama bleibt, nur das rosa Tagebuch (nicht das grüne!!!). Lies es zuerst und entscheide selbst, wann er es bekommen sollte. Hauptsache, er braucht es wirklich dringend. Ich hab dich lieb.«

Nachdem ich das gelesen hatte, stellte ich die Kiste sofort wieder auf den Tisch. Ich bekam Angst, ich schlotterte vor unerklärlicher Panik. Es war eindeutig von Mama, sobald ich es aufmachte, würde nichts mehr so sein wie früher. Ich würde etwas erfahren, das ich all die Jahre nicht gewusst hatte, und es würde mich für immer verändern. So was gab es oft in Filmen oder Büchern. Ich dachte sogar: Am besten mache ich die Kiste niemals auf, ich will nichts wissen.

Ich trat vom Tisch zurück, setzte mich aufs Bett. Starrte die unglückselige Kiste mehrere Minuten an. Ich konnte mich nicht dazu durchringen. Aber ich konnte es auch nicht lassen: Jetzt wusste ich ja, dass es sie gab, diese Kiste mit all ihren Geheimnissen.

Schließlich machte ich sie auf.

Drinnen war alles sorgfältig sortiert. Ganz oben lag ein Briefumschlag, auf dem geschrieben stand: Fang mit dem Brief an.

Ich holte tief Luft und nahm ihn mit zitternden Fingern.

Der Brief war mit exakten Buchstaben geschrieben, fast schon in Druckschrift.

»Hallo, mein lieber Sohn. Ich weiß nicht, wie alt du jetzt bist, und auch nicht, ob du dich an mich erinnerst. Wahrscheinlich nur noch ganz vage, aber das ist auch gut so.

Wenn du diesen Brief liest, heißt es, du lebst bei Slawa, und das freut mich sehr. Ich habe allen, meinen Freunden, Großmutter und Slawa gesagt, dass ich genau das möchte. Das war mein letzter Wunsch, und ich bin froh, dass man ihn mir erfüllt hat.

Ich möchte, dass du weißt, warum mir das wichtig ist. Vor allem ist es wichtig für dich. Wenn du mit Slawa und (wie ich sehr hoffe) dem Mann, den er liebt, aufwächst, wird das für dich eine nicht einfache, aber unschätzbar wertvolle Erfahrung. Auch wenn du das sicher manchmal anders sehen wirst, am Ende wirst du mir dankbar sein. Ich weiß, das klingt furchtbar, aber es ist wahr. Du wirst lernen, hinter die gesellschaftlichen Schablonen zu blicken und den wahren Menschen zu sehen, aber vor allem wirst du lernen, frei zu denken. Viele Menschen schaffen das ihr ganzes Leben nicht, aber du lernst es schon als Kind, auch wenn es sehr, sehr schwer sein wird, das ist es wert.

Großmutter liebt dich sehr, auch sie würde dich mit viel Liebe und Fürsorge erziehen, hab daran bitte keine Zweifel. Aber sie könnte dir nie beibringen, was du durch ein Leben mit Slawa lernst. Niemals. Mit ihr würdest du ein verbohrter Mensch werden, und das möchte ich nicht. Du hast großes Potenzial, weise zu werden.

Schade, dass ich das nicht sehen werde.

Lies bitte alles, was in dieser Kiste liegt. Vielleicht auch erst später, wenn dir danach ist.

Ich habe dich unendlich lieb, mein Mäuschen Miki. Du hast doch nicht aufgehört, dir deine wunderbaren Märchen auszudenken?

Deine Mama«

Schon in der Mitte des Briefs hatte ich angefangen zu weinen. Weil ich die Liebe spürte, mit der er geschrieben war und an die ich mich überhaupt nicht erinnern konnte. Und ich konnte nichts mehr machen, konnte diese Liebe nicht erwidern. Das war das Schlimmste daran und einfach zum Heulen.

In der Kiste lagen Tagebücher, ein rosafarbenes und ein grünes, und ein Stapel Fotos. Das rosafarbene war auf die Zeit datiert, als Mama etwa elf gewesen sein dürfte, und in dem grünen ging es um mich. Wie ich geboren wurde, wann ich das erste Mal gelächelt hatte, was mein erstes Wort gewesen war. Ich konnte es nicht lesen, aber ich blätterte es durch.

In dem grünen blieb ich aber an einem Eintrag hängen, der mit den Worten endete: »Ich möchte, dass die beiden meinen Sohn großziehen.« Vorher war es um Lew gegangen, Genaueres konnte ich nicht lesen, weil ich vor lauter Tränen nichts mehr sah.

Es gab viele Fotos, die meisten davon kannte ich nicht. Da waren welche, auf denen Mama noch ganz klein war, Kinderfotos von Slawa, von ihnen beiden, ein paar von mir allein und welche von Mama und mir zusammen.

Bis zum Abend blieb ich zu Hause, ging weder ans Telefon noch an die Tür, wartete nur auf die Eltern. Ich dachte, wenn Lew zurückkam, würden wir miteinander reden.

Aber dann sprachen wir nur ein paar Worte: »Hast du es gelesen?«

»Ja.«

»Tja ...«

»Verzeih mir, Pa«

»Und du mir.«

Wir haben uns nicht mal angesehen. Seltsamerweise war das zu schwer.

Vor dem Einschlafen blätterte ich noch einmal durch das

grüne Heft und vertiefte mich vor allem in die Einträge am Schluss, als Mama schon krank gewesen war.

In einem davon überlegte sie:

»… Vielleicht ist es sogar noch schwerer, in einer queeren Familie aufzuwachsen, als selbst schwul zu sein: Man hat dieselben Schwierigkeiten, aber man versteht nicht einmal, was man dafür kann. Trotzdem möchte ich so sehr, dass er mit humanen Werten aufwächst, dafür bin ich sogar bereit, seine unbeschwerte Kindheit zu opfern. Vielleicht ist das falsch, und ich bin eine schlechte Mutter? Ich weiß es nicht …«

Im Halbschlaf dachte ich mir noch: Danke, Mama. Das war die beste Entscheidung.

Wie ich den Sommer verbracht habe

Stück für Stück las ich das grüne Tagebuch, aber nicht chronologisch.

Mama konnte gut schreiben, sehr flüssig und schön. Mir kam sogar die Ahnung, dass Talente vererbt werden. Und der Gedanke, dass ich von Mama nicht nur ihre Haar- und Augenfarbe hatte, sondern ein ganzes Talent, gefiel mir sehr.

Ich las auch, wie sie erfahren hatte, dass Slawa schwul war. Er war damals dreizehn, wie ich zu der Zeit.

Und ich erfuhr, dass sie an Gott geglaubt hat, denn sie schrieb:

»Ich glaube, Menschen interpretieren Gottes Entscheidungen falsch. Ich denke, er hat mir so einen Bruder geschickt, damit ich lerne zu verstehen, zu akzeptieren und sogar zu lieben, was mir früher seltsam vorkam. Heute weiß ich, dass es nicht seltsam ist. Ich kenne meinen Bruder seit seiner Geburt. Wie könnte ich je etwas Schlechtes von ihm denken?«

Und etwas weiter unten:

»Ich denke, es gibt in jeder Familie einen solchen Menschen, der uns besser macht. In unserer Familie ist es Slawa, aber Mama wird ihn wahrscheinlich nie verstehen. Sie glaubt zu sehr daran, was andere Leute sagen.«

Über diesen Eintrag musste ich lächeln und dachte ohne Groll: Ich hab also gleich die doppelte Portion, die volle Ladung guten Einfluss abbekommen.

Die Eltern sagten, ich müsste zu einem anderen Therapeuten. Nicht zu der Schulpsychologin. Wir fuhren in ein Ärztezentrum, wo an einer Tür das Schild »Psychiaterin« prangte. Als würde ich den Unterschied nicht kennen.

Das machte mich ein bisschen sauer, aber ich ließ mir nichts anmerken. Im Wartezimmer fragte ich Slawa: »Was soll ich sagen, wenn sie mich fragt, weswegen ich hier bin?«

»Gibt es denn nichts, das dir Sorgen macht?«

»Nein.«

»Und die Situation mit Lena?«

Ich zuckte mit den Schultern. Was sollte mir da Sorgen machen? Es war vorbei.

Aber als ich reinkam, wurde mir gleich klar, dass die Eltern schon mit ihr über mich gesprochen hatten, weil ich gar nicht nach Gründen gefragt wurde. Es war eine Frau, die sehr ruhig und nett mit mir sprach – wahrscheinlich bringt man das Seelenklempnern so bei. Die Schulpsychologin redete genauso.

Sie fragte, wie ich mich fühlte. Ich sagte, okay. Sie fragte, ob ich ihr etwas erzählen wollte. Ich sagte, nein, aber dann fiel mir ein, dass Slawa Lena erwähnt hatte. Also erzählte ich ihr von Lena. Ich dachte erst, ich könnte es kurz machen, in ein, zwei Sätzen alles sagen, aber dann rissen alle Dämme. Ich fing an und konnte nicht mehr aufhören: Ich ließ nichts aus, von dem Tag, als wir uns kennengelernt hatten, bis zu dem, was sie mir angetan hatte.

Die Therapeutin fragte, ob ich wütend wäre, ich sagte, nein.

Dann fragte sie: »Vielleicht zeigst du deine Wut nicht, aber innerlich fühlst du sie trotzdem?«

Plötzlich sagte ich: »Ich hasse sie.«

Die Therapeutin nickte, als hätte sie genau das hören wollen.

»Ich hasse sie«, wiederholte ich. »Heute Nacht habe ich davon geträumt, wie ich sie zusammenschlage.«

»Und wie?«

»Ich war Weltmeister im Boxen und Russlandmeister im Sambo und habe so heftig auf sie eingeschlagen, dass ich hören konnte, wie ihre Knochen brechen.« Das klang so furchtbar in dem stillen Raum, dass ich, erschrocken über meine eigenen Worte, sofort hinzufügte: »In Wirklichkeit würde ich so etwas nie tun.«

Sonst denkt sie noch, ich wäre verrückt oder einer von denen, die als Erwachsene ihre Frauen schlagen. Andererseits: Woher soll ich wissen, dass ich nicht so einer bin? Ich weiß ja selbst nicht, wozu ich fähig bin.

Auf einmal fragte sie nach meinen Eltern, und wie sich herausstellte, wusste sie, dass sie schwul waren. Sie fragte, ob es schwer wäre, unter solchen Umständen zu leben.

»Wenn mich jemand nach meiner Familie fragt, kann ich aus dem Stegreif das Blaue vom Himmel lügen. Ich bin es so gewohnt, ich werde nicht mal mehr rot.«

»Bist du auch auf deine Eltern wütend?«, fragte sie.

»Kommt drauf an. Manchmal verstehe ich sie. Und manchmal denke ich Sachen über sie, dass es mir vor mir selber graut.«

Ich meinte die Momente, wenn ich sie als »Schwuchteln« und mit noch schlimmeren Wörtern beschimpfte. Aber ich ließ die Erklärung bleiben.

Danach machten wir totalen Schwachsinn: Ich malte meine Wut als Monster und musste erzählen, wo in meinem Körper dieses Monster wohnte und welche Eigenschaften es hatte. Ich konnte kaum erwarten, dass die Stunde um war. Den Eltern sagte ich, es wäre okay gelaufen.

Ich meldete mich weiter regelmäßig beim Bezirkspolizisten, und der verdonnerte mich, zu einem Vortrag über HIV zu gehen. Das blieb mir noch lange in Erinnerung, weil ich danach auf dem Weg nach draußen mitbekam, wie eine der Veranstalterinnen Jugendlichen erklärte: »HIV ist unter Homosexuellen besonders verbreitet, weil sie nicht treu sein können.«

Ich mischte mich ein: »Elton John ist verheiratet.«

Woraufhin sie sagte: »Das mag sein, aber wir wissen nicht, wie sie zusammenleben. Sogar wenn Homosexuelle als Paar leben, haben sie meist offene Beziehungen. Solche Menschen sehen im Betrug nichts Schlechtes …«

Ich wurde wütend und steuerte die Tür an, im Vorbeigehen streifte ich die Frau wie aus Versehen mit der Schulter, aber es war natürlich mit Absicht.

Auf dem Heimweg versuchte ich, an die guten Dinge über meine Eltern zu denken: unsere gemeinsamen Ausflüge, wie die beiden den Valentinstag feierten oder ihre lustigen Kabbeleien – aber diese dummen Worte über Treue und HIV wollten mir nicht aus dem Kopf. Ich wurde sie einfach nicht wieder los. Ich dachte: So ein Unsinn, sie sind seit zehn Jahren zusammen, das hat doch nichts mit ihnen zu tun! Und trotzdem hatten sich diese Worte in meinem Kopf verfangen und bewegten sich weder vor noch zurück.

Den Rest des Sommers hing ich komischen Grübeleien nach. Aber ganz egal, woran ich dachte, am Ende landete ich bei Lena und stellte mir schon wieder vor, wie ich sie zusammenschlug. Dann fiel mir der Vortrag über HIV ein, und ich überlegte, ob Lena nicht an Aids sterben könnte. Bei der Vorstellung fühlte ich mich besser und hörte sogar auf, sie in Gedanken zu verprügeln.

Ich wollte wieder anfangen zu schreiben, aber es klappte nicht. Am Ende machte mir nichts mehr Spaß. Ich hörte mit dem Theater und dem Musikunterricht auf; ich ging nur noch zur Therapeutin, zum Basketball und schlug auf die Boxbirne ein, weil es mich davon abhielt, auf Menschen einzuschlagen.

Großmutter lamentierte, ich würde den Sommer verschwenden, und warf mir vorwurfsvolle Blicke zu. Oder noch schlimmer – sie sagte Dinge wie: »Mein Vater hat es mit vierzehn durch eine List geschafft, in den Krieg zu ziehen …«

Ich verstand nicht, worauf sie hinauswollte. Sollte ich in irgendeinen Krieg ziehen? Ich war doch längst im Krieg, nur wusste sie nichts davon.

Aber sobald ich sie was Ernstes fragte, über Frauen zum Beispiel (ich hatte ja sonst niemanden zum Fragen, meine Eltern hatten von Frauen keine Ahnung), hieß es gleich, ich sollte mich auf die Schule konzentrieren, anstatt über Unsinn nachzudenken. Und dann wieder – ab in den Krieg. Erwachsene haben gut reden. Mit ihren Anweisungen wie: »Du musst ein richtiger Mann sein, du musst dich im Griff haben, du musst dich zurückhalten, du musst anständig sein, du musst …«

Dabei wissen sie selbst nicht, was das heißen soll.

Jarik war der Einzige, von dem ich kein »du musst« zu

hören bekam, deswegen verbrachte ich die meiste Zeit mit ihm. In dem Sommer war er oft bei uns und brachte mir bei, Kekse und Muffins zu backen. Einmal fragte ich ihn, woher er das alles konnte, und er erwiderte, er hätte es sich selbst beigebracht, nach Rezepten.

»Wozu?«, wollte ich wissen.

Plötzlich wurde sein Blick irgendwie trübe, er sagte, seine Mutter wäre krank und könne deswegen oft nicht kochen.

So war das also. Da denkt man, Jarik wäre einfach Jarik und alle anderen einfach alle anderen, dabei geht jeder abends in sein eigenes Unglück heim, von dem man gar nichts ahnt.

Eigentlich waren wir ganz gut befreundet, redeten über alles Mögliche, und ich lachte sogar. Aber immer wenn ich lachte, fühlte ich, dass alles irgendwie nicht echt war. Ich war hier, neben ihm, aber in Gedanken dennoch ganz weit weg.

Im September kam ich in die siebte Klasse, außerdem kamen Pelageja und Roma mit ihrer Dreijährigen Julja zu Besuch. Diese Julja war für mich nicht zu ertragen, sie lief in verschiedenfarbigen Socken herum und erinnerte mich an Lena. Trotzdem musste vor allem ich mit ihr spielen.

Einmal waren wir am Spielen, während die Eltern im Wohnzimmer irgendwelchen Papierkram machten und tuschelten, das Einzige, was ich heraushörte, war: Kanada, Kanada. Julja machte auch noch Krach. Ich schlug ihr vor, »Stille« zu spielen, aber sie schaffte es gerade mal fünf Sekunden, in denen ich wieder nur Kanada hörte, aber dann verkündete sie: »Du fährst bald nach Kanada, jaha! Das ist ganz weit weg, da muss man mit einem Flugzeug hin, so wie wir hierher.«

»Wer sagt denn so was?«

»Mama.«

Da beschloss ich, die konspirativen Unterredungen zu sprengen. Ich ging zum Wohnzimmer und stellte mich in die Tür, sie wurden still und hörten kurz mit dem Papierkram auf. Alle sahen mich irgendwie … merkwürdig an. In letzter Zeit sahen mich alle Erwachsenen immer so merkwürdig an, irgendwie mitfühlend. Als wäre ich schwer krank und täte ihnen furchtbar leid.

»Ihr fahrt nach Kanada?«, fragte ich die Eltern.

»Wir alle«, verbesserte mich Lew.

»Ihr«, sagte ich scharf. »Gute Reise.«

Ich ging zurück zu Julja und hörte Pelageja noch sagen: »Er ist aber streng.«

So schnell konnte ich mir gar keine Meinung bilden. Also entschied ich: Sollen sie doch fahren, aber ohne mich, ich will nirgendshin. Dann wohne ich eben bei Großmutter, ich werde es schon überleben.

Slawa kam rein, nahm Julja auf den Arm und trug sie ins Wohnzimmer, dann kam er wieder und zog die Tür hinter sich zu.

»Habt ihr das schon lange entschieden?«, fragte ich als Erster.

Er stritt nichts ab: »Ja, vor einer Weile.«

»Und warum weiß ich nichts davon?«

»Zuerst wegen Lena, weil ihr zusammen wart. Wir hatten Angst, dass du dich nicht von ihr trennen willst. Und jetzt habt ihr euch getrennt, aber …« Er stockte.

»Aber?«

»Du bist gerade etwas instabil. Arina Wassiljewna sagt, du kannst gerade keine zusätzlichen Belastungen gebrauchen.«

Arina Wassiljewna war die Therapeutin. Sieh an, »etwas instabil«, die hat also auch Mitleid mit mir.

»Das geht alles nicht so schnell, Miki«, sagte Slawa wie zu seiner Verteidigung. »Noch fahren wir nirgendshin. Nicht dieses und nicht einmal nächstes Jahr.«

Ich sah ihn an und sagte mit letzter Kraft: »Ich verstehe, warum ihr diese Entscheidung getroffen habt, ich verstehe auch, warum das für euch notwendig ist. Ich unterstütze euch.«

Ich rang mir sogar ein Lächeln ab.

Er ging wieder, erfreut darüber, dass ich etwas so Erwachsenes und Kluges gesagt hatte, aber bei mir waren alle Ressourcen aufgebraucht. Ich konnte nur noch heulen. Und mir denken: Hoffentlich zieht sich das Ganze so lange, bis ich achtzehn bin, dann muss ich nirgendshin.

Ein Messer und Aspirin

Im Herbst kauften mir die Eltern einen Welpen. Einfach so, ohne Grund, ich hatte nie um einen Hund gebeten. Ich glaube, das sollte eine Erziehungsmaßnahme sein, um mir beizubringen, geduldig, fürsorglich und liebevoll zu sein.

Weil ich die psychologische List dahinter witterte, wurde ich wütend. Ich sagte, die könnten selber mit ihm Gassi gehen und ihn füttern, ich hätte mich nie um einen Hund gerissen.

Lew entgegnete ruhig: »Du stehst jeden Morgen um sechs auf und gehst mit ihm Gassi.«

»Mach ich nicht.«

»Doch, tust du.«

»Nein.«

»Doch«

»Wieso sollte ich?«

»Weil ich dein Vater bin und es dir sage.«

Ich wollte schon erwidern, dass er nicht mein Vater war, aber ich riss mich zusammen: Wozu auch? Damit es wieder bis zur Prügelei kommt? Ich schwieg und dachte mir, dass der Hund gleich beim ersten Gassigehen »weglaufen« würde.

Als könnte Lew Gedanken lesen, drohte er: »Wenn dem Hund etwas zustößt, ziehe ich dir das Fell über die Ohren.«

Nach dieser Aussage wollte ich ihm erst recht was antun. Aber da meldete sich mein Gewissen: So einer bin ich doch nicht. Ich bin doch kein Tierquäler. Und an genau die gerät er sicher, wenn ich ihn einfach draußen lasse.

In dem Moment fiel mir auf, dass ich wohl doch noch nicht komplett verbittert war, das war gut. Ob ich wohl komplett verbittern werde, wenn ich erwachsen bin?

Ich musste wirklich mit dem Hund rausgehen, ihm die Pfoten sauber machen, ihn füttern … Es nervte mich, aber ich konnte mich nicht überwinden, es zu lassen. Manchmal war mir, als fiele ich immer tiefer in ein Loch, in dem ich ganz zu verschwinden drohte, und als Erwachsener würde ich dann ein aggressiver und brutaler Mensch, jemand, der einen anderen umbringt, ohne mit der Wimper zu zucken. Deswegen musste ich mich mit aller Kraft an jede noch so kleine Gelegenheit klammern, nicht in meiner Aggression zu versumpfen: Ich kümmerte mich also weiter um den Hund, ich hasste ihn, ich wollte ihn schlagen, aber ich schlug die Boxbirne oder trat gegen Mülleimer, wenn die Wut mich draußen überkam.

Eine ganze Woche gab ich ihm keinen Namen, nannte ihn einfach Hund. Dann entschied ich mich für Sam.

Meine Eltern wollten wissen, wieso Sam.

»Weil es genderneutral ist«, sagte ich. »Wenn er groß ist, kann er selbst entscheiden.«

Und ich landete bei Selbstverletzungen.

Einmal riss sich Sam bei einem Spaziergang von der Leine und jagte einer Katze nach. Als ich ihn eingeholt hatte, verpasste ich ihm im Zorn einen Hieb mit der Leine. Er jaulte auf, und ich fühlte mich sofort so schuldig, dass ich um Verzeihung bat. Das nächste Mal, als ich ihn schlagen wollte, schlug ich mich selbst. Meistens schlug ich mit den Fäusten gegen die Wand, bis meine Finger taub waren, ein paarmal schnitt ich mich auch an den Schultern, dort, wo es niemand sah.

Ich mochte Sam nicht, aber er liebte mich von Anfang an. Wenn ich ihm nach dem Gassigehen die Pfoten wusch, leckte er meine aufgeschlagenen Fingerknöchel. Einmal hielt ich es nicht aus, ich fing an zu weinen und fragte: »Warum machst du das? Ich mag dich nicht. Ich bin schlecht und böse.«

Aber ihm war das egal. Ich weiß nicht, warum mich diese Geste so fertigmachte. Wahrscheinlich weil Hunde einem aus Dankbarkeit die Hände ablecken und ich keine Dankbarkeit verdiente – ich war der letzte Dreck.

Ich holte ihn aus der Badewanne und ging zum Heulen in mein Zimmer. Sam tapste mir hinterher, sprang aufs Bett und legte den Kopf auf meine Knie.

»Ich will nicht mehr leben«, schluchzte ich.

Er sah mir in die Augen. Dort, wo er lag, breitete sich an meinen Knien wohltuende Wärme aus … nur dort war noch etwas Leben, der Rest wollte am liebsten tot sein.

Vielleicht sollte ich sterben … Soll ich sterben?

Was ist mit meinen Eltern? Natürlich wären sie traurig, aber letztlich wird der Mensch mit jedem Verlust fertig. Außerdem würde ich ihnen damit einen Gefallen tun. Ich wusste ja, wie schwer sie es mit mir hatten, vor allem in letzter Zeit. Und dann noch dieses Kanada … Wenn sie ohne mich fahren, plagt sie ewig das schlechte Gewissen, dass sie mich im Stich gelassen haben, weil ich nicht mitgekommen bin. Und wenn ich tot bin, ist es sogar ganz praktisch.

Und außer meinen Eltern braucht mich sowieso niemand. Jarik vielleicht? Der ist verliebt oder einfach nur seltsam, aber diese Anhänglichkeit wird vergehen. Wenn ich sterbe, umso schneller.

»Du hast die Welt noch nicht gesehen, du kennst das Leben gar nicht«, sagte ich zu mir selbst. Und erwiderte sofort: »Ja und? Will ich auch gar nicht, scheiß doch drauf.«

»Du hast noch nie geküsst und Sex gehabt, du wirst nie erfahren, wie das ist.« – »Hm, ja, schade.«

Bei dem Gedanken stürmte ich in die Küche, um das schärfste Messer zu holen. Sam fiepste auf, weil ich ihn so plötzlich heruntergestoßen hatte, tippelte mir aber gleich beunruhigt hinterher.

Ich dachte nur, was für ein Scheiß, total daneben. Wenn die einzigen Argumente fürs Leben Küssen und Sex sind, dann ist das Leben echt nichts wert. Weiterleben nur für Sex? Zum Teufel nein, wer bin ich denn, um mich auf solche Kompromisse einzulassen?

Aber mit dem Küchenmesser in der Hand erstarrte ich. Wie sich herausstellte, war es gar nicht so einfach, sich die Pulsadern aufzuschneiden – es war unheimlich. Ich konnte es nicht.

Von der Einsicht in meine eigene Feigheit und Unfähigkeit, wenigstens den Tod auf mich zu nehmen, musste ich heulen, ich dachte daran, wie sehr ich mich hasste, mich als Ganzes, aber vor allem meine Hände, die es nicht mal hinkriegten, diese eine verhängnisvolle Bewegung zu machen und dem Ganzen ein Ende zu setzen.

Ich brauchte etwas Einfacheres. Etwas, das keine schmerzhafte Aktion erforderte. Ich ging zu dem Regal, wo die Medikamente gelegen hatten, als ich krank gewesen war, aber da war nichts mehr außer ein paar Lutschtabletten und zwei Blistern Aspirin. Und das in einer Arztfamilie! Verdammt.

Ich griff nach dem Aspirin, ohne zu wissen, wozu, mir war schon klar, dass, selbst wenn ich die Tabletten alle nähme, ich wohl kaum daran sterben würde.

Ich setzte mich ins Wohnzimmer und googelte, ab wie viel Aspirin man stirbt, aber die Antwort kam direkt durch die Tür: Im selben Augenblick drehte sich der Schlüssel im Schloss. So kann es gehen: Ein Mensch kommt genau zum falschen Zeitpunkt zu früh von der Arbeit. Oder zum richtigen?

Nach dem Notdienst kam Lew immer eher nach Hause, das hatte ich vergessen.

Er sah mich flüchtig an und ging in die Küche, um ein Wasser zu trinken. Ich war wie gelähmt. Das Messer und die Tabletten lagen vor mir. Ich könnte natürlich versuchen, mich rauszureden …

»Hast du Kopfschmerzen?«, warf er mir aus der Küche gleichsam einen Rettungsanker zu.

»Ja«, sagte ich, aber meine Stimme hatte verräterisch gezittert.

Nicht schon wieder heulen …

Lew hatte das Zittern offenbar bemerkt und kam zu mir ins Wohnzimmer. Er blieb in der Tür stehen und sah mich eine Weile von dort an. Ich weinte noch nicht völlig offensichtlich, aber meine Augen brannten immer mehr, als würden sie mit etwas Heißem überflutet.

Er betrat das Zimmer und blieb unweit von mir stehen, direkt gegenüber.

»Wolltest du sterben?«

In dieser Frage, die eigentlich ruhig geklungen hatte,

fühlte ich so viel Enttäuschung und Bitterkeit, dass ich mich sehr schämte, außerdem war mir, als hätte ich etwas Wichtiges verloren, mein altes Selbst, mich, vor all dem Schlechten, und ich wusste nicht einmal, wann es passiert war und wie ich zu mir zurückkehren könnte.

Meine Fäuste waren fest zusammengeballt. Lew kam näher, nahm meine Hände und öffnete sie.

»Komm her.« Er zog mich sanft mit sich, ich stand auf.

Wir setzten uns auf die Couch, er legte seinen Arm um mich, und ich drückte die Stirn gegen seine Schulter. Er schwieg eine Weile, dann sagte er: »Früher habe ich auch oft daran gedacht. Aber ich konnte mich nicht entschließen, es zu tun.«

»Warum nicht?«, fragte ich, ohne den Kopf zu heben.

»Es wäre schade, so viel zu verpassen. Dann hätte ich Slawa nie getroffen. Vielleicht würdest du jetzt mit irgendeinem anderen Typen zusammenwohnen. Stell dir vor, er wäre ein noch größerer Idiot als ich«, bei den Worten lachte Lew.

Aber, den Kopf gegen seine Brust gedrückt, konnte ich hören, wie sein Herz pochte. Ihm war überhaupt nicht nach Lachen zumute. Er versuchte nur, ruhig zu bleiben, damit ich mich beruhigte.

Ich half ihm, indem ich zurückscherzte: »Das geht?«

»O ja«, sagte Lew. »Ich bin wenigstens charmant.«

Ich lachte, diesmal richtig. Er drückte aufmunternd meine Schulter und sagte: »Ich weiß, dass du dich gerade schlecht fühlst. Ich werde dich auch nicht anlügen und sagen, dass es morgen besser wird, oder in einem Jahr, oder in zwei. Ich sage dir ehrlich: Ich weiß nicht, wann es besser wird. Aber es bleibt nicht dein ganzes Leben so. Meine dreißig Lebensjahre …«

»Du bist keine dreißig«, unterbrach ich ihn. »Du bist viel älter.«

»Ich habe ein bisschen abgerundet … Also, meine dreißig Jahre fühlen sich überhaupt nicht an wie dreißig. Seitdem ist so viel passiert, was ich mir niemals hätte vorstellen können. Dir wird es genauso gehen, das ist sicher. Vielleicht hast du schon in zehn Jahren eine Frau und auch so eine Nervensäge. Und vielleicht schaffst du es sogar, ein nicht ganz so verkorkster Vater zu sein wie ich.«

»Glaub ich nicht«, schnaufte ich. »Slawa sagt, wir sind uns ähnlich.«

»Auch gut«, stimmte Lew zu. »Gibt Schlimmeres. Ich bin wenigstens charmant.«

Wir lächelten uns unbeholfen an, plötzlich drückte er mich ganz fest an sich.

»Miki, du Dummerchen … Du bist doch das Wertvollste, was wir haben.«

Ich verstand, dass er keine Kraft mehr hatte, Scherze aus sich herauszuquetschen. Und dass das einer der ehrlichsten Momente in unserer Beziehung war.

Ich kniff die Augen fest zusammen, damit mir nicht die Tränen kamen, und flüsterte: »Tut mir leid.«

»Ich hab dich lieb«, sagte er und ließ mich langsam los. Dann schaute er mir in die Augen und fügte noch hinzu: »Mehr als alle anderen auf der Welt.«

Da sah ich, dass seine Augen genauso feucht waren wie meine. Das erstaunte und erschreckte mich gleichermaßen. Lew und Tränen … Das passte nicht zusammen, ich war mir sicher gewesen, dass er nicht einmal bei seiner Geburt geweint hatte.

Was musste ich ihm für eine Angst eingejagt haben, dass diese unerschütterliche Felswand plötzlich einbrach?

»Du hast nichts gesehen«, sagte er und wischte sich mit dem Ärmel schnell über die Augen.

»Man muss sich nicht für seine Tränen schämen«, platzte ich heraus.

Aber als ich seinen skeptischen Blick bemerkte, ruderte ich gleich zurück: »Ich habe nichts gesehen.«

Er umarmte mich noch einmal, und ich dachte, dass etwas sehr Wichtiges geschehen war. Jetzt musste es uns beiden miteinander deutlich besser gehen.

Nehmt mich mit

Nach dem nicht zustande gekommenen Suizidversuch wurde mein Verhältnis zu den Eltern wieder inniger und ruhiger, aber dafür ging alles andere den Bach runter, und zwar rapide. Die Schule wurde zu einer unerträglichen Herausforderung, so ziemlich alles konnte mich aus dem Gleichgewicht werfen: der Lärm in der Klasse, der Schrei eines Lehrers, das Scheppern der Schulglocke. Anfangs fühlte ich Aggression in mir aufsteigen, aber weil ich sie dort, in der Schule, nicht rauslassen konnte, atmete ich tief ein und aus und dachte an was Schönes – dann legte sie sich wieder. Anfangs war ich froh, ich glaubte, ein Mittel gefunden zu haben, mit dem ich mich unter Kontrolle hätte, aber schon bald wurden die Anfälle der unterdrückten Wut von Panikattacken abgelöst, mit Luftnot, Herzrasen irgendwo auf Höhe der Kehle und der Unfähigkeit, mich auf irgendetwas zu konzentrieren.

In diesem vorpanischen Zustand verbrachte ich alle sieben Schulstunden: Ständig zitterten meine Hände, mein Herz raste, und ich hatte die ganze Zeit das Gefühl, dass mich gleich eine Attacke überrollt, und dann wüssten alle, dass ich wirklich verrückt war.

Meine Noten wurden immer schlechter. Ich hatte Mühe zu verstehen, was die Lehrer von mir wollten, weil die Information wie gedämpft bei mir ankam. Die Geräusche und Bilder um mich herum waren stumpf wie bei alten Filmaufnahmen.

Es war gerade mal die zweite Septemberwoche, als ich eines Morgens aufwachte und begriff, dass ich auf keinen Fall zur Schule gehen konnte. Eher wollte ich sterben, als mich noch einmal dazu zu zwingen, mich in den Klassenraum zu setzen und stundenlang diese erstickenden, mich in den Wahnsinn treibenden Anfälle zu ertragen.

Meine Eltern und ich verließen das Haus etwa zur selben Zeit, deswegen tat ich so, als würde ich zur Schule gehen, stattdessen stieg ich in den Bus und fuhr in irgendeinen anderen Bezirk, wo ich dann umstieg und wieder zurückfuhr.

Das machte ich eine Woche lang. Jarik schickte mir Nachrichten, warum ich nicht in der Schule sei, ich gab den Wichtigtuer: »Scheiß auf Schule, wenn ich nicht will, dann geh ich nicht«, während ich in Wirklichkeit nirgendwo mehr hingehen konnte.

Anfangs fühlte ich mich in den Bussen besser, ruhiger als in der Schule, aber schon bald musste ich einsehen, dass es in Russland keine ruhigen Fahrten gab: Irgendwer musste immer streiten, Krach machen, rumschreien, und das alles vor dem Hintergrund von heulenden Kindern, deswegen verfolgten mich die Anfälle bald überall.

Bis ich am Ende gar nicht mehr aus dem Haus konnte. Das Leben außerhalb der Wohnung hatte was von Kriegshandlungen bekommen. Ich versuchte, es vor allen anderen zu verbergen, aber irgendwann wurde mir klar, dass ich der Therapeutin davon erzählen sollte. Dafür waren Therapeuten doch vermutlich da.

Ich erzählte ihr alles über die Aggression, die Selbstverletzungen, die Panikattacken, die Unfähigkeit, das Haus zu verlassen. Arina Wassiljewna hörte zu und bat mich, mit Slawa wiederzukommen. Das machte ich. Am Ende redeten nur die beiden in ihrem Büro, während ich im Flur warten musste. Wie ich diese Angewohnheit von Erwachsenen hasse, einen vor der Tür stehenzulassen und über dich zu tuscheln.

An dem Tag begann meine Reise durch das Krankenhaus, in dem Lew arbeitete: Erst wurde mir zweimal Blut abgenommen, dann machte man einen Ultraschall der Schilddrüse, danach kam ein MRT. Mit dem gab es am meisten Schwierigkeiten: Man steckte mich in eine Röhre, in der ich mir vorkam wie in einem Sarg und sofort anfing zu weinen und zu betteln, dass man mich wieder rausholte. Daraufhin brachte mich Lew in ein anderes Stockwerk, wo es keine Röhre gab, sondern nur ein Riesending, das von oben direkt vor mein Gesicht gehängt wurde. Auch da drunter bekam ich Panik und fing an zu weinen, aber immerhin gab es zu den Seiten hin ausreichend Platz, dass Lew neben mir sitzen und meine Hand halten konnte. Das beruhigte mich, und ich hielt knapp zehn Minuten ohne ruckartige Bewegungen durch, trotz Anfällen von blankem Horror.

Eigentlich machte mir an diesem Tag fast alles Angst. Ich war noch nie in meinem Leben solchen Eingriffen ausgesetzt gewesen: Mir war weder Blut abgenommen noch war ich je mit einem Sensor abgetastet worden. Nur ein Lungenröntgen musste ich mal machen, weil das in der Schule vorgeschrieben war, den Rest erlebte ich zum ersten Mal. Das MRT hatte am einfachsten ausgesehen, du liegst nur da, keiner fasst dich an, aber wie sich herausstellte, ertrug ich keine geschlossenen Räume. Das hatte ich von mir nicht gewusst.

Offenbar war ich gesund, meine Blutwerte nahezu perfekt. Ich dachte schon, damit wäre die Sache erledigt, aber nach den Tests verschrieb mir die Therapeutin Medikamente. Ich googelte die Namen und erschrak: Ich wollte nichts nehmen, was mein Bewusstsein veränderte. Ich unternahm ein paar Versuche, mich zu weigern, und Slawa hatte fast schon zugestimmt, aber Lew sagte: »Soweit ich weiß, behandelt man Krankheiten mit Medikamenten.«

Meine Einwände führten nur dazu, dass wir uns mal wieder heftig stritten. Am Ende legte ich mir einen Plan zurecht: Die Medikamente mussten morgens und abends eingenommen werden, also versteckte ich die Tablette unter der Zunge und ging ins Bad, wo ich sie in den Abfluss spuckte. Aber sie löste sich schnell auf und schmeckte bitter, deswegen putzte ich mir fünf Minuten lang die Zähne, um sicherzugehen, dass ich wirklich nichts verschluckte.

Meine Eltern zweifelten nicht daran, dass ich die Tabletten nahm, aber ich tat es nicht, und es ging mir auch nicht besser. Ich lebte weiterhin im festen Glauben, ich würde selbst damit fertig, ich müsste mich nur ein bisschen beruhigen, mich zusammenreißen, morgen würde ich zur Schule gehen und …

… schaffte es wieder nicht.

Ich bat die Eltern, mich zum Hausunterricht umzumelden. Lew war dagegen: »Willst du dich hier komplett vergraben?«

»Aber ich kann nicht …«

»Du gehst auch so schon nicht aus dem Haus und hast zu niemandem Kontakt.«

Da mischte sich Slawa ein: »Ich denke, seine Gesundheit geht vor.«

»Eine soziale Anpassungsstörung ist auch eine Krankheit«, widersprach Lew.

Am Ende einigten wir uns darauf, dass ich nur bis zum Ende der siebten Klasse Hausunterricht bekommen und in der Zeit alles daran setzen würde, gesund zu werden, aber zum Basketball müsste ich weiterhin. Das war der Kompromiss.

Als Großmutter davon erfuhr, gingen die Vorwürfe los: »Bist du schon so faul geworden, dass du nicht mal mehr zur Schule willst …«

»Das hat medizinische Gründe«, erwiderte ich leise, aber bestimmt.

»Welche medizinischen Gründe!«, rief sie. »Was sind das denn für Krankheiten? Menschen haben den Krieg und die Neunziger überstanden, ohne krank zu werden, und der lebt hier in Verhältnissen wie im Gewächshaus und fühlt sich plötzlich nicht gut!«

Ich biss die Zähne zusammen, um nicht loszuweinen. Slawa kam ins Zimmer und führte Großmutter schweigend in den Flur. Dort sagte er leise etwas zu ihr.

»Das ist doch alles Unsinn!«, erwiderte Großmutter.

Slawa sprach leise weiter, während Großmutter wieder in voller Lautstärke entgegnete: »Schon gut, dann rede ich eben nicht mehr mit ihm darüber! Er soll bloß nicht heulen! Was ist das denn für eine Erziehung? Ein Wort, und er flennt! Dabei zieht ihn eigentlich ein Mann groß! Aber du bist ja selbst nicht besser, mit deinen Ohrringen wie eine Prinzessin …«

Sie sprach mich wirklich nicht mehr darauf an. Sie kam nur rein und bat mich, zu ihr mitzukommen und einen

Nagel einzuschlagen, damit sie ihre neue Wanduhr aufhängen konnte. Ich ging mit, bei dem Unterfangen schlug ich mir gleich viermal mit dem Hammer auf die Finger, ließ mir aber nichts anmerken, um mir nicht schon wieder einen Vortrag über meine Erziehung anhören zu müssen.

Die nächste Erziehungsmaßnahme kam von meinen Eltern. Zumindest erscheint es mir heute als eine solche. Slawa schlug vor, wohin zu fahren. Er sagte tatsächlich: Wir fahren mal »wohin«.

Ich hakte nach: »Wohin genau?«

»Wirst du schon sehen.«

»Stehst du neuerdings auf Geheimnisse?«

»Und ob.«

Aber ich konnte mir schon vorstellen, wo es hingehen würde, als er Kisten mit Spielsachen ins Auto lud. Slawa war seit vielen Jahren ehrenamtlich in Kinderheimen tätig.

Bevor wir aufbrachen, ging ich noch mit Sam Gassi, aber nachdem er Slawa gesehen hatte, ließ er sich nicht mehr nach Hause zerren und setzte alles daran, ins Auto zu springen. Slawa winkte ab: »Soll er doch mitkommen.«

Ich ging mit ihm auf den Rücksitz, und er machte sich auf meinem Schoß breit. Ich glaube, ich fing an, ihn ein bisschen zu lieben.

Die Autofahrt war lang, wir fuhren durch verlassene Stadtteile, die eher wie Dörfer wirkten. Bis irgendwann nach einer scharfen Kurve ein großes weißes, heruntergekommenes Gebäude vor uns lag – eine dieser typischen vom Staat vergessenen Einrichtungen.

Wir parkten davor, durch das Gitternetz eines Zauns sah ich einen Spielplatz, auf dem Kinder tobten. Eine einzige, junge Erzieherin keifte einen Haufen Kinder aller Altersstufen an. Sie erschien mir wie ein echtes Biest, wie eine dieser Lehrerinnen von der ganz ätzenden Sorte. Aber sobald Slawa aus dem Auto stieg, lächelte sie freundlich. Und sagte sogar wie zu einem alten Freund: »Hallo, Slawa!«

Er grüßte zurück und nannte sie einfach Ksjuscha.

Ich wusste nicht, ob ich auch aussteigen oder im Auto sitzen bleiben sollte, und warf Slawa einen fragenden Blick zu. Er winkte mich zu sich. Also raus. Noch vor mir sprang Sam mit fröhlichem Gebell aus dem Wagen, die Kinder stürmten wie auf Kommando zu dem Zaun und riefen: »Ein Hündchen!«

Ksjuscha, die Erzieherin, sah uns schuldbewusst an und fragte: »Dürfen sie ihn streicheln?«

Natürlich sagten wir Ja.

Die glücklichen Kinder knuddelten unseren nicht weniger glücklichen Hund, der so viel Aufmerksamkeit nicht gewohnt war. Während Ksjuscha sie ständig mit eiserner Stimme zurechtwies: »Nicht so doll drücken, fass ihn dort nicht an, dort auch nicht …«

Nur ein Junge war nicht bei Sam. Er saß abseits auf einer Schaukel und sah uns mürrisch an.

Von der Strenge der Erzieherin, dem heruntergekommenen Spielplatz und der ausgeblichenen, verwaschenen Kleidung der Kinder wehte eine unerbittliche Ausweglosigkeit zu mir herüber. In dieser Welt des Keiner-braucht-dich und der Einsamkeit wurde alles von teilnahmslosen, harten Menschen regiert. Oder wirkten sie nur so teilnahmslos? Nein, Liebe war da sicher keine …

Ich musste daran denken, wie ich Lew zugeschrien hatte, sie hätten mich besser ins Heim gegeben, und mir lief es kalt den Rücken runter.

Slawa gab die Spielzeugkisten ab, und wir unterhielten uns ein bisschen mit den Kindern. Die ältesten von ihnen waren um die zwölf. Ein Mädchen begann sofort zu erzählen, ihr Stiefvater habe sie geschlagen und vergewaltigt. Woraufhin sie von Ksjuscha angefahren wurde: »Hör auf, Sachen zu erfinden! Gestern hat sie erzählt, sie hätte ihre Mutter umgebracht, heute wurde sie vom Stiefvater vergewaltigt …«

Die anderen Kinder lachten das Mädchen aus, sie schob die Unterlippe vor und drehte sich weg.

Ein blonder Junge in Baseball-Cap fragte mich: »Ist das dein Vater?«

»Ja«, sagte ich.

Das zu sagen fiel mir schwer. Ich musste ihnen so zuwider sein mit meiner Wohlbehütetheit …

Als wir gerade gehen wollten, passierte etwas Merkwürdiges. Wir waren fast schon durch das Tor, als ich den Jungen, der auf der Schaukel gesessen hatte, auf uns zurennen sah. Schreiend und stapfend holte er uns ein und klammerte sich an Slawa.

»Geht nicht weg«, schrie er.

Slawa versuchte ihn sanft wegzuschieben, erfolglos.

»Wanja, ich kann nicht …«

»Geht nicht weg! Nehmt mich mit!«

Ksjuscha kam hinterhergerannt. Sie zog den Jungen von Slawa weg und schleifte ihn, sich bei uns entschuldigend, zurück, während er versuchte sich loszureißen, sich in ihrem Griff wandte und brüllte: »Nehmt mich mit! Bitte! Geht nicht weg!«

Auf dem Weg zum Auto hatte ich auf einmal ein ganz anderes Bild von der Wirklichkeit. Slawa seufzte: »Und das jedes Mal.«

»Jedes Mal?«, wunderte ich mich. »Hast du mal mit ihm gesprochen?«

»Nein. Er geht nicht auf Gespräche ein.«

»Warum macht er dann … so was?«

Slawa zuckte mit den Schultern.

»Frag mich was Einfacheres.«

Vor dem Auto blieb ich stehen. Mir wurde klar, dass ich nicht fahren wollte. Wenn ich jetzt ins Auto stieg und einfach nach Hause fuhr, als ob nichts gewesen wäre, würde ich es nicht verdauen, nicht begreifen können.

»Hier ist ein Strand in der Nähe, ich gehe eine Runde spazieren«, sagte ich zu Slawa. »Ich komme später allein nach Hause.«

»Es ist ganz schön weit …«

»Schon okay.«

Ich öffnete die Tür, ließ Sam auf den Sitz springen und machte die Leine fest. Selbst blieb ich draußen stehen.

Slawa nickte.

»Aber geh ans Telefon. Und wenn was ist, rufst du an.«

Bevor ich ging, umarmte ich ihn noch. Ganz fest.

Jemandem geht's schlecht

Mir war mulmig zumute. Ich stand am Strand und warf flache Steine ins Wasser, aber ich schaffte es nicht, sie hüpfen zu lassen. Zu allem Überfluss zitterten meine Hände.

In meinem ruhigen und geordneten Leben hatte ich noch nie so heftig auf die Probleme anderer Menschen reagiert. Aber an dem Tag geriet etwas in mir ins Wanken. Aus irgendeinem Grund fühlte ich mich vor diesen Kindern schuldig, vor allem vor dem schreienden Jungen. Und je länger ich mir einredete, ich könnte nichts dafür, dass ich in einer Familie lebte und er nicht, desto stärker durchdrang mich das trostlose Leben aus dem Kinderheim.

Hinter meinem Rücken raschelten Schritte im Sand – und verstummten. Früher hätte ich so was gar nicht beachtet, aber meine Nerven lagen blank, ich drehte mich ruckartig um, wie um einen unsichtbaren Schlag abzuwehren.

Da stand ebenjener Wanja, der sich gerade noch an Slawa geklammert hatte. Jetzt konnte ich ihn mir genauer ansehen: klein, zierlich, in einem überdimensionalen Sweatshirt. Sein Blick war dreist und ungeduldig und weckte überhaupt kein Mitleid. Er sah kaum älter aus als acht und fragte mich, was ich am wenigsten erwartet hätte: »Haste 'ne Kippe?«

»Ich rauche nicht«, antwortete ich automatisch.

»Und was machst du hier?«

Der Junge zerrte nervös an seinem Sweatshirt.

»Nichts. Ich steh hier einfach.«

Plötzlich hechtete er zur Seite und rannte ein Stück weg. Dann kam er wieder, als wäre nichts gewesen, und sagte:

»Ich dachte, die kommen.«

»Die« waren vermutlich die Heimmitarbeiter.

»Und du?«, fragte ich und bemühte mich, genauso abgebrüht zu klingen wie er. Damit er nicht dachte, er könnte sich mir gegenüber zu viel rausnehmen.

»Ich steh hier einfach«, gab Wanja im selben Tonfall zurück.

Er schwieg und schaute mich komisch an. Ich sah schon einen Haufen unspezifischer Probleme auf mich zukommen. Um ihnen zu entgehen, sagte ich: »Dann geh wieder zurück und steh da rum.«

»Will ich nicht«, sagte der Junge leise.

»Warum nicht?«, fragte ich und dachte noch im selben Augenblick: Warum zum Teufel mische ich mich da ein?

»Dann schlagen sie mich ...«

»Wer?«

Wanja setzte zu einer monotonen Erklärung an: »Das ist hier Gesetz: Entweder bin ich auf deren Seite, oder ich muss mich prügeln, und ich hab keinen Bock mehr, mich zu prügeln. Meistens nehme ich einen Stock und gehe auf sie los, ich hab natürlich Schiss, aber was will man machen ...«

Ich verstand überhaupt nichts: Wer waren »sie«, was für ein Gesetz, mit wem musste er sich prügeln?

Wanja sagte plötzlich: »Dafür hab ich vor niemand Angst, auch nicht, wenn sie mich schlagen.« Und wiederholte noch mal: »Gar keine Angst hab ich.«

Aber ich hörte Bitterkeit in seinen Worten.

Dann bemerkte er abfällig: »Du hast bestimmt noch nie Prügel abbekommen …«

Was sollte ich sagen? Er fand mich unerträglich. Ich könnte ihm von den zwei Mal erzählen, als mir Lew eine verpasst hatte, aber es war auch ohne den idiotischen Wettbewerb klar, wer von uns schlechter dran war.

Ich versuchte das Gespräch aufrechtzuerhalten, so gut ich konnte: »Warum schlagen sie dich?«

»Nur so … zum Spaß …«

Ich hätte fast schon gesagt: »Na dann, dir auch viel Spaß. Tschüss.« Was ging mich dieser Junge an? Würde ich versuchen, ihn ins Heim zurückzubringen, würde er sowieso nicht mitkommen, das war klar. Und was sollte ich sonst mit ihm machen? Mit nach Hause nehmen? Wir waren ja auch kein Waisenhaus.

Kurzum, ich musste abhauen. Aber ich stand da und sah ihn an. Und fragte mich: Warum gehe ich nicht?

Auch er stand da und sah mich an. Wahrscheinlich dachte er, ich würde ihn nicht zurücklassen. Wieso eigentlich?

»Na gut, komm mit«, sagte ich seufzend.

»Wohin?«

»Spazieren.«

Wir gingen den Strand entlang. Wanja erzählte mir, die Jungs im Heim seien einer schlimmer als der andere. Seine Kriterien für einen guten Menschen waren ziemlich einfach: kann sich prügeln, zwei Meter weit spucken, hat schlechte Noten. Der Inbegriff des guten Menschen war natürlich Wanja selbst.

Über mich erfuhr er, dass ich mich nicht prügelte und bis vor kurzem noch ganz gut in der Schule gewesen war, dann veranstalteten wir ein Weitspucken, und ich verlor. Ich wäre ein hoffnungsloser Fall, resümierte Wanja. Um mich in seinen Augen zu rehabilitieren, erzählte ich von der Schlägerei mit Ilja, aber er bemerkte nur enttäuscht: »Tja, du hattest Potenzial, aber du hast es vergeigt.«

Ich lachte und ärgerte mich im Wechsel, aber es war interessant, seinen Überlegungen zuzuhören. »Streber – kein Streber«, »kann spucken – kann nicht spucken«, »kann prügeln – kann nicht prügeln« – klingt albern, aber viele Erwachsene haben ähnlich primitive Raster, in die sie ihre Mitmenschen zu quetschen versuchen. Und manche passen ja auch rein – Menschen können bemerkenswert gehaltlos sein.

Trotzdem war es ungewohnt, mit Wanja zu sprechen. Alles, was er sagte, sah ich unweigerlich durchs Prisma seines Waisentums und des herzzerreißenden Schreis »Nehmt mich mit!«. Ich bemühte mich, ungezwungen zu sein und ihn nicht zu bemitleiden, denn Mitleid erniedrigt den Menschen, wie schon Gorki sagte.

Später brachte ich Wanja bei, Steine übers Wasser springen zu lassen. Das konnte er tatsächlich nicht.

Als ich gerade einen Stein warf, fragte Wanja: »Warum bist du mit mir mitgegangen?«

Ich drehte den Kopf zu ihm. Er sah mich unverwandt und fordernd an.

Ich kannte diesen Blick. Ich kannte diesen Moment. Ich kannte diesen Charakter. Ich kannte diese Frage. Und ich kannte die Antwort. Ich hatte das alles schon mal gesehen.

»Es gibt da so ein Genre, die Weihnachtsgeschichte«,

sagte ich. »Kurz vor dem Fest trifft ein Reisender einen kleinen Jungen und hilft ihm.«

Gleich kommt er mir mit dem Herbst, dachte ich.

Und Wanja sagte: »Wir haben Herbst.«

Ich hatte dasselbe gesagt.

Als wir genug vom Steinewerfen hatten, gingen wir zurück – in Richtung Heim. Wanja protestierte nicht, und ich dachte schon: Okay, ich bringe ihn einfach wieder hin.

»Weißt du, wo meine Eltern sind?«, fragte er unvermittelt.

»Wo?«

»Tot. Ich war noch ganz klein, als sie beim Spazieren von einem Verbrecher überfallen wurden. Der hat meine Eltern umgebracht. Nur ich hab überlebt, weil meine Mutter mich beschützt hat.«

Etwas an der Geschichte erinnerte mich an das traurige Schicksal des kleinen Harry Potter.

»Krass, oder?«, fragte Wanja.

Ich nickte zustimmend.

»Ich hab dich angelogen«, gestand er leichtfertig. »Aber ich bin nicht der Einzige. Das machen alle: irgendwelche Geschichten erfinden. In manchen sind sie fast die Kinder vom Präsidenten oder so. Überall nur Lügner, die schon selbst an ihre Lügen glauben.«

Wanja genierte sich überhaupt nicht zu lügen, auch sonst genierte er sich nicht – er redete großspurig und selbstbewusst, nur sah er dabei weg. Wenn es mir einmal doch gelang, seinen Blick zu erhaschen, brannte er. Zu viel erwachsener Schmerz und Ungeduld lagen darin.

»Aber lügen ist nützlich«, sagte er altklug.

»Wieso glaubst du das?«

»Von der Wahrheit geht es auch niemandem besser.

Wenn ich dir sage, dass mein Vater in Wahrheit andere Leute umgebracht hat, geht es dir dann besser?«

So war das also. Für ihn war Lügen die Verschönerung einer hässlichen Wahrheit.

»Und wenn ich mitten auf der Straße rufe, dass es jemandem schlecht geht, und dabei geht es ihm gar nicht schlecht – wem nützt das?«

»Das ist dummes Lügen.«

»Und wenn es jemandem schlecht geht, und keiner sagt was?«

»Auch dumm.«

»Dann ist Lügen also nicht immer nützlich«, schloss ich.

Wanja spottete: »Das sind voll die Beispiele für Erstklässler, wie von so 'ner blöden Lehrerin.«

»Und in welche Klasse gehst du?«

»In die zweite!«

»Kaum bist du in der zweiten, hältst du dich für was Besseres, wie?«, fragte ich nicht ohne Ironie.

Aber Wanja hörte mir gar nicht mehr zu, er sprintete zurück. Irritiert sah ich ihm nach, dann drehte ich mich wieder um und entdeckte zwei schnell auf uns zukommende Gestalten. Junge Männer mit baumelnden Namensschildchen um den Hals, das mussten die Heimmitarbeiter sein.

Sie schrien mir zu, ich sollte Wanja festhalten, er wäre aus dem Heim getürmt, aber ich rührte mich nicht vom Fleck.

Am Ende holten sie ihn selber ein: Ich sah von weitem, wie sie ihn auf den Sand warfen und ihm die Arme auf den Rücken drehten, wie einem Verbrecher, während Wanja brüllte und sich loszureißen versuchte. Eingehakt führten sie ihn an mir vorbei; er schluchzte und rang nach Luft. Auf einmal sah er mir direkt in die Augen und schrie aus Leibeskräften: »Jemandem geht's schlecht!«

Ich sah es. Ich sah, dass es ihm schlecht ging, aber was konnte ich tun? Wie konnte ich diesen Jungen mit dem hilflos-dreisten Blick vor dieser wölfischen Brutalität bewahren? Was konnte ich, ein Teenager in der siebten Klasse, ausgelaugt von meinen mickrigen Problemen und jetzt auch noch niedergeschlagen von der Geschichte einer zerstörten Kindheit, dagegen tun? Wenn ich doch nur wüsste, wie man dieses wuchernde Übel ausrottet, dieses Waisentum trotz lebender Eltern, diese grauen, teilnahmslosen Gesichter der Sozialarbeiter, dieses einem Mädchen gleichgültig hingeworfene »Hör auf, Sachen zu erfinden!«…

Was bringt es, dass sie ihn zurückschleifen? Er wird sowieso wieder abhauen, und das bis zur Unendlichkeit. Weil ihn nichts in dieser fremden Staatseinrichtung hält, mit lauter fremden Menschen, wo er einsam durch die Gänge streift und wo ihn niemand braucht, wo er regelmäßig verprügelt wird und es niemanden interessiert; weil Kinder wie er Abfall sind, aussortiertes Material, bei dem keiner die Hoffnung hat, dass würdige Menschen aus ihnen werden. Sie sind wie eine Wunde auf dem einwandfrei funktionierenden Körper des Systems.

Ich stapfte nach Hause und ärgerte mich. Weil ich nicht wusste, wie ich Wanja helfen sollte. Warum lernt man in der Schule nichts Sinnvolles? Wie man einem Menschen hilft, zum Beispiel. Das ganze Wissen, das ich in den sieben Jahren angehäuft hatte, konnte man in die Tonne treten.

Mausefalle

Als ich am nächsten Morgen aufwachte, spürte ich, dass das Leben noch schwerer geworden war, als hätte jemand eine unsichtbare Last auf meine Schultern abgewälzt. Offenbar war nicht zu wissen manchmal besser, als zu wissen. Nichtwissen erlaubte einem, sorglos zu leben, während Wissen das gesamte Leben überschattete.

In einer Regenbogenfamilie aufzuwachsen war das geheime Wissen, das ich mitbekommen hatte und nie loswürde.

Aber das geheime Wissen der Heimkinder bestand darin, dass sie Opfer unbekannter Fehler von Erwachsenen waren und mit dieser Bürde leben mussten, mal Heldeneltern, mal Verbrechereltern erfanden, um überhaupt welche zu haben – wenigstens in den naiven Lügen, denn man will diesem Verhängnis ja irgendwie entfliehen. Ich war in den Bannkreis von Wanjas geheimem Wissen geraten und hatte mir wie eine Motte meine Flügel an ihm versengt.

Plötzlich überkam mich ein heftiges Gefühl der Einsamkeit. Ich befahl mir aufzustehen und tat es auch, zog mich langsam an, machte mein Bett.

Es war Wochenende und bei uns zu Hause herrschte

ausgelassenes Chaos. Slawa spielte mit Sam, Lew bearbeitete meine Boxbirne. Ich versuchte, mich ihm anzuschließen und in dem Gewusel aufzugehen, aber es klappte nicht. Die schlechte Stimmung und eine unerklärliche Schwermut erdrückten mich.

Ich versuchte aus mir selbst herauszukriegen, was los war, aber ich bekam keine Antwort.

Bis Mittag tigerte ich herum, dann ging ich doch zu Slawa. Er zeichnete gerade an seinem Grafiktablet, ich setzte mich neben ihn, als wollte ich ihm zuschauen, aber im Grunde überlegte ich nur, wie ich das Gespräch beginnen sollte.

»Dieser Junge, Wanja … Was weißt du über ihn?«

Slawa zog eine Schulter hoch.

»Nur dass er seit seinem dritten Lebensjahr dort ist. Und oft abhaut.«

»Und warum ist er dort?«

»Weiß ich nicht. Das sind doch vertrauliche Informationen.«

Ich seufzte.

»Verstehe … Und macht er das immer so? Sich festklammern, wenn jemand kommt?«

»Nicht jemand, sondern ich.«

»Das heißt, er macht das nur bei dir?«

»Glaube schon …«

Auf einmal spürte ich eine flammende Wut, aber auch eine Erleichterung.

»Warum machst du dann nichts?«, fragte ich zornig, nachdrücklich, auch wenn Letzteres nicht sehr überzeugend ausfiel.

Slawa blieb gefasst und fragte schlicht: »Was soll ich denn machen?«

»Irgendwas!«, rief ich verzweifelt. »Wenn er dir hinterherläuft, heißt es doch, er hängt an dir. Er mag dich. Und du verschwindest einfach nach Kanada und lässt ihn im Stich?«

»Was bleibt mir anderes übrig?«

»Wir sind für diejenigen verantwortlich, die wir gezähmt haben! Sagte mal ein Klassiker.«

»Ich erinnere mich … Aber was soll ich machen?«

»Ich weiß es nicht!«, erwiderte ich hilflos. »Du bist doch erwachsen, du musst es wissen … Lass dir was einfallen!«

»Das ist leicht gesagt. Ich kann ihn ja nicht adoptieren.«

»Natürlich nicht«, sagte ich gehässig. »Etwas zu tun ist ja nicht so einfach, wie mich mit leeren Worten zu erziehen …«

Slawa nahm mir das nicht übel. Er antwortete leise und bedrückt: »Ich kann es nicht. Nicht weil es mir zu schwer wäre, sondern weil uns die Voraussetzungen dafür fehlen. Niemand gibt einem alleinstehenden Mann ein Kind.«

»Aber du hast doch schon ein Kind«, widersprach ich. »Das beweist, dass du nicht einfach ein alleinstehender Mann bist, sondern ein Vater.«

»Hm, und dieses Kind hat einen Eintrag im Erziehungsregister«, bemerkte Slawa ironisch. »Ein toller Vater …«

Lew hörte unser Gespräch. Er kam ins Zimmer und ließ wie nebenbei fallen: »Die Kinder in den Heimen sind fast alle von Alkoholikern und Drogenabhängigen …«

»Ja und?«, schrie ich auf und spürte, dass ich gleich peinlich anfange zu flennen.

Lew antwortete ruhig: »Die Neigung zu Suchtkrankheiten und psychischen Störungen ist erblich. Reden wir außerdem von einem Kind, das in den Umständen eines

Heims aufgewachsen ist, ist es höchstwahrscheinlich jetzt schon asozial.«

Ich sagte beleidigt: »Wenn man dir zuhört, könnte man meinen, es hätte gar keinen Sinn, diese Kinder großzuziehen, wenn sowieso alles vorherbestimmt ist!«

»Nein, ich sage nur, dass man sich der Risiken und seiner eigenen pädagogischen Fähigkeiten bewusst sein muss, für den Fall, dass bei so einem Kind die schlechten Gene durchschlagen. Leute, die ein Kind wegen seiner hübschen traurigen Augen adoptieren, sind die ersten, die es zurückbringen, weil sich herausstellt, dass sie nicht darauf vorbereitet waren, dass es ihnen die Wohnung leer klaut. Ich persönlich bin nicht dazu bereit, mir reicht ein Asozialer, der zu psychischen Störungen neigt …«

»Was?!«, rief ich empört.

»Er meint mich«, schaltete sich Slawa schlichtend ein.

Seitdem gab es einen Ruhepol in meinem Leben. Überall, bei jeder noch so kurzen Fahrt in jeglichen Verkehrsmitteln, quälten mich Anfälle von Luftnot, Herzrasen und Panik; manchmal schaffte ich es nicht einmal zum Supermarkt, um Brot zu kaufen – aber wenn ich wusste, dass ich an dem Tag ins Heim fuhr, blieb ich entschieden ruhig. Als würde ich mich für meine Panik schämen, wenn ich dorthin fuhr, wo Kinder Sachen gesehen hatten … Sachen, dass einem … Kurzum, ich konnte mich zusammenreißen.

Im Heim wollte ich zu Wanja, aber man ließ mich nicht auf das Gelände, deswegen besuchte ich ihn, wenn sie Ausgang hatten, und wir unterhielten uns über den Zaun hinweg. Er erzählte, was er in der ersten Tageshälfte gemacht hatte, oder erfand neue Geschichten über seine Eltern (»Eigentlich waren sie Astronauten« oder »Na gut, ich sag dir die Wahrheit: Sie waren Zirkusakrobaten …«), einmal erzählte er von einer Schlägerei mit jemandem aus seiner Gruppe und prahlte mit einem Veilchen unterm Auge.

»Und wofür hast du es kassiert?«, fragte ich.

»Jura hat mir ein Bein gestellt, dann hab ich ihn Hurensohn genannt.« Auf einmal sagte er: »Wenn mich einer so nennen würde, wäre ich gar nicht sauer. Stimmt doch. Meine Mutter ist 'ne Hure. Als wäre die Mutter von irgendwem hier drinnen keine …«

»Aber deine Mutter ist doch Zirkusakrobatin, hast du selber grad gesagt.«

»Genau!«, stimmte er sofort fröhlich zu. »Sie und mein Vater waren Seiltänzer, ganz oben an der Decke vom Zirkuszelt, und dann ist das Seil gerissen.«

Ich sah ihm in die Augen. Diesmal wandte er den Blick nicht ab, sondern sah genauso forschend zurück, wie ein Röntgengerät, das einen ganz durchleuchtet. Er hat diese Fähigkeit, einem direkt in die Seele zu dringen, ohne vorzuwarnen oder anzuklopfen, einfach so, mit seinem offenen, ehrlichen Blick, auch wenn er dir gerade erst einen Sack voller Lügen präsentiert hat.

Ich schüttelte den Kopf.

»Dabei siehst du so ehrlich aus.«

»Die, die ehrlich aussehen, sind immer die Verlogensten«, erklärte Wanja welterfahren.

»Erzählst du mir auch irgendwann die Wahrheit?«

»Die kenn ich selber nicht.«

»Wie das?«

»So halt«, sagte er mürrisch. »Ich hab weder Mutter noch Vater – ich hab niemand. Sie sind einfach nicht da. Keine Ahnung, wo sie sind. Alle Kinder wissen wenigstens irgendwas, aber ich weiß gar nichts. Ich will nicht mehr, ich mag nicht mehr, wenn ich nur nichts und niemand bin.«

Plötzlich sah ich, wie ein Junge, von dessen Existenz ich bis vor kurzem gar nichts geahnt hatte, bitterlich anfing zu weinen, während ich ratlos war – was tun, wohin mit meiner Zärtlichkeit für ihn und dieser Scham, dass ich ihn nicht trösten konnte. Seit meinem ersten Besuch im Heim war ich gleichsam in eine Mausefalle geraten, nur dass ich mir nicht den Finger eingeklemmt hatte, sondern das Herz.

Wanja drehte sich nicht weg und kniff auch nicht die Augen zusammen wie die meisten Kinder, wenn sie weinten. Er weinte mit weit aufgerissenen Augen, große Tränen kullerten über seine Wangen.

»Ich habe auch keine Mutter«, sagte ich plötzlich.

Ich merkte, dass Wanja aufgehört hatte zu schluchzen, und fuhr fort: »Und mein Vater wollte mich nicht haben.«

»Und wer war das letztens?«

»Der Bruder meiner Mutter. Wenn er nicht gewesen wäre, wäre ich auch hier im Heim.« Das mit der Großmutter ließ ich lieber weg, damit ihm mein Vergleich besser einleuchtete. »Als ich klein war, hatte ich auch ständig mit dem Jugendamt und allen möglichen Sozialarbeitern zu tun, bis sich mein Schicksal entschieden hatte. Aber das war natürlich nicht sehr lange, und ich erinnere mich an fast nichts.«

Wanja zog die Nase hoch, wischte sich mit dem Ärmel über das Gesicht und fragte: »Nennst du ihn jetzt Papa?«

»Ja. Und seinen Freund auch. Seit ich denken kann, lebe ich bei einem homosexuellen Paar.«

Als ich das sagte, stellte ich mich drauf ein, dass Wanja gleich »iih« sagt oder was Abfälliges fallen lässt. Ich war auf alle möglichen Beleidigungen vorbereitet, zu dem Zeitpunkt wusste ich schon, dass sein Wortschatz auf dem Gebiet prächtig war. Aber Wanja sagte nur: »Mit mir schimpfen, aber selber lügen …«

Er glaubte mir nicht.

»Denk doch mal nach«, fuhr ich fort. »Wenn sich einer Eltern ausdenkt, dann doch keine schwulen. Du erzählst mir doch von Akrobaten, Raumfahrern … Wer will schon schwule Eltern?«

Er sah mich wieder mit seinen Röntgenaugen an und sagte leise, wodurch es besonders ehrlich klang: »Ich würde alle nehmen, egal welche …«

Ich musste an unsere erste Begegnung denken, bei der er mir von seinem »Verbrechervater« erzählt hatte. Er hatte sich einen Verbrecher ausgedacht. Er würde wirklich alle, selbst die schlimmsten Eltern nehmen, Hauptsache, er war nicht mehr … »nichts und niemand«.

Wanja redete weiter: »Manchmal will ich mir den Kopf abschneiden, um alles zu vergessen.«

Bei diesen Worten klemmte sich in mir drin was ein. Ich wollte meinen Arm durchs Gitter stecken und ihm durch die Haare wuscheln, aber es ging nicht. Dafür ging es bei Wanja. Er streckte seine dünnen Ärmchen durch das Gitter und umarmte mich. Dann fragte er: »Warum bist du hergekommen?«

Er wollte wahrscheinlich wissen, warum ich gerade zu ihm gekommen war. Aber ich musste daran denken, dass mich Slawa beim ersten Mal mitgenommen hatte.

Wanja war hier, weil er keine Eltern hatte. Ich war hier, weil ich welche hatte.

Aber das sagte ich nicht. Ich sagte einfach gar nichts.

Einer der »Aufseher« bemerkte uns und schimpfte, dass ich verschwinden und Wanja vom Zaun weggehen sollte. Wir verabschiedeten uns hastig.

Als ich zwei Schritte gemacht hatte, tat ich etwas, was ich anfangs auf keinen Fall machen wollte. Aber Lews Worte darüber, dass alle Heimkinder Diebe und potenzielle Verbrecher wären, klangen immer noch in meinen Ohren nach, deswegen griff ich in die hintere Hosentasche, wo ich mein Geld aufbewahrte.

»Wanja!«, rief ich, solange er noch nicht zu weit weg war.

Er drehte sich irgendwie nervös um. Ich steckte ihm lächelnd einen Geldschein zu und sagte: »Falls sich mal die Gelegenheit ergibt, hundert Rubel auszugeben. Aber für was Vernünftiges, wenn es geht.«

Verlegen zog er den Kopf ein und rannte, ohne sich umzudrehen, zu dem Spielplatz.

Ich war ihm nicht böse, ich machte mir keine Illusionen wegen der Umarmung. Er hatte keinen Grund, mich zu lieben.

Erwachsene Entscheidungen

Bis zum Frühling besuchte ich Wanja am Zaun. Im Winter war es besonders nervig: eisig kalt, und wir stehen da draußen rum. Manchmal gerieten unsere Gespräche deswegen ganz kurz.

Im März wurde ich vierzehn, und alle benahmen sich so, als wäre das was ganz Besonderes. Großmutter sagte mindestens fünfmal zu mir: »Jetzt bist du erwachsen. Jetzt wird alles anders.« Das liegt wahrscheinlich daran, dass man mit vierzehn strafmündig ist.

Am zweiten Tag nach meinem vierzehnten Geburtstag dachte ich plötzlich: Wenn ich jetzt erwachsen bin, wird es Zeit, erwachsen zu handeln.

Ich beschloss, mich am zweiten April mit Kira Dmitrijewna zu treffen, der Leiterin des Kinderheims. Vorher hatte ich natürlich nie mit ihr zu tun gehabt, deswegen hätte man mich wohl kaum reingelassen. Also fuhr ich früh am Morgen hin, um sie am Eingang abzupassen.

Kurz vor neun kam sie mit ihrem eigenen Auto. Ich grüßte sie am Tor, sie grüßte zurück und wirkte gar nicht überrascht. Dann sagte ich, ich müsste dringend mit ihr reden.

»Na, wenn es dringend ist, komm mit«, erwiderte sie lächelnd.

Wir gingen ins Gebäude, vorbei an einem trägen Wachmann, der auf seinem Posten beinah einschlief. Sie lud mich in ihr Büro ein und bot mir Kaffee an. Durch diese Geste fühlte ich mich total erwachsen, wie bei einem hochoffiziellen Termin. Ich mag keinen Kaffee, aber für dieses Gefühl sagte ich Ja.

Kira Dmitrijewna ließ sich in einen weichen Sessel sinken und fragte: »Geht es um Wanja?«

»Woher wissen Sie das?«, wunderte ich mich.

»Dich kennt schon das gesamte Personal«, sagte sie mit einem merkwürdigen Lächeln, unklar ob anerkennend oder ironisch. »Das passiert uns zum ersten Mal, dass ein Kind nicht wegrennt, sondern zu uns kommt.«

Darauf wusste ich nichts zu erwidern. Natürlich hatte ich mir im Voraus eine Rede überlegt, aber plötzlich fehlten mir die Worte. Kira Dmitrijewna redete einfach weiter: »Wanja erzählt allen, du wärst sein Bruder. Die anderen Kinder glauben ihm nicht und lachen ihn aus. Aber er bleibt dabei: Bruder und fertig …«

Da fand ich endlich meine Sprache wieder: »Das stimmt ja auch«, sagte ich laut.

Kira Dmitrijewna sah mich interessiert an.

»Zumindest möchte ich, dass es stimmt«, schob ich hinterher. »Ich möchte Wanjas Bruder werden.«

»Das müssen aber deine Eltern entscheiden und nicht du.«

»Deswegen bin ich hier. Wissen Sie, mein Vater zieht mich alleine groß, und alleinstehende Väter dürfen selten Kinder adoptieren, deswegen will er es gar nicht erst versuchen …«

»Ja, so ist es meistens.« Kira Dmitrijewna nickte.

»Aber er arbeitet schon seit tausend Jahren ehrenamtlich im Heim«, fuhr ich fort. »Viele Kinder hier kennen ihn, und Wanja hat ihn sehr gern, da können Sie jeden fragen. Er ist ein sehr guter Mensch. Außerdem ist er Künstler …«

Die Heimleiterin sah mich etwas spöttisch an. Ich ahnte schon, was sie sich denken musste: Ein weltfremdes Genie, das von der Hand in den Mund lebt und Ölgemälde pinselt. Deswegen griff ich nach meinem Rucksack und holte einen Ordner raus. Ich war bestens vorbereitet.

»Er zeichnet Computerspiele«, erklärte ich. »Das hier sind seine Arbeiten … Das ist ein sehr guter Beruf. Wir haben eine Wohnung. Er hat Erfahrung damit, Kinder zu erziehen, ich bin ja schon fast erwachsen. Und …«

Ich hatte noch viele andere Argumente, aber Kira Dmitrijewna unterbrach mich sanft mit einer Handbewegung. Lächelnd sagte sie: »Ja, ich sehe, dass er ein guter Mensch ist. Ein schlechter Mensch könnte kaum so jemanden wie dich erzogen haben …«

Sie zog den Ordner zu sich heran und blätterte sicher eine halbe Minute durch Slawas Arbeiten. Dann klappte sie ihn zu und sagte entschieden: »Es gibt kein Gesetz, das es einem alleinstehenden Mann verbieten würde, ein Kind zu adoptieren. Wir sprechen mit Wanja, und wenn es auch sein Wunsch ist, werde ich euch nach Kräften darin unterstützen, eine Familie zu werden. Aber die wichtigste Entscheidung liegt nicht bei uns oder bei Wanja und nicht einmal beim Gericht. Sie liegt bei deinem Vater. Er muss persönlich zu mir kommen und diesen Wunsch bekunden. Solange das nicht passiert ist, können wir nichts machen, das verstehst du sicher?«

Das war nicht schwer zu verstehen. Als ich Kira Dmitrijewnas Büro verließ, war ich eigentlich ziemlich gut gelaunt, weil sie mir zugehört und mich verstanden hatte, aber gleichzeitig auch angespannt und frustriert. Gälte es wirklich, nur Slawa zu überzeugen, wäre die Sache schnell erledigt. Aber er bespricht sich ja mit Lew, und der fängt wieder mit den Alkoholikern, Drogenabhängigen und Kriminellen an, mit den Genen und der Klauerei. Natürlich wusste ich selbst, dass Wanja kein Musterknabe war. Er fluchte nach jedem zweiten Wort, beschwerte sich, dass er rauchen wollte (»und diese Scheißwichser lassen mich nicht«), bei fast jedem unserer Treffen zog er mir irgendwas aus der Tasche, und zwar so, dass ich es meistens nicht mal merkte. Klar hatte ich Angst, ihn zu uns nach Hause zu bringen und in Lews Obhut zu geben. Angst um Wanja.

Ich verstand, warum Wanja so war. Er hatte nie ein normales Leben gehabt, wie sollte er da anders sein? Gleich nach seiner Geburt hatte man ihn verraten, ihm die Liebe verweigert, und danach hatte ihn nie wieder jemand zu lieben versucht. Deswegen steckte er auch in diesem abweisenden Umfeld, der arme Wanja, tief verletzt in seinem Herzen. Aber wenn man Lew zuhörte, klang es ganz so, als wäre der Verletzte selber schuld an seiner Verletzung. Ich weiß nicht …

Als ich auf dem Rückweg durch das Tor war, kam eine Frau mit sehr roten Lippen zu mir angerannt. Sie war verwahrlost und zerzaust. Schnaufend fragte sie: »Junge, bist du aus dem Kinderheim? Kennst du Ljonja Sacharow?«

Natürlich kannte ich keinen Ljonja Sacharow. Genau das wollte ich ihr auch sagen, aber sie ratterte schon weiter: »Ich bin bloß seine Mutter!«

Da sah ich sie genauer an. Sah ihre gescheiterten Versuche, das aufgedunsene Gesicht hinter einer dicken

Schicht von Make-up zu verstecken, an dem man leicht eine Alkoholikerin erkannte. Und trotz einem sehr aufdringlichen Parfümgeruch schlug mir eine Alkoholfahne entgegen.

»Ja, den kenne ich«, sagte ich plötzlich.

Ihre Augen fingen sofort an zu leuchten.

»Ja«, wiederholte ich. »Er ist ein wirklich guter Junge. Klassenbester, er kommt in allen Fächern blendend mit, kennt sich mit Mathe aus und mit Sprachen.«

Ich stockte kurz, was wenn Ljonja noch ganz klein war? Aber dann dachte ich mir: Wenn sie mich fragt, wird er ungefähr in meinem Alter sein. Also setzte ich noch einen drauf: »Und künstlerisch begabt ist er ja auch. Was er für Bilder malt! Und so musikalisch! Jedes Lied erkennt er nach nur wenigen Noten. Die Lehrer sind sich alle einig: Er kommt mal ganz groß raus.«

Ljonjas Mutter lauschte mir mit unverhohlener Begeisterung. Ich weiß gar nicht, wozu ich das alles gesagt habe. Wahrscheinlich wollte ich mich für Wanja rächen. Wollte dieser nichts taugenden Mutter zeigen, dass die Heimkinder auch blendend ohne solche Säufereltern wie sie klarkommen. Wenn ihr sie nicht braucht – sie brauchen euch noch weniger.

Im Gehen warf ich ihr noch zu: »Aber das ist bestimmt nicht Ihr Verdienst. Das liegt nur an Ljonja. Er ist einfach sehr gut – nicht dank, sondern trotz Ihnen.«

Zu Hause war natürlich die Hölle los. Zuerst stritt Lew mit mir, weil ich, ohne ein Wort zu sagen, los bin, um Probleme zu lösen, die mich überhaupt nichts angingen. Aber wie sollten sie mich nichts angehen, wenn ich Wanja seit einem halben Jahr besuchen fuhr? Dann stritt er mit

Slawa, weil Slawa ihn im Streit mit mir nicht unterstützt hatte. Dann stritten wir alle drei. Schließlich sagte Lew zu Slawa: »Wenn du dich entscheidest, dieses Kind zu adoptieren, gehe ich.«

»Erpresst du mich?«

»Das ist nur angemessen.«

»Aha, so nennst du das also.«

»Ist euch nicht klar, was für eine Verantwortung das ist?« Lew sah erst zu mir und dann zu Slawa. »Ihr seid zwei Traumtänzer, die zu gern auf eine traurige Geschichte reinfallen. Aber ein Heimkind aufzuziehen ist kein Zuckerschlecken, das ist euch Idealisten offenbar nicht bewusst.«

In dem Moment sagte ich: »Genau deswegen brauchen wir dich.«

»Weswegen?«

»Du bist der Einzige von uns, der rational, sachlich und sich völlig im Klaren darüber ist, was auf uns zukommt«, erklärte ich. »Ohne dich artet es in Chaos aus. Aber mit dir können wir es schaffen.«

Diese Worte schmeichelten ihm offenbar, dennoch sagte er: »Damit er dann alle Wut an mir auslässt, genau wie du.«

»Ja, du kannst furchtbar nerven.«

»Na also.«

»Genau das schätze ich an dir.«

Ich konnte schlecht erklären, was ich meinte. Aber ich glaube wirklich, dass ich die wichtigsten Lektionen in meiner Erziehung bei unseren Auseinandersetzungen bekommen habe, bei unseren Kabbeleien, Streitigkeiten und sogar diesen elenden zwei Schlägen. Denn sie haben uns einander nähergebracht, Vater und Sohn aus uns gemacht.

Lew ging zum nächsten Gegenargument über. Das war gut, es hieß, das erste war entkräftet.

»Wir wollten auswandern«, erinnerte er uns beide. »Eine Adoption bedeutet, dass wir uns mindestens ein Jahr mit dem Jugendamt herumschlagen müssen. An einen Umzug ist da nicht zu denken.«

Das war eine gute Nachricht, ich war sogar richtig froh.

»Eine Adoption schiebt den Umzug nur auf«, erwiderte ich. »Letztlich ist das Leben eines Menschen doch wichtiger als ein Umzugstermin, den wir auf jeden Fall verschieben können.«

»Wir ziehen nicht ins Nachbarhaus, sondern ans andere Ende der Welt«, entgegnete Lew. »Und darauf bereiten wir uns nicht erst seit gestern vor.«

Und dann fügte er hinzu, als wäre es ihm eben erst eingefallen: »Habt ihr übrigens vergessen, wer wir sind?«

»Wer sind wir denn?«, fragte Slawa.

»Eine schwule Familie. Damit hätten wir anfangen sollen. Ein Kind, das in einem russischen Heim aufgewachsen ist, in eine Regenbogenfamilie zu stecken … Wie alt ist er noch mal?«

»Neun«, sagte ich trocken.

»Neun! Das heißt, sein Charakter ist entwickelt, er hat den ganzen Dreck, die Vorurteile und den Müll aus seiner Umgebung längst verinnerlicht – und seine Umgebung war um einiges härter und brutaler als unsere.«

»Er sagt, er ist mit allen Eltern glücklich«, wandte ich ein.

»Er weiß doch nicht, wovon er redet!«

Wir diskutierten bis tief in die Nacht. Irgendwann sagte Slawa, Adoption sei nicht die einzige Möglichkeit, sich um ein Kind zu kümmern. Man könnte, statt zu adoptieren, sein Pate werden, dann könnte Wanja uns besuchen, die Wochenenden und Ferien bei uns verbringen, und es verpflichte niemanden von uns zu etwas. Lew war einverstanden. Ich nicht, denn das hieß, dass wir bald wegfahren und Wanja im Stich lassen würden, nachdem er sich an uns gewöhnt hätte, aber es war besser als nichts, also nickte ich erst mal verhalten.

Am nächsten Tag fuhr ich zusammen mit Slawa zu Kira Dmitrijewna.

Sie hörte sich unseren Vorschlag aufmerksam an. Nickte. Sagte, das sei möglich. Erklärte, welche Unterlagen nötig seien, um eine Erlaubnis zu bekommen, Zeit mit dem Kind zu verbringen.

Aber dann fügte sie doch noch hinzu: »Sie haben gute Chancen, eine Adoption genehmigt zu bekommen.«

Slawa erklärte, dass der Zeitpunkt nicht besonders günstig sei und wir bald umziehen würden, und so schnell würde die Sache mit Wanja sicherlich nicht klappen …

»Ich verstehe.« Kira Dmitrijewna nickte. Dann sah sie mich an und sagte: »Übrigens hat Wanja heute dir zu Ehren einen Riesenaufruhr im Speisesaal veranstaltet. Die anderen Kinder haben ihn mal wieder damit aufgezogen, er hätte sich einen Bruder ausgedacht, und Jura, mit dem er seit Ewigkeiten im Clinch liegt, hat irgendetwas Beleidigendes über dich gesagt. Da ist Wanja aufgestanden, ist seelenruhig mit einem Glas Kompott zu ihm gegangen und hat es auf seiner Hose ausgekippt. Und dann hat er ganz ernst gesagt: ›Wage es nicht, etwas Schlechtes über meinen Bruder zu sagen.‹«

Kira Dmitrijewna ist ein echter Profi. Die Geschichte hat sie natürlich nicht nur so erzählt. Und vielleicht sogar ein bisschen ausgeschmückt. Sie hatte Slawa schnell durchschaut.

Der fragte noch im selben Augenblick: »Welche Unterlagen braucht man für eine Adoption?«

Probezeit

Als Slawa und ich ins Auto stiegen, um nach Hause zu fahren, kippte es zwischen uns beiden.

Eigentlich hatte ich sehr gute Laune gehabt, was in letzter Zeit nicht oft vorgekommen war. Ich saß auf dem Beifahrersitz und trommelte mit den Fingern wie mit zwei Schlagzeugstöcken auf dem Armaturenbrett. Slawa sah auf die Straße, schielte aber immer wieder zu mir rüber, bis er irgendwann gereizt sagte: »Hör auf damit.«

Ich hörte auf, hakte aber trotzdem nach: »Was ist mit dir?«

Eigentlich nervte Slawa nie irgendetwas, das war nicht seine Art.

»Du weißt, dass das überhaupt nichts bedeutet, oder? Ich habe nur nach den Unterlagen gefragt. Das heißt nicht, dass ich ihn adoptieren möchte.«

»Und wieso hast du dann gefragt?«

Slawa zuckte mit den Schultern.

»Nur so, um es zu wissen …«

»Also ich glaube ja, ihr braucht ein zweites Kind. Ihr seid doch noch jung. Ich werde bald erwachsen, dann kriegt ihr das ›Empty Nest Syndrom‹. Viele Paare kommen sehr schwer damit zurecht, manche Beziehungen scheitern sogar daran. Aber mit Wanja …«

Ich hatte das nett gesagt, ganz beiläufig. Aber Slawa wurde still, er krallte die Finger ins Lenkrad und starrte eine Weile geradeaus, ohne zu blinzeln. Dann sagte er: »Mikita, es reicht langsam!«

Ich glaube, er nannte mich zum ersten Mal beim vollen Namen. Mir wurde mulmig davon.

»Du benimmst dich wie ein Rentner in Schuluniform!«, fuhr er fort. »Ich freue mich ja, dass du so klug bist und Fachbegriffe aus der Psychologie kennst, aber mir gefällt deine Tendenz nicht, alle kontrollieren und wichtige Entscheidungen für sie treffen zu wollen.«

Ich versuchte einzuwenden, dass ich sowieso keine Entscheidungen ohne sie treffen könnte …

»Merkst du selbst nicht, was für ein Nörgler du bist?!«, unterbrach er mich. »Wie kannst du in deinem Alter so furchtbar ernst sein? Warum spielst du keine Computerspiele? Alle Eltern klagen, dass sie ihre Kinder nicht vom Bildschirm kriegen. Willst du nicht mal damit anfangen? Oder dumme Videos auf YouTube schauen? Blogger mit schlechten Witzen? Irgendwas, das deinem Alter angemessen wäre!«

»Willst du, dass ich blöd werde?«

»Nein, ich will, dass du ein Kind bist. Wir sind die Erwachsenen, nicht du! Wir klären das schon ohne dich! Und du … leb einfach dein Leben!«

Darauf sagte ich nichts. Denn alles, was ich hätte sagen können, wäre mir ja doch wieder als Nörgelei und übertriebene Ernsthaftigkeit ausgelegt worden. Also schwieg ich die restliche Fahrt.

Auch Slawa schwieg eine Weile, aber dann sagte er unerwartet: »Wenn wir nach Hause kommen, fang nicht mit dem Thema an. Ich rede mit Papa.« Und fügte ernst hinzu: »Allein.«

»Warum das?« Ich fing an, mich zu ärgern. »Ich bin auch ein Teil der Familie. Warum darf ich nicht mitreden?«

»Juristisch gibt es nur Adoptiveltern, keinen Adoptivbruder. Die Eltern nehmen ein Kind in die Familie auf, nicht der Bruder. Das geht also nur uns was an. Und deine Haltung kennen wir schon.«

Zu Hause sprachen die beiden sicher eine Stunde miteinander. Hinter verschlossener Tür, sodass ich tatsächlich nichts hörte. Einerseits war das gut, denn es hieß, sie stritten nicht. Andererseits schlecht, weil ich keine Ahnung hatte, was mich erwartete.

Als die Tür aufging, stürmte ich den Neuigkeiten entgegen in den Flur. Aber sie hatten es nicht eilig, mir irgendetwas mitzuteilen. Ich sah nur, wie Slawa Lew einen Kuss gab und sagte: »Ich verspreche dir, ich werde tun, was du sagst.«

Von diesen Worten rutschte mir das Herz in die Hose. Was sollte er denn sagen? Er hat doch schon alles gesagt. Das war es also mit der Adoption …

Ich war unglaublich wütend auf mich selbst, die Eltern, unser Leben, den Umzug nach Kanada. Ich hatte das Gefühl, die beiden machten sich künstlich Probleme, liefen wegen Homophobie in ein anderes Land weg, dabei ging es uns doch gut. Ein wirklich beschissenes Leben sah anders aus: Da gab es keine Liebe, Freundschaft und Familie, kein Dach über dem Kopf, kein Essen im Kühlschrank, gar nichts – und nicht einmal die Vorstellung von alldem. Aber die eigene Beziehung und Familie vor der Gesellschaft zu verstecken war einfach eine Unannehmlichkeit, mehr nicht.

Alle meine Probleme kamen mir jetzt nichtig vor. Als wäre ich vom Himmel auf die Erde gefallen. Wanja hatte mich auf den Boden der Tatsachen zurückgeholt.

Ich zuckte zusammen, als ich an seine Tränen denken musste. Was für ein dummes und bequemes Dasein hatte ich die ganze Zeit gehabt, mit lauter nichtsnutzigen Grübeleien übers Leben. Dabei hatte ich nicht die geringste Ahnung.

In diesem Moment entschied ich, den Eltern alles zu sagen, was ich über sie dachte, aber wie sich herausstellte, hatte Lew zugestimmt, eine Adoption nicht abzulehnen, solange er Wanja nicht kennengelernt hatte. Slawa würde die Unterlagen einreichen, um Wanja für ein Wochenende zu uns zu nehmen, und danach würden sie weitersehen.

Außerdem fing Lew mir gegenüber wieder von der riesigen Verantwortung an, die mit der Erziehung eines Heimkindes einherging.

Innerlich musste ich grinsen: Irgendwie kriegte ich Wanja und die Bezeichnung Kind nicht zusammen. Wie sollte man nach allem, was er erlebt hatte, auch Kind bleiben? Ein Kinderheim heißt nur so, weil da viele kleine Menschen in Kinderkleidung wohnen, deswegen glauben alle, sie wären Kinder. Aber der Schein täuscht. Das Wesentliche ist für die Augen unsichtbar.

Am nächsten Tag fuhr ich heimlich zu Wanja. Ich musste mit ihm reden.

Ich kam später als sonst, er wartete nicht am Zaun, wahrscheinlich hatte er gedacht, ich komme nicht. Dafür tigerte ein anderes Kind in der Nähe herum.

»He, Junge!« Ich trat gegen den Zaun, um ihn auf mich

aufmerksam zu machen. Er sah zu mir rüber. »Hol mal Wanja.«

»Welchen Wanja?«

Ich wusste selbst nicht, welchen. Ich hatte ihn nie nach seinem Nachnamen gefragt. Wanja war einfach Wanja …

»Den Wanja, den sein Bruder immer besucht. Ich bin sein Bruder. Hol ihn mal.«

Der Junge klimperte überrascht mit den Wimpern, machte sich aber auf den Weg. Von weitem hörte ich ihn rufen:

»Wanja, dein Bruder ist da!«

Wanja kam angerannt, als glaubte er seinen Augen nicht. Oder vielmehr seinen Ohren. Er hatte nicht damit gerechnet, dass jemand aus der Gruppe ihn als meinen Bruder anerkannte.

»Hi«, sagte ich schnell. »Hör zu, willst du mit mir zusammenwohnen?«

»Mit dir?«, fragte Wanja misstrauisch.

»Mit mir und … meiner Familie. Bei meiner Familie.«

»So wie adoptiert, oder wie?«

»So in der Art. Willst du?«

Ich hatte gedacht, dass Wanja freudig »Ja« rufen würde, noch bevor ich meinen Satz beenden könnte, aber er erwiderte irgendwie unsicher: »Ja … Ich denke schon …«

Ich nickte.

»Super, dann gibt es nur noch ein Problem.«

»Welches?«

»Der Freund von meinem Vater muss dich mögen.«

Jetzt war der falsche Zeitpunkt, um noch mal von der Regenbogenfamilie und den zwei Vätern anzufangen. Es wäre überhaupt gut, wenn er das Gespräch von damals vergessen würde. Sonst rutscht ihm noch irgendein Blödsinn raus. Ich beschloss also bei der Version mit der wahnsinnig engen Freundschaft zu bleiben.

»Wieso der Freund?«, fragte Wanja irritiert.

»Na ja … So ist das eben. Papa legt sehr großen Wert auf seine Meinung. Wenn Leute eng befreundet sind, dann hören sie aufeinander. Deswegen liegt das letzte Wort bei ihm.«

Wanja dachte offenbar, ich würde Unsinn reden. So war es ja auch, aber mir war auf die Schnelle nichts Besseres eingefallen. Deswegen drängte ich ihn: »Also, bist du einverstanden oder nicht?«

»Einverstanden womit?«

»Ihm zu gefallen.«

»Und was muss ich dafür machen?«

»Ganz einfach. Am Wochenende kommst du mit zu uns nach Hause. Schimpf in seiner Anwesenheit nicht, also fluch nicht. Und benimm dich möglichst anständig. Kriegst du das hin?«

»Ich weiß nicht …«

»Einfach nicht fluchen, okay?«

»Okay«, stimmte er genervt zu. Dann schob er ruhiger nach: »Okay … ich versuch's.«

Am Samstag holten wir Wanja im Heim ab. Während Slawa mit Kira Dmitrijewna redete, warteten Wanja und ich im Flur vor ihrem Büro. Wanja pulte nervös mit der Spitze seines ausgelatschten Turnschuhs an einem Loch im Laminat herum. Dann sagte er: »Ich hab ein Problem.«

»Was für eins?«

»Wie soll ich deinen Vater anreden?«

»Was steht denn zur Auswahl?«

»Mit Vornamen oder mit Vatersnamen.«

Ich stellte mir vor, wie man jemanden mit Vatersnamen anredet: Ilitsch, Petrowitsch, Michalitsch …

»Lieber mit Vornamen«, sagte ich.

»Gut«, sagte Wanja und ging wieder zum Pulen über.

Nach einer Weile fragte er: »Und wie heißt sein Freund?«

»Lew.«

»Und soll ich den mit Vornamen oder …«

»Sag einfach Lew, Wanja. Wenn jemand Lew heißt, erübrigt sich das mit dem Vatersnamen. Das ist respektvoll genug. Und überhaupt, was macht das für einen Unterschied? Mach doch keine Probleme, wo keine sind.«

»Schon gut, mach ich nicht mehr«, sagte Wanja ernst.

Das mit dem ordentlichen Benehmen ging gleich am Ausgang schief. Beim Tor war eine gigantische Pfütze, so ein typisch russisches Riesending. Slawa und ich gingen drumherum, aber Wanja ging mitten durch, durchnässte seine Schuhe und saute die Hose ein. Dabei freute er sich auch noch wie ein König.

»Soll ich dir sagen, was Lew von Kindern hält, die so was machen?«, zischte ich ihn an, als wir auf der Rückbank saßen.

»Aber ich hab nicht geflucht …«

»Dummheiten mag er auch nicht.«

»Aber das macht Spaß.«

»Nasse Füße haben – macht das Spaß?«

»Durch Pfützen gehen macht Spaß«, erwiderte Wanja, streckte mir die Zunge raus und drehte sich zum Fenster.

Slawa, der uns im Rückspiegel beobachtet hatte, lachte plötzlich los.

»Du bist aber auch ein Nörgler, ganz der Vater.«

Hier brauchte es keine Spezifizierung, welcher Vater gemeint war. Es war nicht das erste Mal, dass Slawa auf meine furchtbare Charakterähnlichkeit mit Lew verwies. Mich nervte das, weil ich nur zu gut wusste, wie Lew einen zur Weißglut treiben konnte, aber insgeheim war ich auch stolz zu sein wie er.

Ein Piano im Busch

Wanja besah unsere Wohnung wie Tom Kenti die Schlafgemächer von Prinz Eduard. Alles versetzte ihn in Staunen, dass ihm die Kinnlade herunterfiel: der Fernseher, das Notebook, die Mikrowelle und selbst die Couch. Er legte seine Wange an die Armlehne, streichelte sie und murmelte: »Wie weich die ist …«

Da fiel mir etwas Seltsames auf: Wanja wirkte irgendwie schmuddelig. Also objektiv betrachtet, war er natürlich sauber und zurechtgemacht, trotzdem sah sein Gesicht aus, als wäre es von einer Staubschicht überzogen. Und auch seine Augen wirkten, sogar wenn er sie staunend aufriss, als wäre alles ringsum leer. Und würde es für immer bleiben.

Die Operation »Lew gefallen« wäre gleich am Anfang fast gescheitert. Als Wanja seinen Rucksack, den er für diese zwei Tage gepackt hatte, in mein Zimmer brachte, fiel er ihm auf den Fuß, und Wanja entfuhr ein lautes: »Fuck!«

Sofort knallte er sich die Hände vor den Mund.

Aber es war zu spät. Obwohl, nein, ein Fehler war noch kein Scheitern. Allerdings ließ der nächste nicht lange auf sich warten, denn Wanja fragte mich eindeutig zu laut flüsternd, ob man bei uns rauchen dürfe.

»Nein, bei uns darf man nicht rauchen«, antwortete Lew aus dem Nebenzimmer. »Erst recht nicht, wenn man neun ist.«

Der dritte war dann aber wirklich aus den Fingern gesaugt. Wir saßen beim Mittagessen, und Wanja lümmelte mit seinen Ellbogen auf dem Tisch. Lew beobachtete das eine Weile und konnte es sich nicht verkneifen: »Nimm die Ellbogen vom Tisch.«

»Warum?«, fragte Wanja.

Vorher hatte er sich noch ein riesiges Stück Brot in den Mund gestopft, was die Frage nicht sehr deutlich klingen ließ.

»Das gehört sich nicht.«

Wanja murrte, er hätte doch nichts gemacht, aber Lew unterbrach ihn: »Red nicht mit vollem Mund.«

Wanja würgte, ohne zu kauen, alles auf einmal runter und fragte: »Was haben Sie denn? Sie sitzen doch am andern Ende. Ich stör Sie gar nicht.«

»Du störst Miki«, entgegnete Lew. »Nicht wahr?«

Er sah mich fragend an. Ich saß neben Wanja und wusste nicht, ob mich seine Ellbogen störten oder nicht. Eigentlich hatte ich sie gar nicht bemerkt, und für mich wäre auch nichts dabei, ein Stück zur Seite zu rücken, so viel Platz brauchte ich sowieso nicht. Aber wenn ich gesagt hätte, dass sie mich nicht störten, wäre ich gleich in Ungnade gefallen, weil ich den Erziehungsprozess sabotierte. Deswegen nickte ich.

Wanja sah mich an wie einen Verräter. Ganz lange, finster, und er schnaufte dabei wie eine Eisenbahn, dann sprang er auf und rannte in mein Zimmer.

Ich war sauer. Auf Lew.

»Du machst das doch mit Absicht«, flüsterte ich zornig.

»Ich weise ihn nur auf die nötigen Manieren hin.«

»Welche Manieren? Er kommt aus einem Heim, nicht aus einem Institut für adelige Mädchen.«

Ich hatte wirklich den Eindruck, dass Lew absichtlich so mit Kindern umging. Mich hatte er anfangs auch immer mit solchen Spielchen schikaniert. Als würde er sich dafür richtig ins Zeug legen …

Bis zum Abend häuften sich Wanjas Vergehen. Er wusch sich vor dem Essen nicht die Hände, schlürfte beim Teetrinken, ging unerlaubt an Lews Medizinbücher, klagte dreimal, dass er rauchen wollte, und als im Fernsehen ein Bericht über einen Alkoholiker lief, nahm er das gleich zum Anlass zu erzählen, dass er dem Wachmann mal eine Flasche Wodka geklaut hatte und wie sein erster Kater gewesen war.

Nach der Wodka-Geschichte gab ich alle Hoffnung auf. Als er unsere irritierten Blicke bemerkte, dämmerte das auch Wanja. Obwohl ich glaubte, dass er nach der Bekanntschaft mit Lew selbst nicht mehr bei uns wohnen wollte.

Aber abends fand ich ihn ganz aufgelöst in meinem Zimmer. Er hatte sich auf meinem Bett zu einem Kringel eingerollt und weinte lautlos.

»Was ist denn?« Ich setzte mich zu ihm.

»Er mag mich nicht. Ihr werdet mich nicht nehmen.« Und er weinte heftiger.

»Es ist noch Zeit.«

Wanja schluchzte: »Aber ich mach doch alles, was ich kann.«

»Schon gut, gehen wir zu Plan B über.«

»Welcher Plan B?«

»Weiß ich noch nicht«, gab ich ehrlich zu. »Ich überleg mir einen.«

»Ich kann mir auch was überlegen, ich bin nicht doof.«

»Sehr gut, dann überlegen wir zusammen.«

Ich zerbrach mir den Kopf darüber, wie man Lew beeindrucken könnte. Ich hatte ja nichts machen müssen, um ihn für mich zu gewinnen. Was mochte er denn, außer weiße Hemden und Medizin?

Genau! Medizin! Mir fiel ein, dass unserer Versöhnung nach dem großen Streit mein Asthmaanfall vorangegangen war.

»Vielleicht könntest du ein bisschen sterben?«, schlug ich Wanja vor.

»Wozu?«, fragte er erschrocken.

»Er ist Arzt. Sterbende Menschen machen auf ihn Eindruck.«

Wanja starrte mich mit weit aufgerissenen Augen an, deswegen fügte ich schnell hinzu: »Keine Angst, er rettet dich!«

»Und wie soll ich anfangen zu sterben?«

»Weiß nicht. Wenn dir nicht nach Sterben ist, fängst du wahrscheinlich auch nicht so schnell damit an … Pass auf!« Ich hatte einen Geistesblitz. »Du musst ja nicht richtig zu sterben anfangen. Du kannst auch nur so tun.«

»Wie das?«

»Ich bring dir bei, wie man überzeugend erstickt. Damit kenn ich mich aus.«

»Ich will nicht, dass man mich beerdigt.«

»Wir tun doch nur so!«

»Also nur ein Spiel?«

»Ja, aber ein sehr ernstes Spiel. Ohne lachen.«

Ich dachte immer, simulieren wäre einfach, ich hatte das tausendmal gemacht, wenn auch nicht bei Lew, sondern bei der Schulkrankenschwester, um aus dem Unterricht zu kommen. Mein Körper gehorchte mir einwandfrei: Wenn ich wollte, dass mein Blutdruck stieg, zwang ich mich dazu, mich aufzuregen. Ich dachte an irgendwelchen Unsinn, der mich aufwühlte, damit mein Herz zu pochen anfing, dann ging ich schnell zur Krankenschwester, und der Wert auf dem Messgerät war niemals unter 140. Garantiert. Ich hatte überhaupt recht gut verstanden, wie mein Organismus funktionierte: Ich wusste, wie ich es anstelle, dass ich blass, rot, schwitzig oder heiß werde … Fast alles an meinem Körper reagierte auf Stress, und darin, mich selbst in einen psychischen Ausnahmezustand zu versetzen, war ich Profi.

Aber Wanja konnte das offenbar nicht. Sein Asthmaanfall erinnerte eher an Epilepsie, und um echte Krämpfe von gespielten zu unterscheiden, brauchte man keinen Medizinabschluss. Die ganze Aktion wirkte wie ein billiges Theaterstück, Plan B konnten wir also vergessen.

»Okay, Wanja, hör auf«, unterbrach ich ihn bei seinen Bemühungen. »Nächster Plan.«

»Nicht überzeugend?«

»Ne.« Ich schüttelte den Kopf.

»Und nun?«

»Wir haben noch morgen. Mach einfach alles, was er sagt. Und widersprich ihm nicht.«

Für morgen stand ein Theaterbesuch an. Ich hatte extra ein Musical ausgesucht – seicht und unterhaltsam, weil ich Angst hatte, dass Wanja eine Inszenierung russischer Klassik schlichtweg nicht aushalten würde.

Wie sich herausstellte, waren sie mit dem Heim nie im Theater gewesen. Ich erklärte Wanja also schnell das angemessene Benehmen: »Du darfst keinen Krach machen, rumrennen oder vom Platz aufstehen und während der Vorstellung nichts kommentieren. Verstanden?«

»Verstanden«, nickte Wanja eifrig.

Aber das Komplizierteste stand uns noch bevor.

»Was für Klamotten hast du mitgenommen?«

Wanja hatte eine Jeans, ein verwaschenes T-Shirt mit Spiderman drauf und einen ausgeleierten Hoodie. Mist …

Bei meinem entgeisterten Blick fragte er: »Lassen die mich so nicht rein?«

»Schon«, sagte ich. »Aber Lew wird das nicht gefallen.«

In der Zwischenzeit hatte Lew nämlich sogar Slawa dazu gebracht, Hemden ins Theater anzuziehen. Aber die löchrigen Jeans waren geblieben, und auch auf die Chucks zu verzichten weigerte sich Slawa vehement.

Ich kramte in meinem Schrank, ganz oben lagen die Sachen, aus denen ich herausgewachsen war. Lange suchte ich wenigstens nach einem Hemd, alles, was sich finden ließ, warf ich Wanja zu: »Probier das an.«

Es wurde eine richtige Modenschau. Wanja drehte sich vor dem Spiegel, schritt theatralisch auf und ab. Ein Teil der Hemden war zu groß und hing an seinen Schultern hässlich runter, der andere zu klein und eng. Aber am Ende fanden wir eins, das perfekt saß – ein weißes!

Die Jeans durfte er anbehalten, blieben noch die Schuhe.

»Hast du nur die Turnschuhe, mit denen du gestern durch die Pfütze bist?«

Wanja nickte. Rief aber sofort: »Die sind aber schon wieder trocken!«

»Darum geht's nicht«, murrte ich. »Damit die anständig aussehen, müsste man sie in die Waschmaschine stecken. Und wahrscheinlich bringt auch das nichts … Welche Größe hast du?«

Ich fand sogar richtige Anzugschuhe für ihn, die ich in der ersten Klasse zu der Uniform getragen hatte. Aber als er die zur Jeans anzog, rebellierte der Stylist in mir. Ich suchte ihm Chucks. Dummerweise gingen die in meiner Kindheit immer schneller kaputt, als ich rauswachsen konnte, und sahen dementsprechend aus.

»Die sind doch auch alt und hässlich«, protestierte Wanja.

»Du hast keine Ahnung. Das trägt man jetzt so.«

Als Wanja sich in meiner Kleidung vor den Spiegel stellte, sah auch sein Gesicht gar nicht mehr staubig aus. Ein ganz gewöhnliches Gesicht, sogar recht kindlich. Wahrscheinlich war es die Heimkleidung, die ihm diesen Stempel von Verlorenheit und Waisentum verpasste – ohne sah er wie ein normaler Junge aus. Nur seine Augen verrieten ihn.

Lew gegenüber wurde Wanja tatsächlich ganz zahm. Er sagte nichts, solange er nicht angesprochen wurde, im Auto redete er nicht einmal mit mir. Ich konnte sehen, wie schwer ihm das Schweigen fiel.

Obendrein befand sich das Theater in der Nähe vom Freizeitpark, und wahrscheinlich war Wanja noch nie mit solchen Karussells gefahren. Beim Anblick von der kümmerlichen Nachahmung einer Achterbahn wurden seine Augen riesengroß. Ich konnte mir vorstellen, wie gern er vor Begeisterung geflucht hätte, aber er riss sich zusammen.

Drinnen in der Eingangshalle verlor ich Wanja. Ich merkte es nicht mal sofort. Wir hatten alle den Aushang mit dem Programm für den nächsten Monat studiert, und er war in der Nähe herumgewuselt, bis Lew plötzlich fragte: »Wo ist Wanja?«

Ich drehte mich um, er war nirgends zu sehen. Ich ging ihn suchen, aber da waren unzählige Menschen, Kinder huschten hin und her, alle in weißen Hemden, jeder Zweite sah wie Wanja aus. Da erklang Musik. Erst schenkte ich ihr keine Beachtung, sie nervte mich sogar: Was soll das Geklimper, während ich hier so einen Stress habe!

Aber die Musik war live, jemand spielte ganz in der Nähe. Instinktiv steuerte ich darauf zu und landete bei einem Flügel mitten in der Halle. Der war uralt, glänzend, schwarz. Und an dem Flügel: Wanja! Sitzt da und spielt wie ein echter Musiker, nur ohne Noten, irgendeine merkwürdig vertraute Melodie.

Ich drehte mich um. Lew schritt langsam auf mich zu, auch perplex von diesem Anblick. Aber das war nur der Anfang. Plötzlich hob Wanja den Kopf, sah uns an und sang mit einer Engelsstimme: »Ach, ihr Straßen, Nebel und Staub, Kälte, Sorgen, Steppenkraut …«

Jetzt fiel mir wieder ein, welches Lied es war. So wie er sang, konnte man kaum glauben, dass es noch derselbe derb fluchende Junge war. Im weißen Hemd am Flügel wirkte er wie der Schüler eines Konservatoriums aus einer bildungsbürgerlichen Familie, ein kleines vielversprechendes Genie. Lew und ich warfen uns Blicke zu, wie um uns zu vergewissern, dass wir beide richtig sahen und hörten.

Als Wanja zu Ende gespielt hatte, klappte er den Tastendeckel zu und sagte in seinem üblichen Tonfall: »Fertig, Mann …« Fehlte nur noch, dass er auf den Boden spuckte.

»Du spielst Klavier?«, fragte Lew.

Auf den Boden blickend, als würde er sich dafür schämen, erwiderte Wanja: »Na ja, ein bisschen halt …«

Anschließend erklärte er noch kurz angebunden, die alte Musiklehrerin habe mit ihm geübt, aber dann hätten sie eine neue bekommen, und die lasse die Kinder nicht mehr ans Klavier, deswegen habe er ein Jahr lang nicht gespielt.

Ein Jahr lang nicht gespielt, und dann legt er gleich so ein Konzert hin!

Ich fragte sofort: »Kannst du was von Queen spielen?«

Das war natürlich eine dumme Frage. Woher sollte er Queen kennen? Kannte er auch nicht, wie er direkt sagte. Aber dann öffnete er den Tastendeckel wieder und schlug vor:

»Ich kann es versuchen, sing mal was.«

Ich war überrumpelt. Ich hatte den Gesangsunterricht vor über einem Jahr hingeschmissen. Besonders talentiert war ich sowieso nie gewesen. Aber ich wollte zu gern wissen, was er draus macht, deswegen sang ich ein paar Zeilen aus dem Song, der mir am besten fürs Klavier zu passen schien: »Love of My Life«.

Er hörte kurz zu, plötzlich fing er an, mich zu begleiten, und wie! Der Song, den er noch nie im Leben gehört hatte, geriet dem Original erstaunlich ähnlich. Wenn er irgendwo von Queen abwich, dann nur, weil ich die Töne nicht traf.

»Kannst du das mit jedem Lied?«, fragte ich erstaunt.

Wanja rieb sich die Nase, sah wieder auf den Boden und murmelte: »Weiß nicht … Vielleicht nicht mit jedem …«

Als würde er sich für sein Talent schämen.

Da platzte Lew heraus: »Du bist ein Genie!«

»Ne«, sagte Wanja. »Ich hab doch nur Fünfen, vor allem in Mathe …«

»Wen kümmert Mathe? Du hast Talent, wozu brauchst du Mathe?«

Na, das war ja mal was. Lew hatte nie viel für Talente übriggehabt, meiner und Slawas Kunst stand er skeptisch gegenüber, und Musik hatte ihn noch nie interessiert. »Wozu brauchst du Mathe?« – und das, nachdem er mich die ganze Grundschule hindurch damit gequält hatte. Das passte nicht zu ihm. Bei ihm stand die Wissenschaft über aller Kunst. Und jetzt plötzlich: »Genie, Talent …«

Aber Wanja hatte Eindruck hinterlassen, keine Frage. Einfach nach Gehör die Begleitung für ein Lied zu spielen, ohne Musikausbildung, das war nicht ohne.

Fast hätten wir den Anfang von der Vorstellung verpasst. Das Musical mochte, ehrlich gesagt, nur Wanja. Wir waren zu beeindruckt von seinen Fähigkeiten, um uns auf irgendetwas anderes zu konzentrieren. Als Lew Slawa in der Pause begeistert erzählte, was für ein Wahnsinnstalent Wanja hätte und dass man es auf keinen Fall verkommen lassen dürfe, war mir klar: Die Sache war geritzt. Wen kümmert es, ob jemand seine Ellbogen beim Essen auf den Tisch stellt, wenn er ein Genie ist? Genies dürfen alles!

So bekam ich einen kleinen Bruder.

Der Nanny

Wanja musste von Lew noch viel mehr erdulden als ich. Manchmal tat er mir richtig leid. Lew legte regelrecht soldatische Erziehungsmethoden an den Tag: Wanja musste abends so viele Liegestützen machen, wie er tagsüber Mist gebaut hatte. Für mich klang das harmlos, ich hätte bei den Regeln ein paar Liegestützen pro Woche gemacht. Aber Wanjas Vergehen überstiegen manchmal fünfzig täglich.

Als Vergehen zählten schlechte Noten, nicht gemachte Hausaufgaben, schwänzen, zu spät kommen, Einträge im Klassenbuch, Prügeleien, Beleidigungen seiner Mitmenschen, schlechtes Benehmen – und das war nur die Schule. Zu Hause durfte er nichts unerlaubt nehmen, musste Geschirr spülen, mir beim Aufräumen helfen, Hausaufgaben machen, seine Kleidung in den Schrank hängen, statt sie irgendwo im Zimmer hinzuschmeißen, alles, was er sich genommen hatte, an seinen Platz zurücklegen. Und noch tausend andere Kleinigkeiten wie Hände waschen und Ellbogen vom Tisch nehmen. Für Rauchen, Alkohol und Fluchen gab es eine Sonderregelung: je dreißig Liegestützen.

Wenn ich abends aus dem Nachbarzimmer Weinen, Schluchzen und die Klagen »Ich kann nicht mehr« hörte, tat mir das Herz weh. Aber Lew war erbarmungslos wie ein Militärkommandeur. Er sagte nur trocken: »Wenn du den Boden berührst, fängst du von vorne an.«

Slawa warf ihm vor, was er da treibe, sei Sadismus, aber Lew erwiderte, dass er von Wanja nur so viel verlangte, wie der auch leisten könnte. Fairnesshalber muss man dazu sagen: Lew machte alle Liegestützen mit, dadurch fiel es Wanja leichter durchzuhalten.

Außerdem versprach Lew, dass Wanja eine Belohnung erwartete, wenn er sich mal einen Tag nichts zuschulden kommen ließ. Welche, verriet er nicht. Wanja bemühte sich wirklich, aber manche Dinge überstiegen einfach seine Möglichkeiten – wie sollte er in der Schule etwas nicht mitgehen lassen, wenn es da unbeaufsichtigt herumlag? Oder jemanden nicht beschimpfen, wenn der ihm aus Versehen auf den Fuß trat? Um es kurz zu machen: Wanja musste diese Erziehungsmaßnahmen noch sehr lange über sich ergehen lassen.

Bald wurden sie auch auf mich ausgeweitet, damit Wanja sich nicht ungerecht behandelt fühlte. Jetzt musste auch ich mich plötzlich an Regeln halten, die bis dahin gar nicht existiert hatten, mich brav über meine Schulbücher beugen (was ich seit der fünften Klasse nicht mehr getan hatte) und Liegestützen machen, wenn ich etwas versäumt hatte.

Außerdem kam ein Haufen neuer Verpflichtungen dazu: zum Beispiel Wanja bei den Hausaufgaben zu helfen. Dabei hatte er eine Schrift, als würde er Altgriechisch schreiben – ich konnte keinen einzigen Buchstaben entziffern. Um Mathe stand es noch schlimmer: Nicht mal Addition von Subtraktion konnte er unterscheiden. Kurzum, mein Kopf rauchte, und ich verstand immer besser, warum Lew in der Grundschule so genervt von mir gewesen war. Ich wollte Wanja nicht genauso schikanieren, aber was sollte ich machen, wenn er felsenfest behauptete, zwei mal drei wäre fünf?

Als ich eines Tages seine Russischaufgaben kontrollierte, sagte er plötzlich: »Ich glaube, die sind … du weißt schon.«

Ich verstand erst gar nicht, wen und was er meinte. Das sagte ich auch.

»Slawa und Lew … Du weißt schon.«

Da dämmerte es mir. Ich half ihm nach, damit er sich nicht in was reinritt.

»Schwul?«

»Hm.«

Ich wusste nicht, was ich sagen sollte. Zu dem Zeitpunkt kannte Wanja unsere Familie knapp einen Monat und war seit etwas mehr als einer Woche adoptiert, aber niemand hatte ihn groß über die Beziehung unserer Eltern aufgeklärt. Zu groß war das Risiko gewesen, dass er sich irgendwo verplappert.

»Ja, und?«, fragte ich schlicht.

Mir erschien es am besten, so zu tun, als sei es etwas völlig Selbstverständliches.

»Ich dachte, du hättest mich damals verarscht … ähm angelogen.« Lews Erziehung zeigte langsam Wirkung.

»Und was denkst du darüber?«, versuchte ich die Lage zu sondieren.

»Das ist eklig«, erwiderte Wanja unmissverständlich.

»Wärst du lieber im Heim?«

»Ne … besser so.«

»Dann erzähl es niemandem, vor allem nicht denen vom Jugendamt, sonst schicken sie dich zurück.« Ich versuchte, das so nachdrücklich wie möglich zu sagen. »Ich meine es ernst, sonst landest du wieder im Heim. Verstanden?«

Wanja bejahte schwermütig. Während ich mir schon mal tausend Ausreden überlegte, falls er doch nicht dichthalten würde. Sie alle klangen in etwa so: »Ach, hören Sie nicht auf ihn, er ist doch aus dem Heim, da hat er viel Unsinn aufgeschnappt« oder »Er hat einfach noch Anpassungsschwierigkeiten, deswegen erfindet er Sachen«.

Irgendwann fragte ich mich wieder, was wohl mit seinen leiblichen Eltern war. Es konnte doch nicht sein, dass er tatsächlich »nichts und niemand« war. Klar, wenn sie ihn als Säugling vor der Heimtür abgelegt hätten, wüsste niemand was, aber wahrscheinlicher war es doch, dass man ihm einfach nichts erzählt hatte. In seinen Unterlagen musste ja jemand als Eltern eingetragen sein, und diese Unterlagen hatte Slawa.

Ich konnte mir selbst nicht erklären, warum mich diese Auskunft über Wanja interessierte, aber ich machte mich an der Schublade mit den Dokumenten zu schaffen – unter dem Vorwand, ich bräuchte meine Versichertenkarte für die Schule, und die müsste irgendwo da drin sein. Ich fand die Adoptionspapiere und wollte sie schon aufschlagen, als Lew mich bei der Hand packte.

»Was willst du damit?«, fragte er streng.

Mich herauszureden war nicht meins, also gab ich einfach zu: »Ich wollte nachsehen, wer Wanjas Eltern sind.«

»Wozu?«

»Einfach so …«

»Dann frag ihn.«

»Er sagt, sie waren Zirkusakrobaten.« Das war die letzte Version, die er mir aufgetischt hatte.

Da sagte Lew mit vollem Ernst, aber nicht mehr ganz so streng wie vorher: »Dann sind sie Zirkusakrobaten. Stell ihn nicht bloß. Er glaubt daran.«

Ich schämte mich, legte die Unterlagen an ihren Platz zurück und entschied, dass ich nie wieder drangehen würde. Es ging mich nichts an.

Hinzu kam, dass Wanja unglaublich neidisch war, weil er zur Schule gehen musste, während ich Heimunterricht bekam. Deswegen hieß es von den Eltern, ich müsste ab der achten Klasse wieder regulär zurück. Das gefiel mir gar nicht, ich hatte schon vergessen, wie es war, zur Schule zu gehen.

In der siebten Klasse ging ich nur zu den Klassenarbeiten hin, von denen die Noten im Vierteljahr und am Jahresende abhingen. Ende Mai musste ich deswegen wieder hin – die Suppe fürs gesamte Schuljahr auslöffeln. Wanja und ich waren auf derselben Schule, schon am ersten Tag kam er so oft zu mir, dass man mir den Spitznamen »Nanny« verpasste – der Nanny wohlgemerkt.

Überhaupt fanden es alle irre witzig, dass ich plötzlich einen kleinen Bruder hatte. Auch meine Klassenkameraden hatten ihren Sinn für Humor entdeckt:

»Du kannst ihm ja beibringen, wie man Fünfen kriegt.«

»Oder das Geländer runterrutscht!«

»Oder Messerwerfen spielt!«

Ich sagte ihnen nicht, dass Wanja das alles auch bestens ohne mich konnte.

Als er eines Tages zum fünften Mal zu mir kam, wurde ich böse. Noch bevor er etwas sagen konnte, blockte ich ab: »Ich kann jetzt nicht, ich schreibe gleich eine Klassenarbeit in Russisch.« Und hielt ihm zum Beweis mein Heft mit Rechtschreibregeln hin.

Wanja schob das Heft zur Seite: »Solche Buchstaben kann ich noch nicht lesen.«

Hinter meinem Rücken grölten Mitschüler vor Lachen.

»Was willst du?«, fragte ich genervt.

Wanja schielte verängstigt hinter mich und flüsterte: »Ich sag es dir ins Ohr.«

Da tat er mir leid, ich beugte mich zu ihm, und er sagte: »Ich krieg den Gürtel nicht zu.«

Er zog das Hemd hoch, um zu demonstrieren, wie sein offener Gürtel da herumbaumelte. Dabei war es einer von der einfachsten Sorte – mit Automatikschnalle. Ich seufzte und ging vor ihm auf die Knie. Um uns herum kugelten sich alle.

Und Wanja machte das Ganze nur noch schlimmer, indem er sagte: »Früher hatte ich nur einen mit Löchern …«

Die ganze Zeit überlegte ich, wie ich mit Wanja ein pädagogisches Gespräch über Gleichberechtigung, Toleranz und Respekt für alle Menschen beginnen sollte. Irgendwie musste ich ihn ja darauf einstimmen, dass er in einer queeren Familie lebte; mit ihm über Vorurteile reden. Ihm klarmachen, dass es schlecht war, andere zu verurteilen, erst recht Erwachsene, die aufrichtige Gefühle füreinander hatten, und dass daran überhaupt nichts eklig war. Aber, um ehrlich zu sein, steckte so ein Urteil über ihre Beziehung irgendwie auch in mir: Ich fühlte etwas Ähnliches, wenn auch nicht sehr deutlich, eher unbewusst.

Eigentlich war alles an unserer Familie geheim. Nach außen hin gab es Vollkommenheit und die traurige Geschichte über eine tote Mutter und einen alleinerziehenden Vater. Aber im Grunde war alles ein Geflecht aus Lügen, mit dem wir, wer weiß wozu, eine gewöhnliche Familie imitierten. Wanja stand es noch bevor, das alles zu erfahren und, was viel schwerer war, es zu verstehen. Vielleicht hatte ich es selbst noch nicht komplett verstanden. Diese Illusion von »Normalität«, diese Lüge, die stachelig war wie ein Igel und in der ich mich seit zehn Jahren bewegte, während sie mich von allen Seiten pikte – was übrigens schmerzhaft war.

Kaum hatte ich das gedacht, kam Wanja wütend angerannt und regte sich auf, dass ihn irgendein Andrej draußen im Hof als Heimkind beschimpft hatte. Das ärgerte mich, und ich stapfte los, um die Sache zu klären.

Der Übeltäter war ein großer pausbäckiger Junge in Wanjas Alter. Vielleicht ein Klassenkamerad. Ich fragte ihn mürrisch: »Hat dir niemand erklärt, dass alle Menschen gleich sind?«

Insgeheim war ich sogar froh: Das war der perfekte Anlass für mein Gespräch mit Wanja. Er war selbst Opfer von Diskriminierung geworden.

Aber wie sich schnell herausstellte, hatte Wanja den Jungen zuerst als Dickwanst beleidigt. Ich seufzte. Wie sollte man da über Gleichberechtigung reden …

Stolz

Im Sommer erwartete mich eine echte Weltreise, auf die ich überhaupt keine Lust hatte. Die Eltern sagten, ich sollte es locker nehmen, es wäre doch spannend, neue Länder und Menschen kennenzulernen – und das Meer erst, das ich noch nie gesehen hatte. Bei dem Wort Meer machte Wanja Luftsprünge, aber ich sah nur lästige Unannehmlichkeiten auf mich zukommen, es fühlte sich an, wie wenn man weiß, dass man etwas auf keinen Fall tun will, aber es trotzdem machen muss, und schon präventiv dreht sich einem der Magen um.

Ein Beweis für meine absolute Gleichgültigkeit war, dass ich nichts über die Reise zu erzählen hatte. Als Großmutter mich später ausfragte, sagte ich kurz angebunden: »Die Bahamas? Ja, da hab ich Schweine gefüttert.«

Und über Kanada hatte ich gar nichts zu berichten: Ich hab nur im Hotel gehockt, die Hochhäuser vor dem Fenster gemustert und überlegt, von welchem man sich am besten runterstürzen könnte, wenn wir dahin ziehen würden.

Meine Apathie und Lustlosigkeit ließen bei Lew Zweifel aufkommen: »Nimmst du deine Tabletten?«

»Klar«, ich nickte und raschelte abends extralaut mit der Verpackung, um den Schein zu wahren. Der Rest lief wie gehabt, und ich spuckte sie in den Abfluss.

Über England hätte ich mehr erzählen können, aber das war nichts für Großmutter. Brighton blieb mir nur durch einen Tag im Gedächtnis, aber was für einen: mein erster CSD. Dass sich Slawa mit Glitzer bestreut und in Regenbogenfarben anmalt, überraschte mich nicht, aber von Lew hätte ich das nicht erwartet. Ich hätte gedacht, dass er auch bei diesem Event in weißem Hemd aufmarschiert, aber im Ausland erlaubte er sich eine größere Bandbreite an Klamotten, als würde ihn Russland zu seinem strengen Stil zwingen. Wanja, dem man nichts erklärt hatte, nahm alles sehr gelassen auf. Er fragte nur, was ein CSD sei, und Slawa erwiderte, dass es dort Musik und fröhliche Menschen gebe, man alles mit Regenbögen schmückte – da rief Wanja schon: »Ich bin dabei!«

Er hüpfte um Slawa herum und bettelte: »Mal mir hier einen Regenbogen! Darf ich mir die Haare färben? Ich will auch so eine Flagge!«

Ich beobachtete das Geschehen von der Couch aus, in schwarzen Jeans, schwarzen Chucks und einem schwarzen Hoodie. Lew vergewisserte sich, ob mir bewusst war, dass wir zu keiner Beerdigung gingen, und ließ mich nach meinem verhaltenen Ja in Ruhe.

Ich muss absurd neben ihnen ausgesehen haben, als wir ins Stadtzentrum gingen. Die Eltern hatten ein paarmal gesagt, dass ich nicht mitkommen müsste, wenn ich nicht wollte, ich wollte zwar nicht, aber ich ging trotzdem mit. Ich wusste selbst nicht, warum. Ich redete mir ein, dass ich es tat, um meine Väter zu unterstützen, obwohl mein Aufzug sie wohl kaum ermunterte.

Im Zentrum dröhnte Musik aus riesigen Boxen und machte alle ringsum taub und stumm. Die Menschen bildeten eine Art unregelmäßigen Zaun entlang der Straße und freuten sich, worüber auch immer. Aus den Augenwinkeln sah ich einen bunten Bus vorbeifahren, auf dem Dach winkten braun gebrannte, gut gebaute Männer und Frauen – wie eine Herde Mustangs, schoss es mir durch den Kopf. Zu der hämmernden Musik grinsten sie strahlend weiß und wedelten mit Regenbogenflaggen.

Ich dachte mir noch, dass es sehr ermüdend sein musste: zu der ohrenbetäubenden Musik herumzualbern, sich von wildfremden Menschen begaffen zu lassen wie im Zoo, in die Hände zu klatschen und überhaupt nichts Sinnvolles zu tun. Ich mochte keine Zeitverschwendung. Was grinsen die denn alle so? Als gäbe es da einen Grund. Keiner kennt den anderen, und alle grinsen sie einander an.

Noch ein paar Busse fuhren vorbei. Gefolgt von einer Kolonne bunter Menschen mit gigantischen Fahnen, bei ihrem Anblick jubelten alle wie blöd. Plötzlich wurden die angezogenen Menschen von einem riesigen Truck abgelöst, auf dem Männer in Stringtangas vorbeifuhren. Auch festlich-fröhlich.

»Worüber freuen die sich?«, fragte ich, ohne jemand Konkreten anzusprechen. »Über ihren nackten Arsch?«

Unter den Zuschauern entdeckte ich einen jungen Mann, der genauso unzufrieden war wie ich.

Genauer gesagt, war er nicht unzufrieden, sondern neutral. Er grinste nicht grundlos vor sich her, obwohl er auch von oben bis unten in Regenbogenfarben war (mir fiel auf, dass durch den Wunsch, mit Regenbogenfarben aufzufallen, ironischerweise alle gleich aussahen). In Gedanken nannte ich ihn den »unfestlichen« Jungen. Aber als ein Zug von aufgepumpten Männern mit entblößten Oberkörpern vorbeikam, zog er plötzlich sein Shirt aus und pfiff ihnen zu (anscheinend um Solidarität zu bekunden, denn unter dem Shirt war er genauso aufgepumpt). Da entschied ich, dass er ein Idiot sein musste und der Zeitpunkt gekommen war, mich enttäuscht abzuwenden.

Eine ältere Frau mit einem unverschämten Gestus marschierte an uns vorbei und maulte: »Das ist kein Ort für Kinder!«

Oder so was in der Art, nur eben auf Englisch, jedenfalls spürte ich ihre Empörung über Wanjas Anwesenheit. Da fühlte ich mich gleich wohl: Es lag so was Vertrautes, Russisches in dieser dreisten Frau. Obwohl mich das Bedürfnis von Erwachsenen, Kinder von allem fernzuhalten, was mit Sex zu tun hat, schon immer amüsiert hatte. Wenn die mal hören würden, was Fünft- und Sechstklässler in den Pausen redeten. Und nicht nur Jungs, sondern auch Mädchen. Dabei sagten die Jungs wenigstens nur irgendwas Stumpfsinniges wie »Boah, guck mal die Titten«, während die Mädchen sie in allen Details besprachen oder, noch schlimmer, einen Wettbewerb daraus machten, bei wem sie schneller wuchsen.

Meistens hielt ich mich aus solchen Gesprächen raus und schwieg. Die anderen versuchten mich um jeden Preis zu irgendeinem schlüpfrigen Kommentar zu verleiten. Aber ich schwieg nicht, weil ich nichts zu sagen gehabt hätte – ich wollte nur meinen Ekel vor derartigen Themen demonstrieren. Einmal, als es um das Kleid von irgendeiner Schauspielerin ging, bei dem man echt alles sehen konnte, ließ ich sogar bedeutungsschwer fallen: »Schämt euch für eure Frivolität …«

Und alle sahen mich respektvoll an, als hätten sie plötzlich begriffen, wie überlegen ich ihnen war. Insgeheim wusste ich natürlich, dass wir auf einer Stufe standen, weil in meinem Kopf dieselben Gedanken kreisten. Der einzige Unterschied war, dass ich darüber rätselhaft zu schweigen wusste.

Ich merkte, dass ich die Augen nicht vom »unfestlichen« Jungen lassen konnte, obwohl er doch längst wie alle anderen geworden war. Am Ende nervte mich meine Unfähigkeit, mich auf etwas anderes zu konzentrieren, so sehr, dass ich grimmig zu den Eltern sagte: »Ich gehe.«

»Wohin?«

»Ins Hotel.«

»Ist alles in Ordnung?«, fragte Slawa.

Seltsamerweise wollte ich sie beleidigen, sie und diese ganze Veranstaltung. Deswegen sagte ich: »Ja, ich bin diesen Zirkus einfach leid.«

Auf dem Weg ins Hotel machte ich mir Vorwürfe, dass ich schon wieder ohne den geringsten Grund gemein gewesen war. Ich war ja freiwillig mitgegangen, aber irgendetwas hatte mich sauer gemacht. Wahrscheinlich war es die jahrelang aufgestaute Wut darüber, dass ich unter diesen besonderen Umständen aufwachsen musste, die sich jetzt tröpfchenweise über sie ergoss. Aber weil es so kleine Portionen waren, wurde sie auch nicht weniger.

Ständig hatte ich das Gefühl, dass mir etwas fehlte, dass es mir schwerfiel, mich selbst und meine Mitmenschen zu verstehen, weil ich von klein auf nur zwei Vaterfiguren hatte. Ich wusste nicht, wie Mädchen, junge Frauen oder wie Frauen generell waren, in meinem Umfeld gab es keine. Ich hatte nicht die geringste Ahnung, wie ich mit ihnen umgehen sollte. Ich wusste nur, wie Großmütter waren. Und ich hatte auch keine Ahnung, wie ich ein Verhältnis zu anderen Jungs aufbauen sollte, weil ich mir nicht sicher war, was zwischen Männern zulässig war und was nicht. Offensichtlich gab man sich zur Begrüßung die Hand. Zum Abschied auch. Jemanden umarmen ging nicht. Man konnte nur ein bisschen so tun und sich dabei auf die Schulter klopfen, ganz schnell, nur eine Sekunde. Komplimente oder überhaupt was Nettes zu sagen war verboten, es gingen nur Sachen, wie: »Jo, Alter, jo.« Darauf beschränkte sich die Kommunikation. Ich war so durcheinander, dass ich anfing, mit allen so zu reden, auch mit meinen Mitschülerinnen, bei denen ich bald den Ruf eines Grobians weghatte. Ein Mädchen gestand mir mal in einer Valentinskarte ihre Liebe, und ich erwiderte: »Jo, du bist auch in Ordnung.« Ich dachte, man könnte auch zu Mädchen »jo« und »Alte« sagen und ihnen anraten, sich zu ficken. Aber das ging offenbar nicht, die waren dann beleidigt. Für Jungs war das okay, aber Mädchen waren beleidigt. Kurzum, Mädchen waren für mich Aliens oder Bewohnerinnen eines anderen Kontinents, auf dem ich mich wie ein Barbar benahm und ein Wörterbuch gebraucht hätte, um mich mit ihnen zu verständigen.

Und dann warfen sie, also die Eltern, mir noch vor, ich hätte keine Freunde, fragten, warum ich mich abschottete, oder rieten mir, mehr Kontakte zu pflegen, weil ich sonst verrückt würde, während ich nichts lieber wollte, als ihnen endlich an den Kopf zu werfen, dass sie das Problem waren und nicht ich und ich wegen ihnen überhaupt nicht wusste, wie man mit Menschen umging. Sie hatten ja selbst nicht gerade viel Umgang mit anderen Menschen. Vor allem Lew, der überhaupt keine Freunde hatte, sondern nur Slawa und ein paar Kollegen von der Arbeit. Slawa hatte zwar Freunde, aber wenn die zu Besuch kamen, gaben sie sich nicht die Hand, sondern umarmten einander, wahrscheinlich weil sie auch schwul waren und es für sie okay war, aber in der Schule war das nicht okay, da würde man mir eine reinhauen, wenn ich versuchte, jemanden zur Begrüßung zu umarmen. All diese gesellschaftlichen Normen, das Händeschütteln, der Gossenslang, die Tatsache, dass man zu einem Mädchen nicht sagen konnte, sie solle sich verpissen – das alles machte mich so fertig. Weil ich mit diesen ganzen Regeln nicht zurechtkam, wurde jede Interaktion zur reinsten Qual für mich, sodass ich lieber allen aus dem Weg ging.

Ich wusste ja nicht mal, wie ich mit mir selbst zurechtkommen sollte. Einmal sah ein Mitschüler einen anderen Jungen knapp zwanzig Sekunden an, ohne den Blick abzuwenden, da fragte ein anderer gleich, ob der 'ne Schwuchtel wäre. Es trieb mich zur Verzweiflung, dass man in dieser »normalen« Welt offenbar auch noch die Dauer seiner Blicke kontrollieren musste, damit niemand auf falsche Gedanken kam. Beim CSD betrachtete ich den Jungen eine halbe Stunde lang, dafür hätte man mich in der Schule längst als Schwuchtel abgestempelt, was ich auch selbst längst tat, deswegen war ich auch so ausgerastet. Wenn man den anderen glaubte, war man schon schwul, wenn man einen anderen Mann nur anguckte. Wenn man den Eltern glaubte, dann ging es um irgendwelchen Stuss mit »Gefühlen«, der sich mir überhaupt nicht erschloss, weil ich schon lange gar nichts fühlte. Ich hätte einfach zu diesem Jungen hingehen und ihm eine reinhauen sollen. Zuerst »Ey, Alter, ey, was geht?!« sagen und ihm dann eine reinhauen.

Das in etwa waren meine Gedanken auf dem Weg ins Hotel und als ich dort ankam, mich hinsetzte und ins Leere starrte. Als Wanja und die Eltern zurückkamen, sagte ich ihnen, dass das alles dumm und »überhaupt nicht stolz« gewesen war.

»Worauf sind die denn stolz?«, fragte ich, ohne mit meiner Herablassung hinterm Berg zu halten. »Darauf, dass ihre Eier aus den Tangas baumeln? Ist ja ekelhaft mitanzusehen.«

»Du musst ja nicht hinsehen.«

Ich drehte langsam durch: »Wie soll man denn nicht hinsehen, wenn die ihre Orgie mitten in der Stadt veranstalten? Sag jetzt nicht, man muss ja nicht in die Stadt gehen? Und was, wenn ich da wohne? Oder arbeite? Oder zur Schule gehe? Wenn wir nach Kanada ziehen, wird mir dann auch an jeder Ecke diese ›Freiheit‹ aufgedrängt? Und ich kann nichts dagegen sagen, weil es diskriminierend wäre und Diskriminierung strafbar ist, also müssen alle still dasitzen und diese nackten Kerle und Frauen ertragen? Vielleicht zieht ihr ja in die Freiheit, aber ich ziehe in ein Gefängnis der Toleranzzensur.«

»Was ist eine Orgie?«, schaltete sich Wanja ins Gespräch ein.

Aber Lew erwiderte nur: »Wenn du im Zentrum lebst oder arbeitest, brauchst du in dem Moment ja nicht aus dem Fenster zu schauen.«

Ich wurde immer wütender.

»Ich verstehe nicht, wie du diesen Zirkus unterstützen kannst. Du bist doch ein normaler Mensch. Verstehst du wirklich nicht, dass Stolz was anderes ist?«

»Und was?«

»Wenn sie bei ihrem CSD in anständiger Kleidung rumlaufen und statt Flaggen und Plakaten mit Genitalien welche mit Aufschriften wie ›Ich bin schwul und habe ein

Mittel gegen Krebs erfunden‹ oder ›Ich bin lesbisch und habe einen genialen Film gedreht‹ tragen würden, dann ja – darauf kann man stolz sein. Aber das da draußen …«

»Gute Idee«, bemerkte Slawa. »Schlag das mal vor.«

Ich war irritiert, weil niemand mit mir streiten wollte. Aber ich wollte Streit. Oder irgendeine Auseinandersetzung, bei der ich meinen Punkt machen konnte. Und ich machte ihn trotzdem: »Das hat keinen Sinn. Die meisten von ihnen sind nämlich gar keine Genies, Wissenschaftler oder Künstler. Sondern stinknormale langweilige Leute, die der Welt außer ihren bunt bemalten Ärschen nichts zu bieten haben.«

An dieser Stelle wollte ich stolz davonmarschieren, bremste mich aber: Ich hatte sie schon wieder beleidigt. Genau das hatte ich ja eigentlich gewollt, aber es meldete sich mein Gewissen. Ich war unfair zu ihnen. Also fügte ich mit Blick zu Lew hinzu: »Ich bin stolz auf dich, weil du Menschenleben rettest. Und auf dich«, ich sah zu Slawa, »weil du ein sehr talentierter Künstler bist. Und auf euch beide, weil ihr es, trotz der widrigen Umstände und großen Risiken, auf euch genommen habt, mich großzuziehen … und jetzt noch Wanja. Wenn ihr also je das Bedürfnis haben solltet, an so etwas teilzunehmen, dann sagt doch das. Aber lasst eure Klamotten an.«

Auf meinem Weg nach draußen hörte ich Slawa zu Lew sagen: »Na, bist du stolz, dass du so einen unglaublichen Nörgler großgezogen hast?«

»Unglaublich ist das Schlüsselwort, insofern, ja, bin ich.«

It's okay

Ab September ging ich wieder zur Schule wie alle »normalen Menschen«. Allein die Vorstellung hatte mich in Angst und Schrecken versetzt, weswegen ich vorsorglich mit einer Selbsttherapie (und Dressur) begonnen hatte. Über den Sommer hatte ich ein paar Lehrbücher der klinischen Psychologie gelesen und mich bei der Suche nach dem besten Ausweg aus meiner Neurose für kognitive Verhaltenstherapie entschieden. Zur Therapie gehörte unter anderem der Erwerb von einem Fähnchen mit der Aufschrift »It's okay« – diesen Satz versuchte ich zu meiner Lebensphilosophie zu machen. Es war das Erste, was ich sah, wenn ich morgens die Augen aufschlug. Wenn ich mich in meinem Zimmer einschloss und weinte. Wenn ich dort vor Zorn oder Panik bebte. Oder wenn ich mich selbst verletzen oder einfach sofort umbringen wollte. Dann richtete ich den Blick auf dieses Fähnchen und wiederholte: Es ist okay. Alles, was ich durchmache, ist ganz normal. Das ist das Leben.

In der Hülle meines Smartphones trug ich einen Zettel mit mir herum, auf dem in krakeligen Druckbuchstaben »Es ist okay« geschrieben stand. Immer wenn es mir draußen schlecht ging, holte ich ihn hervor. Besser fühlte ich mich dadurch nicht, aber es fiel mir leichter, meinen Zustand zu akzeptieren. So brachte ich mir bei, wenigstens hin und wieder in die Stadt zu fahren, zumindest wenn es unbedingt sein musste; ich brachte mir bei, wieder bis zur Schule zu gehen und relativ ruhig im Unterricht zu sitzen. Ich spürte, dass ich mir eine Maske der »Normalität« übergestreift, dass sich in Wirklichkeit aber überhaupt nichts verändert hatte. Ich fühlte mich immer noch schlecht. Ängstlich. Zum Kotzen. Ahnungslos. Ich erstellte einen Plan für meinen Selbstmord, überlegte mir, wie und wo ich es tun könnte, legte mir die Worte für meinen Abschiedsbrief zurecht. Einfach so. »Nur für den Fall«, redete ich mir ein.

Alles ist okay.

Alles ist okay.

Alles ist okay.

Sagte ich Tag für Tag zu meinen Lehrern, Mitschülern, Eltern, Großmutter, Wanja, Jarik.

Alles ist okay.

Ich muss nur breiter lächeln.

Und die Augen zusammenkneifen.

Bei einem echten Lächeln kontrahieren die Muskeln um die Augen.

Alles ist okay.

Die Eltern merkten trotzdem, dass mit mir etwas nicht stimmte. Ich sah, wie sie besorgte Blicke tauschten und die Stimme senkten, wenn sie über mich sprachen. Und sich nicht festlegen konnten, ob es eine Depression oder nur die Pubertät war.

Und dann noch meine »soziale Isolation« … Lew erinnerte mich beharrlich daran, was für ein netter Junge Jarik war, mit dem ich mich doch anfreunden sollte. Ich erwiderte, es wäre falsch, mit jemandem befreundet zu sein, nur weil man es »sollte«.

Auch Slawa riet mir, mich einfach mal auf jemand anderen zu konzentrieren. Meine Aufmerksamkeit darauf zu lenken, was bei den anderen so los war. Offenbar ein subtiler Vorschlag, mich von meinem Egozentrismus zu lösen.

Also dachte ich mir ein Spiel aus.

Heute kann ich mir schwer erklären, warum ich das alles getan habe. Vielleicht fehlten mir Menschen aus der LGTB-Community, mit denen ich offen über Probleme reden konnte, aber das zu sagen, wäre gelogen: Ich hatte immer Jarik, und wenn ich mich dazu herabgelassen hätte, wäre auch Lena wieder mit mir befreundet gewesen. Menschen, die mich verstanden hätten, gab es zur Genüge, aber gerade die wollte ich merkwürdigerweise nicht in meiner Nähe.

Also machte ich Folgendes: Ich öffnete eine gemeinhin bekannte Gruppe für LGBT-Teenager, ging auf »in der Gruppe suchen« und gab meine Stadt und Schule ein. Es ploppten vier Accounts auf, drei davon ohne Foto und auch die Namen eindeutig erfunden. Aber der vierte war echt. Ich erkannte den Jungen sogar wieder, Gleb. Genauer gesagt, ich erinnerte mich, sein Gesicht auf dem Flur in der Schule schonmal gesehen zu haben. Er ging in die neunte, eine Klasse über mir, obwohl er wie ein Siebtklässler aussah: klein, mit blonden Locken, noch ganz kindlichen Gesichtszügen und von ungleichmäßigen Sommersprossen übersät. Wenn man ihn so ansah, konnte man denken, seine unschuldige Seele wäre einem dieser naiven Iwanuschka-Märchen entsprungen. Aber ich bemerkte gleich Spuren vom grauen Staub unter seinen Augen, wie bei Wanja, bevor der aufgehört hatte zu rauchen. Und eine flüchtige List in seinem netten Lächeln. Trotz der herzallerliebsten Kindlichkeit legte Gleb gern das Gehabe eines Alphamännchens an den Tag – wahrscheinlich weil er immer von Mädchen umgeben war.

Ich lud mir seinen Stundenplan herunter und tauchte in allen Pausen wie zufällig in seiner Nähe auf. Wenn er die Klasse verließ, dann in Begleitung der immergleichen Mädchen, wenn er drinblieb, saß er am Tisch und spielte mit seinem Handy. Ich mochte es nicht, wenn er im Klassenraum blieb. Es war mir wichtig, ihn zu sehen. Bei meiner merkwürdigen Spionage versuchte ich herauszufinden, wie er war, was er mochte, ob er zufällig in dieser Gruppe war. Vielleicht bemerkte ich ja irgendwas, das ihn verraten würde? Aber ich bemerkte eigentlich nichts.

Nach einer Woche kannte ich seinen Stundenplan besser als meinen eigenen. Ich wusste außerdem, dass er samstags zu einer Theater-AG ging. Ich wusste sogar, wo er wohnte, weil ich ihm einmal nach der Schule bis vor die Haustür gefolgt war, mit fünf Metern Abstand. Es wunderte mich sogar, dass er noch nie zu mir gekommen war und gefragt hatte, was ich eigentlich von ihm wollte. Bemerkte er mich wirklich nicht?

Slawa hatte recht. Sich auf die Außenwelt und nicht auf sich selbst zu konzentrieren war eine tolle Ablenkung. Dieses Agentenspiel brachte Abwechslung in meinen Schuljahresanfang und ließ mich sogar jeden Tag mit Ungeduld erwarten: Wie geht es meinem Spionageopfer wohl?

Nach einer weiteren Woche Herumgegaffe wurde es mir zu langweilig. Ich beschloss, mich für die Theater-AG anzumelden. Früher hatte ich ja schon etwas Ähnliches gemacht, es durfte also nicht allzu schwer sein, Anschluss zu finden. Aber vor allem war es eine Chance, Gleb kennenzulernen.

Leute aus verschiedenen Klassen trafen sich im Theatersaal, schoben die Sessel an die Wand und bildeten einen Stuhlkreis in der Mitte. Ich weiß nicht mehr genau, was wir da gemacht haben. Mein Interesse am Theater war zu der Zeit so gut wie erloschen, deswegen merkte ich mir die Übungen nicht und durchbohrte stattdessen Gleb mit meinem Blick. Aber es ergab sich einfach keine Gelegenheit für ein Gespräch.

Bis mir der Zufall half. Einmal diskutierten wir über Puschkin, und die Leiterin des Studios, Tatjana Leonidowna, bat Gleb, ein Gedicht vorzulesen. Er erklärte sich sofort bereit und las zwei Strophen vor – irgendwas über Herbst und trübe Tage. Ich mochte die Verse nicht besonders, aber ich witterte die Chance, mit Gleb ins Gespräch zu kommen. Als wir nach unserer Meinung gefragt wurden, platzte ich heraus: »Voll die blöden Verse.«

Das war nicht unbedingt meine Meinung. Ich fand sie eher schwach und nicht gerade das, was ich von echter Poesie erwartete, aber um mit Gleb zu reden, musste ich etwas Scharfes, Freches sagen, das man nicht einfach nickend übergehen konnte.

Wie erwartet fragte Gleb: »Wieso?«

»Weil sie abgedroschen sind«, erwiderte ich. »Ach, die Herbstzeit, ach, die Vöglein ziehn gen Süden … Kein tiefsinniger Gedanke, alles nur Klischees.«

Gleb war verunsichert, sodass sich gleich mein Gewissen meldete. Ich hätte fast zurückgerudert und gesagt: »Ne, sorry, ich wollte nur mit dir ins Gespräch kommen.« Er setzte sich wieder auf seinen Platz, und eines der Mädchen sagte, ich wäre ein Arsch.

Bis zum Ende der Stunde war Gleb so still, dass ich es schließlich wirklich nicht mehr aushielt und sagte:

»Sorry, ich bin manchmal ein Idiot. Ich bin einfach nicht gut darin, Leute kennenzulernen.«

»Das war also ein Versuch, mich kennenzulernen?«, fragte er schmunzelnd, aber nett.

»Schon«, ich lächelte zurück. »Ich heiße Miki.«

»Ah«, sagte er ein bisschen überrascht. »Interessanter Name. Wie die Figur aus einer Serie.«

»Shameless«, sagte ich nickend.

Den Satz »Du heißt ja wie Mickey Milkovich« bekam ich ständig zu hören, aber immer nur von Mädchen. Mädchen, die von der Idee gleichgeschlechtlicher Beziehungen fasziniert waren und deswegen auch von dem Charakter Mickey. Jungs hatten diese Assoziation nie. Gleb war der erste, da wurde mir klar, dass er nicht zufällig in der LGBT-Gruppe war.

Aber um die Hypothese endgültig zu untermauern, fügte ich hinzu: »Eine interessante Figur.«

»Ja, aber …« Gleb wandte irgendwie verschämt den Blick ab, ohne den Satz zu beenden.

»Schwul?«, beendete ich ihn. »Daran ist doch nichts Schlechtes.«

Gleb sah schnell zu mir auf und lächelte wieder. Alles klar.

Alles klar.

Aber wozu wollte ich das klar haben?

Meine alberne Spionageaktion hatte sich erschöpft, damit sollte mein schnüfflerisches Interesse eigentlich verfliegen. Was wollte ich von diesem Gleb? Merkwürdigerweise sträubte sich alles in mir, dieses seltsame Spiel abzubrechen, dieses Herumspionieren in den Pausen, dieses alberne

Nach-Hause-Bringen (mit fünf Metern Abstand, versteht sich).

Als ich gerade entschieden hatte, nächstes Mal nicht zur Theater-AG zu gehen, fing Gleb mich in der Pause ab und fragte, ob ich am Samstag kommen würde. Und sah mir in die Augen. Und seine Augen waren so blau, wie dafür gemacht, um darin zu ertrinken. Ich sagte: »Ja, ich komme.«

Er lächelte und ging, da kam ich wieder zu mir: Ich komme? Hab ich das gesagt?

Und natürlich kam ich. Ich hätte es auch lassen können. Es gibt abertausend Gründe, warum ein Mensch nicht kommen kann. Ich hätte locker eine Ausrede gefunden, dieses ganze Theaterding interessierte mich ja sowieso nicht mehr. Aber ich ging hin und kam auch noch als einer der Ersten, weil ich wusste, dass die Neunte in der letzten Stunde Erdkunde bei Ljudmila Timofejewa hatte, und die war nett und machte immer eher Schluss, also würde Gleb als einer der Ersten da sein. Und wenn ich auch früh da bin, kann ich mich neben ihn setzen. Oder gegenüber. Gegenüber kann ich ihn die ganze Probe unauffällig anstarren. Und neben ihm kann ich zwar schlecht starren, aber ihn dafür mit dem Knie berühren.

»Mit dem Knie berühren …«, wiederholte ich meinen eigenen Gedanken angeekelt. Und entschied: Nein, mit dem Knie berühre ich ihn sicher nicht, ich setze mich zum Starren gegenüber.

Mein Blick muss nicht gerade nett gewesen sein. Denn ich war wütend auf mich selbst. Ich begriff nicht: Was zum Teufel will ich von ihm? Ich habe den Typen tausendmal auf dem Flur gesehen und nie das Bedürfnis gehabt, ihn zu berühren, und kaum erfahre ich, dass er in der LGBT-Gruppe ist, dreh ich am Rad. Was hat sich denn geändert, dadurch dass ich jetzt weiß, dass er schwul ist oder bi oder sonst noch was? Gar nichts. Gar nichts hat sich geändert. Hör auf zu gaffen!

Ich hörte nicht auf.

Knapp zehnmal trafen sich unsere Blicke, Auge in Auge. Weil auch er mich ansah. Nur sah ich immer gleich weg und er nicht, er betrachtete mich eingehend, ich konnte es fühlen, und dadurch wurde die ganze Situation noch dümmer. Außerdem war es heiß in diesem Probesaal. So heiß … Das war mir früher nie aufgefallen.

Nach der Schule verließen wir das Gebäude zusammen, irgendwie hatte es sich so ergeben, dass wir nebeneinander liefen. Er fragte: »Wo musst du lang?«

Eigentlich musste ich in die andere Richtung, aber ich wusste, wo er wohnte. Also wusste ich auch, wo ich hinzeigen musste, damit wir zusammen gingen. Dorthin zeigte ich auch.

Er freute sich.

»Dann können wir ja zusammen gehen.«

Wir redeten über irgendwas, ich weiß gar nicht mehr, was, er sagte ein paarmal, ich wäre ein toller Gesprächspartner, während ich mir in seiner Gegenwart irgendwie verblödet vorkam. Als wir vor seinem Haus ankamen, fragte er, wo ich wohnte. Ich machte eine vage Handbewegung: da hinten.

Dann sagte er: »Na gut, ich geh dann mal. Ciao.«

»Ciao«, sagte ich.

Gleb war schon im Begriff zu gehen, aber dann fragte er: »Umarmst du deine Freunde zum Abschied?«

Eigentlich hatte ich keine Freunde. Trotzdem sagte ich: »Ja.«

»Sollen wir uns umarmen?«

»Ja.« Meine Stimme war plötzlich tief. Warum, warum bin ich so unbeholfen und rede wie ein Roboter?

Gleb trat näher, legte mir den Arm um die Taille und drückte sich fest an mich. Das hatte ich nicht erwartet. Ich hatte gesehen, wie sich Freunde umarmten, sogar Mädchen. Die machten es immer an den Schultern. Auch meine Eltern umarmten mich an den Schultern. Und Großmutter auch. Sogar Lena hatte mich nur an den Schultern umarmt. Was sollte dieses Herangedrücke?

Ich stand wie ein Eisklotz da und erwiderte nichts. Wartete nur, dass er mich wieder losließ.

Dann sagten wir noch einmal Ciao. Ich behielt es für mich, dass ich diese Umarmung komisch gefunden hatte. Oder schön. Oder aufregend. Das wusste ich damals selbst nicht. Also sagte ich auch nichts.

Luftleerer Raum

Ganze drei Wochen konnte ich an nichts anderes denken als an Gleb, ich begann sogar, mit Leuten aus der Theater-AG über ihn zu reden, die ihn schon lange kannten. Jeder hatte seine eigene Meinung über ihn, aber eindeutig positiv war keine.

»Der ist ein Weiberheld«, sagte Sascha, ein Mädchen aus seiner Klasse.

Eine andere korrigierte sie sofort: »Ach, ist er nicht. Es ist nur die ganze Klasse in ihn verliebt, und er ist einfach … ein Narzisst und ein Arschloch.«

Dann erzählten sie eine Geschichte, wie eines von den vielen Mädchen einmal zu ihm hingegangen war und ihm mit bebender Stimme ihre Liebe gestanden hatte, woraufhin er nur gelangweilt erwidert hatte: »Kleines (er sagte wirklich Kleines), wenn ich euch alle lieben würde, hätte ich keine Zeit zum Leben, so viele wie ihr seid.«

Das versetzte mir einen Stich, als hätte man mich so abserviert. Was ja durchaus noch kommen konnte. Ich traute mich gar nicht, darüber nachzudenken, was mich nach so einem Geständnis erwarten würde.

Zunächst merkte ich selbst nicht, dass ich angefangen

hatte, in romantischen Verben über Gleb zu denken: lieben, gestehen, abservieren. Aber als ich mich dabei ertappte, ruderte ich sofort zurück: Was mache ich da? Ich bin doch nicht so. Das ist nichts für mich. Würden mich Jungs auch nur ein bisschen interessieren, wäre mir das schon früher aufgefallen, und überhaupt mochte ich Lena: Auch jetzt noch stockte mein Herz, wenn ich mir ihre Fotos ansah, also war das alles Einbildung, ich sollte einfach nicht so viel an ihn denken, dann würde alles schon an seinen Platz rücken. Während ich mir das einredete, verdrängte ich die lästige Erinnerung daran, wie ich den Jungen beim CSD beobachtet hatte und ausgeflippt war, als der sein T-Shirt ausgezogen hatte. Ich war weggerannt, um bloß nichts »Falsches« zu denken …

Die Zeit bei der Theater-AG verging in einer Art Trance für mich. Mein Herz raste die ganze Zeit, ich fragte mich sogar, ob man daran sterben konnte, wenn der Puls zwei Stunden lang bei 200 war. Wahrscheinlich nicht. Ich hatte noch nie gehört, dass jemand an Liebe gestorben wäre. Mist … da war es wieder: »an Liebe«.

»Miki, hast du ein Ladegerät?«

Es war Gleb, der fragte. Immer wenn er mit mir redete, hörte ich alles dumpf. Und wenn ich versuchte, ihm ins Gesicht zu sehen, war ich wie betrunken: Es fiel mir schwer, den Blick scharf zu stellen.

Er hat etwas gefragt, ich muss antworten. Mein Kiefer verkrampfte sich. Ich kriegte kein Wort heraus.

Also schüttelte ich den Kopf, obwohl ich hätte sagen müssen: »Ja, aber ich habe es Mascha gegeben, frag sie mal, ob sie es noch braucht.« Aber das war ein viel zu langer und zu komplizierter Satz.

Deswegen schwieg ich meist in seiner Gegenwart oder

presste einsilbige Antworten hervor. Vermutlich ließ mich das geheimnisvoll und gelassen wirken, aber in mir drin brodelte es.

Tatjana Leonidowna sagte, wir müssten in ein paar Wochen ein Märchen für die Erstklässler inszenieren. Und alle müssten mitmachen. Ich stellte mir mich in einem Bärchen- oder Häschenkostüm vor und fragte: »Kann ich den Text schreiben?«

»Perfekt!« Tatjana Leonidowna klatschte in die Hände. »Dann bist du fürs Textbuch zuständig.«

Wie zu erwarten, musste ich mein Märchen dreimal umschreiben, weil unserer Leiterin keine der drei Versionen passte: zu tragisch. In der ersten starben alle, in der zweiten nur der Hauptheld, in der dritten starb zwar niemand, aber alle durchlebten eine existenzielle Krise. Irgendwann entschied ich mich für den Weg des geringsten Widerstands: Ich nahm mir ein fremdes Märchen und schrieb es zum Theaterstück um. Saint-Exupérys *Kleinen Prinzen.*

Bei meiner Wahl orientierte ich mich natürlich an Gleb. Mit seinen blonden Locken und hellblauen Augen war er die perfekte Besetzung für die Hauptrolle, und ich wollte eine Hauptrolle für ihn – stark, beeindruckend und merkwürdigerweise unbedingt tragisch. Ich denke, er wollte dasselbe: Er genoss es, im Mittelpunkt zu stehen, und mochte das Drama.

Dass er mal Schauspieler wird, stand außer Frage. Bei ihm kamen unverkennbares Talent mit einem blendenden Äußeren und Zielstrebigkeit zusammen (einmal sagte er zu mir: »Nach der Neunten mache ich die Aufnahmeprüfung an der Theaterakademie, beim ersten Mal kommt sowieso keiner rein, also besser keine Zeit vergeuden.«). Mit seiner Bühnenpräsenz ließ er selbst die verblassen, die durchaus passable Fähigkeiten hatten. Besonders tat es mir um die verhunzte Szene mit dem Fuchs leid. Wenn Gleb sprach, traten einem vor Rührung Tränen in die Augen – bei dem Jungen, der den Fuchs spielte, wollte man vor Enttäuschung weinen.

Alles in allem war die Inszenierung ein typisches Beispiel durchschnittlicher Talentlosigkeit. Was nicht schlecht war, darauf lief es in der Schule ja immer hinaus. Das Wichtigste war, dass Gleb sich von seiner besten Seite zeigen konnte und tonnenweise Lob bekam. Tatjana Leonidowna lobte trotzdem alle »für ihr Talent«. Klar gelogen, aber das war nun mal ihr Job.

Die Vorstellung endete um sieben. Während sich die dilettantischen Schauspieler umzogen, räumte ich, als Einziger, der sich nicht blamiert hatte, die Requisiten von der Bühne. Niemand half mir: Nach dem Umziehen verabschiedete man sich höflich und verschwand. Irgendwann ging auch Tatjana Leonidowna, nachdem sie mir die Schlüssel dagelassen hatte.

»Gib sie dem Wachmann, wenn du fertig bist.«

Und so blieb ich allein, was ich niemandem übelnahm, ich arbeitete sowieso nicht gern »im Team«. Lieber machte ich alles selbst, als dass mir irgendwer im Weg herumstand.

Hinter der Bühne hustete jemand leise. Was heißt jemand … Ich wusste natürlich genau, wer so hustet.

»Gleb?«, fragte ich, hinter die Kulissen gewandt.

»Ja, ich bin's«, erwiderte er.

»Du bist spät dran …«

Darauf sagte er nichts. Ich nahm die Kiste für die kleinen Requisiten und bemerkte, dass ich plötzlich alles leiser machte: Vorsichtig legte ich die Gegenstände auf den Kistenboden, um keinen Lärm zu machen. Denn ich lauschte, wie hinter der dünnen Wand, über die ein fester Stoff geworfen war, sein Mantel raschelte, Knöpfe aufgingen, Bodendielen leise knarrten und … wie er atmete.

Meine Knie wurden weich. Entweder weil ich vorher allein lauter schweres Zeug getragen hatte oder wegen einem unbekannten aufregenden Gefühl, das mir den Atem stocken ließ.

Als ich die Kiste vollgepackt hatte, ging ich hinter die Bühne – dort wurde alles aufbewahrt, was wir für die Schulvorstellungen brauchten. Dorthin, wo Gleb sich umzog.

Ich stellte die Kiste in die Ecke und wollte schon gehen, als mein Blick an Gleb hängenblieb. Er hatte nur die grüne Hose an, die zum Kostüm des Prinzen gehörte, und er musste sie jeden Moment ausziehen. Er hatte sie schon aufgeknöpft. Den Schlitz geöffnet. Und zog sie herunter.

Eine stinknormale Handlung. Tausendmal gesehen. Nein, eine Million Mal. Zweimal die Woche sah ich vor dem Sportunterricht in der Umkleide, wie ein Dutzend Jungs genau dasselbe machten – und nichts. Aber hier wurde mir plötzlich schwindlig.

»Gibst du mir mal das Hemd?«

Diese Bitte zwang mich, ihn noch mal anzusehen. Er wollte das Hemd haben. Es hing auf einem Kleiderbügel neben mir, an der Wand. Aber seine Jeans lag direkt neben ihm, und ich begriff nicht, warum er sie nicht anzog, sondern nur in Unterhose dastand und darauf wartete, dass ich ihm sein Hemd brachte. Will er, dass ich zu ihm komme? Aber wenn ich zu ihm komme, passiert bestimmt irgendwas. Diese verbotene Erotik in der Luft … Ich erstickte wegen ihr.

Ich nahm das Hemd vom Bügel und trat zu Gleb. In

meinen Schläfen pochte es. Ich schaffte es nicht, gleichmäßig zu atmen, aus meinem Mund drang nur stockender aufgeregter Atem. Und das konnte man sehen.

Als er mir das Hemd aus der Hand nahm, berührten sich unsere Finger, und mir wurde heiß. Ich dachte noch, dass das, was in mir vorging, etwas von einer Krankheit hatte.

»Miki«, er sagte leise meinen Namen und zwang mich zu ihm aufzusehen.

Und da war er – mein erster Kuss, mit dem ich gegen eine kalte Wand gedrückt wurde: seltsam, feucht, unangenehm. Gleb drückte sich an mich, und beschämt verstand ich, dass es mir gefiel, und davon wollte ich weinen, aber ich konnte jetzt nicht weinen, wir küssten uns doch.

Das alles dauerte keine zehn Sekunden, denn als ich seine Zunge in meinem Mund spürte, wurde es mir zu viel, und ich wich aus. Gleb sah mich fragend an.

»Küsst du nicht gern?«

»Nein«, erwiderte ich schnell.

Auch er atmete hastig.

Küssen war furchtbar. Feucht und eklig und sonst gar nichts. Wahrscheinlich weil ich einen Jungen geküsst hatte, ich war ja nicht schwul, dass mir das gefallen könnte, und überhaupt …

Und überhaupt …

Mit meinen hilflosen Rechtfertigungen war ich den Tränen nahe. Denn meinem Körper hatte der Kuss gefallen. Aber mir das einzugestehen wäre so furchtbar, dass mein Gehirn aufrichtig wiederholte: Scheußlich … scheußlich …

Als ich das Schulgebäude verließ, war mir übel, ich hasste mich selbst. Draußen fühlte ich mich endlich, als wäre ich aus einem luftleeren Raum ausgebrochen, hätte einen

Raumanzug abgelegt. Meine eklig weichen Knie erinnerten noch daran, was geschehen war. Um das loszuwerden, setzte ich mich im nächstgelegenen Park auf eine Bank. Einfach runterkommen.

Aber meine Gedanken kreisten unentwegt um das Geschehene. Und während ich daran dachte, fühlte ich wieder eine angenehme Spannung in meinem Körper, und eine unangenehme Übelkeit in meinem Hals, verzweifelt presste ich die Zähne zusammen.

Auf die Bank gegenüber setzte sich ein Junge. Älter als ich, wahrscheinlich schon Student. Er ging mit einem Hund Gassi, einem winzigen, fast schon einem Taschenhund.

Ich taxierte ihn mit meinem Blick, wie um mir selbst zu beweisen: Hier, ich sehe ihn an und fühle nichts. Gar nichts. Er interessiert mich überhaupt nicht, auch nicht, wenn er sich ausziehen würde. Es ist einfach was Verkehrtes passiert, ein Bug, ein Absturz im System, ansonsten sind Jungs überhaupt nicht mein Ding.

Unsere Blicke trafen sich. Er musste bemerkt haben, dass ich ihn beobachtete. Und damit er nichts Falsches dachte, wurde ich gleich frech: »Was glotzt du so?« Ich sprang von der Bank auf und ging. Wenn sich herausstellte, dass er stärker war als ich, würde es noch peinlicher. »Und dein Hund ist voll bescheuert«, warf ich noch zum Abschied hin.

Im Gehen fühlte ich mich so cool und so erbärmlich …

Unwürdig

Auf dem Nachhauseweg war mir, als wüssten alle Menschen auf der Straße, was passiert war, als läge es in meinen Augen und würde sich jedem mitteilen, der mich nur ansah. Ich lief wie ein Aussätziger herum und stellte mir vor, wie Passanten mich beschimpften.

Auch die Eltern würden es erfahren. Sie würden es sofort an meinem Blick erkennen; es lesen, weil es mir in Großbuchstaben auf der Stirn geschrieben stand. Wahrscheinlich sollte ich besser gar nicht nach Hause, weil ich sie verraten hatte. Ein Schwuler, aufgezogen von zwei Schwulen, ein wandelndes Klischee, ein Geschenk an alle orthodoxen Aktivisten und eine Enttäuschung für die gesamte LGBT-Community – genau das war ich.

Ich schmeckte noch den Kuss in meinem Mund und wusste nicht, wie ich den Geschmack loswerden sollte. Ich kaufte ein Pfefferminzkaugummi, aber es half nichts. Was, wenn das für immer bleibt? Was, wenn ich jetzt immer mit diesem Beigeschmack, mit dieser Schwere in der Brust, mit diesem Geruch von Haarspray (Gleb hatte für die Rolle Haarspray benutzt, das immer noch in der Luft waberte) leben muss? Und es nie vergesse?

Ich wollte vergessen. Ich wollte das Geschehene für immer aus meinem Leben löschen. Ich atmete tief ein und aus, redete mir ein, dass dieser unangenehm süße Geschmack Einbildung war.

Zu Hause angekommen, blieb ich sicher eine Minute vor der Tür stehen, zupfte meine Kleidung zurecht und betrachtete mein Gesicht in der Frontkamera: Ist damit alles in Ordnung, ist da auch nichts, was mich verraten könnte? Erst als ich mich zum zehnten Mal vergewissert hatte, klopfte ich leise.

Lew öffnete die Tür. Ohne Verdacht zu schöpfen, fragte er ganz beiläufig: »Seid ihr erst jetzt fertig geworden?«

Mich überfiel Angst: Er weiß alles. Ich sah ihn an und erwartete, dass er jetzt, jetzt sofort »Wie konntest du nur?« sagt, oder etwas in der Art, aber er fragte: »Warum bist du so nass?«

Nass. Ich war nass. Warum bin ich nass, was haben wir gemacht, dass ich nass bin?

Verdammt, draußen regnete es. Ich war durch den Regen gelaufen und hatte es nicht mal gemerkt.

»Ich hab noch die Bühne aufgeräumt«, sagte ich nur.

Lew sah mich komisch an. Ich wich seinem Blick aus, zog schnell die Jacke aus und verschwand in meinem Zimmer.

»Du hast heute früh dein Textbuch auf dem Wohnzimmertisch liegen lassen«, rief er mir nach.

»Schmeiß es weg«, rief ich zurück. »Ich brauche es nicht mehr.«

Ich wollte es nie wieder sehen, ich wollte es nicht anfassen. Ich hatte es für Gleb geschrieben, es hatte mit ihm zu tun, es musste weg, genau wie alles andere, was heute passiert war.

Beim Abendessen bekam ich fast nichts herunter. Die Eltern sahen mir mit unverhohlener Sorge zu, wie ich lustlos auf meinem Teller herumstocherte, und fragten, ob alles gut gelaufen und bei mir alles in Ordnung sei. Ich antwortete mit dem üblichen: »Alles okay.«

Wanja saß neben mir, verputzte genüsslich sein Essen und ließ die Beine baumeln. Seine naive Sorglosigkeit ärgerte mich.

Ich wünschte, dass niemand mehr mit mir reden und man mich einfach nur in Ruhe lassen würde.

Am nächsten Tag blieb ich zum ersten Mal in diesem Schuljahr während der Pause im Klassenraum und spionierte Gleb nicht hinterher. Ich wollte mir etwas beweisen oder ins Gedächtnis rufen, indem ich Fotos von Lena durchsah, und musste resigniert feststellen, dass ich nichts mehr für sie empfand. Mein Herz krampfte sich nicht vor Schmerz, Eifersucht oder wenigstens Wut zusammen, wenn ich an sie zurückdachte. Aber eine gute Nachricht gab es: Gleb wollte ich auch nicht mehr sehen, beim Gedanken an ihn wurde mir schlecht.

Ich versuchte, nicht daran zu denken, was passiert war, und redete mir ein, dass ich es so krampfhaft verdrängte, weil es traumatisch, unangenehm, schmerzlich gewesen war, obwohl ich insgeheim wusste, dass es nicht stimmte. Beim Erinnern wurde mir einfach klar, dass ich mir wünschte, es würde noch einmal passieren …

In Wirklichkeit hatte ich nichts dagegen, Gleb wiederzusehen. Aber jetzt dachte ich in einem seltsamen, für mich untypischen Paradigma an ihn. Plötzlich war mir egal, was er gernhatte oder was er machte, auch seine Theatersache war mir schnurz, genau wie sein Lächeln oder seine blauen

Augen. Alles, was mich fasziniert und mich dazu bewogen hatte, ihn tagelang zu bewundern; alles, wovon ich meinen Blick nicht hatte losreißen, weswegen ich nicht hatte sprechen können, was ich nicht zu berühren gewagt hatte, weil es mir wie eine exotische Blume vorgekommen war – das alles war klebrig, schmutzig und sinnlos geworden. Da war nur noch der stupide, animalische Wunsch, den Kuss zu wiederholen und Gleb zu bitten, sich noch einmal an mich zu drücken.

Ich wusste, wenn ich nicht zu ihm ginge, würde er zu mir kommen, denn nach so etwas konnte man nicht so tun, als wäre nichts passiert.

Und er kam. In der vierten Stunde, als ich Erdkunde hatte, erhielt ich eine Nachricht mit der Bitte rauszukommen. Ich hätte mir eine Million Ausreden einfallen lassen können: reale und absurde. Stattdessen hob ich unverzüglich die Hand und fragte, ob ich kurz rauskönnte.

Er wartete im Flur. Zur Begrüßung setzte er sein Iwanuschka-Lächeln auf, aber es funktionierte nicht mehr. Ich schmolz nicht dahin.

»Mit dir ist es ja wie in einer Seifenoper.« Er verdrehte theatralisch die Augen. »Am nächsten Morgen ruft er nicht mal an …«

Ich schwieg, sah ihn nur fragend an: Was willst du hier?

»Warum hast du mir nicht geschrieben?«, fragte er jetzt ernst.

»Was hätte ich denn schreiben sollen?«

»Na ja …« Gleb schien irritiert. »So was wie … Na, irgendwas halt. Ist ja keine alltägliche Situation.«

»Ich hatte den Eindruck, für dich wäre sie alltäglich.«

»Soll das ein Kompliment sein? Willst du damit andeuten, dass ich gut küsse?«, fragte er grinsend.

Seine gedehnte, selbstgefällige Art zu reden, die mir früher nie aufgefallen war, ärgerte mich jetzt. Und der Ärger gab mir Kraft.

»Was gestern passiert ist, war falsch. Ich denke, wir sollten es vergessen. Und einander auch.«

»Warum?« Nachdem er das gefragt hatte, ging er langsam zur Fensterbank und zwang mich ihm zu folgen, wenn ich weiterreden wollte.

»Ich steh nicht auf Jungs. Das ist nichts für mich.«

Er schien gar nicht zuzuhören, so interessiert, wie er den Gummibaum auf dem Fensterbrett betrachtete. Er fragte mich sogar, ob ich auch fände, dass der stank. Ich sagte, nein.

Dann nahm er, als wäre es ihm plötzlich eingefallen, das Gespräch wieder auf.

»Kein bisschen?« Ich fühlte, wie seine Hand leicht über den Stoff meiner Hose strich.

Er berührte mich kaum, aber das heiße, luftraubende Gefühl war sofort wieder da. Ich kämpfte dagegen an und presste hervor: »Dass ich auf dich reagiere, ist ganz normal. Das sind einfach die Hormone, die Pubertät.«

Ich hielt fast die Luft an, denn wenn ich atmen würde, wäre es der stockende Atem von gestern, wie nach einem Marathon.

Und dann war alles vorbei. Er nahm die Hand weg. In dem Augenblick fühlte ich eine Enttäuschung; erschrocken begriff ich, dass ich ihn bitten wollte, sie wieder hinzulegen, und mich nur meine Scham und der Ekel davon abhielten.

»Ich muss pissen«, sagte er. Offenbar traute er mir nicht zu, die Anspielung zu verstehen, und setzte im Gehen nach: »Ich gehe aufs Klo im ersten Stock.«

Das war es. Die Entscheidung lag bei mir. Ich brauchte nicht mitzugehen, ich konnte einfach in die Klasse zurück. Er hat mir die Wahl gelassen, und das, wofür ich mich jetzt entscheide, bestimmt mich dann. Wenn ich so ein überzeugter Hetero bin, wenn das alles eine zufällige Reaktion meiner Hormone ist, dann kann ich ja auch hierbleiben. Warum verhandle ich überhaupt mit mir, denke darüber nach, ob ich mitgehen soll? Für einen Hetero wäre die Situation klar. Für mich nicht.

Und wer bin ich, wenn ich mitgehe? Würde ich mich wirklich auf dem Schulklo in irgendeiner schmutzigen, mit Flüchen vollgekritzelten Kabine mit ihm einsperren?

Scheint so.

Ich ging ihm nach.

So fing alles an. In meinem Stundenplan gab es drei Fächer, bei denen ich verschwinden konnte, ohne Verdacht zu erregen: Erdkunde, Bio und Technik. Die drei hatte ich einmal wöchentlich, also sperrte ich mich dreimal die Woche mit Gleb in der Klokabine ein. Gleb richtete sich nach meinem Stundenplan, er sagte, das Gemecker von irgendwelchen alten Schachteln wäre ihm egal. Im Grunde war es mir auch egal, und ich dachte immer häufiger darüber nach, dass ich auch täglich aus dem Unterricht gehen konnte oder sogar mehrmals am Tag. Davor, dass ich endgültig »dem Laster verfiel«, wie es meine Großmutter ausdrücken würde, hielten mich nur mein Schamgefühl und die Mischung aus meiner heimlichen Homophobie und Ekel ab, und meine Tendenz, mich selbst zu zerfleischen.

Jarik, der in fast allen Fächern neben mir saß, bemerkte das Schema und erkannte rasch seine Gesetzmäßigkeit.

Hatte er mich anfangs noch verwundert angesehen, wurde sein Blick ab der dritten Woche nur noch seltsam traurig. Dabei stellte er keine Fragen und sagte auch nichts. Es schien, als wüsste er alles oder würde es zumindest ahnen.

Wenn ich zurückkam, spürte ich seinen schweren Blick. Komischerweise kam es mir so vor, als würde ich ihn belügen.

Zu Hause war ich nur noch ein Schatten meiner selbst. Ich verließ mein Zimmer nicht öfter als nötig, beantwortete alle Fragen der Eltern mit Ja oder Nein und ließ mich in kein Gespräch verwickeln. Manchmal schämte ich mich vor ihnen, als wäre ich ein missglücktes Experiment. Als hätte die ganze Welt der Wissenschaft unsere Familie ausgewählt und gesagt: »Sehen Sie hin, vor Ihren Augen werden zwei Schwule einen würdigen Heterosexuellen großziehen« – und rausgekommen bin ich, nicht nur schwul, sondern auch völlig unwürdig, einer, der in Klokabinen rummacht, ohne Gefühle, ohne Liebe, ohne einen Funken von was Gutem.

Dann wieder löste Wut die Schuldgefühle ab: Sie sind selbst schuld. Mir wurde kein anderes Beziehungsmuster vorgelebt, deswegen passiert das alles jetzt. Es gibt die Propaganda doch. Schwule dürfen keine Kinder großziehen.

Nach der Ablehnung kam der Zorn und nach dem Zorn das ewige Verhandeln: Vielleicht bin ich gar nicht schwul? Es gab Lena. Und das war doch echt. So wie ich wegen ihr gelitten habe – das kann man sich nicht einbilden.

Diese Phasen wechselten sich ab, aber akzeptieren konnte ich es nicht. Einen ganzen Monat schlich ich beschämt aus dem Unterricht, und wenn ich wiederkam, konnte ich niemandem aus der Klasse in die Augen sehen. Wenn sie nur wüssten, was gerade passiert war, würden sie nie wieder mit mir reden.

Ich hatte niemanden, dem ich mich anvertrauen konnte. Paradoxerweise war ich von Menschen umgeben, die mich verstehen und mir etwas Vernünftiges raten hätten können: Jarik und auch meine Eltern. Aber ich hatte Angst. Angst, auf Jariks Gefühlen herumzutrampeln. Und Angst, die Eltern zu enttäuschen und zu einem weiteren Anlass für einen Steinwurf in ihre Richtung zu werden.

Also schwieg ich. Mit Gleb verständigte ich mich in Halbsätzen, die nur das betrafen, was in der engen Kabine zwischen uns passierte. Ich glaube, wir haben nur einmal miteinander gesprochen, als wir uns nach einer solchen Aktion wieder in Ordnung brachten, nannte er mich seinen Freund.

»Ich bin nicht dein Freund«, wandte ich ein.

»Nicht?«

»Wir haben keine Beziehung, damit du mich so nennen könntest.«

»Und was ist das da?«, er deutete auf die Kabine.

Ich dachte ehrlich drüber nach. Und sagte unsicher: »Das … ist gar nichts. Eine Beziehung basiert auf Liebe, und nicht … darauf.«

»Ich liebe dich«, sagte er leichtfertig. Zu leichtfertig. So spricht man nicht über Liebe.

»Du kannst mich nicht lieben, du kennst mich nicht«, erwiderte ich.

Danach sagten wir nichts mehr.

In was für ein Tier hatte ich mich doch verwandelt … ein gieriges ausgehungertes Tier. Und dieses Wissen über mich machte mich einsam und trennte mich von allen anderen durch meinen Raumanzug.

Gebrandmarkt

Alles geriet außer Kontrolle. Am Dienstag ging ich nicht zur Schule.

Zuvor hatte Gleb gesagt, seine Eltern wären morgen den ganzen Tag nicht da und er würde zu Hause bleiben. Ob ich nicht auch zu Hause bleiben wollte? … Bei ihm.

Ich sagte Nein. Sofort, ohne zu zögern. Gleb grinste nur schief.

»Magst du es nicht bequem? Stehst wohl eher auf Klokabinen.«

Ich ignorierte seine Ironie, aber von der Minute an dachte ich an nichts anderes als die Wohnung, in der niemand sein würde und in der wir machen könnten, was wir wollten, ohne Angst, erwischt zu werden. In allen Fächern dachte ich nur daran und stritt mit mir selbst.

Meine Vernunft schrie, dass ich nicht zu ihm gehen durfte, auf gar keinen Fall. Denn dort könnten wir sonst wie weit gehen.

Als Antwort kam ein anderer Gedanke, der sich der Vernunft nicht fügen wollte: Dort könnten wir sonst wie weit gehen, und genau das will ich.

Am Morgen stand ich mit der festen Absicht auf, zur

Schule zu gehen, machte mich gewissenhaft fertig und packte meine Bücher in den Rucksack. Als ich gerade das Haus verließ, kam eine Nachricht von Gleb: »Ich bleibe zu Hause, komm vorbei, wenn du es dir anders überlegst.«

Ich antwortete nicht, dachte nur mürrisch: Mache ich nicht.

Bis zur Schule gingen Wanja und ich zusammen. Er hopste neben mir und erzählte irgendeinen Superheldenfilm nach, wobei er sich nach jedem zweiten Satz vergewisserte: »Voll cool, oder?«

Ich nickte apathisch.

»Hm.« Obwohl ich überhaupt nicht zuhörte.

Bei der Schule angekommen, sagte ich zu meiner eigenen Überraschung: »Geh schon mal vor. Ich muss meine Schnürsenkel fester binden.« Ich hockte mich hin und tat so, als würde ich meine Schuhe schnüren.

Wanja stellte keine unnötigen Fragen und hopste unverändert fröhlich davon, am Schultor erwartete ihn schon eine Schar von Freunden. Wie anders war er doch, mir überhaupt nicht ähnlich.

Ich blieb vor dem Tor und stand da wie eine Eissäule. Dann sah ich mich verstohlen um und steuerte auf die Bushaltestelle zu. Ich merkte selbst, dass ich mich verdächtig benahm: Ständig drehte ich den Kopf, aus Angst, in irgendeinen Bekannten reinzulaufen.

Wie um Zeit zu schinden, ging ich in ein Café und bestellte mir einen Kaffee, obwohl ich keinen mag. Erst wollte ich einen Tee oder Kakao nehmen, aber mir kam der komische Gedanke, dass ich mit einem Kaffee wichtiger aussehen würde. Keine Ahnung, wem ich etwas vormachen wollte, es konnte ja sowieso keiner sehen, was im Becher war. Außerdem verbindet man Kaffee mit allen möglichen

Qualen und Grübeleien »über ihn«. Und gerade »über ihn« musste ich nachdenken.

Ich ging wieder raus und setzte mich auf eine vollgeschmierte Bank. Der grellste Schriftzug besagte: »Julja ist ne Schlampe«. Die unbekannte Julja tat mir plötzlich leid, höchstwahrscheinlich verdiente sie das nicht. Aber ich. Würde das jemand über mich schreiben, wäre ich gar nicht beleidigt.

Ich trank den Kaffee aus und stellte fest: In der Zwischenzeit hätte ich dreimal zur Schule zurückgehen können und wäre nicht mal zu spät gewesen.

Der richtige Bus kam fast sofort, und ich sprang schnell rein, damit meine Gedanken nicht von neuem anfingen zu kreisen: Soll ich es doch lieber lassen? Ich war so müde von dieser unendlichen Debatte ... also sprang ich einfach rein. Dass ich im Bus saß, bedeutete ja nur: Ich war von der Schule abgehauen, von Wanja, von der Möglichkeit, es mir noch mal anders zu überlegen.

Die Gedanken in meinem Kopf waren so widersprüchlich, als hätte man sie von verschiedenen Menschen rausgezupft und in meinen tosenden Schädel gestopft.

Ich dachte, dass immer noch eine Chance bestand, keine Dummheiten zu machen. Bei der nächsten Station aussteigen und nach Hause gehen. Ich kann jeden Moment umkehren, sogar wenn ich bei ihm bin, kann ich immer noch Nein sagen und nach Hause gehen.

Und gleichzeitig fantasierte ich darüber, was wir tun würden, wie weit zu gehen ich bereit war und ob man vorher irgendwas besprechen sollte. Wenn ja, was?

Ich grübelte und grübelte, wovon sich mein Hirn geradezu physisch zusammenzupressen schien. Eine Hälfte von mir war schockiert von der getroffenen Entscheidung, während sich die andere ekstatisch die wildesten Wünsche ausmalte.

Mir war, als würden mich die Menschen im Bus verächtlich ansehen, als würde ich mich unnatürlich verhalten, als wüssten sie, wo ich hinfuhr.

Er hatte sich vorbereitet. Offenbar wusste er, dass ich einknicken und kommen würde. Er empfing mich oben ohne und mit einem Lutscher im Mund, den er, um mich zu begrüßen, in Zeitlupe aus dem Mund zog.

Idiot, schoss es mir durch den Kopf, aber glühend heiß wurde mir natürlich trotzdem.

»Weißt du, was ich mir gedacht hab?«, fragte er in einem saloppen Tonfall, während ich im Flur die Schuhe auszog. »Der Kuss damals im Theater war fast so, als hätte ich mich beim Regisseur für eine Hauptrolle bedankt.«

»Ich war der Textbuchschreiber«, murrte ich.

»Mit Verbindungen zum Regisseur«, bemerkte Gleb. »Witzig, oder? Beim Film kriegen Schauspieler doch oft Rollen, weil sie was mit dem Regisseur haben.«

Angeekelt musste ich daran denken, dass es in seinem Leben an solchen Situationen bestimmt nicht mangeln würde. Auf dem Weg in sein Zimmer wollte ich ihn, wahrscheinlich zum ersten Mal in all der Zeit, etwas Ernstes fragen: »Denkst du auch mal an was anderes als an dich selbst und deinen Ruhm?«

Gleb sah mich verwundert an.

»Das Leben zum Beispiel«, fing ich an, ihm Varianten zuzuwerfen. »Oder irgendwelche Probleme? Hast du überhaupt Probleme? Macht dich irgendetwas traurig?«

»Nur dass du mich immer noch nicht geküsst hast.« Er grinste selbstgefällig. In mir drin zuckte sogar etwas vor Ekel.

Es gab zu viel Platz, das machte mich verlegen. Gleb lümmelte sich auf das Bett, während ich keine Ahnung hatte, wohin mit mir. In der engen Klokabine musste ich mir nichts einfallen lassen, aber hier waren ein Bett und haufenweise andere horizontale Flächen … Das machte mir Angst. Wenn wir in der Horizontalen landen würden, konnte es nur böse ausgehen.

»Setz dich zu mir«, sagte Gleb mit gedämpfter Stimme.

Ich setzte mich und dachte, dass ihm die gedämpfte Stimme deutlich besser stand als die dreiste von vorhin. Er nahm meine Hand, führte sie zu seinen Lippen und küsste meine Fingerspitzen. Ich sagte nur: »Lass das.« Allerdings kaum hörbar, meine Stimme brach.

Ich redete mir ein, dass es nur Finger waren, einfach tiefer atmen …

»Hör auf«, sagte ich nun deutlicher und bestimmter.

Er hörte nicht auf, aber ich konnte es ja selbst beenden.

Ich musste einfach meine Hand wegziehen, und es wäre vorbei. Aber ich wollte nicht, weil ich eine verfluchte Schwuchtel und genau deswegen hier war. Ich wollte vor Wut toben, weinen und weitermachen auf einmal. Ich schubste ihn mit der freien Hand weg, grob und heftig, so, dass er mit den Schulterblättern gegen das Kopfteil seines Bettes stieß.

In meinen Schläfen pochte es, und zum Takt dieses Pulsierens wurde mir schwarz vor Augen. Entweder vor Wut oder vor Erregung oder beidem …

»Wenn ich sage, dass du etwas lassen sollst, dann meine ich das«, ließ ich kalt fallen.

Gleb sah mich auf einmal anders an. Als hätte sich ihm ein neues Wissen über mich eröffnet. Er rückte näher und sagte unerwartet: »Küss mich.«

Ich drehte den Kopf und traf auf seine tiefblauen Augen. Wie dafür gemacht, um darin zu ertrinken.

Wieder anziehen und zurechtmachen musste ich mich direkt vor seinen Augen. Während er auf dem Bett lag und phlegmatisch rauchte. Er taxierte mich mit seinem Blick, als wollte er sich einprägen, wie ich mich anzog. Vor Ekel verzog ich das Gesicht und zuckte innerlich zusammen, wenn sich unsere Blicke trafen.

Als ich in den Flur ging, warf er mir hinterher: »Ich liebe dich.«

Ich zuckte wieder. Und erwiderte nichts. Dann hörte ich, wie er aufstand und mir nachging.

»Und du?«, fragte er gegen den Türrahmen gelehnt. »Liebst du mich auch?«

Plötzlich wollte ich etwas maximal Gemeines sagen, damit sich Gleb wenigstens kurz genauso beschissen fühlte wie ich. Ich sah ihm in die Augen und erwiderte leise, aber deutlich: »Kleiner, wenn ich euch alle lieben würde, hätte ich keine Zeit zum Leben, so viele wie ihr seid.«

Seine Hand mit der Zigarette erstarrte kurz vor seinem Mund, während sein Gesicht einen naiv-irritierten Ausdruck annahm, aber mir tat nichts mehr leid. An diesem Tag war etwas in mir endgültig gestorben, erstickt durch diese stumpfe Wollust. Vielleicht ja mein Gewissen.

Als ich schon durch die Tür war, sagte ich: »Ich hasse dich. Schreib mir nicht mehr.«

Auf dem Nachhauseweg konnte ich mich noch zusammenreißen. Versuchte, rational zu urteilen: Gleb kann nichts dafür. Es ist nicht seine Schuld, dass ich Komplexe habe, ich war ungerecht zu ihm.

Aber zu Hause warf ich einen Blick in den Spiegel und sah die blauen Flecken an meinem Hals. Knutschflecken. Da heulte ich los, sank mitten im Flur auf den Boden und brach in Tränen aus. Ich hatte befürchtet, dass mich irgendwas verraten würde – und da war es. Jetzt würden die Eltern alles erfahren, so was konnte man nicht verstecken, und bis zum Abend würden die Dinger ja kaum verheilen. Und morgen wüssten es dann auch alle in der Schule. Ich war gebrandmarkt.

Ich war mir selbst zuwider! Ich sah mich an: verheult, zerknitterte Schuluniform, diese dummen Flecken am Hals – und hasste mich, wie ich Kakerlaken oder Ratten hasste. Ich würde das, was passiert war, nie wieder los. Hatte ich mir diese geheimnisumwobene Handlung etwa so vorgestellt, diesen besonderen Übergang von der Jungend zum Erwachsensein? Ich hatte erwartet, dass es mit einer wunderschönen Frau passiert, nicht minder als mit meiner Ehefrau – und nicht so: nach dem Herumgeschmuse in einer Klokabine, mit einem Jungen, den anzusehen mich jetzt ekelte, so schmutzig, hässlich und animalisch.

Meine Hosentasche leuchtete von einer Nachricht auf. Ich holte das Handy raus. Es war Gleb.

»Du bist ein Heuchler und Spießer«, hieß es in der ersten Nachricht.

Es folgte sofort eine zweite: »Es wäre besser, wenn du dich annimmst.«

Ich tippte schnell zurück: »Es wäre besser, wenn du krepierst.«

Bluff

Ich wartete darauf, dass die Eltern von der Arbeit kamen, wie auf das Jüngste Gericht. Als Erstes würde wahrscheinlich Lew kommen. Ich würde ihm die Tür aufmachen … obwohl, besser nicht, er soll sie lieber selbst aufmachen. Dann kann ich noch eine Weile auf meinem Zimmer bleiben und meinen Schandfleck vor ihm verstecken. Aber später bemerkt er ihn ja sowieso, wenn er zum Beispiel in mein Zimmer kommt und fragt, wie es mir geht.

Und dann geht es los … Mit etwas Glück, denkt er, dass ich mit einem Mädchen zusammen war. Aber das ist unwahrscheinlich … Mädchen machen so etwas doch nicht?!

Ich konnte mir nur schwer vorstellen, dass alles, was Gleb und ich angestellt hatten, zwischen mir und einem Mädchen passiert wäre. Nicht einmal, wenn das Mädchen Lena wäre. Mädchen stellte ich mir als unantastbare, viel zu kostbare und fragile Wesen vor, und obwohl die Jungs in der Klasse ständig schlüpfrige Witze über »Weiber« rissen, erschien mir das völlig unnatürlich.

Klar, den Gedanken, dass sie trotzdem etwas Ähnliches machten, ließ ich schon zu. Aber ich stellte mir Sex mit Mädchen als einen gigantischen Ausdruck von Liebe vor, wunderschön, wie einen mit Profikamera aufgenommenen erotischen Kunstfilm mit perfektem Licht, in dem beide Partner makellose und perfekte Körper hatten. Unter solchen Umständen konnte ich mir ein Mädchen noch halbwegs vorstellen, aber auch dann nicht mit mir.

Kaum hörte ich, wie sich der Schlüssel im Schloss drehte, setzte ich mich an den Schreibtisch, schlug das erstbeste Schulbuch auf und stülpte mir einen Ausdruck von Ruhe und Gelassenheit über. Mit einer Hand bedeckte ich wie zufällig den Hals, als würde ich ihn massieren. Lew steckte kurz den Kopf in die Tür, um Hallo zu sagen, und bemerkte nichts.

Jetzt konnte ich mich entspannen – bis zum nächsten Mal, wenn er in mein Zimmer kommen würde oder ich rausmüsste.

Eine halbe Stunde später kam Slawa. Zu meinem Schrecken beschränkte er sich nicht auf eine flüchtige Begrüßung, sondern trat ins Zimmer und fragte, warum ich denn die Vorhänge zuhätte, wenn es draußen noch hell war.

»Hier ist es ja wie in einer Grotte«, scherzte er, während er Licht ins Zimmer ließ.

Dann wuschelte er mir im Vorbeigehen durchs Haar und zog leise die Tür hinter sich zu. Anscheinend bemerkte auch er nichts.

Zum Glück war Wanja an dem Abend bei Freunden, er hätte es sofort gesehen und wäre zu den Eltern gerannt, um ihnen zu erzählen, dass ich »da was am Hals« hatte.

Als man mich zum Abendessen rief, fand ich mich damit ab, dass es an der Zeit war aufzugeben. Tapfer stellte ich mich drauf ein, dass man mich gleich ausschimpfen, ausfragen und mir ins Gewissen reden würde.

Langsam (sehr langsam!) setzte ich mich Lew gegenüber

an den Esstisch. Und schaute ihn erwartungsvoll an, wie um zu signalisieren: Ich bin bereit, kannst loslegen. Aber er sah gelangweilt zurück, ohne dass sein Blick irgendwo hängenbliebe, und fragte Slawa, wie lange der morgen arbeiten müsste. Slawa erwiderte, bis drei.

Dann wanderte mein Blick zu Slawa, den ich genauso erwartungsvoll ansah. Als er es bemerkte, fragte er: »Was denn?«

Als würde er annehmen, dass mit ihm etwas nicht stimmte, nicht mit mir.

»Nichts«, sagte ich schlicht und machte mich ans Essen.

Sie sagten gar nichts. Es war völlig offensichtlich, nicht zu übersehen, aber sie würdigten meinen Hals keines Blickes. Ausgelassen plauderten sie über ihre Angelegenheiten und bezogen mich hin und wieder ins Gespräch mit ein und sonst … nichts.

Erleichtert war ich darüber nicht. Mir war, als hätte ich was verbrochen und wäre ungestraft davongekommen.

Als ich am nächsten Morgen im Badezimmer vor den Spiegel trat, bemerkte ich auf der Ablage etwas, das da hundertprozentig noch nie gelegen hatte. Eine Packung Kondome, liebevoll und unaufdringlich dagelassen, wo man sie nicht übersehen konnte.

Mich überkam eine Mischung aus Scham und Wut. Ich ließ sie demonstrativ unangetastet liegen, rückte sie sogar noch ein bisschen gerade, um ihre maximale Nutzlosigkeit zu unterstreichen.

Dafür schonte mich in der Schule niemand. Kaum hatte ich meine Jacke an der Garderobe abgegeben, stieß ich – wie es sich nach dem Gesetz der Schäbigkeit gehört – mit der Schulleiterin zusammen. Zuerst nörgelte sie, ich wäre zu spät, aber dann, nachdem sie mich genauer angesehen hatte, ging sie zu den Spuren an meinem Hals über: »Was ist das denn für eine Schamlosigkeit?!«

Ich dachte erst, sie meint meine Verspätung, und brummte: »Kommt nicht wieder vor.«

»Werd hier nicht frech«, kreischte sie. »Nicht zu fassen! Und das in der achten Klasse!«

»Die Pubertät«, ließ ich patzig fallen. »Der Junge wird zum Mann.«

»Ich sag dir gleich, zu was du wirst! Ach ja, an dich erinnere ich mich noch. Mir war schon damals alles klar …«

Ich ertrug ihre keifende Stimme nicht mehr und fragte: »Wenn Ihnen sowieso alles klar ist, kann ich gehen?«

Ihr Gesicht färbte sich plötzlich himbeerrot. Ich dachte schon, es wallt gleich trickfilmmäßig Dampf aus ihren Ohren.

»Gib mir dein Hausaufgabenheft«, zischte sie mit zusammengepressten Zähnen. »Ich schreib dir höchstpersönlich einen Eintrag für dein ungehobeltes Benehmen hinein.«

Ich ließ den Rucksack von der Schulter gleiten, holte das Hausaufgabenheft und hielt es ihr hin, dann bat ich höflich: »Bringen Sie es nachher vorbei, ja? Ich komme zu spät zum Unterricht.«

Als ich die Treppe hochstieg, hörte ich sie noch kreischen, ich sollte sofort zurückkommen, sonst würde sie meinen Vater anrufen, sie forderte sogar jemanden auf, mich festzuhalten. Ich hastete die Treppe hoch, aber mich verfolgte niemand.

Ich kam zehn Minuten zu spät zu Mathe, deswegen drehten sich alle nach mir um. Auf dem Weg zu meinem Platz begleitete mich ein leises und bescheidenes Raunen.

Vor Antonina Prochorowna traute sich keiner, seiner Verwunderung laut Ausdruck zu verleihen.

Kaum hatte ich mich hingesetzt, traf ich auf Jariks fragenden Blick, tat aber so, als würde ich seine stumme Frage nicht bemerken. Dafür drehten sich zwanzig andere Köpfe ständig grinsend nach mir um, einer der Jungs wackelte sogar blödelnd mit den Augenbrauen.

Den Rest der Zeit versuchte Antonina Prochorowna vergeblich unsere Aufmerksamkeit auf sich und die Mathematik zu lenken. Die Stimmung in der Klasse war so aufgeladen, dass niemand zuhören wollte, während ich es schon kommen sah, wie ich in der Pause mit Fragen überschüttet würde.

Die erste kam natürlich von Jarik, noch vor der Pause.

»Hast du eine neue Freundin?«, flüsterte er.

Ich schüttelte den Kopf. Dabei dachte ich mir: Wahrscheinlich sollte ich mir eine Freundin einfallen lassen, wie rede ich mich sonst raus?

In der Pause brach die Hölle los:

»Wer ist sie?«

»Wo hast du sie kennengelernt?«

»Wie war's?«

Ich hüllte mich in geheimnisvolles, vieldeutiges Schweigen, wodurch das Ereignis mit noch mehr Bedeutung aufgeladen wurde. Vor mir war nur ein Klassenkamerad mit Knutschflecken zur Schule gekommen, aber selbst der hatte später zugegeben, dass er sie sich mit dem Staubsauger gemacht hatte.

Irgendwann begann die anerkennende Aufmerksamkeit, die unverkennbar mit Neid getränkt war, mir zu schmeicheln, und die schamvollen Qualen von gestern rückten in den Hintergrund, aber das plötzliche Auftauchen von Gleb holte mich schnell auf den Boden der Tatsachen zurück. Er stand in der Tür und bedeutete mir rauszukommen. Im Flur begrüßte er mich mit seinem üblichen Lächeln, zog die Augenbrauen hoch und sagte unbekümmert: »Guten Morgen, Miki.«

»Ebenso.« Ich blieb stehen.

»Wie geht es dir?«, erkundigte er sich mit aufgesetzter Fürsorge.

»Bestens«, erwiderte ich im selben Tonfall. »Und dir? Tut dir auch nichts weh?«

Er kniff das linke Auge zusammen und neigte den Kopf zur Seite. Dann sagte er beiläufig: »Werd nicht frech, sonst veröffentliche ich Screenshots von unserem Chat.«

In mir krampfte sich alles zusammen. Mir wurde plötzlich sehr kalt. Ich Idiot! In meiner Wut hatte ich unseren Chatverlauf gelöscht und Gleb blockiert, aber er hatte ja noch alles …

Doch ich ließ mir die Panik nicht anmerken. Ich lächelte schulterzuckend, während ich mir einzureden versuchte, dass er es nicht gebrauchen konnte, sein Image als Frauenheld und Alphamännchen zu ruinieren, darauf sollte ich setzen.

»Mach doch«, erwiderte ich lässig. »Wenn du eine gute Erklärung hast, warum du mit einem Jungen auf dem Schulklo rummachst.«

»Diese Details kann man vernachlässigen«, bemerkte Gleb.

Ich blickte ihn verächtlich an und fragte: »Weißt du, warum ich immer in die zweite Kabine wollte? In die kann man vom Fensterbrett am besten reinschauen, genau da lag nämlich die Kamera.«

»Was für eine Kamera?«, fragte er spöttisch, aber ich sah

seinen Mundwinkel zucken, bevor sein Mund sich zu einem Grinsen auseinanderzog.

»Ich hab mein Smartphone immer da hingelegt, ist dir das nie aufgefallen?« Ich machte einen Schritt auf ihn zu und flüsterte: »Für den Fall, dass du mal auf die Idee kommst, mich zu erpressen.«

Zurück in der Klasse, erfasste mich jetzt wirklich blanke Panik. Gleb schien verunsichert, aber irgendwie auch, als würde er mir nicht ganz glauben. Ob er je darauf geachtet hatte, wie genau mein Telefon auf der Fensterbank platziert war? Wahrscheinlich nicht, aber wenn doch, dann würde er sich erinnern, dass es flach dagelegen hatte und höchstens die Decke hätte filmen können, und das hieß: Ich bluffte. Was, wenn mein Bluff ihn noch wütender machen und er den Chat erst recht veröffentlichen würde? Aus Rache. Er könnte ihn ja auch anonymisieren, dann wüsste niemand, dass er der Zweite war, und ich hatte nichts mehr in der Hand, alles gelöscht …

Dann kam mir der rettende Gedanke: Er weiß ja nicht, dass ich nichts habe. Also blufft er auch.

Und so ging es die ganze Zeit. Mal beruhigte ich mich, weil ich zu dem Schluss kam, dass er nichts erzählen würde, mal verfiel ich wieder in Panik: Natürlich wird er es erzählen, das ist doch offensichtlich. Schließlich brach ich ausgelaugt von meinen Zweifeln sogar in Tränen aus, direkt beim Abendessen. Wanja starrte mich verwundert an: »Was ist mit dir?«

Ich schämte mich, dass ich, der große Bruder, viel öfter flennte als er, und die Scham ließ mich noch heftiger schluchzen.

Lew legte seine Gabel aus der Hand und schlug mir vor rauszugehen. Der Gedanke, dass er mich gleich etwas fragen würde, versetzte mich in Angst, aber so am Tisch zu heulen war noch schlimmer. Also ging ich mit ihm raus und in mein Zimmer, wir setzten uns aufs Bett.

Eine Zeit lang sah er mir schweigend zu, wie ich haltlos schluchzte. Dann fragte er schlicht: »So schlimm?«

Er spezifizierte nicht, was … Aber ich nickte.

»Möchtest du es erzählen?«

Heftig schüttelte ich den Kopf.

»Willst du oder kannst du nicht?«

»Ich will nicht, und ich kann nicht.«

Er nickte.

»Okay. Wenn du deine Meinung änderst, erzähl es mir bitte.« Bei diesen Worten legte er den Arm um meine Schulter, drückte mich leicht an sich und küsste mich auf die Schläfe.

Dann ging er raus, ich blieb allein im Zimmer.

Und es war so dunkel …

Heißes Wasser

In der Schulkantine gab es zwei ungeschriebene Regeln. Die erste: Man durfte keinen Platz besetzen, wenn man nichts aß oder trank. Die zweite: Heißes Wasser gab es nicht umsonst, es kostete einen Rubel.

In allen außer der großen Pause, die für das Mittagessen vorgesehen war, war die Kantine leer, versank in Stille und eignete sich bestens zum Nachdenken oder für Grübelei. Nachdem ich das entdeckt hatte, verbrachte ich dort alle Pausen, regelkonform kaufte ich mir jedes Mal heißes Wasser als Daseinsberechtigung auf dem fremden Territorium. Dort fing ich auch zum ersten Mal nach langer Zeit wieder an zu schreiben und stellte erstaunt fest, dass ich mich verändert hatte: Ich brachte weder Märchen noch fantastische Geschichten zu Papier. Alles, was mir in den Sinn kam, war durchdrungen von Realismus und Tragik, worin unverkennbar das echte Leben widerhallte.

Gewissermaßen rettete das Schreiben mich, es ließ mich meine Emotionen sublimieren. Nach der Trennung von Gleb, hatte ich gedacht, ich könnte nie wieder leben wie zuvor: Alle meine Gedanken kreisten nur darum, was wir getan hatten. Und das machte mir Angst; ich hatte den

Eindruck, dass nun mein ganzes Leben dieser Begierde unterworfen wäre. War das bei allen Menschen so? Oder hatte ich eine Sucht entwickelt?

Also beschloss ich, wieder mit dem Schreiben anzufangen, um mich abzulenken. Das Geschriebene veröffentlichte ich anonym im Internet, und als ich immer mehr begeisterte Leserkommentare erhielt, verstand ich zunehmend, dass ich mich mein Leben lang am falschen Ort gesucht hatte. In der Schule hatte man mir eingeredet, mir würde literarisches Talent fehlen, und ich hatte mich leicht überzeugen lassen, denn ich lud meine Aufsätze ja online runter und war nicht in der Lage, auch nur ein klassisches Werk so zu analysieren, dass irgendetwas Eindeutiges dabei herausgekommen wäre. Nein, ich hätte natürlich schreiben können, dass ich überhaupt nichts verstanden hatte, aber das war verboten. Deswegen lebte ich mit der Überzeugung, dass ich nicht schreiben könnte, nichts von Literatur verstünde und überhaupt unwürdig wäre, etwas damit zu tun zu haben.

Und plötzlich sagten mir unvoreingenommene fremde Menschen, ich hätte Talent … Oder noch besser: »großes Talent«. Da wurde alles andere unwichtig. Wenn ich Talent hatte, hieß das, ich hatte eine Aufgabe im Leben. Dadurch bekam alles einen Sinn: mein Leben, meine Gedanken, meine Zukunft. Ich hatte immer das Gefühl gehabt, dass in allem, was ein Mensch tut, irgendein höheres Ziel, ein Nutzen für die Gesellschaft liegen musste, und es hatte mir schwer zugesetzt, keine solche Aufgabe zu haben. Als sich das plötzlich änderte, dachte ich mir: Wieso soll ich meine Zeit mit Beziehungen verschwenden? Zeit, die ich für die Kunst nutzen kann … Das ist doch Barbarei.

Die Entdeckung meines Lebenssinns machte mich erst

recht zu einem Einsiedler. Sogar in der Schule versteckte ich mich vor allen – in der Kantine. Ich lernte, auch im Unterricht unbemerkt zu schreiben, und bemühte mich, keine Sekunde für Unsinn zu verschwenden (und Schulunterricht war natürlich der größte Unsinn). Meine Mitschüler sahen mich an, als wäre ich verrückt, ließen mich aber in Ruhe. Je näher der Schulabschluss rückt, desto einfacher wird es tatsächlich, sich zwischen Gleichaltrigen aufzuhalten – es interessiert sie immer weniger, dass du komisch bist.

Nur einmal wurde ich in der Schulkantine gestört. Von Gleb.

Er grüßte nicht, sondern setzte sich sofort neben mich und fragte, ohne mich anzusehen: »Was willst du haben, damit du die Videos löschst?«

Eigentlich hatte ich ihn und das Gespräch von damals fast vergessen. Aber zum Aufgeben war es noch zu früh, deswegen sagte ich: »Nichts, du hast den Chat und ich die Videos. Wenn du den Chat nicht veröffentlichst, veröffentliche ich auch nicht die Videos … mit deinen Neigungen.«

»Videos sind krasser als ein Chat«, sagte er. »Ich bin bereit dafür zu zahlen.«

Ich war verblüfft.

»Ich will dein Geld nicht.«

»Willst du das hier?« Er legte die Hand auf mein Knie.

»Nimm sie weg«, sagte ich bestimmt.

Ich bemerkte: Es war angenehm, aber die Lust dominierte mich nicht mehr. Mein Verstand war klar, und ich konnte mich beherrschen.

Er nahm die Hand nicht weg.

»Gehen wir woandershin.«

»Nimm sie weg«, wiederholte ich. »Ich sage es zum letzten Mal.«

Als seine Hand höher wanderte, zuckte ich zusammen. Wut, Ekel und das Bedürfnis, ihm zu zeigen, dass er kein Recht hatte, einfach so aufzukreuzen und mich anzufassen, erinnerten mich an das Glas mit dem heißen Wasser. Eine Winchester wäre mir in dem Moment zwar lieber gewesen, aber im Krieg sind alle Mittel recht.

Ich kippte das Wasser über ihn: Langsam über die Beine und natürlich über den Hügel zwischen seinen Beinen, der ihm das Hirn ersetzte.

Schreiend sprang er auf und brüllte, ich wäre ein Idiot. Auf sein Geschrei kam jemand aus der Küche angerannt. Ich griff schnell nach meinem Notizblock und entfernte mich.

Diesmal war es nicht wie bei Ilja. Ich war nicht impulsiv, ich hatte meine Entscheidung gut durchdacht und sogar überlegt, wie ich den Becher kippen sollte, um das Ganze symbolträchtiger zu machen. Um die mir verhasste Sexversessenheit der Menschheit mit heißem Wasser zu verbrühen.

Ich bereute meine Tat nicht und erschrak nicht. Denn brühheiß war der Inhalt des Bechers vor einer Viertelstunde gewesen. Als ich ihn in die Hand nahm, reichte es nicht mehr, um Glebs Eier hart zu kochen, sie würden höchstens ein, zwei Tage weh tun. Die gelungene Rache verlieh mir Kraft, und ich dachte mit Entsetzen: Jetzt weiß ich, warum Menschen töten.

Auf dem Weg in den Klassenraum überlegte ich: Wahrscheinlich bin ich ein sehr böser Mensch. Schon lange, aber mit den Jahren wird diese Boshaftigkeit immer gefährlicher. Natürlich könnte man einwenden, dass es Ilja vor drei Jahren schlimmer ergangen war als Gleb. Aber damals hatte man es offiziell mit dem Affekt entschuldigt, während mir diesmal völlig klar war, was ich tat. Das machte meine Tat vermutlich perfider und schlimmer, aber es tat mir nicht mal leid.

Wann hatte diese Bosheit in mich Einzug erhalten? In welchem Augenblick? Meine ganze Kindheit hindurch hatte ich einen furchtbaren Widerspruch zwischen meiner Familie und der Außenwelt empfunden. Innerhalb der Familie gab es die einen Regeln, draußen galten andere. Und nach diesen Regeln spielten die Menschen immer gegen uns. Wahrscheinlich nahm meine Wut damals ihren Anfang. Die Wut in meiner Seele war wie eine Schmeißfliege, sie konnte da ewig herumfliegen, und niemand wusste von ihr; nur haben Fliegen die dumme Eigenschaft, Eier abzulegen, und irgendwann bist du so voll von diesen schmutzigen Insekten, dass du nach einem Becher mit heißem Wasser greifst und deine Hand nicht einmal zittert.

Kurz gesagt, ich wusste, dass ich boshaft war. Schlimmer als dieses Wissen war aber ein anderes: Wenn ich es zuließe, wäre ich noch viel böser.

Man holte mich aus dem Unterricht zur Schulleiterin. Ich kam gleichgültig und ruhig dort an, fühlte mich immer noch kein bisschen schuldig. Sie saß am Tisch und funkelte mit ihren Brillengläsern, dass ich nicht sagen konnte, wo sie hinschaute.

»Na dann, erzähl mal«, verlangte sie träge.

»Was?«

»Wozu du einen Menschen mit heißem Wasser übergossen hast?«

»Meinen Sie etwa Gleb?« Ich sah sie unschuldig an. »Aber das war doch nicht mit Absicht, der Becher stand am Tischrand und ist umgefallen. Aus Versehen.«

»Gleb sagt aber, dass du den Becher in die Hand genommen und absichtlich auf ihn gekippt hast.«

»Komisch, warum sagt er so was …? Wir sind doch Freunde.« Dann fragte ich noch ganz naiv: »Was hat er denn?«

»Eine Verbrennung. Komischerweise hat die Kantinenfrau den Notarzt für deinen Freund gerufen und nicht du.«

»Ich dachte nicht, dass es was Ernstes ist, und bin zum Unterricht. Das Wasser war doch kaum noch warm.« Mir war klar, dass ich Unsinn redete, aber das war auch schon egal.

»Er hat eine Verbrennung«, wiederholte die Schulleiterin. »Du willst deine Schuld also nicht eingestehen?«

»Nein.«

»Ich werde deine Eltern informieren. Ich denke, du wirst nur schwer beweisen können, dass du …«

»Ich habe nicht vor, irgendetwas zu beweisen«, unterbrach ich sie. »Er beschuldigt mich, also soll er es auch beweisen.«

Die Schulleiterin seufzte und griff zum Telefonhörer. Ich bemerkte erstaunt, dass sie Slawas Nummer auswendig kannte. Vermutlich war das aber Wanjas Verdienst: Er geriet ständig in irgendwelche Rangeleien und landete oft in ihrem Büro.

»Guten Tag, Wjatscheslaw Alexandrowitsch … Genau, Sie erkennen mich schon an der Stimme … Nein, diesmal nicht wegen Wanja … Ja, leider … Das Opfer behauptet, Mikita hätte ein Glas heißes Wasser auf ihn gekippt … Na, was soll er schon sagen? Er streitet es natürlich ab. Der Junge ist auch ein schwieriges Kind, aber in diesem Fall wurde er ins Krankenhaus gebracht … Kommen Sie her? Sehr gut.«

Auf einmal dachte ich, dass es so klang, als würden sich die beiden gut verstehen. Gar nicht mehr wie damals bei der Klassenkonferenz.

Slawa kam natürlich, lächelte ihr zu und versprach, die nötigen Maßnahmen zu ergreifen. Wir durften gehen.

Im Auto fragte er mich: »Du weißt, ich bin immer auf deiner Seite, deswegen kannst du ehrlich zu mir sein: War es wirklich aus Versehen?«

Also sagte ich ehrlich: »Nein.«

Slawa nickte und fragte: »War es denn gerechtfertigt?«

Ich sagte wieder ehrlich: »Nein.«

Das schien er nicht erwartet zu haben.

»Warum hast du es dann getan?«

Ich zuckte erschöpft mit den Schultern.

Den Rest der Fahrt schwiegen wir. Er schimpfte nicht mit mir. Eigentlich schimpfte er fast nie mit mir, weil er wusste, dass ich am Abend sowieso meine Abreibung von Lew kriegen würde.

Zu Hause war Großmutter gerade bei uns, die manchmal gern hereinschneite, um etwas zu kochen. Diesmal roch es nach Kürbiskuchen.

Als sie mich sah, begann sie zu erzählen, dass irgendein Igor den Alten in die Klapsmühle gebracht hätte, weil der mit einer Axt auf die Kinder losgegangen wäre. Ich verstand überhaupt nichts: Was für ein Igor, was für ein Alter, was für Kinder …?

Genau das fragte ich auch.

»Was für ein Igor?«

»Na, dein Vater!«, erwiderte sie in einem Ton, als wäre das völlig offensichtlich. Faszinierend, dass Großmütter immer über alle Bescheid wissen.

»Und was geht mich das an?« Ich zuckte mit den Schultern.

»Na, sehr viel! Das heißt, dein Großvater ist ein alter Psychopath und ist in der Klapsmühle gelandet.«

»Und?«

Ich kapierte nicht, worauf sie hinauswollte. Was interessierte mich ein Großvater, den ich nie im Leben gesehen hatte, auch wenn es »meiner« war?

»Damit du das im Hinterkopf hast«, sagte sie plötzlich so laut, dass man es im Nachbarzimmer hören musste. »Und du auch, Slawa. In einer Talkshow, ich glaube, es war bei Malyschewa, haben sie erzählt, dass psychische Krankheiten über eine Generation vererbt werden. Sein Sohn könnte also gar nichts haben, aber sein Enkel …«

»Mama, red nicht solchen Unsinn …«

»Aber das stimmt!«, empörte sich Großmutter.

»Ist er früher je mit einer Axt auf Menschen losgegangen?«, fragte Slawa.

»Was weiß ich denn? Wahrscheinlich nicht, sonst wäre er ja längst in der Klapse.«

»Dann ist es einfach nur das Alter, Mama!«, sagte Slawa mit Nachdruck. »Altersschwachsinn, senile Demenz. Erzähl dem Kind doch nicht so einen Unsinn!«

Und fügte dann an mich gewandt hinzu: »Hör nicht auf sie, Miki. Mit dir ist alles in Ordnung.«

Aber Großmutter ereiferte sich darüber, dass sie, wenn sie ihr Leben lang nicht das Bedürfnis hatte, Leute mit einer Axt zu zerhacken, jetzt auch kein Altersschwachsinn dazu bringen würde …

Slawa nickte nur: »Ja, ja, bei dir geht es in eine andere Richtung …« Während ich daran denken musste, wie ein Psychiater zu mir gesagt hatte, wenn er mich so ansehen würde, hätte er das Gefühl, vor ihm säße ein absoluter Psychopath. Als Lew davon erfahren hatte, war er ausgerastet und hatte gesagt, ich würde nie wieder zu diesem Scharlatan gehen, und mir dann ausgiebig erklärt, dass kein seriöser Facharzt bei einem Teenager mitten in der Pubertät eine Psychopathie diagnostizieren würde.

Jede Anspielung, dass sich hinter meiner Depression und der Angststörung etwas Schlimmeres verbergen könnte, versetzte meine Eltern in Angst und Schrecken. Menschen, die diese Annahme zuließen, wurden aussortiert, und mir hielt man regelrecht die Ohren zu: »Hör nicht hin, mit dir ist alles in Ordnung, du bist gesund.«

Aber heute muss ich immer öfter daran denken, mit was für einer grauenhaften Kaltblütigkeit ich heißes Wasser auf einen Menschen gekippt hatte, nach dem ich einen Monat lang (kaum zu glauben!) ganz verrückt gewesen war …

Zuhause

Im November gab es zwei bedeutende Ereignisse: den Filmstart von *Bohemian Rhapsody* und meinen Entschluss, endgültig und unumkehrbar, für immer und das ganze Leben auf Mädchen »umzuschalten«. Nur Mädchen. Von der Minute an erlaubte ich mir ausschließlich, an sie zu denken. An Jungs zu denken war verboten, auch als Freunde, nicht dass sich ein Gedanke plötzlich noch wohin verirrte …

Kurzum, Mädchen. Natürlich kam mir die Idee, diese beiden Ereignisse miteinander zu verbinden und irgendein Mädchen ins Kino einzuladen.

Zuerst lud ich meine Klassenkameradin Nastja ein. Die Auswahlkriterien waren einfach: Sie erschien mir hübsch und nicht dumm, bei der Kombination musste es doch ein Leichtes sein, sich zu verlieben oder sie zumindest toll zu finden. Unerwidert wäre auch in Ordnung. Eigentlich sogar besser. Dann könnte ich einfach an sie denken und leiden und in vollen Zügen auskosten, wie heterosexuell das doch war – sich wegen eines Mädchens so zu quälen.

Wir gingen ins Kino und danach zu mir nach Hause. Die Eltern waren nicht da. Ich machte Nastja Tee, sie spielte ein bisschen auf Wanjas Klavier und sang dazu, dann spielte ich ein bisschen Gitarre und sang dazu. Danach schauten wir uns ein Queen-Konzert an und verdrückten eine Tafel Schokolade, bis die Eltern nach Hause kamen.

Es passierte nichts.

Wenn ich hetero wäre … Was würde ein Hetero tun? Vielleicht würde er sie küssen oder wenigstens ihre Hand halten oder sich irgendwie unbeholfen benehmen? Nichts davon wollte ich mit Nastja.

Wir verabschiedeten uns höflich und grüßten uns seitdem nur in der Schule.

Also entschied ich, mir *Bohemian Rhapsody* noch mal anzusehen, und lud Ira aus der Neunten ein, die in der Theater-AG gewesen war und schon länger versucht hatte, mit mir zu reden.

Unser Date verlief nach demselben Schema: Film schauen, bei mir zu Hause rumsitzen. Statt des Konzerts guckten wir ein Interview mit Queen auf YouTube und diskutierten über die Musik von Michael Jackson.

Es passierte nichts.

Danach folgten Rita und Mascha, mit denen ich ebenfalls in *Bohemian Rhapsody* ging und die ich ebenfalls nicht anrührte. Aber fünf war eine gute Zahl. Ich hoffte, dass ich beim fünften Mal mehr Glück und endlich den Wunsch haben würde, dem Mädchen näherzukommen, sie wenigstens küssen würde, wenn auch nur auf die Wange.

Am Abend sagte ich den Eltern, dass ich mir zum fünften Mal *Bohemian Rhapsody* ansehen würde. Lew machte ein skeptisches Gesicht.

»Bringst du danach wieder so eine Prinzessin mit nach Hause?«

»Prinzessin« klang aus seinem Mund so despektierlich, dass es mich sogar kränkte.

»Wieso Prinzessin?«, fragte ich mürrisch.

»Die sehen bei dir alle gleich aus. Gehst du nur nach dem Äußeren?«

Lew lachte merkwürdig.

»Ja, und?«, hakte ich nach. »Was ist schlecht daran, dass sie hübsch sind?«

»Gar nichts«, erwiderte er. »Das ist nur das falsche Kriterium. Es gibt keinen Zusammenhang zwischen Schönheit und Liebe. Man verliebt sich in verschiedenste Menschen, in hässliche und auch in kranke. Bring doch lieber mal irgendein normales Mädchen mit.«

Ein normales Mädchen … Also suchte ich das unbeliebteste und unscheinbarste Mädchen meiner Klasse aus: Katja. Obwohl ich keine Ahnung hatte, was an ihr so unattraktiv sein sollte. Überhaupt stellte ich mit Erschrecken fest, dass es mir schwerfiel, die Attraktivität von Mädchen zu beurteilen, und ich in Schablonen über sie dachte: Wenn eine den meisten gefiel, war sie hübsch, aber weshalb, warum – keine Ahnung. Bei Katja kam dieselbe Schablone zum Einsatz: Den meisten gefiel sie nicht.

Als wir bei mir zu Hause waren, passierte etwas Komisches. Ich sah sie an und fühlte eine dicke Mauer zwischen uns. Wie aus Panzerglas, das auch noch spiegelte: Wenn ich Katja ansah, sah ich nur mich selbst. Mein ganzes Ich mit dem verzweifelten Wunsch, »normal« zu wirken. Ich redete mir ein, dass ich etwas für sie empfinden musste, wenigstens körperlich. Dachte die ganze Zeit daran, dass ich mich zu einem Kuss durchringen sollte. Und kam mir dabei so armselig und eklig vor – zum Heulen. Ich wünschte mir so sehr, dass mir jemand – meinetwegen diese Katja – sagte: »Miki, mit dir ist alles in Ordnung, du bist nicht eklig, du hast das Recht, du selbst zu sein.« Aber sie sagte: »Seit heute ist die Eisbahn offen. Willst du hingehen?«

»Ja.«

Ich wäre sonst wohin gegangen, nur um diesen Tag so zu verbringen, als wäre ich ganz gewöhnlich.

Bei der Eisbahn waren viele Menschen und alle irgendwie zu gut drauf: Sie drehten sich im Tanz, spielten Fangen oder gaben mit ihren Eislauffähigkeiten an.

Katja raste vor mir, dass die Kufen nur so blitzten, ich gab mir Mühe, nicht zurückzubleiben, aber mir war langweilig. Katja sagte, sie liebe Schlittschuhlaufen, aber ich teilte ihre Leidenschaft nicht. Auf der Eisbahn konnte man nicht miteinander reden, erst recht nicht, wenn man so schnell fuhr.

Aber das sagte ich natürlich nicht. Ich versuchte ganz gewöhnlich, interessiert auszusehen, als hätten wir ein Date und sie wäre meine erste Liebe.

Katja stoppte und drehte sich mit dem Gesicht zu mir. Sie wartete auf mich. Da entschied ich plötzlich, in sie reinzufahren, ohne zu bremsen. Ich dachte mir: Mir fehlt ja sowieso der Mut, also fahr ich einfach in sie rein, mal sehen, was passiert. Im nächsten Augenblick war ich schon bei ihr, umarmte sie halb und riss uns beide zu Boden. Wir fielen auf die Seite, wobei Katja lachend rief: »Was machst du denn, du Dummerchen?«

Ich tat, als fände ich es auch lustig. Da lagen wir.

Ihr Gesicht ganz nah an meinem. Und ich tat es endlich: Ich drückte meine Lippen auf ihre, grob und unbeholfen. Ich mochte es übrigens schon wieder nicht. Und ich fühlte auch nichts. Es war nicht einmal eklig, weil es keinerlei Lust auslöste.

Danach ließ ich sie los und rollte erschöpft auf den Rücken, wie nach einer schweren Arbeit. Vom grauen Himmel fielen riesige Schneeflocken auf mein Gesicht, und ich dachte vollkommen ruhig: Ich stehe nie wieder auf. Wahrscheinlich sterbe ich jetzt.

Ich weiß nicht, warum mir gerade dieser Gedanke in den Kopf kam, aber ich war mir sicher, dass ich gleich die Augen schließen und der Schnee weiter auf mein Gesicht fallen, aber nicht mehr schmelzen würde.

Katja stieß mich in die Schulter, aber ich reagierte nicht. Da stand sie auf und beugte sich über mich: »Ist dir schlecht?«

»Nein, mir ist nicht schlecht«, erwiderte ich tonlos.

»Warum stehst du nicht auf?«

»Ich weiß nicht.«

»Komm, wir gehen.«

»Nein, ich will nicht«, fauchte ich sie lustlos an. »Ich mag es, in den Schnee zu schauen.«

»Bist du verrückt, oder was?«

»Ich weiß nicht.«

»Ich gehe dann mal.«

»Geh.«

Sie war schon ein Stück weggefahren, kam aber wieder und sagte, dass ein normaler Mensch nicht so auf dem Eis rumliegen und in den Himmel glotzen würde.

Da schrie ich: »Dann bin ich eben nicht normal! Ich hab doch gesagt, du sollst gehen!«

Als sie weg war, stand ich auf und klopfte den Schnee von mir. Mir wurde klar, dass ich allein nicht heimkommen würde: mich fröstelte, und mir war schwindlig. Was tun? Bis zur Bushaltestelle waren es sicher zwanzig Minuten, und der Schnee hörte nicht auf. Bald würde es ganz dunkel …

Ich rief Lew an und bat ihn, mich abzuholen.

Nachdem ich ins Auto gestiegen war, sah er mich eine Weile an, ohne ein Wort zu sagen. Dann fragte er, wie es gelaufen war. Ich schüttelte den Kopf.

Lew seufzte.

»Lass es bleiben.«

»Was?« Ich verstand nicht, was er meinte.

»Du machst dir selbst was vor und den Mädchen.«

Schweigend starrte ich ihn an. Er starrte zurück.

So saßen wir da. Bis er den Wagen anspringen ließ und wir losfuhren. Erst dann sagte er: »Okay, anscheinend ist es für dich einfacher, wenn ich so tu, als würde ich nichts sehen ...«

Offenbar hatte er es von Anfang an gewusst; als er die Knutschflecken gesehen hatte oder noch eher. Vielleicht sogar ein Jahr vor Gleb, als ich in meinem Foto-Ordner bei VKontakte Männerfotos sammelte. Wozu hatte er dann eigentlich von den Prinzessinnen angefangen?

Wie peinlich ... Komisch, dass er überhaupt noch mit mir sprach. Ich hatte sie verraten. Ich war wie sie geworden, hatte sie blamiert. Jetzt mussten sie der Frage nach der sexuellen Orientierung ihres Sohnes ein Leben lang ausweichen, um sich keine Vorwürfe über Propaganda und schlechten Einfluss anhören zu müssen, oder vielleicht überhaupt so tun, als hätten sie gar keinen Sohn; vielleicht nur Wanja, der lässt sie ja hoffentlich nicht im Stich.

Lew bemerkte, dass ich kurz davor war zu weinen. Und sagte völlig unerwartet, ganz beiläufig: »Richard Pillard hat eine Studie durchgeführt, bei der er nachweisen konnte, dass Homosexuelle oft homosexuelle Verwandte mütterlicherseits haben.«

»Wieso sagst du das?«, fragte ich, obwohl ich es natürlich wusste.

Er zuckte mit den Schultern.

»Nur so. Hab laut gedacht.«

Wir haben dieses Gespräch nie wieder aufgenommen.

Endlich waren wir zu Hause. Ich schmiss meine Schlittschuhe in den Flur, und plötzlich kam mir alles irgendwie besonders vor. Ich erstarrte sogar für einen Augenblick in meiner vereisten Jacke, während ich in der Tür stehend die Wohnung betrachtete.

Ich sah Slawa im Wohnzimmer sitzen und etwas in seinen Block zeichnen. Auf seinem Schoß hatte sich Sam breitgemacht. Neben ihnen lag Wanja auf dem Boden und spielte Playstation. Lew legte den Mantel ab und hängte ihn auf einen Bügel, wobei er mich aus den Augenwinkeln ansah.

Plötzlich musste ich daran denken, dass, wenn es ein Film wäre, Lew und ich uns nach dem Gespräch im Auto vermutlich umarmt hätten. Vielleicht hätte ich sogar ein bisschen an seiner Schulter geweint vor lauter Dankbarkeit, dass er alles verstand. Aber wir hatten uns natürlich weder umarmt noch geweint, sondern uns einfach angesehen. Und gewusst, dass wir uns ähnlich waren und dass das natürlich für immer war.

Wie gut, dass ich nach Hause gegangen und nicht mit dem Mädchen auf der Eisbahn geblieben war.

Zu Hause war es warm.

Epilog

Die Eltern bereiteten sich gewissenhaft auf den Umzug vor. Wenn man sich durch die Wohnung bewegte, musste man permanent über gepackte Kisten und Koffer steigen. Und obwohl der Umzug erst im Sommer anstand, beschlossen wir, vorzeitig damit anzufangen, denn unser Hab und Gut aus all den Jahren auf Container zu verteilen, war keine leichte Sache. Der Mensch verfügt über die bemerkenswerte Eigenschaft, unendlich viel Kram anzuhäufen.

Slawa versuchte mich aufzumuntern: »Du wirst ein Zimmer mit riesigen Fenstern haben!«

»Hm.« Ich nickte ohne einen Hauch von Freude.

Außerdem noch: »Miki, hier könntest du nie so eine Ausbildung bekommen wie dort …«

Dann fasste er mich an den Schultern und sah mich aufmerksam an. Und ich ihn.

»Aber ich verstehe dich natürlich …«

Ich wollte die Eltern nicht mit meiner schlechten Laune betrüben. Aber wahrscheinlich verriet mich meine Stimme. Also wiederholte Slawa: »Miki, dort wird es uns allen besser gehen. Es ist ein ganz anderer Lebensstandard. Hier würden wir es vermutlich nie so weit bringen.«

Ich erwiderte, natürlich nicht, wir sollten fahren. Und damit er mir glaubte, dass ich es wirklich wollte, fragte ich: »Kann ich ein eigenes Zimmer haben? Ohne Wanja.«

»Das wird vermutlich nichts«, antwortete er lachend.

Er pikte mich scherzend in die Rippen und umarmte mich, wenn ich mich krümmte, und ich lachte, lachte nach allen Kräften, damit er glaubte, dass mit mir alles in Ordnung war.

In Wirklichkeit brauchte ich kein eigenes Zimmer. Ich mochte unser gemeinsames, hier in dieser Chruschtschowka, in dieser hässlichen und grauen Stadt, in der ich mein ganzes Leben verbracht hatte, wo unser Haus neben den Straßenbahngleisen lag und ich im Sommer um sechs Uhr morgens vom nervigen Rattern der Räder geweckt wurde, das durchs offene Fenster drang. Früher hatte mich dieser Ort furchtbar aufgeregt. Ich beneidete die Menschen, die nichts dafür tun mussten, um in irgendeinem Europa oder Amerika geboren worden zu sein, wo sie in einem hübschen eigenen Haus lebten, mit einem gelben Bus zur Schule fuhren und bei denen alles gut war. Aber jetzt, als der Umzug anstand, wurde mir klar, dass ich meine Chruschtschowka auch für das allerschönste Haus in Kanada nicht eintauschen wollte. In der sterilen Umgebung, wo selbst das künstliche Lächeln von Passanten nach Chlor zu riechen schien, war es unmöglich, die Lebenserfahrung zu bekommen, die ich aus Russland hatte. Das stand fest. In Kanada lebten und begegneten einem sicher keine Menschen wie meine Eltern. Auch das stand fest.

Aber ich stritt nicht mit den Eltern. Sie mussten wissen, wo es ihnen besser ging. Und sie konnten ja nicht nur wegen mir hierbleiben.

Obwohl die Umzugsvorbereitung auch gute Seiten hatte.

Als Lew und ich Kram aus der Abstellkammer entsorgten, der dort seit der Ankunft Christi vor sich hin staubte (Lew sagte wirklich »seit der Ankunft Christi«), fanden wir dort alten Tannenbaumschmuck, eine Tabakpfeife, ein paar Kakerlakenleichen und Tetris. Keine Ahnung, was davon die Zeiten Christi mitbekommen hatte – wahrscheinlich die Kakerlaken. Über das Tetris sagte Lew: »So eins hatte ich in der Kindheit. In den Neunzigern haben das alle gespielt.«

Wir fanden Batterien, und wie sich herausstellte, funktionierte es sogar. Mich beeindruckte es nicht besonders: Offenbar war ich zu verwöhnt von guter Graik, um einen winzigen grauen Bildschirm mit 200 Pixeln ernst zu nehmen, dafür spielte Lew ein paarmal mit Begeisterung. Dann sagte er: »Ich hab meinen mit Schewa gegen ein Tamagotchi getauscht.«

»Wer ist Schewa?«

Lew zögerte eine Sekunde.

»So was wie meine erste, unglückliche Liebe.«

Ich war ein bisschen verwundert. Ich war den Gedanken nicht gewohnt, dass meine Eltern vor einander andere Partner gehabt hatten. Ich war mir nicht sicher, ob ich Mitleid bekunden sollte, dass Lew unglücklich verliebt gewesen war, aber ich tat es sicherheitshalber: »Tut mir leid.«

»Glaub mir, das ist nicht das Schlimmste daran.«

»Sondern?«

»Wohl eher, dass er sich mit vierzehn umgebracht hat.«

Nachdem er das gesagt hatte, schwieg Lew. Ich fühlte mich unwohl, solche Situationen mochte ich nicht: Wenn jemand über den Tod sprach und man nicht wusste, was man darauf erwidern sollte. Ich entschied, auch zu schweigen – dann waren wir gewissermaßen auf einer Wellenlänge.

Aber Lew fuhr fort: »Ein halbes Jahr später hat sein Vater auch Selbstmord begangen. Und die Mutter hat angefangen zu trinken und ist mit vierzig gestorben. Ist bei Frost betrunken draußen eingeschlafen.«

»Hatte sie vorher schon getrunken?«, fragte ich vorsichtig.

»Nein.« Lew schüttelte den Kopf. »Sie waren sogar Professoren oder so was …«

Wir sprachen leise, beinahe flüsternd. Ich versuchte mir diesen Schewa vorzustellen: Wie er wohl gewesen war, was ihn belastet hatte, warum er es getan hatte? Lew danach zu fragen traute ich mich nicht. Ich sah ihn aus den Augenwinkeln an und staunte: Er war schon fast vierzig und Schewa immer noch vierzehn. Für immer vierzehn. Genau in meinem Alter.

Dann sagte Lew schon lauter: »Kinder sollten nicht vor ihren Eltern sterben. Das ist gegen die Natur.«

»Warum hat er es getan?«, traute ich mich doch.

Papa zuckte mit den Schultern.

»Ich weiß es nicht. Aber wenn du vierzehn bist, liegen noch Jahrzehnte und Hunderte von Möglichkeiten vor dir, alles, was du willst, zu ändern.«

Aus irgendeinem Grund sah er mich aufmerksam an und wiederholte: »Wirklich alles, Miki.«

Da überkam mich das Gefühl, dass wir die ganze Zeit nicht über Schewa, sondern über mich gesprochen hatten.

Von dem Gespräch bekam ich Kopfschmerzen. Um sie loszuwerden, raschelte ich wieder mit den Tüten und Kisten, versuchte mit dem Lärm die angespannte Atmosphäre zu lösen. Bevor Lew sich daranmachte, mir zu helfen, legte er das Tetris vorsichtig zur Seite.

So vorsichtig, als würde morgen jemand damit spielen.

Vor dem Einschlafen musste ich natürlich trotzdem daran denken. Ich saß im Bett und schaute zu dem Regal mit meinen Schulheften – irgendwo dazwischen war mein Abschiedsbrief versteckt. Von damals, »nur für den Fall«.

Aber für welchen Fall? So viele Menschen bemühten sich, damit ich lebte. Meine Mutter, deren Fürsorge ich sogar nach ihrem Tod fühlen konnte. Meine Väter, die nächtelang neben mir gesessen und nicht geschlafen hatten, als ich krank gewesen war, und die in schweren Zeiten immer für mich da waren. Meine Großmutter mit ihrem rührenden: »Ich habe heute eine Kerze für dich angezündet.« Selbst wenn ich nicht an diese Kerzen glaubte. Sie tat es ja. Und sie zündete sie für mich an, weil sie wollte, dass es mir gut ging. Was konnte stärker sein?

Gäbe es auf der Welt eine Kraft, die diese Liebe aufheben könnte, mein Leben tilgen könnte, wäre alles umsonst gewesen: Mamas Qualen bei der Geburt, Mamas Tod, die Fürsorge der Eltern, ihre Liebe für mich – völlig umsonst.

Diese Erkenntnis, die mich plötzlich überkam, war unheimlich. Schlimmer als alles andere. Schlimmer als der Umzug, die Depression, die Unentschiedenheit. Als die Angst vor der Zukunft.

Ich stand auf, ging zum Regal und zog vorsichtig den verhängnisvollen Umschlag mit der Aufschrift »Öffnen, wenn ich schon tot bin« heraus.

Etwa eine halbe Minute starrte ich ihn an und dachte: Ich will nicht, dass alles plötzlich sinnlos wird.

Ich zerriss ihn.

Ich werde mich niemals umbringen.